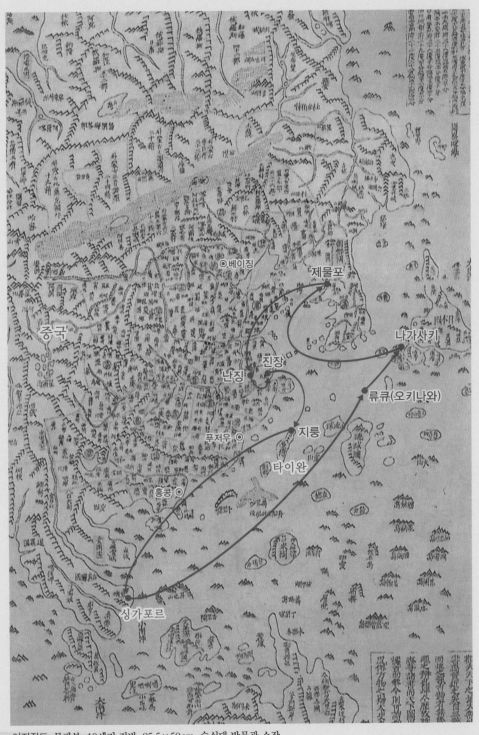

여지전도 목판본, 19세기 전반, 85.5×59cm, 숭실대 박물관 소장.

심청

연
꽃
의

길

국립중앙도서관 출판시도서목록(CIP)

심청·하 / 황석영 지음. — 서울 : 문학동네, 2003

　　p. ;　　cm

ISBN　89-8281-774-3　04810 : ₩8800
ISBN　89-8281-772-7(세트)

813.5-KDC4
895.732-DDC21　　　　　　CIP2003001545

심청

연꽃의 길

하

황석영 장편소설

문학동네

차례

8. 매달린 사내와 시계

해뜰 무렵에 배는 단수이 만을 떠났다.

청이는 그 전날 밤에 마이판(買辦) 허푸 아저씨를 따라서 마토우 배터에서 거룻배를 타고 홍모성 건너편에 멀찍이 대어놓은 증기선에 올랐었다.

떠나기 전에 청이는 오후부터 색시들과 식당에 모여 앉아 이별주를 마셨다. 유메이는 말수가 적어지는 대신 점점 잔을 비우는 횟수가 빨라지더니 이내 취해버렸다. 그네는 혀가 꼬부라진 소리로 중얼거렸다.

"난 알아, 안다구우. 우린 다시는 못 만날 거야."

"왜 그래 언니. 다시 만나서 내 호금에 맞추어 노래를 불러야지."

청이가 그렇게 위로해주었지만 유메이는 곁에 샹 부인이 있는데도 함부로 말했다.

"내 나이가 몇인 줄이나 아니? 네가 가버리면 나는 쓸모가 없다구. 나이배기 창녀가 어디루 가는지 빤하잖아?"

샹 부인이 보통때 같았으면 엄하게 꾸짖었을 테지만 그네는 고개
를 저으며 몇 번 혀를 차고는 슬그머니 자리를 떴다. 잉후아가 유메
이의 겨드랑이에 팔을 끼워서 억지로 일으켰다.

"언닌 취했어. 먼길 떠날 사람 붙들고 이러지 말구 잠이나 자라구."

청이도 잉후아와 함께 유메이를 부축해서 이층 량팡에 데려다 눕
혔다. 유메이가 주정을 하는 바람에 술자리는 저절로 끝이 났다. 샹
부인은 청이의 짐을 꾸리고 있었는데 계산은 벌써 낮에 모두 끝났던
것이다. 몸값으로 마이판이 지불한 돈에서 얼마를 떼고는 모두 청이
에게 내주었다. 샹 부인은 부근 포목전에서 쪽물을 들이거나 다홍으
로 날염한 인도 무명을 떠다가 남방에서 입을 포를 맞춰주었고 비단
상하의며 치포를 두어 벌씩 넣어주었다. 청이도 한꺼번에 많은 돈이
생겨서 절반을 떼어 웬지 부인에게 유자오의 양육비 조로 맡겼다.
밤늦게 허푸라는 마이판이 그네를 데리러 왔다. 청이는 잠든 유자오
의 뺨에다 자기 얼굴을 맞대고 여러 번 부벼주고는, 입맛을 다시며
꼼지락거리는 아기를 한참이나 들여다보다가 반관을 나섰다. 그네
는 울음을 참느라고 제 입을 막고 돌아서야 했다. 샹 부인은 배터에
까지 따라나왔다.

"함부로 정 주지 마라. 그것만 주의하면 넌 잘 살아낼 거야."

거룻배에 걸쳐진 판자에 오르기 전에 샹 부인이 그렇게 말했다.

"내년 설에 올 거예요."

고개를 돌려 외치는 청이에게 샹 부인은 어서 가라고 손을 바깥쪽
으로 뿌리쳐 보였다. 거룻배는 하구를 빠져나가 어둠 속에서 작은
마을처럼 불을 환히 켜고 떠 있는 기선을 향하여 저어갔다.

증기선의 앞 돛과 선미의 작은 돛이 펼쳐지고 쿵쿵거리는 기관 소

리가 들리면서 배 옆구리에 달린 물레방아 모양의 바퀴가 천천히 돌아가기 시작했다. 선원들은 중국인과 말레이인들이 대부분이었고 기관사나 항해사와 선장만 백인이었다. 무역선이라 승객들은 십여 명밖에 되지 않았다. 아직 해는 뜨지 않았지만 새벽 노을이 수평선에 발갛게 번지고 있었다. 청이 상갑판의 난간에 기대어 멀어져가는 단수이의 관음산을 바라보고 있는데, 뒷전에서 허푸의 목소리가 들렸다.

"마님, 선실로 들어가십시다."

청이는 자기 주위에 다른 누가 서 있는가 하여 두리번거렸지만 아무도 보이질 않았다. 허푸 아저씨가 다시 말했다.

"마님, 아침이 준비되었으니 선실로 가시지요."

그는 더이상 권하지 않고 앞장서서 중갑판으로 걸어갔다. 그는 계단을 한 층 내려가서 어느 선실 문을 열고 들어갔고 청이도 뒤를 따랐다. 벽에는 바다 쪽을 향하여 동그란 창문이 뚫려 있었고 의자와 탁자며 옷장과 화장실이 있고 안쪽에는 침대가 보였다.

"좀 앉으시지요."

허푸가 권하여 의자에 앉은 청이는 식탁 위에 뚜껑을 덮은 접시와 찻주전자와 잔이 놓여 있는 것을 보았다. 허푸가 말했다.

"저는 이제부터 마님이라고 부르겠습니다만, 우리 말로 성함이……"

"롄화예요."

"그러면 로터스군요. 마님의 성함은 오늘부터 로터스입니다."

"그게 무슨 소리예요?"

"서양 말로 연꽃이라는 소리지요. 저를 부르실 적에는 허 징리(經理)라고 부르십시오. 저는 영국 동인도회사의 싱가포르 지사에서 일하고 있습니다. 미스터 제임스는 부지사장입니다."

허푸가 접시에 덮었던 도자기 뚜껑을 열었다.

"우선 아침을 드시지요. 그리고…… 침대 위에 양장이 있으니 갈 아입으세요. 방에서 지내시기 답답하면 갑판 쪽에 살롱이 있으니까 올라가서 바람을 쐬도록 하십시오."

허푸가 혼자서 주욱 얘기하고 나가려 하자 청이는 그를 불러세웠다.

"잠깐, 잠깐만요 아저씨. 이 옷은 아직 새거예요. 왜 갈아입어야 하죠? 그리고 살롱은 뭐 하는 곳인가요?"

"저를 징리라고 불러주십시오. 대륙과 달리 여기선 중국 옷을 입 으면 천한 사람으로 취급받습니다. 서양 옷으로 갈아입으셔야 합니 다. 살롱은 차 마시는 다실이나 주루 같은 장소입니다."

청이 머릿속으로 그의 말을 새기고 있는데 허푸는 정중하게 두 손 을 마주 잡고 인사를 하더니 문 밖으로 사라졌다.

그네는 접시를 들여다보았다. 소금에 절인 듯한 얇게 저민 돼지고 기 두어 점과 계란 부침에 빵과 타락처럼 보이는 기름덩이가 놓였 다. 날카롭게 이빨을 드러낸 삼지창처럼 생긴 쇠붙이와 칼이 접시 옆에 나란히 놓여 있었다. 청이는 삼지창으로 먼저 돼지고기 한 점 을 찍어 먹어본다. 짜고 느끼하다. 계란 부침을 다시 찍으려 했지만 자꾸만 미끄러져서 하는 수 없이 그네는 손으로 집어먹기 시작했다.

침대 위에 놓여 있는 옷은 거대해 보였다. 흰색의 술이 달린 치마 와 바지는 속옷인 듯했고 겉옷은 연분홍색이었는데 침대를 거의 덮 을 만큼 넓게 펼쳐져 있었다. 베갯머리에는 챙이 동그란 끈 달린 모 자가 놓여 있었다. 다시 아래를 보니 금색 장식이 달린 구두와 흰 면 직 양말이 있었다. 밖에서 무엇인가 두드리는 것 같은 소리를 얼핏 들었지만 청이는 먼저 치포를 머리 위로 벗어던졌다. 그리고는 속옷 두 가지를 살피며 무엇부터 입을까를 생각중이었는데, 바로 등뒤에서 낮은 헛기침 소리가 들렸다.

"에그머니……!"

청이가 깜짝 놀라서 뒤를 돌아보니 양장에 앞치마를 두른 여자가 두 손을 얌전히 앞에 모으고 서 있었다.

"저는 아마입니다. 마님을 도와드리려고 왔어요."

청이는 멍하니 중년 여자를 바라보았고 그네는 능숙한 솜씨로 청이의 무릎에까지 올라오는 양말을 신기고는 속바지를 입도록 했다. 양말을 덮을 만한 길이의 바지 아랫단에 단추를 채우고 속치마를 벌려 두 다리를 차례로 안으로 집어넣게 해주었다. 속치마는 얇지만 뻣뻣한 안감이어서 바깥쪽으로 둥글게 펼쳐지게 해주었다. 나중에 그것이 페티코트란 걸 알게 되었다. 그 위에 치마를 입혀주었는데 젖가리개가 달렸고 가슴이 패어서 젖무덤 사이의 오목하게 접힌 부분이 아슬아슬하게 노출되고 있었다. 아마가 뒤에서 허리끈을 바짝 당겨서 졸라맸다. 청이는 숨이 막힐 지경이었다. 그네가 쭈그려앉더니 청이의 발에 구두를 신겨주었다. 뒷굽이 높아서 청이는 저절로 가슴과 궁둥이가 긴장이 되었다. 아마는 머리에 모자를 씌우고 끈을 턱 밑에 묶어주었다.

아마가 청이의 손을 잡아 이끌어 바깥쪽의 옷장 앞으로 데리고 갔다. 옷장 문에는 머리부터 발끝까지 한눈에 볼 수 있는 전신거울이 붙어 있었다. 청이는 거울에 비친 낯선 여자의 모습을 물끄러미 건너다보았다. 아마가 풀어준 머리카락이 모자 아래로 흐트러져내려와 있고 목덜미에서 어깨로 이어진 쇄골이 선명하게 드러났다. 가슴은 한껏 부풀어 레이스가 달린 앞자락이 곧 터져버릴 것 같았다. 청이는 처음 렌화를 만났을 때처럼 낯선 이국의 이름을 읊조려보았다. 로터스…… 넌 이제 청이도 렌화도 아니야. 거울 속에서 로터스가 입을 벌리며 푸후후 웃고 있다.

뒤에서 다시 헛기침 소리가 들렸다. 청이는 거울 앞을 떠나 아마에게로 돌아섰다.

"식사 다 하셨으면 내가겠습니다."

청이는 먼저 식탁 앞에 가서 앉으며 아마에게도 앉으라고 권했다.

"알구 싶은 게 있어요. 싱가포르라는 나라는 양인들만 사나요?"

"아뇨, 중국 사람들이 제일 많이 삽니다."

"아마는 어디서 왔어요?"

중년의 아줌마는 대답했다.

"저는 지사의 사택에서 일합니다. 허 징리께서 뽑아주셔서 삼 년째 일하고 있습니다."

"그럼 이 배는 왜 탔어요?"

"주인님이 가서 마님을 모셔오라구 해서요."

청이는 잠깐 좋은 꾀가 생각나서 빙긋이 웃으며 고개를 숙이고 있다가 불쑥 아마에게 물었다.

"내가 첫번째 마님인가요, 내 앞에 누가 있었죠?"

여인은 대답을 못 하고 우물쭈물했다. 청이는 얼굴에 노기를 띠며 목소리를 조금 더 높였다.

"허푸 아저씨에게서 모두 들었어요. 언제 떠났어요?"

"작년에 칼카타로 돌아갔지요."

"거긴 어디예요. 뭣 때문에 갔어요?"

아마는 앞치마를 자꾸만 비틀며 어쩔 줄을 몰라했다.

"저는 잘 모릅니다. 인도에 있는 도회지란 말은 들었지요."

청이가 다시 물었다.

"지난번 마님은 인도 여자인가요?"

12

"예. 저희와 말이 통하지 않았습니다. 전에 주인님이 칼카타에서 대리로 있을 때부터 함께 살았다고 합니다."

청이는 자기 짐 속에서 호박 장식이 달린 머리핀을 꺼내어 아마에게 내밀었다.

"이거 가져요."

아마가 얼결에 두 손을 뒤로 감추며 말했다.

"제가 이런 걸 받은 사실을 징리 나으리가 알면 저는 당장에 해고됩니다."

"괜찮아요. 아마는 오늘부터 내 편이 되어야 해요. 그래야 내가 아마의 편을 들어줄 수 있겠지요. 그 인도 여자는 왜 돌아갔나요?"

아마는 두 손에 머리핀을 쥔 채로 대답했다.

"병이 났다고 하는데 저희가 보기엔 다른 이유 같았습니다. 주인님의 명을 어겼기 때문이지요."

청이는 더이상 아마에게 묻지 않았다.

증기선은 무역풍과는 아무런 상관도 없이 갑판 한가운데의 굴뚝에서 검은 연기를 쉴새없이 내뿜으며 남지나해의 적도를 향하여 항해했다. 그 동안 청이는 작은 비단 양산을 받치고 갑판을 거닐거나 살롱에 올라가 차를 마시기도 했다. 가끔 갑판에서 양인들이 그네를 만나면 목례를 하며 비켜서거나 모자 챙에 손을 대며 정중하게 인사를 해 보였다. 청이는 몸을 옥죄는 양장에 익숙해지기 시작했고 아마는 양산이며 손수건이며 쥘부채에 챙 넓은 모자와 작은 손가방 따위의 물건들을 때맞추어 꺼내주었다. 선실의 옷장에는 연한 하늘색과 상아색의 양장이 걸려 있었으며 속옷도 여러 벌이 있었다. 청이는 그네 자신을 위한 가죽 가방도 준비되어 있는 것을 보았다. 열흘

남짓한 항해 기간중에 그네는 아마에게서 개화가 무엇인가를 교육받게 된 셈이었다.

허푸 아저씨는 배에 실린 회사의 화물을 책임지는 사람이라 서양인들도 함부로 대하지 못하는 듯했다. 배에 타고 며칠 지나서 허푸가 청이에게 신기한 물건 하나를 선물했다. 그것은 허푸가 언제나 조끼 주머니에서 꺼내 보던 동그란 은색의 금속 물건과 비슷하게 생긴 것이었다. 청이가 받은 물건은 그것보다는 훨씬 작고 금색이었는데 긴 금줄이 달려 있어서 목걸이처럼 보였다.

"마님, 이게 필요할 것 같은데요……"

청이는 허푸가 내미는 물건을 무심코 받아들었는데, 그가 장미 장식이 새겨진 뚜껑을 열어 보이자 깜짝 놀라서 하마터면 바닥에 떨어뜨릴 뻔했다. 투명한 유리 안에서 실처럼 가느다란 바늘이 쉴새없이 돌아가고 있었던 것이다.

"이게 뭐죠, 살아 있잖아요?"

청이가 소리를 지르자 허푸는 근엄한 표정을 흐트러뜨리지도 않고 성실하게 가르쳐주었다.

"이건 시계라고 합니다. 위에 튀어나온 꼭지를 돌려서 밥을 주면 죽지 않고 움직입니다."

"뭐에 쓰는 물건이에요?"

"시간을 가르쳐줍니다. 이것은 서양인들에게 매우 중요한 물건이지요."

청이는 움직이는 바늘을 들여다보며 다시 허푸에게 물었다.

"시간…… 그게 뭐죠?"

"하루를 잘게 쪼개서 어느 때가 되었는지를 알게 해줍니다. 시계를 보는 방법은 아마가 잘 가르쳐줄 테니 배워두십시오."

허푸는 설명을 마쳤다는 듯이 싱긋 웃어 보이고는 자리를 뜨면서 덧붙였다.

　"시간은 돈이라고 한답니다."

　아마는 시계 보는 법을 청이에게 가르쳐주었다. 시계에는 큰 눈금과 작은 눈금이 있고 크고 작은 바늘과 빨리 움직이는 긴 바늘이 있었다. 청이는 이렇게 지나쳐버린 눈금은 그 자리에 다시 되돌아오긴 하지만 다시는 그전의 눈금이 아니라는 걸 배웠다. 잠이 깨어 일어나는 시간도 아침 점심 저녁을 먹는 시간이나 잠자는 시간도 시계에 의해서 정해진다는 것도 알았다. 아마가 시계 보는 법을 가르쳐주며 청이에게 말했다.

　"저희는 시계가 없으면 아무 일도 못 합니다. 주인님이 식사하는 때와 회사에 나가는 때를 알아야 하고, 점심 자시러 집에 돌아올 때와 저녁에 귀가하실 때가 정해져 있거든요."

　청이는 불안한 얼굴이 되어 아마에게 물었다.

　"싱가포르에선 모두 그렇게들 살아요?"

　아마는 진지하고 확실하게 고개를 힘껏 끄덕였다.

　"중심가의 상점이나 부두에서나 시장에서까지 모두요."

　드디어 배가 싱가포르에 도착했다. 한낮의 소나기가 한바탕 쏟아지고 나서 열대의 구름이 멀리 해협 맞은편 수마트라 섬의 산 그림자를 지우며 흘러가고 있었다. 싱가포르는 말레이 반도의 끝에 마치 용이 구슬을 입에 문 것 같은 형국으로 떠 있는 섬이었다. 섬 주위의 움푹 들어간 너른 만 안에는 화륜선과 범선들이며 정크선들이 정박해 있거나 천천히 움직이고 있었다. 배는 해변가의 물 속으로 내밀어서 건설된 나무 구조물과 다리와 석축으로 연결된 부두에 바짝 댈 수가 있었다. 너른 공터마다 화물이 산더미처럼 쌓였고 중국인 쿠리와 인도인들이 무리를 지어 하역작업중이었다. 배에서 부두로 이어 놓은 구름다리로 사람들이 먼저 내렸다. 청이는 허푸 징리의 뒤를 따라 배에서 내렸다. 아마가 청이의 옷가방을 들고 따라 내렸는데 부두에는 말 두 마리가 끄는 마차가 벌써부터 와서 기다리고 있었다. 허푸가 청이와 아마를 마차에 태워주고는 하직인사를 했다.

"저희 지사의 마차니까 댁까지 안내를 해드릴 겁니다. 저는 아직 부두에서 볼일이 있어서…… 마담 로터스, 그럼 나중에 뵙겠습니다."

앞에 마부가 앉아서 말을 몰았고 청이는 아마와 뒷자리에 나란히 앉아서 지나치는 거리를 구경했다. 수많은 상점들과 식당들과 관청으로 보이는 석조건물들이 보였다. 길가에는 높다란 종려나무가 한바탕 내린 소나기의 물기를 머금고 젖은 채로 한들거렸다.

마차는 바다가 내려다보이는 그리 높지 않은 언덕의 목조집 앞에 당도했다. 입구에 나무들이 울창했고 길에는 반들거리는 돌을 깔았다. 집 앞은 노대였는데 평지보다 높직해서 난간과 나무계단이 있었다. 유리창은 활짝 열어젖혀졌고 흰 가리개가 바람에 한껏 부풀어서 창문 양쪽 가녁에서 나풀거렸다. 머리가 벗겨진 남자와 젊은이가 계단을 황급히 뛰어내려왔다. 그들은 여자들처럼 아래는 치마 같은 천을 두르고 위에만 소매와 품이 좁은 양식 상의를 입고 있었다. 아마가 청이의 곁에서 낮게 속삭였다.

"시쓰(西思)와 요리사입니다."

아마는 턱을 치켜들고 시쓰라고 지목한 젊은이에게 가방을 내주며 말했다.

"마님께 인사들 해요."

두 남자들은 서로 짐을 나누어 받아들고 청이에게 인사를 했다.

그들이 먼저 빠른 걸음으로 계단을 올라가고 아마의 뒤를 따라서 청이도 계단을 올라갔다. 노대 위에서 돌아다보니 정원수 너머로 바다가 보였다. 노대 위에는 탁자와 의자가 있었고 의자 다리에 썰매 같은 받침대가 달린 흔들의자가 따로 있었다. 아마가 그 의자를 앞뒤로 밀어 보이면서 말했다.

"주인님이 제일 좋아하시는 자리랍니다."

현관 문을 열고 들어서자 정원과 그 너머의 바다가 보이는 거실이었다. 안락의자와 탁자가 있고 서가에는 책들이 꽂혔다. 벽 가운데에 커다란 벽시계가 걸렸는데 길게 늘어진 추가 좌우로 쉴새없이 움직이고 있었다. 아마는 바로 거실 옆에 있는 식당으로 갔다. 길다란 식탁과 팔걸이 달린 나무의자들 여덟 개가 빙 둘러 놓여 있고 식탁 가운데에는 넓적한 화병에 노랑색 열대 수선화가 탐스럽게 꽂혀 있었다. 거실과 같은 방향이어서 식당에서도 노대와 정원이 내려다보였다. 벽에 노을 진 항구의 그림이 붙어 있고 그 맞은편 벽에는 손바닥만한 이상한 물건이 걸려 있었다. 그것은 십자로 엇갈린 나무 위에 웬 벌거숭이의 사내가 양팔을 벌리고 매달려 있는 끔찍한 목각의 형상이었다.

"저건 뭐예요?"

청이가 걸음을 멈추고 들여다보다가 아마에게 묻자 그네는 두 손을 모으고 공손하게 대답했다.

"그분은…… 양인들의 신입니다."

"신이요? 그럼 관음보살님이나 부처님 같은 분이란 말예요?"

"천주의 아드님이라고 한답니다. 형틀에 못 박혀서 죽었대요."

아마가 역시 공손하게 말했지만 청이는 얼굴을 찡그리고 중얼거렸다.

"끔찍해라! 그러니까 못 박혀 매달린 사내를 믿는 건가요?"

이때에 장중한 종소리가 울리기 시작하자, 청이는 깜짝 놀라서 아마에게 물었다.

"어디 절이 있나요?"

"저건 시계가 시간을 알리는 종소리입니다. 몇 점을 치는지 속으로 헤아리면 시계를 보지 않고도 몇시인지 알 수 있답니다."

청이는 얼른 식당을 나와 거실로 나가서 벽시계가 종을 치는 것을 직접 확인했다. 그네는 하인들이 짐을 갖다놓은 침실로 가서 둘러보았다. 침상처럼 주위에 흰 모슬린 천의 휘장을 두르고 다시 그 위에는 접어올린 모기장이 보였다. 옷장과 벽장이 있고 의자들이 여러 개 있었으며 욕실이 옆에 붙어 있었다. 맞은편에는 조금 작은 침실들이며 손님 방들이 있었다. 아마가 말했다.

"주인님은 여섯시에 돌아오십니다. 먼저 목욕을 하시고 새옷으로 갈아입으세요. 모두 준비해놓겠습니다."

욕실에는 벌써 데운 물이 욕조에 가득했고 비누며 거품도 준비되어 있었다. 청이는 선실에서 서양 비누의 향기와 거품에 익숙해진 뒤여서 별로 놀라지 않았다. 목욕하고 새옷으로 갈아입고 아래층으로 내려오니 부엌에서는 저녁 준비가 시작되고 있었다. 아마도 어느 틈에 옷을 갈아입고 가슴에까지 가리는 앞치마와 둥근 수건 모양의 모자를 썼다.

시계가 여섯 번 울리고 나서 오 분쯤 지났을 때에 말발굽이 자갈길을 달리는 소리가 들렸다. 아마가 청이에게 말했다.

"주인님이 오셨습니다."

아마는 얼른 거실로 가더니 현관 문을 열어놓고 노대 앞에 가 섰고, 젊은 하인이 층계 아래까지 달려내려갔다. 청이는 아마의 뒷전에서 그네를 흉내내어 두 손을 치마 앞으로 모으고 서 있었다. 낮에 부두에서 청이를 태우고 왔던 마차가 정원을 가로질러오더니 축대 위에 지은 단층집의 높다란 나무계단 앞에 와서 섰다.

제임스는 실크해트를 쓰고 뒷자락이 긴 상의에 통 좁은 바지 차림이었다. 그는 작은 가방을 들고 마차에서 내렸다. 하인이 그의 가방을 받아들었고 제임스는 충계를 올라왔다. 아마가 먼저 다리를 굽히며 인사를 했다.

청이는 이내 제임스의 얼굴을 알아보았다. 사실은 하룻밤 자고 지나간 사내를 창기가 기억하기는 쉽지 않은 일이었다. 하지만 그는 구레나룻과 콧수염을 기른 서양인이었고 청이는 그가 자기를 첩으로 원한다고 했을 적부터 그의 모습을 떠올리려 애를 썼던 것이다. 기루의 침상이 아닌 자기 집에서 하인들의 영접을 받으며 돌아오는 제임스는 키가 훨씬 더 크고 당당해 보였다. 그러나 청이는 절대로 기죽지 않았다. 청이는 인사하지는 않고 대신에 그를 올려다보며 환하게 웃어 보였다.

제임스가 모자를 벗더니 거리낌없이 청이의 허리에 한 손을 감으면서 머리를 숙여 뺨에 키스를 했다. 그의 숨결에서는 시가 냄새가 났고 콧수염이 귓가를 간질였다. 그가 영어로 말했다.

"다시 만나서 반가워요. 먼 데서 잘 왔소."

청이는 중국 말로 말했다.

"집이 너무 좋아요."

그러나 서로는 상대가 무슨 말을 하는지 전혀 알아듣지 못했다. 아마가 원주민식 엉터리 영어인 피진 잉글리시로 제임스에게 말했다.

"그 여자 이름 로터스. 집 좋다고 말했다."

제임스는 거실에서 곧장 식당으로 들어가며 외쳤다.

"아 배고파. 찹찹을 다오."

아마가 고개를 흔들며 손가락까지 세워서 흔들어 보였다.

"당신 세수하고, 옷 바꾸고 와라, 찹찹 없다."

제임스가 두 손을 높이 들어 보였다.

"알았소. 손 씻고 옷 갈아입고 먹도록 하지."

청이는 아마가 손가락으로 가리킨 자리에 가서 앉았다. 그네는 자리에 앉으면서 양옆으로 줄지어 놓여 있는 빈자리들에 눈길을 주었다. 아마는 청이에게 길다란 식탁의 많은 의자들을 놓아두고 양쪽 끝에 서로 멀리 마주 보게 되어 있는 자리를 가리켜 보였던 것이다.

제임스는 편한 옷으로 갈아입고 머리도 다시 빗어서 말끔한 얼굴이 되어 나타났다. 그는 의자에 앉더니 두 손을 식탁 위에 얹고 깍지를 끼어 쥐고는 머리를 숙이고 혼자 입속말로 한참이나 중얼거렸다. 청이는 제임스가 머리를 들자 아마에게 작은 소리로 물었다.

"저 사람 뭐라고 눈감고 중얼거리는 거예요?"

"서양 사람들은 음식을 주셔서 고맙다구 저희 신에게 말해요."

어리둥절한 제임스 쪽은 본 척도 않고 청이가 다시 아마에게 큰 소리로 물었다.

"저기 매달린 사내에게 고맙다구 그러는 거예요?"

"그래요. 마님두 나중엔 같이 해야 될 거예요."

아마와 젊은 하인이 번갈아 드나들며 식사 시중을 들었다. 청이는 배에서 배운 대로 칼과 삼지창으로 음식을 조심스럽게 먹기 시작했다. 제임스가 말했다.

"놀랐는걸. 그렇게 앉아 있으니 고향에 돌아온 것 같군. 나는 처음 볼 때부터 로터스 당신이 마음에 들었소."

청이는 그냥 웃는 얼굴로 제임스를 바라보면서 아무 말도 하지 않았다. 아마는 스튜가 들어 있는 법랑 냄비를 들고 들어오다가 청이에게 말을 건넸다.

"주인님은 마님을 처음 볼 때부터 반했대요."

"나는 좀 무서웠어요."

아마가 제임스에게 말했다.

"로터스 처음 당신 무서웠다."

"무서웠다고? 왜?"

아마는 국자로 스튜를 그의 접시에 떠주면서 말했다.

"당신 양귀즈(洋鬼子), 코 크다, 수염 많다, 무섭다."

제임스가 음식을 먹다 말고 웃음을 참으면서 아마에게 말했다.

"나도 처음엔 동양인이 웃어도 기분이 좋은지 나쁜지 몰랐소."

차를 마시고 나서 제임스는 두툼한 시가를 물고 불을 붙였다. 그는 청이의 손을 잡고 노대로 나가 흔들의자에 앉고 그네를 옆의 의자에 앉도록 했다. 날이 저물면서 화단의 꽃냄새가 더욱 짙게 풍겨 왔고 바람은 서늘해졌다. 그가 안에다 대고 시쓰를 찾으니 젊은이가 술 한 잔을 쟁반에 받쳐들고 나왔다. 그는 느긋하게 흔들거리며 의자에 앉아서 고깃배의 등불이 몇 점 떠 있는 바다를 내다보았다. 그가 혼잣말로 중얼거렸다.

"세계는 넓다. 그리고 우리는 그걸 우리 시장으로 만들 거야. 나도 당신을 새사람으로 만들 작정이다."

집 안 곳곳마다 램프에 불이 켜지고 요리사와 아마가 아래편 오두막으로 내려간 뒤에 마지막으로 시쓰가 노대로 나왔다. 제임스가 그에게 말했다.

"모기가 없겠지?"

"모두 잡았다. 모기장 쳤다."

제임스는 다시 청이의 손목을 잡고 거실을 지나 오른쪽의 문을 밀고 들어가 침실로 갔다. 그는 옷을 벗기 시작했고 청이는 옷을 받아서 옷장 안의 옷걸이에 차례로 걸어주었다. 방 안에 유리 등피를 씌운 램프가 놓여 있었다. 그는 청이를 돌아서게 하고는 원피스의 뒷단추를 풀어주었고, 허리 뒤에 조여맨 끈도 풀어주었다. 청이는 아마가 가르쳐준 대로 페티코트와 속바지를 벗었다. 그리고는 알몸 위에 레이스 달린 가운으로 갈아입었다. 제임스가 두리번거리더니 준비해둔 듯한 큼직한 스테인리스 병의 물을 대야에 부었다. 그러고는 불그스레한 액체가 들어 있는 작은 병을 기울여 소독약을 물 속에 떨구었다. 제임스가 말했다.

"이걸로 씻구 잔다."

청이는 알아듣지 못하고 제임스의 구두를 벗기려 했고 그가 웃으면서 뿌리쳤다.

"같이 자기 전에 너 먼저 씻고, 그리고 내가 나중에 씻는다."

제임스의 거듭되는 손짓에 청이는 비로소 그가 무얼 원하는지 알아들었다. 아, 이 사내는 병을 겁내고 있구나. 아직 나를 믿지 못하는 거야. 제임스가 다시 중얼거렸다.

"메이두, 메이두, 무섭다!"

청이는 자기가 다시 지룽의 사창가로 돌아온 느낌이 들었다. 그네는 쪼그려앉아서 가운 자락을 젖히고 아랫도리를 소독수로 씻어냈다. 제임스는 벌써 벌거벗고 모기장을 내려뜨린 침대 안으로 기어들어가 있었다. 소독약을 탄 물이 닿자 연약한 질 속이 따갑고 쓰라렸다. 지룽에서는 일이 끝난 다음에 달인 약재와 백반 섞인 물을 썼는데 냄새는 났어도 이렇게 따갑지는 않았다. 청이는 미리 준비해두던 해면을 안으로 집어넣었다. 청이가 침대로 다가서자 제임스는 모기장을 조금 젖혀주면서 말했다.

"빨리 들어와. 모기 들어온다!"

청이는 얼른 모기장 안으로 들어가 제임스의 곁에 누웠다. 제임스는 모기장이 젖혀진 곳이 없나 살피면서 자락이 침대 아래로 완전히 늘어지도록 몇 번씩이나 팽팽하게 폈다. 그가 누우려다가 어디선가 앵 하는 모기의 날갯짓 소리가 들려오자 화를 내면서 투덜거렸다.

"게으른 시쓰 녀석, 내일 아침에 혼을 내야겠군."

그는 손바닥을 마주치며 모기의 날갯짓 소리를 쫓다가 드디어 잡았는지 비쳐드는 램프 불빛에 손바닥을 펴고 들여다보았다. 청이는 제임스의 모기에 대한 신경과민이 좀 우스꽝스러워 보였다. 이런 고장에서야 밖에 나가 서 있기만 하면 언제나 저도 모르는 사이에 모기가 물곤 하지 않는가. 밤에 지룽에서 사내와 그 짓을 하고 있던 때에도 모기가 허벅지며 어깨를 무는 순간을 수없이 느끼고는 했다. 제임스가 혼자 중얼거렸다.

"말라리아, 말라리아 아나? 무서운 병이다."

청이는 일부러 그의 과민해진 기분을 풀어주느라고 손가락을 움직이며 모기가 나는 소리를 냈다. 그리고는 사정없이 그의 귀를 잡고 늘어졌다. 제임스가 킬킬거리며 그의 몸 위로 넘어지더니 그제서야 손길이 달라졌다. 그는 가운을 젖히고 로터스의 젖가슴에 입을 대더니 깊숙하게 입 속에 넣고 빨기 시작했다. 그의 입술과 까칠한 수염이 청이의 하복부를 쓸고 내려가 배꼽 언저리에 머물다가 아랫도리에 닿더니 혀가 음핵을 건드렸다. 청이는 조금 간지러웠지만 하반신을 몇 번 꼼지락거리며 신음 소리를 내주었다. 그는 더욱 숨이 거칠어지면서 그 언저리에서 맴돌다가 허벅지를 지나 무릎으로 내려갔다. 그는 무릎 안쪽을 빨다가 종아리를 잘근거리며 깨물었다.

제임스는 청이의 위에 올라앉은 채로 위로 올라와서 가슴 사이에 제 것을 집어넣고 젖가슴으로 부볐다. 그리고는 곧장 위로 기어올라오더니 청이의 턱 밑에 그의 물건이 당도했다. 그네는 처음으로 풀기 없이 부드럽지만 거대해 보이는 서양 남자의 물건을 또렷하게 보았다. 제임스가 먼저 자기의 것을 잡더니 청이의 입 안으로 밀어넣었다. 그는 넣은 채로 돌아서서 엎드려 청이의 아래를 향했다. 청이는 처음으로 이 자세에 달아오르기 시작했다. 그건 서로가 상대의 노골적인 자세를 너무나 생생하게 보고 있기 때문이기도 했다. 그리고 자기의 행위까지도. 그리고 상대가 자기의 하는 짓을 보고 있다는 것을 또한 스스로 안다. 그가 참을 수 없다는 듯 돌아앉으며 청이의 아랫도리에 자기 것을 넣었다. 청이는 뭉클 하면서 뜨거운 것이 명치끝에까지 닿는 것 같았다. 그러나 숫자로 네다섯쯤 헤아릴 동안에 부풀었던 물건에서 바람이 새어나가듯이 일시에 사그라들며 청이의 사타구니에서 그것은 슬그머니 빠져버리고 말았다.

청이는 눈을 감고 숨을 가라앉히며 누워 있었고 모기장 밖으로 나간 제임스는 무릎 꿇고 앉아서 자기의 물건을 소독수로 씻었다. 그러는 제임스의 커다란 등판이 어쩐지 무력하게 보였다. 제임스는 한참이나 침대 밖의 의자에 우두커니 앉아 있었다. 그가 다시 침대 안으로 돌아왔는데 가죽 줄과 띠를 손에 쥐고 있었다. 제임스가 두 손목을 모으고 가죽 줄을 묶으라는 시늉을 했다. 청이는 전에 지룽에서 어느 선원이 밤새껏 벌이던 놀음이 떠올라서 별로 놀라지는 않았다. 청이는 제임스의 두 손목을 사정없이 가죽 줄로 꽁꽁 묶었다. 이 가죽 띠로 때려달라는 거겠지. 청이는 주저하지 않고 앙칼지게 소리 지르며 엎드려 있는 제임스의 등판을 사정없이 내려쳤다.

"이 바보야, 더러운 짐승아!"

제임스는 끙끙거리며 상체를 꿈틀거렸다. 가죽 띠가 휘감겼던 자리마다 줄을 그은 것처럼 발갛게 부풀어오르더니 연거푸 맞은 곳은 터져서 피가 났다. 청이는 매질을 멈추었다. 제임스는 땀을 흘리며 돌아눕더니 상처가 쓰라린지 오만상을 찌푸렸다.

그리고 일 주일쯤 지나갔다. 청이는 서양 사람들이 양력이라는 달력을 쓰고 일곱 날 단위로 생활한다는 것을 알게 되었다. 제임스는 엿새 동안 지사에 나가서 일을 했고 틀림없이 저녁 여섯시에는 돌아와서 저녁을 먹었다. 토요일에는 오전에만 나갔다가 오후에는 집에 돌아오거나 같은 서양 사람들의 집을 방문하기도 하고 함께 운동 놀이를 하러 가기도 했다. 그리고 일요일은 늦게까지 늦잠을 자면서 뒹굴다가 새옷으로 갈아입고 교회에 갔다.

청이도 제임스를 따라서 아마가 말하듯이 서양 절이라는 교회에 가보고 싶었지만 제임스는 냉랭하게 한마디로 거절했다. 청이는 납작한 접시에 담아 먹는 물기 없는 음식과 껍질이 딱딱한 빵에 넌더리를 내고 있어서 드디어 좋은 꾀를 생각해냈다. 제임스가 일요일에는 교회에 갔다가 서양 친구들과 어울리다가 저녁에야 돌아온다는 걸 알고는 아마에게 제안을 했다.

"아마, 우리 함께 요리해 먹어요."

아마는 양인들처럼 눈을 찡긋 감아 보이며 말했다.

"안 그래두 우리는 토요일과 일요일에 아랫집에서 해먹어요."

"아, 그러면 나두 초대를 해주는 거예요?"

아마는 고개를 끄덕이더니 손을 내밀었다. 청이 어리둥절하여 그네의 내민 손을 내려다보며 물었다.

"이게 무슨 뜻이죠?"

"서양 사람들이 계약을 하면 이렇게 해요. 악수라구 합니다. 자아, 마님과 아마는 주인님 모르게 우리 음식을 함께 먹도록 하십시다."

"좋아요!"

청이는 아마의 손을 잡고 그녀가 흔드는 대로 함께 흔들었다. 청이 아마가 불러서 아래채로 처음 내려가보니 요리인 아저씨와 시쓰 일을 맡은 하인이 와 있었고 온 집 안에 정다운 콤콤한 냄새가 가득했다. 콤콤한 냄새란 장유(醬油)나 해물 비린내였다. 집 안의 생김새도 제법 너른 전실에 식탁 겸 탁자가 있고 등나무 의자가 몇 개 주위에 놓여 있었다. 때가 낀 휘장을 쳐놓은 안쪽이 주방이고 전실 좌우에 방이 하나씩 있었다. 사방에서 퀴퀴한 냄새며 마늘 냄새가 나서 청이에게는 너무도 낯이 익었다.

"나에게 마님이라고 하지 말아요."

청이 아마에게 부탁했지만 그녀는 고개를 저었다.

"안 됩니다, 절대루…… 징리를 맡고 있는 허푸 씨가 알면 우리는 당장 해고됩니다. 질서를 지켜야 되거든요."

청이는 부엌 쪽을 돌아보고 나서 아마에게 물었다.

"그 질서는 누가 만든 거예요?"

"물론 양인들이 만들었지요. 우리들 중에 양인들을 빼놓고 가장 높은 사람은 징리 일을 맡고 있는 허푸 씨입니다. 물론 마님은 제외하고 말입니다. 그리고 사무실에는 사무원들이며 잡역을 하는 시쓰들이 있지요. 사택의 하인들은 그들 밑이랍니다."

청이는 먼저 부엌 쪽으로 가서 넓적한 칼로 마늘을 다지고 섰던 요리인과 야채를 씻는 시쓰에게 말했다.

"내 이름은 서양 이름으로 로터스래요. 당신들 이름은 뭐예요?"

요리인이 습관이 된 듯이 잇몸을 발갛게 드러내고 웃어 보였다.

"해리입니다. 성은 쑹이구요."

젊은 시쓰가 말했다.

"자크요."

"오늘 우리 뭘 해먹죠?"

청이 묻자 요리인 해리 쑹은 킬킬 웃었다.

"돼지고기 장유에 마늘조림하구요 도미 된장찜이요."

청이도 킬킬 웃으며 말했다.

"냄새가 굉장하겠군요."

벌써 대바구니에서 밥 찌는 구수한 냄새가 올라오고 있었다. 아마가 말했다.

"집에서 나오시면 저를 그냥 리우라고 부르셔도 됩니다."

청이가 다시 킬킬 웃으면서 그네에게 물었다.

"서양 이름이 앞에 붙지 않아요?"

"매기라고 부르는데 거의 쓰지 않아요. 서양인들은 저희가 지어놓고도 금방 잊어먹지요. 저앤 자크라고 불러주면 원이 없겠지만 여전히 다른 보이들처럼 시쓰라고만 부르지요. 사무실에서 차 심부름을 맡은 차 시쓰(茶西思)나 음식점에서 시중을 드는 시칸 시쓰(侍餐西思)처럼 직업이 이름인 셈입니다."

드디어 음식이 식탁에 차려지고 요리인 해리부터, 시쓰 자크와, 아마 리우, 그리고 마님 로터스에 이르기까지 평등하게 공기에 밥을 담고 젓가락을 한 벌씩 들고 모여 앉았다. 청이는 푸근한 밥과 반찬이 입에 찰싹 달라붙는 듯했다.

"아아, 매일 여기서 밥 먹구 살았으면……"

아마가 눈을 휘둥그렇게 떠 보였다.

"주인님 아시면 큰일나요. 이런 것두 금지조항의 하나랍니다."

청이는 젓가락질을 멈추고 아마에게 물었다.

"내게 금지된 일이 전부 어떤 거예요?"

두 사내는 말없이 고개를 숙이고 공기를 쳐들어 밥만 퍼넣고 있었다.

"나두 잘 몰라요. 웬만한 건 주인님이 그냥 넘어가시는데 단단히 주의를 줄 때가 있지요. 그것만은 어기면 안 됩니다. 자주 어기게 되면 돌려보내시지요."

아마의 설명에 청이는 정말 철딱서니 없는 어린애처럼 깔깔대며 웃었다.

"고향으로 돌아가고 싶을 땐 제임스의 말을 어기면 되겠구나!"

"그건 그래요. 하지만 계약 위반이지요. 월급은 전부 몰수된답니다."

"계약? 누가 맘대로 그걸 정했어요?"

청이가 분개해서 묻자 요리인 해리가 여전히 벙글대며 대답했다.

"여기 고용된 이들은 누구나 계약에 묶여 있습죠."

청이 아마를 돌아보니 그네는 평소처럼 눈을 동그랗게 뜨고 고개를 천천히 끄덕였다. 이건 아주 진지한 얘기라는 뜻이다.

"허푸 어른부터 마님까지…… 계약에 묶여 있는 셈입니다."

아마는 청이에게 다시 확인하듯 말했다.

"돈을 가진 회사가 우릴 고용했거든요."

어쨌든 음식은 너무 맛이 있었다. 청이는 아마와 함께 속삭이고 킬킬대면서 고량주까지 몇 잔을 마셨다. 갑자기 아마의 얼굴이 흐려지더니 다급하게 요리인에게 물었다.

"지금 몇시요?"

요리인은 식탁을 떠나 부엌의 휘장을 들쳐보더니 외쳤다.

"어이구 벌써 네시가 넘었어요."

아마가 잔을 내려놓고 일어섰다.

"늦었어요. 주인님이 교회 가셨다가 카드 놀이하구 다섯시쯤이면 돌아올 텐데…… 청소하구 저녁 준비해야지. 자 모두들 일어납시다."

아마가 손뼉을 치면서 수선을 떨었다. 청이는 그런 식으로 제임스가 없는 틈을 재미있게 보내는 방법을 알아가기 시작했다.

아침마다 청이는 제임스보다 먼저 눈을 뜨게 되었다. 머리맡에 자명종이 놓여 있었기 때문이다. 그것은 사발만했는데 반짝이는 은도금한 껍데기에 밥을 주는 태엽 꼭지와 시간을 맞추는 나사가 둘이나 붙어 있고 바늘 돌아가는 소리가 요란했다. 청이는 처음에는 시계 소리 때문에 쉽게 잠들지 못하고 뒤척였지만 나중에는 잘 들리지 않게 되었다. 그렇다고는 해도 아침마다 귀청이 떨어지게 종이 울리는 바람에 소스라치게 놀라 벌떡 일어났다가 한참을 베개에 머리를 박고 뜸을 들여야 했다. 청이가 볼 적에 제임스는 거의 자명종의 노예라고 할 만했다. 그냥 내버려두었더니 몸살을 하며 엎드렸던 그가 다시 깊이 잠이 들어서 늦잠을 잤던 적이 있었다. 그는 허둥지둥 세수도 못 하고 나가면서 청이에게 불같이 화를 냈다. 왜 깨우지 않았느냔 것이다. 청이는 그의 잠을 방해할 생각이 전혀 없었으므로 제임스가 화를 내고 간 뒤에 분해서 울기까지 했다.

청이가 제임스에게 온 지 석 달이 여섯 달이 되고 열 달쯤 되자 말이 통하게 되었다. 제임스가 허푸와 둘이서 장사와 회사에 관한 이야기를 할 때에는 잘 못 알아듣는 말이 많았지만 집 안에서는 아마보다도 로터스가 더 말이 잘 통했다. 제임스가 집에 있을 때면 몇 번이고 고쳐말하면서 그네를 가르쳤기 때문이었다.

아침에 일어나면 제임스는 청이가 늦잠을 자는 걸 허용하지 않았다. 그네도 반드시 옷을 입고 출근하려는 제임스와 마주 앉아 아침을 먹어야 했다. 커피를 마실 때까지 말이 없던 제임스가 입을 떼었다.

"오늘 손님들이 집에 올 텐데…… 당신은 별실에서 따로 저녁을 먹어야겠소."

"어떤 손님들이요?"

제임스가 청이를 빤히 쳐다보며 말했다.

"회사의 신사들."

청이는 아무 영문도 모르고 말했다.

"제가 저녁 시중을 들어야 되잖아요?"

제임스는 미간을 조금 찌푸리더니 간단하게 말했다.

"안 돼."

그는 노대로 배웅 나간 아마와 청이를 남겨두고 계단을 내려가다가 다시 돌아섰다. 뺨에 키스하는 것을 잊었던 것이다. 제임스가 고개를 내민 청이에게 입을 갖다대면서 말했다.

"만찬에 백인만 참석하는 건 그저 관습일 뿐이야."

그는 이렇게 대답하고 마차에 올라 출발했다. 청이는 제임스의 말을 다 알아듣지 못하였다. 그네는 멀어져가는 마차 꽁무니에 시선을 고정시킨 채로 함께 배웅하느라 뒤에 서 있는 아마에게 물었다.

"매너가 무슨 말이죠?"

아마는 눈을 동그랗게 뜨고 대답했다.

"양인과 우리가 다르다는 말입니다. 그들이 그런 말을 쓸 적엔 우리더러 빠지라는 소리예요."

"그럼 아마가 시중을 들어요?"

아마는 고개를 저었다.

"아뇨, 시쓰가 주로 할 겁니다. 요리인과 저는 뒷바라지를 해야죠."

요리인과 시쓰가 마차를 타고 나가서 장을 보아오더니 오후부터 요리 준비가 시작되었다. 수놓은 흰 식탁보를 새로 덮고 은촛대를 내오고 푸른 덩굴 무늬가 그려진 접시를 내고 포도주와 위스키를 준비했다. 시쓰 자크는 머리에 기름을 발라 뒤로 단정하게 넘기고 목단추를 끼운 셔츠에 하얀 마직 상의를 입고 바지를 입었다. 그는 그렇게 차려입고서 거만하게 턱을 쳐들고 오락가락하면서 아마와 청이 쪽은 거들떠보지도 않았다.

　시계가 여섯시를 쳤을 때 아마가 청이에게 눈짓을 하면서 등을 밀었다.

　"자 이젠 별실로 가십시다. 내가 거기다 저녁을 차려드릴게. 그리고 나하구 한잔해요."

　청이가 내키지 않던 말을 꺼냈다.

　"제임스가 중국인 첩을 들인 걸 부끄러워하는 거예요?"

　"천만에…… 여기 다른 회사의 영국인들도 인도 여자, 안남 여자, 중국 여자와 살아요. 그걸 서로 뻔히 알지요. 제임스가 그랬잖아요? 만찬에 백인들만 참석하는 게 다만 이곳의 매너일 뿐이라고."

　청이는 제임스와 동침하기 전에 소독수로 아랫도리를 닦을 때처럼 어떤 어처구니없는 섭섭함이 가슴에 가득 차올랐다. 그렇지만 규칙은 지켜야 한다지 않는가. 청이는 별실로 가지 않고 슬그머니 다락으로 오르는 사닥다리를 당겨서는 조심스럽게 올라갔다. 다락의 쪽창문에서는 노대 아래를 내려다볼 수가 있었다. 먼저 제임스의 이륜마차가 다가왔고 곧 뒤이어 말 두 마리의 사륜마차가 다가와 세 사람을 내려놓았다. 제임스는 계단 아래 서 있었고 남자 두 사람이 내리더니 마지막으로 머리카락이 잘 익은 보릿대처럼 노란 여자가

흰 원피스를 입고 마차에서 내렸고 다른 남자가 손을 내밀어 잡아주
었다.

"이곳 풍경이 너무 맘에 들어요!"

여자가 높게 갈라지는 목소리로 외쳤다. 뒤이어서 다시 사륜마차
가 들어서고 실크해트를 쓴 나이든 남자와 제임스 또래의 남자들이
내렸다. 그들은 거실 쪽으로 사라져서 보이지 않게 되었고, 청이는
우두커니 창가에 섰다가 다락방에서 내려왔다.

복도의 바깥쪽에서 그들의 재빠른 말소리가 들려왔지만 청이는
거의 한마디도 알아들을 수가 없었다. 거실에서 안쪽으로 누군가 들
어오는 발소리가 들리자 그녀는 얼른 별실 문을 열고 안으로 들어갔
다. 별실 맞은편이 화장실이라 누군가 들어가서 펌프로 물을 올리는
소리가 들렸다. 펌프는 부엌과 욕실 겸 화장실 두 군데에 있었다. 집
아래 우물이 있는 거나 마찬가지여서 청이는 그게 이 집에서 제일
신기했던 새 문물이었다. 별실에는 벽에 붙여서 침대가 있고 방 가
운데 탁자와 의자 넷이 있었다. 손님이 온 적은 한 번도 없었는데 아
마는 날마다 이 방의 마루를 쓸고 닦고 했다. 청이가 의자에 앉아서
창 밖의 뒤뜰을 내다보고 있는데 등뒤에서 문이 열렸다.

"나 돌아왔소."

제임스였다. 그는 사무실에 나갈 때 입었던 양복 차림 그대로였다.

"다락에 올라가서 손님들 오는 걸 봤어요. 서양 여자는 처음 봤
어요."

청이 말하자 그는 마치 무대 뒤로 잠깐 빠져나온 광대처럼 안주머
니에서 빗을 꺼내어 머리를 빗고 눈가를 두 손으로 부비기도 했다.

"그 여자는 다른 회사 대리인의 부인이야. 그들도 당신이 집에 있
는 걸 알아."

제임스는 새삼스럽게 별실 안을 휘둘러보고는 문을 열고 나가기 전에 청이에게 말했다.

"저녁은 아마와 함께 여기서 먹도록 해. 손님들은 아홉시가 넘으면 돌아갈 거야."

삼십 분쯤 지나서 아마가 쟁반에 음식이 담긴 접시 몇 개를 받쳐들고 들어왔다. 그네는 식탁에 음식을 내려놓자마자 앞치마와 같은 색의 모자를 벗고 마주 앉았다. 청이는 시큰둥해져서 말했다.

"서양인들은 우리와 집에 함께 살면서도 창피한가봐요."

양상추를 젓가락으로 집어다 우적우적 먹고 있던 아마가 어리둥절한 얼굴로 그네를 바라보더니 갑자기 웃음을 터뜨렸다.

"그건 창피해서가 아니랍니다. 개나 고양이를 기르는 거나 마찬가지죠. 우린 여자라 그러려니 하지만 남자들에겐 더해요."

아마는 신이 나서 말했다.

"서양 여자들 들판에서 크리켓 공놀이하다가 오줌 마려우면 주위에 누가 없나 둘러보지요. 백인 남자는 없고 하인들만 있으면 서슴없이 궁둥이 까고 풀밭에 오줌을 누지요. 그건 강아지 앞에서 아무일이나 하는 거와 같잖아."

청이는 포도주 한 잔을 조금씩 쉬어가며 마셨다. 얼굴이 달아오르며 기분이 한결 나아졌다. 아마가 빈 접시들을 식탁 모서리로 치우고 자기도 한 잔을 따라 마시더니 청이에게 물었다.

"마님…… 정처가 되구 싶은 거예요?"

청이는 과연 자기 마음이 그러한지 잠깐 생각해보았다. 그네는 흘러간 몇 년 동안 기억에 남아 있던 사내들을 하나씩 떠올려보았지만 이제는 얼굴 윤곽조차도 희미했다. 잠깐 그리웠던 첫사랑 동유마저도 그의 음성조차 생각이 나질 않았다. 처음부터 어떤 사내의 아내가 되겠다는 생각조차 없었던 게 아닐까. 동유와 항저우의 상가 골목을 다니면서 자그만 가게를 사서 재미나게 살자고 했던 것도 단 며칠 동안의 막연한 꿈에 지나지 않았다.

나는 팔려와서 아직도 몸값에 매여 있는 거야. 청이는 다시 생각해보았다. 그러면 나는 지금 자유로워지고 싶은 걸까. 이 세상 천지 어느 곳에도 자유로운 사람은 누구도 없어. 돈이 많으면 어떨까. 그래도 자유롭지 않을 거야. 다들 불쌍하게 허덕거리다 나중엔 늙어서 혼자 속옷도 갈아입지 못하고 잠자리를 더럽히고 똥오줌 지리면서 죽어갈 거야. 나는 내가 누구인지도 모르는데 그리고 아무도 사랑한 적이 없는데. 그리고 무엇보다도 나는 아득한 세상의 끝에까지 와서 아무 데도 내 맘대로 돌아갈 수도 없잖아. 제임스 말대로 개화된 양인들은 이 넓은 세상을 모조리 저희들에 맞게 새로 만들 수 있을까. 그렇게 혼자 생각에 빠져서 손가락으로 식탁 위의 물 얼룩을 손가락으로 건드리고 앉았는데 아마가 청이의 빈 잔에 마지막 남은 포도주를 모두 따라주었다.

"양인의 정처가 되는 길이 있긴 있답니다. 아기를 낳으면 되죠. 지난번 인도 마님은 아기 갖기를 그렇게 원했는데 낙태했어요."

아마의 말에 청이는 언뜻 유자오에 대한 생각이 지나갔다.

"나 딸이 있어요."

"그럼 전에 시집갔어요?"

아마가 놀라서 묻자 청이는 배시시 웃었다.

"친구가 그앨 낳구 죽어서 내가 키웠어요. 단수이에다 떼어놓구 왔어요."

아마가 말했다.

"우리 고향은 광둥이라던데 너무 어려서 왔기 때문에 하나도 기억

34

이 안 나요. 여기 중국 사람들은 거의가 광둥 사람들이랍니다."

청이는 아마에게서 싱가포르에 사는 양인 첩들이 오직 정처가 되기를 바라고 있다는 걸 알았다. 정처가 되면 같이 남편의 고장으로 가서 살 수도 있고 따라가지는 못할지라도 적어도 그가 현지에 남겨둔 집이며 토지며 돈을 물려받을 수가 있었다. 샹 부인의 경우에는 십 년간 매월 받은 동거비와 전별금만 받은 정도로도 단수이에 기루를 차리지 않았던가.

"단수이에 소식을 전하구 싶은데 어떻게 하면 되죠?"

청이가 묻자 아마가 대답했다.

"그건 아주 쉬워요. 회사의 판팡(瓣房) 사무실에 가서 허푸 징리께 부탁하면 편지도 써주고 보내는 물건도 챙겨준답니다. 타이완 들르는 배편에 부치면 됩니다."

아마가 술이 발갛게 올라서 기분이 좋았는지 청이에게 은근히 말했다.

"마님두 갑갑하게 집에만 있지 말구 나가서 바람두 쐬구, 친구두 사귀구 하세요."

"어디 갈 데가 있어야지······"

"마님 같은 분들이 나와서 모이는 데가 있어요. 이제 주인님이 칼카타 아니면 홍콩 상하이에 출장을 나다닐 텐데, 어떤 철에는 한 달씩 집을 비운답니다. 그런 때에는 친구들 불러다 노는 거예요."

청이는 제임스가 손님을 초대했던 날 이후로 자기도 그를 빼고 따로 친구들을 사귈 작정을 했다. 제임스가 말라카 해협의 훨씬 위쪽에 있는 페낭에 출장을 가자 청이는 아마와 같이 판팡에 나가서 허푸 아저씨를 만났다. 청이는 허푸의 도움을 받아 샹 부인에게 보내는 편지를 만들 수가 있었다.

허푸의 판팡 사무실은 회사 건물이 있는 거리의 가까운 곳에 있는 이층 벽돌집이었다. 청이는 번쩍이는 책상과 서류 더미와 뻐꾸기가 드나들며 울어대는 벽시계가 걸린 허푸의 사무실에서 편지를 작성했다. 청이는 다른 중국 여자들처럼 글을 읽고 쓰지 못했기 때문에 더듬거리며 말해주면 허푸가 잠시 듣고 나서 글로 써주었다. 편지 작성이 끝나자 허푸 징리가 종이를 들고 내용이 맞는가 확인하라면서 읽어주었다.

보고 싶은 샹 유안 엄마, 저 렌화예요. 잉후아도 유메이 언니도 웬지 부인 모두 안녕한가요. 그리고 우리 유자오는 건강하게 잘 자라고 있겠지요. 어느새 일 년 가까이 되도록 소식 한번 보내지 못했어요. 편지 보내는 길을 몰라서 그랬지만 이제 겨우 알게 되었으니 자주 소식 드릴게요. 처음에는 단수이와 죽원반관 식구들 생각이 나서 저녁마다 울었는데 지금은 서양 말도 좀 배우고 잘 지내고 있어요. 우리 주인 제임스는 저에게 잘 해준답니다. 유자오가 너무 보고 싶어요. 이제는 말을 할 때가 되지 않았나요. 제게 엄마, 라고 부르는 소리를 듣고 싶어요. 웬지 부인에게 일 년 동안의 유자오 양육비와 수고비를 보내겠어요. 그리고 물건두 좀 보내겠습니다. 여기서 얼마동안 살지는 모르지만 저는 꼭 돈 많이 벌어서 단수이로 돌아갈 거예요. 유자오 키우면서 엄마와 웬지 부인 이웃에 살고 싶어요. 편지를 받으시면 배 편에 답장을 써서 부치세요. 여기서 받아볼 수 있대요. 엄마, 모두에게 인사 전해주세요.

청이는 아마가 이끄는 대로 판팡 사무실 부근에 있는 잡화점 거리로 갔다. 그곳에는 배를 타고 들어온 물건들을 취급하는 양행상점이 있었다. 의류 식품 철물에서부터 서양식 문구며 약에 이르기까지 거의 모든 세상 물건이 모여 있는 곳 같았다. 청이는 유자오의 서양 아기옷을 두 벌 샀고 샹 부인과 웬지 부인 앞으로 꽃무늬의 양산을 샀다. 기루의 색시들 앞으로도 장식이 예쁜 서양식 머리핀이며 빗을 몇 개 샀다.

아마가 두리번거리다가 양행상점의 안쪽으로 들어가는 문을 빼꼼히 열고 들여다보았다. 그러고는 반색을 하며 청이를 향하여 따라 들어오라고 손짓을 했다. 서양 집들과는 달리 중국 집들이 어디나 그렇듯이 안쪽에는 어둡고 긴 통로가 있고 방들이 붙어 있었다. 이를테면 그 통로로 들어가는 전실이랄 수 있는 방에 너덧 명의 여자들이 모여 앉아 있었다. 모두 서양 옷차림이었고 그중 나이든 여자 한 사람만 치포 차림이었다. 활짝 열린 창문 밖으로는 바로 내항에 드나드는 크고 작은 배들이 빤히 내다뵈는 바다였다. 푸른 치포 차림의 여자가 말했다.

"리우 아줌마가 오랜만이네."

아마가 그네에게 공손하게 말했다.

"우리집에 여주인이 새로 오셨지요. 소개시켜드리려구요."

여자들은 골패를 일렬로 탁자 위에 늘어놓고 한창 마작에 열중하고 있었다. 청이 먼저 웃어 보이고는 고개를 숙여 인사했다.

"잘 부탁합니다. 로터스예요."

그네가 이름을 대자 여자들이 약속이라도 한 듯이 키득거리며 웃었다. 청이는 저절로 얼굴이 빨개졌다. 푸른 치포의 여인이 부드럽게 말했다.

"이리 앉아요. 여기선 그저 누구네 댁이라고 하거든. 당신은 미스터 제임스네 집에서 왔을 테니까 제임스 댁이라구 하면 돼요."

청이가 그들 사이에 앉자 아마가 말했다.

"그럼 인사들 나누시고 천천히 놀고 계셔요. 저는 집에도 들러보고 여섯시까지는 장을 보아서 올게요."

골패를 하고 있던 여자들 중에서 붉은 리본을 묶어서 머리를 시원하게 틀어올린 여자가 말했다.

"제임스가 또 출장 갔구먼. 새색시 두고 집 비우면 쓰나."

"그러게 말야. 타라가 그래서 바람났잖아."

아마는 못 들은 척하고 나가버렸다. 치포의 여인은 여기 주인인 듯했다. 그네는 여자들의 얘기가 못마땅한지 흘겨보다가 한마디했다.

"우리집에서 남의 말 하지 말라구 그랬지? 서루 인사나 해."

치포의 여자는 삼십대 중반쯤으로 보였는데 살집이 올라서 뚱뚱했지만 드러난 팔은 백인처럼 하얗게 보였다.

"나는 찰스 댁이오."

붉은 리본이 또 끼어들었다.

"우리들 중에 제일 부자야. 여기 주인이니까."

그들은 차례로 청이에게 눈길을 보내면서 자기 소개를 했고 간혹 말이 없으면 찰스 댁이 대신 말해주었다. 붉은 리본은 메디슨 회사의 헨리 댁이고, 제임스의 인도 첩을 말하던 여자는 덴트 사의 존슨 댁이고, 머리를 짧게 단발로 자른 여자는 러셀 사의 토마스 댁이며, 화장을 짙게 하고 머리를 지진 여자는 메디슨 사의 조지 댁이었다. 그들은 모두가 광둥의 사투리를 쓰고 있어서 청이가 지룽과 단수이를 거치지 않았다면 반도 못 알아들을 뻔했다. 찰스 댁은 양인 첩으로 싱가포르에 왔다가 정처가 되었다. 찰스는 동인도회사에서 여러 가지 실적을 올리고 퇴직했는데 본국으로 돌아가지 않고 현지에 주저앉았다. 내륙으로 아편을 무역하러 다니던 찰스는 중국어에 능통해서 마이판들보다도 중개에 능했다. 그는 안면이 있는 외국 회사에 선상 물품이나 식품과 잡화를 조달해서 납품하는 일로 돈을 벌었고 양행상점은 그가 아내를 위해서 차려준 것이라 했다. 이런 사정은 모두 나중에 청이가 그들과 가까워지면서 알게 된 것들이다. 찰스 댁이 그들 중에 나이가 제일 많았지만 그래봤자 다른 여자들도 거의가 서른이 넘었거나 가깝거나 해서 서로 반말로 지내는 처지였다. 그중에서 청이는 그야말로 새댁이나 다름없었다. 찰스 댁이 손뼉을 치며 말했다.

"자 자, 벌써 네시야. 티타임이라구."

"그래 어쩐지 출출하더라."

여자들은 동거하는 남자들을 흉내내어 오후에 차 마시는 시간을 지켰다. 찰스 댁이 차와 과자를 내왔고 모두들 마작을 걷어치우고 새로 온 청이에게 이것저것 묻기 시작했다. 한참 대답해주고 나서 이번에는 청이가 붙임성 있게 여자들에게 물었다.

"여기 있는 분들이 전부예요?"

"뭐가 전부야……"

머리 지진 조지 댁이 못 알아듣자 붉은 리본의 헨리 댁이 말했다.

"멍청아, 양인 첩들이 우리들뿐이냐구 묻는 거야."

조지 댁은 좀 느리지만 사람 좋게 웃으면서 대답했다.

"이 바닥에 쌔구 깔린 게 양인 첩이라니까. 여기 서양인들이 얼마나 많은데. 회사 사람 말고도 선원들도 많거든. 그러니까 판팡의 일꾼들부터 삼합회 건달들까지 무슨 수가 없나 양인 첩들한테 찝적거리지."

존슨 댁이 청이에게 말했다.

"제임스 댁 같은 젊은 신출내기들은 조심해야 돼."

단발머리의 토마스 댁도 한마디했다.

"자네들은 이제 조심할 나이두 지났네. 찰스 댁 언니처럼 들어앉지 못하면 쫓겨나기 전에 어디 가서 아마 자리라두 봐두어야 해. 저리우 아줌마를 봐라."

찰스 댁이 헨리 댁에게 물었다.

"안 갈 거야? 애들 데리러 간다면서……"

그제서야 붉은 리본의 헨리 댁은 핸드백에서 시계를 꺼내어 들여다보았다.

"오, 내 정신 좀 봐! 삼십 분이나 늦었어. 나 가야 돼."

헨리 댁이 벌떡 일어서자 머리를 지진 조지 댁도 따라서 일어났다.

"그러구 보니까 나두 일어서야 되겠어."

"야야 돈 주구 가야지. 니가 잃었잖아."

단발머리의 토마스 댁이 팔을 잡자 조지 댁은 팔을 뿌리치면서 말했다.

"다음에 줄게."

"노름판에서 다음이 어딨어?"

두 여자가 허둥지둥 나가버리자 토마스 댁이 삐쭉거렸다.

"그러니까 왜 애들은 낳아가지구 저 고생들이람."

찰스 댁이 말했다.

"헨리 댁은 자기 애들두 아냐. 바타비아로 몸 팔러 가는 옛날 친구들한테서 떠맡은 거야."

청이는 나중에 찰스 댁에게서 주변에는 버려진 아이들이 많다는 얘기를 들었다. 양인 첩들이야 청이처럼 어떻게 보면 운이 좋은 경우들이었고 부두의 뒷골목에는 상하이 푸저우 홍콩 등지에서 팔려온 젊은 창녀들이 한 집에 십여 명씩 있었다. 그네들은 원주민 농부에서 하역 부두의 중국인 쿠리들이며 주석 광산의 광부들과 선원에 이르기까지 닥치는 대로 손님을 받았다. 싱가포르는 원주민 말레이 사람보다 중국 푸젠 성 광둥 성 사람들이 더욱 많은데 처음에는 타이완처럼 남자 열 사람에 여자가 한둘이 있을까 말까 했다고 한다. 그래서 남방 사업 중에 제일 유망했던 장사가 쿠리 인력 수출 장사였고, 곧이어 여자 인력 장사가 가장 수지를 맞추었다는 얘기였다.

창녀들이 아기를 낳으면 어디서나 그렇듯이 갓난애 때에는 사창가에서 창녀들이 돌아가며 키운다. 그러다가 너덧 살쯤 되면 남에게 맡기든가 주어버리는데 거의 절반은 열 살이 되기 전에 죽거나 집을 나와 떠돌게 된다. 이곳은 타이완의 따거와는 달리 대륙의 천지회나 삼합회 같은 건달패 조직이 지부를 두고 있어서 훨씬 광범위하게 주점과 도박장이며 흡연소와 매춘가를 장악하고 있었다. 사창가와 기루는 지룽 단수이는 물론이고 타이난보다 훨씬 컸다. 아이들은 버려진 채로 보다 큰 아이들의 부림을 받고 구걸이나 도적질 아니면 유아 노동에 혹사당했다.

이슬람 종장들이 요청하여 영국에서 행정관이 파견되어 말레이 반도 다른 지역의 치안을 담당한 것은 훨씬 나중의 일이다. 동인도 회사는 싱가포르 말라카 페낭의 해협 식민지만을 인도 성 아래 두어 관할했다. 식민성 관할로 옮겨져 직할 식민지가 된 것도 나중의 일이다. 그때까지 싱가포르 상업회의소와 동인도회사의 관심은 무역 증진과 더 많은 경제적 이윤뿐이었다. 해협에는 수시로 해적선이 출몰해서 특별히 인도에서 영국 군함이 파견되어 해협을 정기적으로 순시했다. 싱가포르 상공회의소에서는 영국 하사관이 지휘하는 약간의 인도 병사를 치안 병력으로 유지하고 있었다. 그들은 원주민이나 현지 중국인들의 사회생활을 보살필 겨를도 관심도 없었다. 다른 무엇보다도 영국은 그맘때 난징 조약 이후로 조차받게 된 중국 연안의 개항지들을 군사적으로 경영하는 데 힘을 기울이고 있었다. 버려진 혼혈아이들 중에 운이 좋은 애들은 선교사에게 맡겨졌다가 현지에서 서양인에게 입양이 되기도 하고 인도로 보내지기도 했다.

"그 아이들은 다 어디 있어요?"

청이가 묻자 찰스 댁이 혀를 차며 말했다.

"우리 같은 여자들이 돌려가며 키우거나 아니면 몇몇 교회에서 돌보구 있다던데."

청이가 링링의 남겨진 딸 유자오 이래 창녀의 아이들에게 관심을 갖게 된 것은 싱가포르의 그러한 사정 때문이었다. 그러나 그네의 싱가포르에서의 첫해는 그렇게 주위에 무엇이 있으며 어떻게들 살아가나 하는 모양을 배우고 살피는 동안에 후딱 지나갔다. 청이는 양행상점에서 알게 된 같은 처지의 양인 첩들을 제임스 집으로 초대해서 저녁 대접도 했고 술도 함께 마셨다. 그네들은 기루의 꾸냥들이 그렇듯이 떠들썩하고 수다쟁이에 게을렀지만 단순하고 인정도 많았다. 청이 친해진 것은 나이가 저보다 훨씬 위였던 찰스 댁과 붉은 리본의 헨리 댁이었다. 찰스 댁은 사려 깊고 도량이 있었으며 헨리 댁은 인정이 많고 성격이 활달했다. 청이는 곧 그네들을 언니라고 불렀다.

아마가 양인 첩 출신이었다는 걸 알게 된 것도 그네들 입을 통해서였다. 리우 아마는 젊어서 판팡 사무실의 하녀로 일하다가 서양인 대리인의 눈에 들어 같이 살았다. 그네는 아이를 둘이나 낳았지만 서양인이 귀국할 때에 리우에게 아무 말도 않고 있다가 출장을 간다며 배를 탔다. 리우는 한 달 가까이 사택에서 기다리다가 뒤늦게 판팡 징리가 주인이 귀국했다는 것을 알려주었다. 전별금 따위는 한푼도 못 받고 리우는 새 주인이 오기 전에 쫓겨났다. 리우는 혼혈의 두 아이를 데리고 노모와 함께 살았다. 이제는 아이들이 커서 모두 열 살이 넘었는데 큰 녀석은 선박수리소에서 일한다고 했다. 어느 날 청이가 얘기를 꺼냈다.

"뒷골목 여자들 애 낳으면 어떻게 해요?"

청이 막연하게 얘기를 하자 아마는 대수롭지 않게 대답했다.

"그야 어디나 마찬가지죠. 에미들이 키우다가 대가리가 좀 커지면 남에게 주어버리기도 하고, 아니면 돌아와서 막일을 하면서 에미와 함께 사는 녀석들두 있구요."

"큰 애들 말구요 작은 애들은요?"

"글쎄 아기들이라면 대부분 제 에미가 쩔쩔매며 키우기도 하고요, 길가 모퉁이에 내다버리는 수도 종종 있지요. 교회에서 선교사나 신부들이 모아다가 보살피기도 하는 모양이지요."

청이는 동료 양인 첩들에게서 들었던 아마의 집안 일에 대해서는 모른 척했다. 청이 다시 물었다.

"찰스 댁하구 얘기를 해봤는데 우리가 아기들 찾아서 돌봐줄려구 그래요."

아마가 말했다.

"그건 보통 일이 아니군요. 돈이 많이 들 거예요."

"돈은 우리가 한두 푼씩 모으면 돼요. 헨리 댁도 친구 애들을 맡아 키우는 모양인데 그런 애들 모아놓으면 돌보기도 쉽지 않겠어요?"

아마가 식탁을 치우고 있다가 갑자기 고개를 숙이더니 잠깐 걸레질을 멈추고 섰다. 그네의 눈에서 눈물이 떨어져 식탁이 얼룩지자 아마는 황급히 걸레로 닦았다.

"아마, 왜 그래요? 무슨…… 안 좋은 일 있나요?"

"나두 혼자서 애들 키워봤답니다."

아마는 젖은 눈가를 손등으로 훔치고는 얼른 표정을 고치고 말했다.

"차라리 태어나지 말구 죽는 게 낫다고 생각하는 에미들이 많습니다. 그런 일 겪은 여자들은 누구나 뼈저리게 고마워하겠지요."

청이는 진심으로 즐거운 얼굴이 되어서 말했다.

"나는 아기들이 좋아요. 나두 어려서 남의 젖 얻어먹고 자랐거든요. 그것두 앞 못 보는 아버지 혼자서 날 키웠대요."

아마가 망설이는 듯하더니 말을 꺼냈다.

"허푸 어른을 만나서 의논해보세요. 그 양반 생각이 깊은 분입니다. 돈두 서양인 못지않게 많지만 누구에게나 친절하고 겸손한 분이지요."

"허푸 아저씨는 찰스 댁하구두 잘 아는 사인가요?"

"그럼요, 서로 존중하지요."

청이는 제임스가 페낭에 다니러 간 어느 날 판팡 사무실로 허푸를 찾아갔다. 허푸는 양복 차림으로 회전의자에 앉아 서양 사람들처럼 파이프에 엽연초를 담아 피워물고는 한참이나 생각에 잠겼다가 청이에게 말했다.

"그건 참 좋은 생각입니다. 이 항구에 살고 있는 중국인들이 속으로는 모두 언짢게 생각하면서도 누구도 말을 꺼내지 않고 있었지요. 여기에는 선교부 소속의 양의가 하는 병원도 있습니다. 나는 개화된 서양에도 다녀왔지요. 그곳에서는 관에서 그런 문제를 처리합니다. 먼저 집을 구하고 돌볼 사람을 정하고 아기들을 모아놓으면 되겠군요."

허푸는 갑자기 생각이 났는지 청이에게 물었다.

"그런데…… 이런 생각을 미스터 제임스하고 의논을 하셨나요?"

"아뇨, 찰스 댁하구 헨리 댁하구만 얘기해봤어요. 그냥 저희끼리요."

허푸가 고개를 끄덕였다.

"나중에라도 미스터 제임스에게는 꼭 얘기를 해주시지요. 서양인들은 의논을 하면 신뢰하지만, 말없이 행동부터 하면 자기를 무시하는 줄 아니까요. 제가 마님들을 돕도록 해보겠습니다."

그로부터 한 달 동안 찰스 댁과 헨리 댁과 청이는 거의 날마다 만나서 집도 구하고 아기들을 돌보아줄 아줌마도 두 사람을 찾아냈다. 아마와 한 구역에 사는 여자들로 예전에 양인 첩이던 여자와 기루의 식당에서 일하던 여자였다.

헨리 댁과 로터스는 남편들을 출근시키고 나서 창가와 기루를 더듬고 다니며 아기들을 찾았다. 마침 기루에서 화지아를 하고 있는 걸직한 여자를 만났는데 그네 역시 창가를 거쳐온 여자라 부근의 사정에 대해 훤히 꿰뚫고 있었다. 화지아는 자기가 아기를 데리고 있는 창녀들을 만나서 보내주겠다고 나섰다. 대번에 창녀들이 맡긴 아기가 스무 명이 넘게 모였고 두 아줌마만으로는 일손이 모자라서 양인 첩들로 계를 모아 윤번을 정하여 하루씩 돌보기로 했다. 찰스가 양행상점을 드나드는 양인 첩들에게 제안을 하여 계에 들기를 원하는 여자들도 삼십여 명이 되었다. 허푸 아저씨는 몇몇 중국인 마이판들과 함께 기부금을 냈고, 서양인 남편들도 내키지 않아하면서도 동거 여자들에 대한 체면이 있어서 돈들을 내고 외출이 잦은 것에도 양해를 하게 되었다.

청이는 어느 날엔가 얘기를 꺼내리라 작정하고 기회를 보고 있었는데 제임스가 먼저 저녁식탁에서 말을 걸었다.

"당신, 무슨 일인가 벌인다면서?"

"말하려고 했어요. 아기 돌보는 일을 하려고 해요."

제임스가 어리둥절한 얼굴이 되었다.

"내가 매달 충분히 용돈을 주었을 텐데……"

"항구에는 몸 파는 여자들이 낳은 아기들이 많아요. 그래서 우리가 손을 모아 그 아기들을 돌보아주려고 해요."

제임스는 더욱 모르겠다는 듯이 두 팔을 양쪽으로 벌려 보이면서 물었다.

"무엇 때문에?"

청이는 어려운 세월을 거쳐온 여자의 본능으로 정면으로 부딪치지 않았다. 그네는 생글생글 웃으면서 제임스의 두 손을 잡아 끌어내려 제 무릎에 얹어놓고는 말했다.

"몰라요. 나는 아기가 너무 예쁘고 좋아요. 내가 당신의 아기를 낳을지두 모르잖아요?"

제임스는 조금 미안한 생각이 들었는지 청이에게 말했다.

"우리가 아기를 가질 형편이 못 된다는 걸 당신도 잘 알 텐데……"

청이는 손가락으로 제임스의 머리카락과 구레나룻을 만지작거리면서 부드럽게 말했다.

"제임스, 당신이 만약 내게 아기를 낳게 하고 혼자 귀국해버린다면 그 아기는 누가 키우죠?"

"그런 일은 없을 거야."

청이는 제임스의 목소리가 낮게 가라앉은 걸 보고는 안심했다.

"당신이 내게 해줄 건, 내가 외출할 시간과 기부금을 조금 내면 돼요."

"메디슨 회사의 헨리라는 친구하구 점심을 먹었는데, 자기 아내가 당신하구 그런 일을 시작한다는 얘길 들었어."

"그래 미스터 헨리가 뭐라구 그래요?"

"헨리는 자기 아내를 좋아해. 귀찮기는 하지만 아내가 데려다 키우는 아이들이 예쁘다는군. 자기가 영어를 가르쳤더니 큰 녀석이 쫑

46

알거리며 너무 말을 잘한대. 몰려다니며 술 마시고 마작이나 하는 것보다는 낫다고 하던데."

청이는 웃는 얼굴이었지만 단호하게 말했다.

"이건 당신네가 해야 할 일이에요. 소문이 나면 혼혈이나 중국 애들이 더 늘어날 거예요."

"선교부에 맡기고 회사들이 기부를 하는 게 나을 거야."

"어쨌든 시작은 우리가 할 거예요."

제임스는 더이상 화를 내지는 못했다. 그러나 마땅찮다는 표정은 지울 수가 없었다.

"아이들이 자라서 이교도가 되는 걸 서양 사람들은 반대할 거야."

청이는 제임스가 무심코 던지는 말을 놓치지 않았다.

"백인 중국인 원주민 모두 여기서 함께 살아요. 아기들도 그렇게 키울 거예요."

제임스는 청이의 뺨에 입을 맞추었다.

"좋아, 하고 싶은 대로 하라구. 나 며칠 있으면 캘커타에 다녀올 작정인데 그 동안 실컷 일을 벌이겠군."

"얼마나 있다가 올 건데요?"

"원산지 여행도 하고 물건을 모아서 배에 싣고 돌아올 거니까 한 달은 걸리겠지."

청이가 제임스의 허벅지를 손가락 끝으로 비틀었다. 제임스는 영문을 모르고 비명을 내질렀다.

"가서 타라를 다시 만나면 혼날 줄 알아요."

"타라…… 당신이 어떻게 아는 거야?"

청이는 제임스의 수염을 당겼다.

"다 아는 수가 있어요. 나하구 헤어지구 싶으면 언제든지 얘기해요. 당장 짐 싸가지구 단수이로 돌아갈 테니까."

제임스는 인도 산 백피토 아편을 수집하러 싱가포르에서 페낭을 거쳐 가는 캘커타 행 증기선을 타고 출발했다. 청이는 아마와 함께 날마다 소보원(小寶園)으로 나갔다. 집 이름을 지은 것은 허푸 징리였고, 그가 작은 간판에 글씨도 써주었다. 그 집은 전에 구시장 거리의 야채와 과일을 팔던 가게였는데, 부두 뒤편에 외국회사 지점들과 양행상점이며 잡화점 선상용구점 등이 번창하면서 시장이 옮겨가자 시들해진 길가에 남아 있던 남방식 단층집이었다. 중국 사람들은 어느 곳에서나 벽돌집을 좋아했는데, 남방식이란 말레이나 바타비아의 시골에서 높고 가파른 갈대와 야자잎 지붕에 나무와 대나무로 벽을 잇고, 바닥은 습기 찬 땅에서 떨어지도록 기둥을 세워서 누각처럼 지은 집을 말했다. 마루 아래로 바람이 지나다녀서 집 안은 언제나 시원했다.

여자들끼리 의논해서 아기들이 있는 방마다 부들로 촘촘히 짠 돗자리를 깔도록 했다. 그리고 집에서 쓰던 헌 모기장을 모아다가 서로 잇대어서 크게 만들어 온 방 안을 가릴 수 있도록 했다. 아기들의 옷이며 침구며 하는 것들은 에미들이 정성껏 마련하여 아기를 데려올 적에 보내왔고 낮에는 그네들도 번갈아 찾아와서 제 아기들과 놀다 갔다. 비번일 때에나 어떤 친절한 손님에게서 바오쭈를 얻었을 때에는 영업을 하지 않아도 되니까 아기를 데려가서 며칠 함께 지내다 돌려보낼 수도 있었다. 양인 첩들이 타락이나 야채죽 같은 아기 먹을 것들을 장만하여 두고 가기도 했다. 청이가 눈 부릅뜨고 혼뜨검을 내어서, 들렀다가 퍼질러앉아 포커 놀이도 하고 수다도 떨던 양인 첩 친구들이 나중에는 빨래도 도와주고 아기 기저귀도 갈곤 했다.

모처럼 만에 찰스 댁이 불러서 청이가 양행상점으로 갔더니 지사 패거리 친구들이 다 모여 있었다. 탁자에는 서양 케이크에 촛불이 꽂혀 있고 포도주와 중국 음식이 여러 접시 놓였다. 청이 그들을 둘러보며 말했다.

"웬 잔치야?"

찰스 댁이 말했다.

"오늘…… 내 생일이야. 찰스는 집에 없구 좀 싱거워서 너희들 부른 거야."

청이도 이런 자리에 몇 번 초대되어 주인 없는 집에 몰려가서 오랜만에 콤콤한 냄새 나는 음식을 배터지게 먹은 적이 있었다.

청이는 턱을 끄덕거리며 촛불을 세었다. 붉고 긴 초가 셋, 가늘고 작은 초가 여섯 개였다.

"어머나 벌써 서른여섯이야 언니?"

청이가 호들갑을 떠니까 찰스 댁은 그네의 팔을 찰싹 소리나게 때렸다.

"시끄럿, 누가 그렇게 큰 소리로 남의 나이 얘길 하라구 그랬어."

여자들은 찰스 댁에게 어서 촛불을 끄라느니 술을 따르자느니 떠들었다. 찰스 댁이 촛불을 불어 끄자 모두 박수를 쳤다. 이번에는 술잔을 들고 서로 부딪치기 전에 헨리 댁이 외쳤다.

"생일 축하해. 그리구 조지 댁두 축하한다."

여자들은 찰스 댁을 향하여 잔을 쳐들어 보이며 제각기 축하한다고 해놓고는 조지 댁 축하는 또 뭐냐는 듯이 서로 시선을 주고받았다. 단발머리의 토마스 댁이 새침한 얼굴로 헨리 댁에게 물었다.

"조지 댁에게 좋은 일 있어?"

인두로 날마다 머리를 뽀글뽀글 지진 조지 댁은 당황하면 나오는 버릇대로 머리카락을 손가락으로 비틀었다.

"좋은 일은 무슨…… 아직 얘기하지 말랬잖아."

"어때서 그래. 우리두 다 바라구 있는 일인데."

헨리 댁이 그렇게 말하자 존슨 댁이 실실 웃으며 말했다.

"뭐야 애인 생겼어?"

"넌 매일 기둥서방 만들 생각만 하지, 얘가 너 같은 줄 알아?"

헨리 댁이 존슨 댁에게 무안을 주고 나서 하는 수 없다는 듯이 말해버렸다.

"우리 헨리랑 얘네 조지가 같은 자딘 메디슨 회사잖아. 얘 남편 인도로 발령났대. 그래서 조지가 얘를 정처로 들여서 데리구 간대."

"아직 정해진 건 아냐. 어떻게 될지 몰라."

단발머리의 토마스 댁이 다시 더욱 새침해진 얼굴로 중얼거렸다.

"아직 두고 봐야 해. 백인들 옮겨가면 그쪽 현지에서 새사람 들이는 거 몰라?"

"헨리가 나한테 그러던데. 조지가 술 한잔 하면서 그러더래."

"정말이야?"

장본인인 조지 댁이 두 손을 모으며 묻자 헨리 댁은 다시 술잔을 쳐들며 외쳤다.

"그렇다니까. 자아 축하하자."

여자들은 이번엔 자신만만하게 축하한다고 외쳤다. 찰스 댁이 말했다.

"참 잘됐다. 우리 주위에선 근년에 조지 댁이 처음이야."

토마스 댁이 아는 척했다.

"요즈음 중국 시장이 난리래. 모두 그리로 몰려가구 있대. 영국이 무역 항구를 여섯이나 여는 바람에 누구든지 마음대로 교역을 한다

나. 토마스는 중국으로 나갈 것 같다던데."

찰스 댁이 말했다.

"그런 얘기를 나두 들었어. 이제부터 인도 다음이 중국이라던데. 그리구 우리는 피진 잉글리시 하는 항구 엉터리 통역들보다 말을 훨씬 잘하잖아. 기회가 많을 거야."

헨리 댁이 말했다.

"흥. 누가 여자를 무역 상대루 여긴대? 우리가 벌인다면 고작해야 물장사나 색시 장사야."

찰스 댁이 케이크를 잘라서 접시에 담아주면서 말했다.

"제임스 댁을 좀 봐라. 살기가 편해지면 남 좋은 일두 해야 되는 거야. 옛날에 이리루 팔려오던 생각두 해야지."

헨리 댁이 고개를 끄덕였다.

"그래 제임스 댁은 잘 풀릴 거야. 고생두 할 만큼 했구…… 무엇보다두 희망을 갖구 살잖아?"

청이는 케이크를 스푼으로 베어 입에 넣고는 생크림을 맛보면서 눈을 감았다.

"나는 자유로워지구 싶어. 아무도 나를 속박할 수 없는 곳으루 갈 거야."

조지 댁이 물었다.

"제임스 댁, 고향에 가구 싶다는 얘기야?"

청이는 고향이라는 말에 조금 놀랐다. 그곳이 어디인지 그네는 벌써 까마득하게 잊어버렸던 것이다. 찰스 댁이 나이 많은 여자답게 넉넉하게 대꾸했다.

"여기 고향에 가구 싶지 않은 사람이 어디 있겠니? 하지만 바다를 좀 보려무나. 날씨나 계절에 따라서 어제의 물결이 아니란다. 우리는 어딘가에 제 집을 만들어야 해."

청이는 찰스 댁의 말을 듣자 가슴이 뭉클해졌다.

"그래 어디엔가 내 집을 만들 거예요."

제임스가 인도에 출장을 떠난 한 달 동안 여러 가지 일이 일어났다. 자딘 메디슨 회사의 조지는 사실은 중국 시장에서 큰 손실을 입었다. 미리 차를 원산지에서 구입하여 푸저우에서 선적하기로 하고 지불했던 현지 마이판의 어음 장표가 부도가 났던 것이다. 당연히 회사의 은자는 나갔지만 차는 선적되지 않았다. 그는 책임을 지고 인도로 가서 면화와 아편의 원산지를 관리하게 되었는데, 기후도 그랬고 내륙의 원주민과 비슷한 생활 형편으로 보아 좌천이 분명했다. 조지는 여기서의 양인 첩을 데리고 갈 처지가 아니었다. 그는 전별금마저 몇 푼 못 주고 배를 타야 했다. 조지 댁은 찰스 댁의 양행상점 뒷방에 틀어박혀서 며칠 동안을 울었다. 다른 서양인이 그를 원하지 않는다면 어느 집엔가 아마로 들어가서 하녀 노릇을 해야 할 처지였다. 그네가 누구의 동거녀였는지 알려져 있는 항구 거리에서 조지 댁을 인수할 서양인은 당분간 나타나지 않을 것이다. 다만 그네가 영어를 할 수 있다는 점은 새 여자보다 훨씬 유리한 점이었다. 찰스 댁의 남편과 헨리 댁의 남편이 그런 사정을 알고 싱가포르가 아닌 바타비아나 루손의 마닐라에 동거녀가 필요한 서양 사내를 찾아보기로 했다.

덴트 사의 존슨 댁은 애인을 사귀게 되었다. 그는 부두의 경비대에 있는 젊은 인도 병사였는데 허리가 여자처럼 날씬하고 키가 컸다. 턱수염을 보기 좋게 길렀고 몸에 딱 맞는 영국 군복에 머리에는 터번을 멋지게 두르고 있었다. 제일 먼저 눈치를 챈 것은 그네와 사이가 좋지 않은 러셀 사의 단발머리 토마스 댁이었다. 존슨 댁이 대낮에 뒷골목의 여숙에서 젊은 사내와 나오는 것을 보았던 것이다. 찰스 댁이 그런 말을 전해듣고 존슨 댁을 불러서 점잖게 충고를 했다. 존슨 댁은 처음에 시치미를 떼다가 찰스 댁이 인도인의 용모를 대며 따지자 하는 수 없이 사실이라고 대답했다. 존슨 댁은 제임스의 양인 첩이었던 인도 여자 타라와 함께 인도 병사들과 바람을 피웠던 것이다. 청이도 제임스가 인도 여자를 고향으로 쫓아냈던 이유를 자연스럽게 알게 되었다. 찰스 댁은 진지하게 존슨 댁에게 충고했다.

"조지 댁이 정처가 되지 못한 건 불가피한 일이었던 거야. 그러니 모두들 안쓰럽게 생각하고 도와주려 했지. 하지만 자네 경우는 달라. 아무리 동거하는 첩이라 할지라도 바람을 피우는 건 도리에 맞질 않아. 들켜서 쫓겨나면 우리는 모두 모른 척할 거야."

존슨 댁은 항의하듯이 찰스 댁에게 울면서 말했다.

"존슨 그 자식이 우릴 사람 취급 하는 줄 알아? 매번 잘 때마다 따거운 소독수로 아랫도리를 씻게 하고 그것두 어쩌다가 몇 달에 한 번이야. 제대로 남자 구실도 못 하면서 맨날 출장이라구 나다니잖아."

찰스 댁은 한숨을 쉬었다.

"너만 그러니? 제임스 댁을 봐라. 그앤 아주 자립적이야. 절대로 사내에게 기대지 않아. 제임스가 꼼짝 못 한다구. 그럴수록 네가 떳떳해야 하는 거야."

아기들의 집인 소보원은 운영이 순조롭게 되어갔고 서양 회사들에서도 관심을 갖게 되어 약품이나 식품을 많이 지원해주었다. 아기들은 두 배로 늘어서 사십 명 가까이 되었고 선교부에서도 사람을 지원해주기에 이르렀다.

어느새 세 해가 지나가고 제임스의 사업 실적도 커져서 그는 상하이로 지점을 내러 가기 전에 본국에 다녀오게 되었다. 그는 이번에 아예 회사를 옮길 작정이었다. 차보다는 생사를 원했던 메디슨 사에서는 제임스가 백피토의 원산지인 인도 사정에도 밝고 차를 구입하던 푸저우보다는 실크의 원산지인 쑤저우 항저우에 판로를 개척하기를 바랐다. 제임스는 영국으로 귀국했다가 반년 뒤에나 싱가포르로 돌아올 예정이었다.

"로터스, 돌아오면 나하구 같이 상하이로 가자. 내게는 너 같은 아내가 필요해. 정처를 원한다면 교회에 가서 결혼을 할 수도 있어."

그러나 청이는 대답하지 않았다. 그네에게는 오래 전부터 작정했던 생각이 따로 있었다. 청이는 그저 이렇게 대답했다.

"생각해볼게요. 급한 일은 아니잖아요? 돌아와서 의논해요. 고향에 잘 다녀오세요."

제임스는 다른 회사의 서양인들과 여러 차례의 파티를 벌였고, 판팡의 허푸 아저씨와 사무실에서 근무하는 중국인들이며 청이의 친구들인 양인 첩들을 위하여 따로 연회를 열어주기도 했다. 청이는 다른 서양인들끼리의 체면을 위해 부두에까지 나가지는 못하고 집의 계단에서 마차를 타는 그를 전송했다. 청이는 그가 고향에서 돌아오면 헤어질 생각이었다. 청이가 찰스 댁에게 자기 생각을 말하자 그네는 적잖이 놀란 모양이었다.

"어머나, 제임스 댁은 대단하구나! 남들은 정처가 되는 일을 천당에라도 올라가는 듯이 여기는데. 왜 그런 생각을 하는 거야?"

로터스는 진심으로 말했다.

"남편감은 내 자신이 고를 거예요. 마치 복이라도 내려주듯이 나를 뽑아주는 걸 참을 수가 없어요. 존슨 댁의 애기 못 들었어요? 저

치들은 아직도 그 짓을 할 때마다 소독수로 우리 아랫도리를 씻게 한다구요. 요즈음 제임스는 안 그러지만 처음 두 해 동안은 언제나 그랬어요. 그리고 아직두 우린 서양인들 앞에 나서질 못해요."

찰스 댁이 고개를 끄덕였다.

"처음엔 나두 그랬어. 서로 인종이 다르니까 서먹서먹해서 그러는 거야. 이제 찰스하구 나는 세상에서 흔한 부부지간이 되어버렸대두."

청이는 다시 말했다.

"나는 노리개나 물건이 아니라구요."

"제임스와 헤어지면 그 다음엔 어떡할 거야?"

찰스 댁의 물음에 청이는 생각해볼 틈도 없이 재빠르게 대답했다.

"내 딸 유자오가 기다리는 단수이로 돌아갈 거예요."

청이는 제임스가 제 나라로 귀국한 뒤에 허푸 아저씨에게 사정을 말하고 자신의 월급이 그 동안 얼마나 저축되었는가를 알아보았다. 그네는 그 돈을 허푸 아저씨의 투자 지분에 넣어 인도 산 백피토를 사서 광저우에 내도록 했고 석 달 뒤에 돌아오는 배가 고급 보이차로 바꾸어 돌아왔다. 허푸 아저씨는 청이가 넣었던 투자 지분만큼의 이익금을 은화로 지불해주었다. 그네는 이제 새로운 길을 떠날 자신이 있었다. 허푸 아저씨는 청이를 조카처럼 대해주었는데 그는 소보원 일로 그네의 마음씨와 수완을 신뢰했던 것이다. 제임스가 약속대로 여섯 달 보름 만에 싱가포르에 돌아왔는데, 청이는 싱가포르에서 그를 처음 만났던 현관 앞 노대에서 얘기를 꺼냈다.

"나 당신과 헤어지겠어요."

제임스는 청이의 말을 처음에는 잘 알아듣지 못했다. 그는 시가를 피우며 흔들의자에 앉아 있다가 문득 흔들기를 멈추고 청이를 돌아보았다.

"그게 무슨…… 소리요?"

"단수이로 돌아가고 싶어요."

제임스가 갑자기 시가를 마당으로 내던지며 소리를 질렀다.

"이런 젠장할, 그걸 말이라구 하는 거야? 나는 시궁창에 빠진 너를 건져다가 숙녀를 만들어주었어. 그리고 결혼해서 정처 자리까지 주려고 했단 말야. 그런데 너는 지금 단수이의 창녀로 돌아가겠단 말이지?"

청이도 소리를 질렀다.

"이봐 제임스, 너는 장사꾼이야. 우린 계약을 했어. 당신은 내게 급여를 주고 나를 고용한 거야. 바오쭈도 몰라? 계약이 끝나면 당신이 다시 돈을 내고 재계약을 하든가 아니면 다른 여자를 찾는 거야."

제임스는 붉으락푸르락하면서도 금세 풀이 죽었다.

"그래 새로 계약하자는 거야? 얼마나 줄까?"

청이도 음성을 낮추었다.

"전별금이나 주면 돼요. 나는 돌아갈 거야."

제임스는 아무 말이 없더니 혼자서 안으로 들어가버렸다. 그날 밤 청이는 별실의 손님 침대에서 따로 잤는데 이튿날 아침에 조반을 함께 먹는 식탁에서 제임스가 말을 꺼냈다.

"언제 떠나려고……?"

"타이완으로 가는 배 편이 있는 날에요."

"허푸에게 준비를 해두라고 그러지."

그는 청이와 시선을 마주치지 않으려고 애쓰는 것처럼 보였다.

청이는 열흘 후 광저우로 향하는 메디슨 사의 배가 출발할 때에 떠나기로 했다. 그 배의 항로는 단수이를 경유하게 되어 있었다. 제임스는 아침저녁마다 함께 식사를 하면서 아무 말도 하지 않았다.

아마 리우도 그런 눈치를 채고 있는 듯했다. 제임스가 출근하고 나서 식탁 앞에 앉아 차를 마시던 청이는 리우에게 자기 사정을 얘기하기로 했다.

"리우 아줌마, 말할 게 있어요."

아마는 마룻바닥에 물걸레질을 하다가 막대기를 놓고 바라보았다.

"나 제임스와 헤어질 거예요. 배가 들어오면 단수이로 떠나요."

아마는 시선을 아래로 떨구면서 말했다.

"저도 알고 있었어요. 해리랑 자크가 수근대더군요. 지난번에 두 분이 말씀하시는 걸 들었다면서……"

"며칠 안 남았으니까 내일 우리집에서 언니들이랑 한나절 놀 거예요."

청이는 준비해두었던 은화를 넣은 조그만 비단 주머니 세 개를 탁자 위에 올려놓았다.

"나중에 드리려구 했지만 언니들이 와서 함께 떠들면 다들 알게 될 테니까. 이거 받으세요. 얼마 안 되지만 제 성의예요. 그리구 요리사 아저씨와 시쓰 총각에게두 아줌마가 전해줘요."

아마 리우는 비단 주머니를 받으면서 눈시울이 벌게졌다.

"섭섭합니다. 정말 마님 같은 분은 없을 거예요."

"나는 이젠 마님이 아니랍니다. 미세스 제임스나 로터스두 아니구요. 그냥 렌화라구 불러요."

아마는 걸레 자루를 내던지고 아예 청이의 맞은편에 앉았다.

"조지 댁이 버림을 받았다지요? 그런 여자는 아마 노릇도 못 한답니다. 여기서 얼마나 행세를 했는데. 하지만 마님은 소보원도 만들고 아기들도 돌보고 부두에서 기루와 창가의 여자들치고 모르는 사람이 없어요. 모두들 진짜 예라이샹이라구 말하지요. 여기서 양인의 정처 자리를 마다한 건 당신뿐이랍니다."

청이 리우에게 말했다.

"나는 내 마음대로 하구 싶었던 것뿐예요."

청이는 다음날 찰스 댁이며 헨리 댁과 토마스 댁을 불러다 송별 자리를 가졌다. 그저 말없이 밥을 함께 먹었는데, 그날은 요리사 해리 아저씨와 시쓰 자크가 시장에 나가 온갖 야채와 해물을 사다가 동방식의 장과 향초를 넣은 점심을 마련해주었다. 존슨 댁은 오지 않았는데, 찰스 댁의 말에 의하면 요즈음 남편과 매일 심하게 다툰다고 했다. 부두에 그네의 인도인 애인 소문이 파다하게 났다는 것이다. 헨리 댁이 말했다.

"그애는 버림받은 조지 댁보다는 낫다. 하긴 제일은 우리 동생 제임스 댁이지만……"

"넌 단수이에 돌아가서 뭘 할 거야?"

찰스 댁 언니가 묻자 청이는 갑자기 대답이 막연해졌다.

"우선 우리 딸 유자오를 안아줘야지. 그리구…… 다시 죽원반관에서 사내들을 받을까?"

토마스 댁이 청이의 혼잣말을 듣고 있다가 진담으로 알아듣고 물었다.

"넌 사내들이 지긋지긋하지두 않니?"

"아니……"

청이가 웃고 나서 덧붙여 말했다.

"세상 모르는 철부지들 같애. 수염 기르구 옷 잘 입구 점잔을 빼지만 다들 불안한 돈벌이에 몰두하구, 그 짓밖에 모르잖아."

청이는 배가 떠날 날짜가 다가오자 준비를 했다. 소보원에 가서 아기들 돌보는 아마 출신의 여자들과도 인사를 나누었고 정들었던 몇몇 아가들과도 몇 시간씩 놀아주었다. 그네는 제임스가 허푸 아저씨를 통하여 내준 전별금에서 얼마를 떼어 선교부에서 나온 젊은 신부에게 내밀었다. 신부는 청이에게 성호를 그어주고 나서 그네를 위하여 천주께 기도를 올려주었다. 헤어지기 전에 묵주를 주었는데 구슬을 꿴 줄 끝에 십자가에 매달린 그리스도의 형상이 이어져 있었다.

청이는 허푸 아저씨도 따로 만났다. 그는 양행 사무실 거리 모퉁이에 있는 찻집 이층으로 그네를 데려갔다. 그는 안경 너머로 청이를 따뜻한 눈으로 바라보았다.

"기어이 단수이로 돌아가신다고…… 어차피 그곳이 고향도 아닐 텐데요?"

"정든 사람이 그곳에 많이 있어서예요."

청이가 말하자 허푸는 빙긋이 웃었다.

"미스터 제임스가 정을 주지 않던가요?"

청이는 그냥 대답하지 않았다. 허푸가 다시 말했다.

"그야…… 우리는 모두 장사꾼들이니까. 거짓말하지 않고 신용을 지키는 대신에 야박하지요. 서양 사람들은 그래서 돈도 벌고 발전했어요."

청이는 곧 알아들었다.

"저는 그전 세상이 훨씬 좋답니다."

허푸가 나직하게 웃었다.

"그건 나두 마찬가지요. 그렇지만 시간은 되돌릴 수 없어요."

허푸는 일어나기 전에 작은 벨벳함을 하나 청이의 손에 쥐어주었다.

"렌화 소저, 잘 가요. 어디서든 다시 만나게 되기를 바라오."

"허푸 아저씨 고마웠습니다."

그 순간부터 그네는 로터스가 아닌 렌화로 돌아와 있었다. 그네는 남방 처녀들처럼 두 손을 모으고 절을 올렸다. 허푸가 돌아서기 전에 잠깐 청이를 바라보다가 말했다.

"소보원을 만든 건, 참 좋은 일이었어요. 어디 가서나 잘사실 게요."

청이가 집에 돌아오니 요리사 해리와 시쓰 자크와 아마 리우가 식당에 모여 앉아 있다가 제각기 장만한 선물을 내밀었다. 해리는 설날도 아닌데 월병을 만들어두었고, 자크는 과일 색깔을 넣은 서양 알사탕 한 봉지를 색종이에 싸서 내밀었으며, 리우 아줌마는 하늘색의 치포 한 벌을 준비해두었다. 청이는 방에 들어가서 가방 하나에 짐을 쌌다. 그네는 서양 옷들을 벗어서 잘 개어두거나 옷장에 걸었다. 그리고 단수이에서 가져왔던 옷들을 다시 챙기고 찰스 댁이며 양인 첩 친구들이 준비해준 기념품들을 넣었다. 그네는 처음에 배에 탈 때 받았던 작은 숙녀용 목걸이 시계를 개어놓은 양장 위에 놓고 신부에게서 받은 십자의 형상도 놓았다. 그네는 이 세계에서 한 걸음이라도 더 멀리 벗어나려는 것처럼 보였다.

제임스는 청이가 출발하기 전날이어서 그랬는지 보통날보다 일찍 돌아왔다. 그는 몹시 침울해 보였고 청이에게 말도 걸지 않았다. 그리고 옷도 갈아입지 않고 거실 안락의자에 우두커니 앉아서 창 밖을 내다보고 있었다. 청이가 먼저 말을 걸었다.

"떠나기 전에 여러 가지로 준비해주셔서 고마워요."

제임스가 그제서야 청이를 돌아다보았다.

"좀더 기다렸다가 증기선을 타구 가지 그랬어. 내일 배는 정크선이라던데……"

"괜찮아요. 전에 많이 타봤으니까."

다시 그들은 한참이나 말이 없었다. 리우가 식탁에서 저녁 준비를 하는 소리가 들려왔다. 제임스가 더듬거리며 말했다.

"그 동안 잘 지냈소. 당신은 내 아내와 같았는데……"

"그랬나요?"

하고 나서 청이는 말했다.

"상하이로 가면 그쪽 판팡에서 예쁘고 말 잘 듣는 양인 첩을 데려다줄 텐데요……"

제임스가 두 손을 들었다가 의자 팔걸이에 떨어뜨리는 시늉을 했다. 청이는 그의 그런 동작이 할 수 없다는 표현이라는 걸 알고 있었다. 제임스는 다시 중얼거렸다.

"내가 고향에 갔던 일은 왜 묻지 않는 거요?"

"식구들을 만났다고 그랬잖아요?"

청이는 제임스의 고향인 맨체스터를 지도책에서 본 적이 있었다. 누에처럼 생긴 섬나라를 제임스가 손가락으로 짚어 보였던 것이다. 그곳은 어느 바다 끝에 있을까.

제임스가 말했다.

"언제까지 이런 식으로 살 수는 없소. 나는 결혼을 하기로 결심했어."

"그럼 귀국하실 거예요?"

"아니, 상하이에는 우리가 살 수 있는 지역이 생겼지."

제임스가 먼저 식탁으로 옮겨 앉으면서 말했다.

"자아, 이별주라도 한잔 합시다. 로터스 당신이 내게 가족이 필요하다는 걸 가르쳐주었다구."

청이는 말했다.

"잘됐네요. 아내는 고향에서 데려오실 거예요?"

"상대방이 좋다고 하면…… 그럴 작정이오."

두 사람은 가끔 몇 마디씩 얘기를 나누면서 저녁을 먹었다. 그리고 제임스는 자기 방으로 청이는 별실로 갔다. 그네는 별실에서 잠들기 전에 마지막으로 양장 옷을 벗었다. 그리고는 속옷 위에 치포를 걸쳐보았다. 머리도 옛날식으로 한 줄로 땋아서 위로 틀어올리고 물소뿔 핀을 꽂았다. 그네는 거울 속의 자기에게 말했다. 나는 너와 만날 그때까지 아무에게도 매이지 않을 거야.

이튿날 늦잠을 자고 일어난 청이는 마차가 집 앞에 기다리고 있는 것을 보았다. 청이가 치포 차림으로 거실로 나오자 하인들은 모두 놀란 모양이었다. 요리사와 아마와 시쓰가 서로 다투며 그네의 짐을 마차에 실어주었다. 청이는 고개를 돌려 네 해나 살았던 목조의 단층집을 한번 휘둘러보고는 마차에 올랐다. 하인들이 손을 흔들었다.

부두에는 찰스 댁과 헨리 댁이 나와 있었다. 헨리 댁은 배에서 먹으라면서 음식을 잔뜩 해가지고 왔고 찰스 댁은 유자오에게 입히라고 양행상점에서 고른 아이 옷을 몇 점 가지고 나왔다.

정크선들은 증기선과 달리 부두에 직접 닿지 못하고 내항에 닻을 내리고 떠 있어서 거룻배를 타고 나가야 했다. 거룻배가 닿자 먼저 화물을 싣고 나중에 사람들이 탔다. 판팡에서 낯이 익은 중국인 사무원이 청이에게 손짓을 했다. 찰스 댁이 배에 오르려는 청이의 손을 잡고 말했다.

"잘 가라. 좋은 사람 만나서 행복하게 살기 바래."

헨리 댁도 말했다.

"우리는 널 잊지 못할 거야. 꼭 고향에 돌아갈 수 있길 바래."

두 여자는 손수건으로 코와 입을 틀어막고 서 있었다. 청이도 그네들을 차례로 안았다. 그러고는 얼른 돌아서서 기우뚱거리는 뱃전을 딛고 거룻배에 올라탔다. 두 사공이 차례로 커다란 노를 저었고 부두는 눈앞에서 흔들거리며 멀어졌다. 정크선의 사다리를 타고 올라 갑판에서 바라보니 두 여자는 아직도 부두에서 손수건을 펄럭이고 있었다. 청이도 손을 흔들었다. 뱃사람들은 먼저 바퀴를 돌려서 닻을 올리고 여럿이 매달려 밧줄을 당겨올려 돛을 펴기 시작했다. 선원이 갑판에 섰던 청이에게 안으로 들어가라고 소리를 지를 때에야 그네는 갑판 아래로 내려갔다.

배는 삼각 돛을 활짝 펴고 말레이 반도를 한나절에 돌아서 보르네오 해로 들어섰다. 정크선은 열흘 만에 남지나해로 들어섰고 무역풍을 받으며 북동쪽으로 계속 올라갔다. 두꺼운 천을 팽팽하게 허공에 걸어놓은 침대에서 청이는 하루 종일 잠만 잤다. 배가 어찌나 흔들리는지 하루에 한 끼도 제대로 먹을 수가 없을 정도였다.

9. 용궁

단수이에 도착한 것은 이른 아침이었다. 모두들 밖으로 뛰쳐나갔는지 선실에는 아무도 없었고, 갑판 쪽에서 시끌벅적한 소리가 들려서 청이는 비틀거리며 계단을 올라갔다. 소금기 섞인 바다 냄새 가운데 문득 풀내음 비슷한 신선한 바람이 불어왔다. 갑판 난간에 매달려 왼편으로 고개를 돌리니 아침 햇살을 받고 푸르름이 더욱 짙어진 낯익은 산봉우리들이 수평선 위에 솟아올라 있었다. 오른편에 혼자 솟은 것이 관음산이며 왼쪽의 연봉은 대둔산이었다.

정크선은 천천히 단수이 만 안으로 들어갔고, 청이는 강변에 다닥다닥 붙은 붉은 벽돌집들을 보자 울컥하면서 눈물이 쏟아졌다. 그동안 저 지옥 같은 지룽 항구마저도 보고 싶어 못 견딜 지경이었다. 싱가포르에서의 양인 첩 생활은 밝고 깨끗하고 평화로운 나날이었지만 그네는 어쩐지 외롭고 낯설어서 못내 견딜 수가 없었던 것이다. 정크선이 만 안에서 닻을 내리고 거룻배들이 어미 오리 옆의 새끼들처럼 오글대며 헤엄쳐 뱃전에 닿자 이번에는 사람들이 먼저 내렸다. 거룻배가 뒤뚱대며 마토우 저자 앞의 배터에 닿았고 청이는 큰 가방과 작은 가방을 양손에 들고 마토우 광장으로 들어섰다. 그네는 이제 후끈한 열기와 음식 냄새며 시끄러운 장터 사람들의 말소리에 휩싸였다. 아무에게도 소식을 전하지 못했으니 반관 식구들은 청이가 돌아올 줄은 모르고 있을 것이다. 저잣거리에서 첫번째 거리로 들어서자 이층의 난간과 노대가 달린 집들이 좌우에 늘어섰고 찻집이며 식당이며 주점이 예전 그대로였다. 청이는 죽원반관의 붉은색 간판을 보자 가슴이 두근거렸다.

그네는 가방을 바꿔들기 위해 잠깐 길 위에서 숨을 골랐다. 지나는 사람들이 청이를 힐끔대며 돌아보았다. 누군가가 이층의 노대에 앉았다가 밖으로 몸을 내밀고 바라보더니 손을 내저으며 외쳤다.

"거기 렌화 언니 아니야?"

청이는 벌써 목소리만 듣고도 그 여자가 잉후아라는 걸 알았다. 청이는 마주 손을 흔들어주며 외쳤다.

"잉후아, 나야 나!"

잉후아의 동그란 얼굴이 사라지면서 안에서 그네가 기녀들과 여러 사람을 부르는 소리가 길에까지 들려왔다. 청이가 월문의 현관으로 들어서는데 벌써 주점의 안쪽에서 샹 부인이 달려나오고 있었다. 청이는 오전에 차를 마시러 온 손님들이 여기저기에 앉아 있었는데도 전혀 의식하지 못하고, 가방을 옆에 내려놓고는 두 손을 벌리고 샹 부인에게 달려들며 외쳤다.

"엄마아, 나 왔어요!"

샹 부인이 다가서며 청이를 끌어안았다.

"어젯밤 꿈에 보이더니…… 잘 돌아왔다."

둘은 한참이나 머리를 엇갈린 채 꼭 끌어안고 섰다가 청이가 먼저 맥을 잃은 것처럼 두 손을 스르르 풀었다. 그네는 샹 부인의 등뒤로 아장거리며 다가오고 있는 계집아이와 그 뒷전에서 웃고 섰는 웬지 부인을 보았던 것이다. 샹 부인도 몸을 돌리고 보더니 눈으로 묻는 것처럼 바라보는 청이에게 말했다.

"그래, 누구겠니? 네 딸이지. 지금 다섯 살이란다."

청이는 조그맣게 아주 조심해서 불렀다.

"유자오, 유자오……"

아이가 낯이 설어서 두려웠는지 뒷전의 웬지 부인을 올려다보았다. 청이 무릎을 굽혀 몸을 낮추고 두 손을 앞으로 뻗었다.

"유자오, 이리 온. 엄마 왔네요."

유자오가 몸을 돌려 웬지 부인에게로 돌아서려는데 청이 참지 못하고 무릎걸음으로 다가들어 계집아이를 와락 껴안았다. 아이가 놀라서 불에 덴 듯이 울음을 터뜨렸다. 청이가 깜짝 놀라서 아이를 웬지 부인에게 내밀자 뒤에서 샹 부인이 어깨를 토닥이며 말했다.

"괜찮아, 아이들은 많이 울어야 목청이 고와지는 거야. 꼭 안아줘라."

웬지 부인도 다가와서 우는 아이를 토닥이면서 청이에게 반갑게 말했다.

"렌화는 아직도 곱구나!"

기루의 색시들 중에 절반쯤이 아직 남아 있었다. 잉후아가 화지아를 하고 있는 모양이었다. 기녀들은 이층으로 오르는 계단에 층층이 몰려 서 있었다. 뒤에서 디안토우 아저씨와 일꾼들이 가방을 들고 따라왔다. 웬지 부인이 청이의 팔 안에서 몸을 돌리며 아직도 울고 있는 유자오가 안되었던지 얼결에 빼앗아안으면서 물었다.

"우리 방으로 갈까?"

"아니 우선 량팡으로 올라가요."

청이가 말하자 모두들 안심하고 이층으로 올라갔다. 청이는 먼저 둘러선 기녀들을 두리번거리다가 잉후아에게 물었다.

"유메이 언니는……?"

샹 부인이 대신 대답했다.

"그앤 시집갔다."

"어디루요?"

"응 바로 이 근처야. 누굴 보내서 오라구 하면 금방 달려올 게다. 유메이가 유자오를 얼마나 이뻐한다고."

청이가 단수이로 돌아온 지 한 달쯤 지나자 태풍의 계절이 왔고 비바람이 쉴새없이 몰아쳐왔다.

며칠 동안 볕이 들고 고요한 날이 사나흘 찾아왔다가는 다시 새로운 태풍이 남지나해에서 탄생하더니 동북쪽을 향하여 휩쓸어오곤 했다.

청이가 유메이를 만나고 나서 다시 그네가 사는 형편이라도 보려고 킹수이 저자로 찾아갔더니 뒷골목에 작은 식당을 열어놓고 있었다. 만두나 면 같은 가벼운 점심거리를 파는 아주 작은 집이었다. 골목 쪽으로 노천에 긴 나무의자를 내놓고 밖으로 향한 조리대를 빼면 실내는 비좁은 식탁이 서너 개 들어갈 만한 넓이였다. 맨 안쪽에 작은 방이 한 칸이었다. 청이는 잉후아와 함께 갔는데, 유메이가 앞치마를 두르고 머릿수건을 쓰고 조리대 옆에서 설거지를 하다가 젖은 손을 털면서 달려나왔다.

유메이의 남편은 뚱뚱하고 너털웃음을 웃어대는 호인 형의 남자였다. 전에 기루의 주방에서 일을 했다고 한다. 유메이가 술자리에서 노래하는 일 외에는 손님들에게 별로 부름을 받지 못하게 되자 샹 부인이 서로를 위하여 중신을 서게 되었다고 했다. 그들은 함께 살자마자 아들을 낳았다. 유메이의 아기는 안쪽의 방에서 칭얼대며 기어다니고 있었다. 유메이의 남편은 아내에게서 배웠는지 도마질을 하면서도 큰 소리로 수야오를 불렀다. 그런데 가락이 하나도 맞질 않아서 가사만 다를 뿐 어느 노래나 비슷하게 들렸다. 잉후아와 청이는 젓가락질을 하다가 면발을 입에 문 채로 킥킥거렸지만 유메이는 한 번도 웃지 않았다. 잉후아와 청이는 그런 모양이 더욱 우스워서 참지 못하고 면발을 뱉어내며 킥킥 웃어댔다. 유메이는 일부러 새침한 얼굴로 되물었다.

"귀엽지 않니?"

"어머…… 귀엽대!"

잉후아가 놀라는 시늉으로 그렇지 않아도 큰 눈을 말똥하게 떠 보여서 이번에는 세 여자가 같이 웃었다. 청이는 유메이가 선택한 인생에 대해서 마음을 푸근하게 놓을 수가 있었다. 이제 시궁창에서 곤두박질치던 유메이의 풀꽃 같은 삶은 작은 샘터 주위에 머물러 새 싹을 틔우게 되었다.

청이는 아래층 웬지 부인과 유자오가 쓰는 방에서 지냈는데 처음에는 어린것이 자꾸만 낯을 가려서 속이 상했다. 유자오는 청이와 일단 낯을 익히자 그네가 없어지면 엄마를 찾으며 보챘다. 종알거리면서 어찌나 말을 잘 하는지 청이는 하루 종일 딸에게 말을 걸었다.

어느 날 청이는 웬지 부인과 함께 유자오를 데리고 홍모성 부근까지 놀러 갔다. 하구가 보이는 언덕에 올랐다가 축대 위에 집을 지은 찬청(餐廳) 겸 찻집이 있어서 안으로 들어가보았다. 손님이 아무도 없는데 일하는 사람마저 보이지 않았다. 두리번거리다가 청이와 웬지 부인은 문이 활짝 열린 창가에 가서 하구를 내려다보며 자리를 잡았다. 유자오는 흥얼거리며 실내를 뛰어다녔다. 하구에서 바람이 불어들어와 천장에 매달아놓은 대나무 풍경을 끊임없이 흔들어대고 있었다. 두 사람은 잔잔한 바다를 말없이 한참이나 내다보고 있었다. 웬지 부인이 문득 말을 꺼냈다.

"이제 앞으로 어쩔 작정인구?"

"글쎄요, 뭔가 하긴 해야겠는데…… 어쩌죠?"

청이는 막연하게 대답했다. 사람들이 그리워서 돌아오긴 했지만 예전처럼 기루에서 손님을 받을 수는 없을 것 같았다. 청이 원했다 할지라도 샹 부인이 시키지 않았을 것이다.

"자네가 돌아왔으니 내가 할 일도 이제는 다 끝났고……"

웬지 부인의 말에 청이는 아무런 계획도 없이 무턱대고 말을 꺼냈다.

"웬지 이모, 우리두 주점을 열어요."

말을 하고 보니까 청이는 그 일 외에는 자기가 할 만한 일거리도 딱히 없을 것 같았다. 웬지 부인이 말했다.

"샹 유안도 양인 첩을 하구 돌아와서 반관을 열었지만, 자네가 여기서 비슷한 집을 열면 서로 번거로워서 되겠어? 그리구 이곳 팡차오의 따거에게도 신고를 해서 허가를 받아야지. 샹 유안의 도움이 없으면 안 될 거야. 입장을 바꿔서 생각해보렴. 손님이 절반으로 줄어들 텐데…… 그런 자네를 샹 유안이 또 도와줘야 하니 말이야."

청이는 말이 막혔다. 웬지 부인의 말은 한 가지도 틀리는 점이 없었다.

"타이난은 어때요. 거긴 여기보다두 대처잖아요? 이모가 그곳에서 오래 사셨다니 저하구 함께 가면 어떻겠어요?"

웬지 부인은 하구의 오른편에 관음산 어깨를 지나 훤하게 트이기 시작하는 먼바다 쪽을 내다보고 있었다. 그네는 눈을 지그시 감고 입은 다물고 코로 깊은 숨을 들이마시면서 대기를 맛보는 듯했다. 웬지 부인이 눈을 감은 채로 말했다.

"나는 류큐(琉球)로 돌아갈 거야……"

청이는 그네의 희끗한 머리카락이 이마 위로 흘러내려 바람에 나풀대는 모양을 보면서 뭔가 가슴을 찌르는 것처럼 아려왔다. 그래, 내가 싱가포르로 떠나던 날 웬지 이모는 유자오와 나를 류큐로 데려가 같이 살고 싶다고 했지.

"류큐는 여기서 먼가요?"

"아니 여기선 바로 이웃마을이야. 동쪽 이란(宜蘭)으루 가면 맑은 날에는 류큐의 새끼 섬들이 수평선에 또렷이 보인단다."

"언제 가보셨어요?"

"어릴 제 떠나고 다신 못 가봤어. 타이난에서 기녀 노릇을 할 제 마음 좋은 뱃사람이 바오쭈를 내는 바람에 이란까지 갔었지. 멀리서 바라보기만 했어."

청이는 웬지 부인의 팔을 잡아 흔들며 그네를 일깨웠다.

"우리 류큐로 가요. 유자오 데리고 거기 가서 살아요."

그날 이후로 청이는 웬지 부인의 고향인 류큐로 가볼 생각이 점점 강해졌다. 샹 부인에게 그런 말을 하자 그네는 빙긋 웃으며 별말이 없었다. 다만 며칠 지난 뒤에 이렇게 한마디했다.

"후미코 언니는 늙어서라두 고향에 돌아가니 좋겠구나."

"엄마두 고향에 가구 싶어요?"

샹 부인은 청이의 말에 그저 웃었다.

"누가 있어야 고향에 가고 싶지. 난 여기가 좋아. 이곳에 묻힐 거야."

청이도 샹 부인처럼 가볍게 웃고 말했다.

"내게는 세상 어디나 똑같아 보여요. 그저 류큐란 이름이 좋아서요."

샹 부인이 주의를 주었다.

"돈 가졌다구 허투루 쓰다간 다시 몸뚱이 팔러 나서야 한단다. 어디에 가든 집이나 땅을 장만해두면 사람 데리구 장사를 벌일 수는 있지."

류큐로 가는 배는 지룽에 가면 정기적으로 푸저우와 광저우를 오가는 일본 배를 탈 수가 있었고, 단수이에서는 류큐의 슈리(首里)에서 나온 동남아 무역선을 탈 수도 있었다. 편안한 뱃길을 가려면 태풍이 모두 잦아드는 9월이 지나야 했다. 웬지 부인은 옷감을 떠다가 유카타(浴衣)를 지었고 유자오의 옷도 만들었다.

샹 부인이 나서서 단수이 지아오항(郊行)에 교섭을 하여 류큐로 가는 배 편을 알아보았다. 샹 부인이 단수이 분부(分府)에다 웬지 부인은 고향 방문으로 렌화는 장사하러 간다고 신고하고 인정전을 조금 써서 도항허가증인 차오단(照單)을 받아냈다. 마침 지아오항에서 후추와 계피며 사탕을 내는 상인이 있어 그의 대리인을 따라가기로 했다. 류큐의 배는 루손에서 출발하여 단수이를 거쳐서 슈리 성이 있는 나하 항에 도착하게 되어 있었다.

청이는 싱가포르에서 가져온 은화와 백피토 아편을 모두 말굽 은으로 바꾸었다. 지아오항의 인이 찍힌 은괴는 무역 은으로 허가받은 재물이어서 어느 곳에서나 반출과 반입이 자유로웠다. 청이는 무역 은으로 바꾸면서 세금을 떼이긴 했지만, 사 년 동안 모은 양인 첩의

급여와 전별금에다 다시 허푸 아저씨가 인도 산 백피토를 구입해서 판팡의 무역에 투자하도록 해주었으므로, 젊은 여자로서는 제법 큰 재물을 장만하게 되었던 것이다.

청이는 웬지 부인과 틈만 나면 류큐의 이야기를 나누었다. 그네는 웬지 부인에게서 목청을 가늘고 높게 빼고 끝자락을 감추는 류큐의 노래를 몇 곡 배웠다. 이곳의 호금과 비슷한 산신(三線)이란 악기가 있다는 것도 알게 되었다.

"여기 바다는 거칠고 깊고 컴컴해서 정이 가질 않지만, 류큐의 바다는 옥빛이란다. 맹그로브 숲이며 흰 백사장과 야자나무가 한들대는 해변을 지나면 언덕을 등지고 낮은 집들이 정답게 옹기종기 모여 있다구. 고깃배들이 찰랑거리는 물가에 떠 있고 바람이 지나는 처마 밑에 누우면 대나무 베개 속으로 잔잔한 파도 소리가 스며들어. 그곳의 햇볕은 찬란하지만 따갑지가 않아. 바람이 햇볕을 식혀주기 때문이야."

샹 부인이 승선 날짜를 알아왔다.

"루손에서 오는 배가 이달 보름에 단수이에 도착한다는구나. 사흘 동안 짐 싣고 쉬었다가 떠난다니 배가 오면 그때 짐 싸고 준비해둘 충분한 여유가 있는 셈이다."

청이는, 몇 년 전에 싱가포르로 떠날 적에는 다시 돌아온다는 기약이 있어서 별로 몰랐지만 이제 새로운 고장으로 가려니 뭔가 잃어버리는 것만 같았다. 샹 부인이며 유메이 언니는 혈육이나 마찬가지처럼 느껴졌다. 그렇지만 대륙을 떠나올 제 다시 돌아간다는 기약이나 약속도 없이 붙잡혀오자마자 거기서 맺었던 인연들은 물거품처럼 사라져버리지 않았는가. 그네는 구앙이나 동유의 얼굴 윤곽조차 이제는 기억도 나지 않았다. 바로 얼마 전에 작별한 제임스의 얼굴마저 콧수염과 구레나룻 외에는 별로 생각이 나질 않는다. 로터스…… 하고 거기서 부르던 자기 이름을 되뇌어보면 무슨 알록달록한 새나 괴상하게 생긴 동물의 명칭처럼 우스꽝스럽게 들렸다.

날짜는 가고 류큐의 배가 들어왔다. 청이와 웬지 부인은 대리인을 따라서 지아오항의 빈관에 가서 류큐 무역상들에게 인사를 했다. 웬지 부인이 고향 말을 잊지 않아서 류큐 사람들은 오히려 반가워했다. 그들은 눈썹이 짙고 눈동자가 새카맣고 피부도 건강하게 그을려 있었다. 출항하기 전날에 청이는 아래층의 식당 방에서 유메이 언니도 부르고 잉후아를 비롯한 기루의 색시들과 샹 부인 웬지 부인 모두 불러서 송별연을 가졌다. 손님 모시고 하던 대로 디안토우와 주방 아줌마들이 주안상을 차려주었다. 술도 마시고 오랜만에 청이는 호금을 뜯고 유메이는 수야오를 불렀다.

고향 가는 동무를 떠나보내려니
섭섭하단 말도 꺼내지 못하였네
식구들 달려나와 서로 안고 반기겠지
나 아는 노인들도 아직 살아 있을까

맑은 강물 빨래터에 여인들 웃음소리
홀로 돌아앉아 옷고름 떼어 보내노라
저 물 흘러가서 향촌 시냇가에 닿는다면
누군가 내 아잇적 이름 부를 이 있을 거나

유메이는 노래를 몇 곡 부르고 죽엽주를 연거푸 마시더니 예전과 달리 금방 취해버렸다. 유메이는 청이의 목을 끌어안으며 혀가 꼬부라진 소리로 말했다.

"렌화야, 지룽의 난펑(南風) 집에서…… 사금터 광부들 수십 명 받던 날 밤이 생각나니? 그래두 우린 운이 좋은 거야. 링링을 봐라, 아마 슈티안과 카오는 죽었을지두 몰라. 하지만 이런들 또 뭐 달라질 게 있어. 사는 게 다 그런 걸……"

청이가 그네의 뺨을 토닥여주며 말했다.

"그래두 언니는 아들을 낳았잖아. 좋은 남편 만났구."

"아들? 흥…… 하필이면 왜 다 늦게. 남들에게 빼앗긴 것들은 어디서 살구 있을지. 나두 너 따라갈까? 바다의 낙원이라는 류큐로 가서 살까?"

샹 부인이 보다 못해 손뼉을 치더니 잉후아에게 눈짓을 했다.

"자아 취한 사람은 데려다 재워야 한다구. 어서 집에 돌아가야지."

잉후아가 달래며 유메이를 안아 일으켰다. 주루의 색시들에게 끌려나가면서 유메이는 청이를 향하여 외쳤다.

"렌화, 날 잊지 마. 유메이의 노래를 기억해줘."

유메이가 작은 소란을 일으킨 뒤에 자연스럽게 파흥이 되어 기녀들은 모두 이층 량팡으로 올라가고 아래층에는 샹 부인과 웬지 부인 그리고 청이만이 남았다. 샹 부인이 말했다.

"류큐라구 해서 여기보다 더 나을 거란 생각은 하지 마라. 사람 사는 데는 어디나 같더라. 후미코 언니를 이모처럼 여기고 서로 의지해서 살아야 해. 가면 언니하구 잘 봐두었다가 목 좋은 곳에 꼭 집을 사야 한다."

웬지 부인이 말했다.

"염려 마. 나두 들은 게 있구 생각해둔 게 있어. 우리는 잘 지낼 거야."

샹 부인이 갑자기 두 사람의 손을 잡았다.

"이렇게 가면 다시는…… 못 볼 텐데."

청이는 이젠 돌아온다는 말은 하지 않았다. 세월도 흐르는 강물도 다시는 거꾸로 되돌아오지 않는다는 걸 이젠 그녀도 잘 알고 있었다.

동이 트자마자 청이와 웬지 이모는 짐을 꾸려가지고 마토우 배터로 나갔다. 샹 부인과 잉후아 등이 두 사람의 짐을 들어주었고, 유메이는 아직도 곤하게 잠들어 있는 유자오를 안고 있었다. 마토우 광장은 새벽시장을 여는 상인들이 길 위에 물건들을 펼쳐놓고 있었다. 배터에는 단수이 지아오항의 대리인이 나와서 기다리고 있었다. 어젯밤 작별인사를 나누었는데도 단수이 죽원반관 사람들은 다시 눈물 바람이었다. 청이가 유메이에게서 유자오를 넘겨받았다. 유자오가 잠이 깨어 부스스한 눈으로 주위를 둘러보았고 샹 부인과 유메이는 차례로 유자오에게 작별 인사를 했다.

"유자오 시집갈 때까지 내가 살아야 하는데……"

샹 부인이 말했고 유메이도 유자오의 뺨에 입을 맞추었다.

"이모에게 꼭 찾아와야 한다."

웬지 이모와 청이는 거룻배에 올랐다. 거룻배를 타고 만에 닻을 내리고 정박한 커다란 목선까지 갔다. 류큐 상선은 정크선과는 달리 배의 앞뒤가 넓적하고 위로 치솟아올라가 있었다. 배의 한복판에 큰 돛대가 있으며 선두 쪽에 그보다는 짧은 돛대가 있었다. 배의 앞머리에는 입을 벌린 용 모양이 그려져 있었다. 위로 치켜올려진 선미에는 키와 물이 드나드는 수구가 보였는데 순풍상송(順風相送)이라는 글과 용무늬가 보였다. 청이는 배가 어쩐지 낯익어서 잠깐 생각해보니 그 옛날 조선에서 처음 난징으로 팔려오던 때에 탔던 배와 생김새와 구조가 같은 구식 목선이었다.

선원들은 누렇게 물들인 무명 바지저고리에 머리띠를 질끈 동였고 선장이나 갑판장이며 상인들은 점잖게 나가기(長着)나 하오리(羽織)를 걸치고 있었다. 청이와 유자오도 웬지 이모가 지어준 유카타를 입었다. 상인과 승객들은 갑판의 한 층 아래에 있는 선실로 들어 갔다. 밤에 잠잘 때 이외에는 모두들 갑판으로 나가서 바람을 쏘이 거나 지나가는 섬들을 구경했다.

하루 밤낮을 달리자 드디어 바다 위에 수많은 섬의 높고 낮은 산들이 다가오기 시작했다. 이미 그곳은 류큐 나라였다. 야에야마(八重山) 제도의 요나구니(與那國) 섬이 다가오고 뒤를 이어 이리오모테, 하테루마, 이시가키 섬들이 나타났다. 섬이 떠 있는 부근의 바다는 옥빛 초록빛 연하늘색 그리고 산호 때문인지 붉고 하얀 색으로 바다에 거대한 꽃밭이 가꾸어진 것 같았다. 한동안 너른 바다 한가운데 수평선만 보이더니 바위가 삐죽삐죽 솟은 작은 섬이 나타났고 웬지 이모가 가슴에 두 손을 얹으면서 중얼거렸다.

"저건 타라마 섬이야, 아버지를 따라 떼배를 타고 바다에 나오면 해 지는 쪽으로 저 섬이 보였지. 후미코를 부르는 아버지의 음성이 들리는 것 같아."

멀리로 파리똥만큼이나 작게 보이는 섬들이 수평선 위로 나타났다가는 사라져갔다. 웬지는 고향에 들어서자 어느새 후미코로 되돌아가 있었다. 그네는 한껏 상기된 음성으로 말했다.

"아, 여기서부터는 내 고향이다! 렌화도 여기 식으로 렌카라고 불러야 맞겠네."

"그래요…… 전 아무래도 상관없어요."

후미코의 고향인 미야코(宮古) 제도는 류큐의 중간쯤에 있는 고장이었다. 미야코에서부터 이제까지 온 것만큼 가면 류큐의 슈리 성이 있는 우치나(沖繩)에 당도하게 되어 있었다. 배는 미야코 섬의 배터에 한나절 들러서 사람을 태우거나 내리고 짐을 싣고 저녁에 출발하게 되어 있었다. 후미코는 갑판에서 강 건너처럼 보이는 부둣가를 손가락질해 보였다.

"렌카, 저기 좀 봐, 저 성문 앞에 시장이 있었단다. 부모님들이 고기를 팔던 곳이야."

그러나 짐 이외에는 사람이 내릴 수는 없었고 그 대신에 우치나의 나하로 가는 사람들과 짐을 실었다. 미야코에서 배에 오른 사람들은 위로는 슈리 성에 볼일을 보러 가는 관리들부터 아래로는 상인들이며 일반 백성들까지 있었다. 후미코 이모는 말을 걸 만한 상대를 찾아냈는지 어느 부부의 곁에 앉아 여러 가지 얘기를 하고 있었다.

"지금은 세금 철이래. 모두들 걱정이 태산이더라."

청이에게 다가온 후미코 이모가 말했지만 그네는 사정을 몰라 대꾸할 말이 없었다. 청이는 그저 이렇게만 말했다.

"류큐의 나랏님은 인정이 없는 모양이지요?"

다시 후미코 이모가 알 수 없는 얘기를 했다.

"사츠마 번(薩摩藩)에서 온 관리 놈들 탓이지 뭐야. 그전에 내가 살던 때에도 가을이 오면 모두들 걱정이었지."

다시 이틀 밤낮을 더 항해하여 우치나의 나하에 당도한 것은 석양 무렵이었다. 뒤로는 해가 수평선으로 떨어지면서 엄청난 노을이 바다와 하늘 전체를 붉게 물들이고 있었다. 배와 돛과 사람의 옷이며 얼굴까지도 불그레하게 노을의 물이 들었다. 배 옆으로는 비슷한 모양의 목선들이 같은 방향으로 치달리고 있었고 항구로 돌아가는 고깃배의 깃발이 울긋불긋하게 나부꼈다. 배가 둥근 활처럼 품을 벌리고 있는 만으로 들어서기 시작하자 뱃머리에 용의 머리를 올린 뾰족하고 길다란 용선들이 재빠르게 다가왔다. 배에는 장정들 여럿이 두 줄로 뱃전에 앉아서 길다란 노를 저었다. 사공 혼자 선미에 서서 노를 젓는 나룻배도 느릿느릿 지나갔다. 항구 안으로 강처럼 길고 좁은 만이 이어졌고 부둣가의 번화한 거리에서는 아직 어두워지기도 전에 등불이 하나둘씩 켜지고 있었다. 위로 봉긋하게 솟은 언덕 위로 성과 궁전의 붉은 지붕들이 보였다.

"저곳이 임금님이 사시는 슈리 성이란다."

후미코 이모의 말을 들으면서 청이는 아름다운 언덕과 숲이며 이제는 푸르른 박명이 드리워지고 있는 나하의 마을들을 바라보았다. 지난날 낯선 곳으로 흘러다닐 때에 처음 당도하던 날의 불안한 느낌과는 달리 집으로 돌아온 듯한 푸근한 마음이 되었다. 저녁을 짓는 연기가 마을의 지붕들 위에 안개처럼 퍼져올라가고 있었다.

청이는 유자오를 안고 후미코 이모는 짐을 들고 항구로 올라섰다. 축대가 쌓인 배터의 곳곳에 계단이 있었다. 돌담을 두른 집들과 골목이 사방으로 뻗어나갔는데, 두 여자는 부두에서 다리를 건너 방파제 안쪽 가로에 들어섰다. 해변에서부터 안쪽으로 들어갈수록 비탈이 조금씩 높아지고 있었고 언덕길을 따라서 집들이 이어져 있었다. 생선 굽는 냄새와 사내들의 떠드는 소리며 여인네의 웃음소리와 산신의 음률도 흘러나왔다. 술집과 여관이 보였다. 네모난 나무 현판을 내건 집에는 유카타 차림의 유녀(遊女)들이 무릎을 꿇고 단정하게 앉아 있었다. 청이는 어쩐지 가슴이 두근거렸다.

후미코 이모가 길다랗게 돌담을 두른 어느 집으로 먼저 들어섰다. 처마가 나직하고 바깥으로 길다랗게 툇마루가 달린 일자의 남방식

집이었다. 마당 가운데 우물이 보이고 종려나무가 담을 따라서 줄지어 서 있었다. 대문 옆의 정사각형 지붕을 올린 독채 마루에 앉았던 여자가 얼른 나막신을 꿰고 나왔다.

"어서 오십시오, 손님."

그네는 두 손을 배 아래로 모으고 깊숙이 절하며 말했다.

"며칠 묵어갈까 하는데요. 조용한 방이 있습니까?"

후미코 이모가 말하자 그네는 싹싹하게 웃으면서 한 손을 내밀며 안내했다. 집의 오른편으로 돌아가는데 길을 따라서 판판한 돌이 발 디딜 만큼의 간격으로 박혀 있었다. 방은 집의 동북쪽 뒤편에 있었다. 역시 툇마루가 달리고 북쪽과 동쪽으로 창호지를 바른 문이 열려 있고 발이 쳐져 있었다. 마룻방인데 가늘게 짠 부드러운 돗자리를 깔았다. 벽장이 있고 작은 상이 놓여 있었다. 여자가 저녁을 드셨냐고 물었고 후미코가 겸상을 시켰다. 여자는 세수간이 집 뒤로 돌아가면 있다고 가르쳐주었다. 뒷간과 세수간과 욕실이 칸막이 된 채로 붙어 있었는데 작은 사방등이 걸려 있었다. 밥을 먹고 포근한 이부자리에 눕자 청이는 정말로 여기가 마음에 들었다. 그들은 여관에서 닷새쯤 더 묵었다.

처음에 사흘 동안을 후미코 이모 혼자 나돌아다니더니 드디어 맞춤한 집을 찾았다며 청이에게 함께 가보자고 했다. 후미코 이모는 번잡한 거리의 색주가를 내려는 것이 아니었다. 음식이 정갈하고 분위기도 조용한 요정을 해보자는 것이었다. 그래서는 기예가 있는 기녀들 두세 명만 두고 손님이 원할 때에만 흥을 돋우어준다는 얘기였다.

"처음엔 그저 밥만 먹고 살 정도면 된다. 단골 손님이 많이 생기면 돈은 자연히 벌게 되겠지 뭐."

청이는 후미코의 의견이 자기 마음에 너무나 꼭 들어맞는다고 생각했다. 후미코가 데리고 간 곳은 번잡한 저잣거리를 벗어난 언덕길에 있는 마당이 너른 집이었다. 거기서 얼마 떨어지지 않은 곳에 예전에 입도하여 정착했다는 중국 사람들이 모여 사는 구메무라(久米村)가 있었다. 언덕에서는 바로 건너편 집들의 지붕이 내려다보였고 그 너머로 바다에서부터 들어온 강 같은 좁은 만과 돌다리들이 보였다. 시원한 바닷바람에 종려와 소철의 잎사귀가 끊임없이 한들거렸다. 집은 사각형의 앞쪽을 떼어버린 것처럼 보였는데 본채가 제일 안쪽에 있고 좌우로 양팔처럼 별채가 앞으로 내밀어져 있었다. 그래서 마당 가운데 다시 집 속의 안마당이 생겨난 모양이었다. 안마당에는 작은 연못과 파초가 여러 그루 자라고 있었다. 우치나의 집들은 대문을 달지 않고 돌담에 출입구를 내고는 안이 들여다보이지 않게 입구 바로 앞에 간격을 띄워서 돌담과 같은 높이의 칸막이 담을 세웠다. 그러니까 들고 날 때에는 맞은편의 칸막이 담을 비켜서 옆으로 돌아 들어가게 되어 있었다. 칸막이 담위에 작은 석등 자리가 있어서 밤에는 그곳에 기름 등잔을 넣어두곤 했다. 이 집은 뒤꼍에 세수간이며 뒷간이 있고 서쪽 담 모퉁이에 빨래터와 깊은 우물이 있었다. 그곳은 기둥 위에 지붕만 올려두었다. 좌우 별채의 앞쪽은 툇마루보다 조금 높아서 안마당의 연못이 내려다보였다.

후미코가 나하 저자의 반쇼(番所)에 가서 세금을 내고 주점 허가를 얻었다. 부둣가에서부터 저자가 달팽이 껍질처럼 나선형으로 아래에서 위로 전개되었는데, 슈리 성이 있는 언덕을 중심으로 위로 오를수록 부자와 관리들이 사는 영역이 되었다. 강처럼 안으로 깊숙이 들어온 만의 끝에 배가 드나들 정도의 운하를 파서 슈리 성의 바로 밑에까지 이르게 되어 있었다. 위에서 흘러내리는 하천의 지류들은 구불거리며 만나기도 하고 마을의 구역을 가르기도 하면서 결국은 만의 바닷물에 닿았다. 작고 큰 나무 징검다리며 돌다리들이 길을 연결해주었다. 위로 둥글게 솟아오른 반월교 밑으로 나룻배들이 드나들었다.

처음에 한 달 남짓은 제대로 영업을 할 수가 없었는데 사람을 구하지 못했기 때문이었다. 후미코가 어려서 류큐를 떠났으므로 이 고장 사람들 입맛에 맞는 음식 준비도 할 수가 없었고 젊은 기녀가 적어도 세 사람은 필요했던 것이다. 그리고 시간제로 들러서 놀아줄 악사도 필요했다. 무엇보다도 오카미(女將) 노릇을 할 그럴듯한 기녀를 먼저 찾아야 했다.

청이는 후미코 이모를 통해서 류큐 말을 몇 마디씩 배웠지만 그저 시장에 가서 반찬거리나 사올 정도였다. 어느 날 후미코 이모와 청이가 유자오를 데리고 항구 거리로 나갔다가 입구에 휘장을 늘어뜨린 작은 밥집에서 늦은 점심을 먹었다. 가게 안에 손님은 보이지 않고 주인 부부가 더운 메밀국수를 먹고 있다가 공연히 미안해하며 주문을 받았다. 후미코가 두부로 만든 찬푸루와 야채절임이며 돼지고기 라푸테를 주문했다. 그들이 밥을 먹으며 나직하게 얘기를 나누었는데도 여주인이 알아듣고는 후미코 이모에게 물었다.

"화인(華人)들이슈?"

"아니요, 나는 미야코 출신인데 중국에서 오래 살다가 왔지요. 여긴 내 조카딸과 손녀라우."

후미코가 대답하자 여주인이 그들 앞에 부채를 부쳐 바람을 보내주면서 친절하게 말했다.

"여기 나하에는 그런 이들이 많아요. 우리두 예전엔 푸저우에두 가봤구 타이완에두 가봤어요. 그래 오랜만에 돌아오니 좋지요, 고향이?"

"그럼요. 바람 냄새가 어찌나 좋은지……"

"그래 여기서 뭣 하구 사시려우?"

후미코 이모가 잠깐 망설이다가 그네에게 되물었다.

"어디서 솜씨 좋은 숙수(熟手)를 찾을 수 없을까요?"

"아, 우리처럼 밥집 하시게?"

"주점이나 하나 내보려구요."

여주인은 고개를 끄덕였다.

"저어기 아랫다리 부근 포구에 그릇 팔고 식료 파는 모퉁이가 있어요. 거기 아무 데나 선술집에 가면 일을 찾는 요리인들이 한둘씩은 앉아 있을 게유."

주방 안에서 바깥 통로 쪽으로 고개를 내밀며 남자 주인이 끼어들었다.

"맞춤한 사람이 있는데…… 소개해드려요?"

여자가 남편에게 말했다.

"주정뱅이 로쿠(六) 할아범 말하는 거죠?"

"왜 그 사람이 어때서……"

남주인이 아내의 맞은편에 나와 앉더니 그네의 말은 무시해버리고 후미코에게 말했다.

"그 사람, 예전에는 아지(按司) 댁에도 오래 있었고 집정부(執政府)에도 있었지요. 중년에 아내를 잃고서는 상선의 주방장으로 남방에 나다니더니 요새는 일용으로 이곳 저곳 유곽에 일 다니는데, 늙어서 할 일이 아니지요."

후미코가 여주인에게 물었다.

"술을 많이 한다면서요?"

여주인은 남편의 눈치를 힐끗 보고 나서 말을 흐렸다.

"글쎄…… 솜씨야 어디 그이를 따를 사람이 있나요?"

후미코 이모가 청이에게 지금까지 그들 사이에 오간 대화를 말해주었고 청이는 얼른 고개를 끄덕여 보였다.

"소개를 좀 해주시지요."

후미코의 말에 남주인이 대뜸 말했다.

"급료를 몇 달분 미리 내야 할 게요. 로쿠 영감은 보통 숙수가 아니니까요."

"한 달치는 우선 낼 수가 있어요. 일하는 것 보아서 석 달치까지 미리 내지요."

여주인과 남주인이 서로 마주 보며 고개를 끄덕였다.

"아마 그 정도면 일을 잡으려고 할 겝니다. 내일 이맘때쯤 이리로 오세요. 우리가 로쿠 영감을 불러다놓을 테니."

이튿날 후미코 혼자서 다시 밥집에 들렀는데 역시 점심때가 다 지나서인지 손님 두어 명이 각자 떨어져 앉아서 식사중이었다. 문 쪽으로 등을 돌리고 앉은 사람이 보였는데 머리가 희끗한 것이 로쿠영감인 모양이었다. 후미코가 들어서자 남자 주인이 얼른 아는 체를 하고는 그의 앞에 앉으면서 말했다.

"이리 앉으시지요."

후미코가 주인 옆에 가서 앉았다. 서로 인사를 나누고 후미코는 할말이 없어 묵묵히 앉아서 잠깐 로쿠를 관찰했다. 그는 낡고 색이 바랜 유카타를 입고 맨상투에 머리띠를 동여매고 있었다. 눈두덩이 부풀어올라서 눈동자가 거의 보이지 않았고 콧수염과 턱수염을 다듬지 않아 어부처럼 보였다. 뭉툭한 코끝에 주독이 올라 불그레했다. 그는 삶은 콩 한 접시를 놓고 소주를 마시던 중이었다.

"아주머니가 내게 일을 준다구 했소?"

"예, 주점을 개업하려고 하는데 요리할 사람을 찾구 있었지요."

"어디…… 남방에서 오셨나, 아니면 대륙에서?"

로쿠가 말씨를 듣고 후미코에게 물었다.

"타이완에서 오래 살았어요."

로쿠는 소주를 꼴깍 들이붓더니 한마디했다.

"고생 많았소. 이젠 고향에 돌아왔으니 조용하구 편안히 사시구려."

후미코도 지지 않고 말했다.

"나 미야코 사람이에요. 어디 가서든 씩씩하게 살지요. 헌데 그렇게 날마다 술을 마시면서 어떻게 일을 하실 거요?"

로쿠가 후미코의 질문에 말문이 막히는지 껄껄 웃어댔다.

"맘에 안 들면 쓰지 마오. 일 끝나구 마시는 거요. 홍이 없는 놈들은 아무짝에두 못 써. 노래 못하는 놈치구 생선 대가리 하나 제대로 처리하는 놈 못 봤소."

후미코는 나중에 두고두고 로쿠의 그 말이 썩 듣기 좋았다고 말했다.

"저희 집으로 가실까요? 좀더 상의할 일도 있고 하니……"

후미코가 일어서자 로쿠는 따라나서기 전에 잊지 않으려는 듯 말했다.

"그 저…… 급료를 미리 주겠다던데 지금 이 사람에게 주슈."

로쿠가 말하자 밥집의 남자가 여태껏 잠자코 있더니 후미코에게 손을 내밀었다.

"어제 선금을 주겠다구 하시길래…… 실은 영감님이 우리집에 외상값이 좀 밀려 있지요."

후미코는 밥집 주인이 로쿠 노인을 소개하려고 애쓴 이유를 알 것 같아서 아무 말 없이 돈을 내주었다. 후미코는 로쿠를 집으로 데리

고 갔다. 청이가 집의 곳곳을 청소하고 있다가 반갑게 맞았다. 로쿠
는 마당에 들어서 집을 한번 휘둘러보더니 고개를 끄덕였다.

"좀 낡았지만 아주 좋은 집을 찾았구료."

"양켠으루 별채를 이어서 지은 것이 여기 집 같지 않지요?"

후미코가 묻자 로쿠가 말했다.

"보면 모르오? 여기 식의 집에다 나중에 잇달아 지었구먼. 아마
집정부에 있던 사츠마의 관리가 살았을 게요."

로쿠는 밖에서 활짝 열린 미닫이문으로 방 안을 들여다보며 돌아
다녔다.

"조금만 고치면 그럴듯한 요정(料亭)이 되겠군. 내일부터라두 목
수를 몇 사람 불러다 일을 시킵시다."

로쿠 노인은 무역선을 타고 남방 각지를 돌아다녀서인지 중국어
도 곧잘 했다. 그래서 아직은 류큐 말을 못 하는 청이와도 말이 잘
통하는 편이었다. 청이는 로쿠 노인이 마음에 들었다. 그는 저녁마
다 소주를 마셨지만 유쾌하게 취하는 편이라 주정이 없는 대신 노래
나 흥얼거리다가 모로 쓰러져서 금방 코 골고 잠에 떨어졌다.

로쿠가 오고 나서 며칠 사이에 집수리가 시작되었다. 안쪽의 원
래 일자 집 칸에는 예전에 쓰던 부엌을 그대로 쓰기로 했고 동편 구
석 뒷방과 앞방을 살림방으로 쓰기로 했다. 서북쪽 뒷방은 로쿠 영
감과 다른 일꾼이 쓰고 그 앞방은 기녀들 방으로 쓰기로 했고 가운
데의 대청은 그네들의 대기실로 정했다. 좌우의 불쑥 튀어나온 상
하방 두 곳을 손님을 받는 방으로 정하여 미닫이를 열면 아래윗방
이 통하도록 했다. 꺼진 마루를 다시 깔고 그 위에 돗자리를 빈틈없
이 깔았다. 미닫이와 창에 벽지와 창호지를 새로 발랐다. 발도 걸고

등도 달았다. 마당으로 들어서는 출구 앞 칸막이 담에는 사방등을 거는 자리 바로 아래 용궁(龍宮)이라고 흘려쓴 붓글씨에 불로 지진 목패를 달아놓았다. 그리고 담 모퉁이에 장대를 걸고 그 위에 역시 용궁이라고 쓴 유지로 바른 붉은 월등을 매달 것이었다. 이제 용궁의 주인 렌카를 비롯해서 후미코와 로쿠와 그리고 유자오는 한 가족이 되었다.

로쿠가 중년의 여자 악사를 데려왔는데, 자신은 산신(三線)을 켜고 고큐(胡弓)와 피리와 북을 맡은 예인들을 데리고 있었다. 그들은 여러 집을 돌아 손님이 있건 없건 일정한 시간에 용궁에 와서 기다렸다가 술자리에서 놀아주고 돌아갈 때마다 수고비를 받기로 했다. 그 여자 예인은 나바라고 불렀다. 나바는 젊어서 신이 내려 무당 유타 노릇을 하다가 스스로 그만두고 섬을 떠나 나하로 와서 기녀가 되었다. 그네가 산신을 연주하게 된 것은 옛날의 청이처럼 예인과 부부가 되었던 때문이었다. 남편이 병으로 죽자 나바는 다시 밤거리로 나올 수밖에 없었다. 나바와 줄이 닿게 되니 기녀를 찾는 일은 아주 쉬워졌다. 나바가 용궁에 와서 일을 맡기로 약정하던 날 후미코가 그네에게 당부했다.

"나도 타이완의 수야오를 배웠고 류카(琉歌)도 부를 줄 알지만 악사는 서로 소리가 어울려야 해요. 내일이라두 모두들 와서 한번 술 먹구 놀아봐야지."

음률을 아는 후미코가 제안한 것은 약정하기 전에 네토리(音取)를 해보자는 뜻이었다. 나바가 후미코에게 물었다.

"이 집에도 기녀를 두어야 하겠네요?"

"많이는 필요 없구 두셋이면 적당할 텐데……"

후미코의 말에 나바가 안심했다는 듯이 말했다.

"제가 한 아이를 데려올게요. 목소리가 곱고 짱짱하지요. 아직 명인은 아니지만 지금 한창때인데 얼굴도 예쁘답니다."

이튿날 밤시간에는 모두 일을 나가야 하니까 오후에 오기로 되어서 로쿠가 간단한 술과 안주를 준비했다. 나바는 제 나이 또래의 고큐를 켜는 여자 예인과 피리와 북이며 다른 구리 타악기를 다루는 남자 악사 두 사람을 데려왔다. 그리고 유카타 위에 고운 무늬의 바쇼후(芭蕉布) 나가기를 걸치고, 이마가 시원하게 드러나도록 머리를 뒤로 넘긴 기녀도 따라왔다. 몸집은 작고 새카만 눈에 살결이 가무잡잡한데 마치 바다에서 펄떡거리는 생선을 갓 잡아온 것처럼 생기가 도는 아이였다. 후미코와 렌카가 아랫방에 앉고 로쿠 노인도 음식을 가지고 와서 뒷전에 앉았다. 나바가 자기 일행을 일일이 소개하는데 기녀의 이름은 세리였다. 후미코가 물었다.

"세리 나이가 몇이냐?"

"열아홉입니다."

"언제 나왔니?"

"열네 살에요."

"출신지는?"

"호쿠잔(北山)에서 왔어요."

후미코는 거기서 더이상 묻지 않는다. 나바의 말처럼 이제 벙그러진 꽃 같은 한창때인 것이다. 나바의 눈짓으로 산신이 흐르기 시작하면서 피리가 따라붙고 간간이 북을 울리면서 네토리를 해 보였다. 산신 연주가 몇 곡 계속되고 나서 나바가 세리에게 눈짓을 했고, 그네는 무릎걸음으로 앞으로 나와 앉았다. 나바가 말했다.

"류카를 들려드리지요. 요시야 치루의 노래입니다."

후미코는 눈을 지그시 감았다. 그 노래는 너무도 유명해서 대륙의 류큐 상관(商館)에 있을 적에 뱃사람들이 술에 취하면 부르던 노래였다. 가난한 섬의 농사꾼 딸들이 모두 그랬듯이 요시야 치루는 열 살도 못 된 나이에 나하의 유곽에 팔려와 가인이 되었다. 치루가 팔려오다가 나하로 오는 도중에 건너야 할 마지막 다리에 이르러 불렀다는 〈히자 다리(比謝橋)〉라는 노래는 류카를 아는 사람이라면 누구나 부를 줄 알았다.

　　미워라 히자 다리
　　무정한 사람이
　　너를 여기에 만들었지
　　나를 건너 보내려고

　심청은 저도 모르게 가슴을 찌르는 것 같은 느낌이 들더니 눈물이 눈 안에 가득히 고였다. 산신이 가늘게 떨면서 뒷전에 깔리고 세리의 소리는 높이 올라갔다가 떨면서 문득 멈추는 듯 숨을 삼킨다. 이 빈틈이 매우 절묘했다. 다시 아래로 처지는 듯하다가 맑은 소리는 올라갔다. 산신과 피리가 어우러지더니 세리는 다시 같은 노래를 반복해서 불렀다. 너를 여기에 만들었지, 하는 대목에서 높은 소리가 끊기면서 숨이 멎었다. 노래와 반주가 함께 딱 멈추고 다음 가락을 기다리는데 그 정지된 순간이 아름다웠다. 나를 건너 보내려고, 에서 소리가 반음으로 이어지면서 아래로 처지는 것이 아니라 높이 올라가면서 길게 여운을 남기듯이 마지막 구절이 끝나는 것이었다. 세리는 요시야 치루의 노래를 연이어 불렀다.

　　구바 잎이 산들산들

시골 산천 조용하네
밧줄에 묶인 소의
울음소리 들리는 고향

그 노래에는 어릴 적에 팔려온 모든 기녀들이 고향 마을을 그리는 마음이 담겨 있었다. 이 노래를 지어 부르고 죽은 요시야의 마음이면서 지금 노래를 부르는 세리의 그것이며 후미코와 나바와 누구보다도 심청이의 마음이었다. 소리와 가락은 앞의 노래와 비슷했지만 애조는 보다 잔잔하게 표현되었다.

"아아 좋아……"

청이는 류큐 말로 중얼거렸다. 그네는 저도 모르게 세리의 노래에 끌려 윗목으로 가서 나바에게 손을 내밀었다.

"주세요."

나바가 잘 못 알아듣고 두리번거리자 후미코가 말했다.

"산신을 줘봐. 렌카도 자네만큼 한다구……"

나바는 그제야 웃으면서 산신을 청이에게 내주었다. 중국의 비파에서 타이완의 호금으로 그리고 류큐의 산신에 이르렀지만 음률은 거의 같았다. 청이는 차르릉 하고 현을 손톱 끝으로 긁어보고는 물 흐르듯이 연주했다.

우항(雨港)에 오늘도 비가 내리네
바다 위에 내리는 비는 안개가 되어
님 떠난 뱃길을 지워버리네
처마 끝에 떨어지는 빗물이여
마셔버린 빈 술병을 채우네

청이는 유메이에게서 배운 수야오를 불렀다. 류카가 사행(四行)인데 수야오는 오행(五行)이었다. 이 노래만 부르면 청이는 지룽의 밤이 생각나서 마음에서도 비가 내렸다. 그러나 지옥 같은 나날이었는데도 남풍 집의 작은 방에서 덧문을 열고 내다보던 배의 등불 빛을 잊을 수가 없었다. 붓끝에서 떨어진 먹물이 번진 것처럼 안개비 속에서 내항에 정박한 배의 불빛들은 아련했다. 로쿠 노인이 박수를 먼저 치자 모두들 따라서 박수를 쳤다.

"어어 참, 수야오 오랜만에 듣는구나."

로쿠가 손등으로 눈시울을 씻으면서 말했고 후미코가 중국 말 가사를 한 줄씩 번역해주었다. 나바가 일행들을 돌아보며 말했다.

"이제 보니 렌카 님이 예인이네요. 우리와 주법이 조금 다르긴 하지만 훨씬 화려하군요."

세리가 얼른 일어났다가 무릎 꿇고 공손히 절하고 말했다.

"잘 부탁드립니다. 저두 많이 배우겠습니다."

"자아, 우선 목 좀 축이고 네토리를 다시 하자구."

로쿠의 제안에 모두들 상에 둘러앉아 우치나 전래의 명산 아와모리(泡盛) 소주를 돌려 마셨다. 청이가 말하고 곁에서 후미코가 류큐말로 통역하는 식으로 나바와 세리 등과의 대화가 계속되었다.

"나에게도 류카를 가르쳐줘요."

청이가 세리에게 말했고, 세리는 나바를 돌아보며 말했다.

"저도 수야오를 배우고 싶어요. 여기에도 수야오를 좋아하는 손님들이 많지요?"

나바도 고개를 끄덕였다.

"나하에도 예전부터 대륙에서 입도해온 화인들이 많아요. 이젠 류큐 사람이 다 되어버렸지만."

로쿠 노인의 말에 의하면 음식도 중국 것과 일본 것이 섞여서 우치나 요리가 되었다고도 했다.

"여기선 중국 말과 일본 말을 섞여서 쓸 줄 아는 이들이 많소. 무역 상인들 중엔 서양 말까지 할 줄 아는 이들도 많던데……"

"그런데…… 렌카 님을 우리는 어떻게 부르지요? 요정의 주인이신데요."

나바의 물음에 세리가 먼저 말했다.

"여기선 다들 마마라고 부르지요."

"마마? 나는 아직 젊어요. 그냥 렌카라든가 언니라구 부르면 되지 뭐."

청이가 쑥스러워하자 후미코가 말했다.

"아니, 렌카는 마마라구요. 나는 그냥 후미코 이모라구 불러주면 돼."

청이와 후미코는 그 자리에서 세리를 오카미(女將)로 정하여 세 사람의 기녀를 더 데려오기로 했다. 세리도 지금 일하는 곳에서 미리 받았던 급료를 물어주고 용궁으로 옮기기로 했다.

개업하기 전에 로쿠 노인이 제안하여 각 섬의 아지들 야쿠쇼(役所)와, 부두의 반쇼(番所), 무역 상관들과, 슈리 성의 모노시구치(申口方) 아래에 소속된 하쿠치가시라(泊地頭) 등에 개업을 알리는 선사품을 돌리기로 했다. 용궁을 알리는 일이지만 과용을 할 수는 없는지라, 과자를 만들어 예쁘게 포장하여 로쿠와 후미코가 일일이 방문할 작정이었다. 팥소를 넣은 타우치차오는 모양은 다르지만 중국식 월병과 비슷했고 사타안다기는 백성들이 집에서 명절에 해먹는 튀김과자였다. 로쿠와 후미코는 설이라도 만난 듯 나가기와 기모노를 깨끗이 차려 입고 로쿠가 등에다 포장한 과자상자를 짊어지고 후미코는 양산을 쓰고 나섰다.

개업하기 전날 저녁에 청이는 후미코 세리 나바 등과 함께 목욕하
고 뒤뜰에서 먼저 샘의 가미에게 치성을 드리고 부엌으로 들어가 불
의 신 하누칸에게 공을 드렸다. 나바가 모든 절차를 잘 알고 있어서
그네들은 시키는 대로 따라했다. 후미코가 연장자라 향로에 불을 붙
이고 손을 맞부비며 절할 적에 나바가 잘 알아들을 수 없는 옛적 류
큐 말로 나직하게 소리를 했다.

> 하늘님은 하늘을 붉게 물들이네
> 아침의 꽃은
> 활짝 피고요
> 저것 보아요
> 저 아름다움을
> 하늘님은 하늘과 땅을 붉게 물들이네

개업하는 날 땅거미 질 무렵에 청이는 후미코, 나바와 함께 담 밖
으로 나가 집 앞을 대빗자루로 깨끗이 쓸고 물을 뿌렸다. 출구를 가
로막은 칸막이 담 모퉁이에는 용궁이라고 흘려쓴 유지를 바른 붉은
등을 대나무 위에 높직이 내다걸었다. 집 안 곳곳에도 등을 밝히고
세리 등의 기녀들은 바쇼후나 가스리의 기모노를 빼어입고 곱게 화
장하고 방석 위에 앉아 손님을 기다렸다. 두런두런하는 소리가 들
리기 시작하더니 마당에 사내들이 나타나기 시작했다. 청이는 세리
를 데리고 얼른 마당으로 내려가 인사를 하면서 손님을 반갑게 맞
아 들였다. 무역 상관의 점잖은 손님들 다섯이 맨 먼저 상방에 들었

다. 나바는 손님이 들어서기 시작하자 악사들과 함께 은은하게 산신을 연주했다. 세리가 먼저 자리로 가서 무릎 꿇고 엎드려 절을 올렸다.

"어서 오십시오. 저는 이 집의 오카미인 세리입니다."

상관에서 온 초로의 무역 상인이 고개를 끄덕여 인사를 받고 나서 말했다.

"자네는 다른 집에서 본 것 같은데…… 이 집의 주인이 되었나?"

"아닙니다. 전에는 아랫다리 근처에 있는 요정 차마에(茶前)에 있었습니다. 저희 마마를 소개해올릴게요."

세리가 뒤를 돌아보자 청이는 얼른 종종걸음으로 자리로 나아가 무릎 꿇어 인사를 올렸다.

"어서 오십시오. 렌카 인사드립니다."

청이의 말투와 이름에 대번 눈치를 채었는지 옆에 있던 사람이 물었다.

"렌카, 화인인가?"

"예 그렇습니다."

초로의 상인이 대뜸 중국어로 말했다.

"반갑구나. 어디서 왔는가?"

"난징 출신입니다."

청이도 중국어로 대답했다.

"우리 상관에는 중국측 거래인들이 많이 오는데 자네 같은 마마가 있어서 참 잘됐구먼."

청이 얼른 아와모리 소주를 그의 작은 잔에 따라 올렸고 세리도 다른 손님들에게 술을 따랐다. 청이는 상인에게 인사를 올리고 말했다.

"즐겁게 드십시오. 우리 오카미는 가인이올시다. 노래를 청하시지요."

상인이 술잔을 들어 보이며 좋다고 말하자 세리는 청이와 더불어 뒷걸음으로 물러났다. 아랫방 쪽에 자리잡은 악사들 앞에 앉아서 세리가 먼저 류카를 불렀다.

데이고 꽃이 피누나
가스리 무늬 짜던
창문 너머로
손에서 흘린 피처럼 붉게

데이고 꽃이 지누나
옷소매에 연못 위에도
꽃이 새로 피어나면
님의 배가 돌아온다지

세리의 노래가 끝나자 청이가 이번에는 스스로 산신을 잡고 수야오를 한 차례 불렀다. 손님들 한 패가 다시 마당으로 들어서고 있었다. 그들은 하쿠치가시라(泊地頭)의 관리들이었다. 관리들은 상관 사람들과는 나하 부두에서 함께 협력하는 관계라서 아무렇지도 않게 상방의 다른 자리에 앉아 서로 건너다보며 인사를 나누었다. 저녁때가 지나고 밤이 깊어 취흥도 올랐을 무렵인데 발등을 비춘 하인을 앞세운 일행이 마당으로 들어섰다. 먼저 알아챈 후미코가 나막신을 꿰어신고 얼른 마당으로 나가니, 앞선 하인이 말했다.

"귀하신 분께서 오셨소. 조용한 방이 있는가?"

후미코는 뒷전에 섰던 두 사내를 향하여 공손히 인사하며 말했다.

"어서 안으로 들어가시지요."

후미코가 오른쪽의 별채로 안내하는데 두 사람이 따라 들어왔다. 그들은 쪽빛 나가기 차림에 아래에는 점잖게 하카마까지 입고 머리에는 네모난 관을 쓰고 있었다. 후미코는 그들에게 방석을 올렸다.

"잠시 기다리시면 곧 자리를 준비하겠습니다."

기녀의 귀띔을 받고 청이와 세리는 차례로 먼저 손님의 방을 빠져나와 다른 기녀들과 교대했다. 악사들도 수고비를 받고는 사례하며 물러나왔다. 후미코와 함께 로쿠가 술상을 들고 들어갔고 조금 뒤에 청이도 들어가서 인사를 올렸다.

"렌카, 어르신들을 뵙겠습니다."

"이 집의 초기(長妓)인가?"

한 사람은 부채로 얼굴을 반쯤 가리고 앉았고 그의 옆에 비스듬히 비켜서 앉은 사람이 먼저 물었다.

"저는 마마입니다."

렌카의 대답에 얼굴을 가리고 있던 사람이 천천히 부채를 부치면서 중국어로 물었다.

"대륙에서 왔는가, 아니면 타이완에서 왔나?"

"두 곳에서 다 왔습니다. 저는 원래 꺼우리 태생이랍니다."

"꺼우리…… 그럼 조선에서 왔단 말이냐?"

청이는 그 남자를 똑바로 바라보았다. 사십대 중반쯤으로 보이는 그 사람은 얼굴이 창백하고 짙은 눈썹 아래 눈이 빛났다. 붓 같은 수염이 단정하고 가지런해 보였다. 먼저 말을 걸었던 사람은 그보다 체격이 건장했고 살결도 그을려 있었다. 청이 자기도 모르게 말해버렸다.

"어려서 눈먼 아버지를 모시다가 그만 난징으로 팔려왔습니다."

아마도 그 사람이 조선이라는 나라 이름을 알고 있어서 반가웠던 것인지도 모른다. 그가 빙그레 웃더니 조용하게 말했다.

"반갑구나, 나는 가즈토시라고 한다."

"미야코의 우에즈(王子) 님이시다."

옆에 있던 사람이 덧붙였지만 처음에 청이는 그것이 무슨 말인지 알아듣지 못했다. 나중에야 로쿠 할아범에게서 그가 수많은 왕실 혈친 중의 한 사람이며 미야코(宮古) 지방의 우에즈인 도요미오야 가즈토시(豊見親和利)라는 것도 알게 되었다. 그와 동행한 사람은 우에즈의 동생이며 아지(按司)인 아키유시(明芳)라는 것도 나중에 알게 된 사실이다. 나바를 비롯한 악사들과 세리가 들어오자 음악 연주가 시작되었다. 청은 먼저 가즈토시에게 술을 따르고 나서 아키유시에게도 술을 따르면서 조심스럽게 물었다.

"저희 집의 개업은 어찌 아셨습니까?"

"음, 자네가 화인이라는 소문을 들었다. 산신 연주와 수야오를 썩 잘한다면서?"

"이제 걸음마를 겨우 뗄 정도입니다."

청이의 대답에 가즈토시는 그네를 뚫어지게 바라보며 부드럽게 말했다.

"노래란 사람이 고생을 많이 하면 잘하게 되는 법이다. 그래서 우리네 류큐 백성들은 누구나 노래를 잘하지."

청이는 공손히 절하고 말했다.

"청하시니 수야오 한 곡 부르겠습니다."

심청은 조용히 뒷걸음으로 물러나 악사들 곁에 앉았다. 나바가 자신의 산신을 건네주었고 청이는 이번에는 뿔골무를 손가락에 끼우지 않고 발목을 한 손에 쥐고 줄을 긁었다. 청이 산신을 먼저 연주하며 음을 고르자 악사들은 곧 어우러지며 화음을 맞추었다.

　　들판 끝에 쓸쓸한 산촌
　　지붕 위 저녁 연기 오르고
　　길손은 처마 밑에 섰네
　　아이들 찾는 소리 그치니
　　저무는 하늘엔 새 한 마리

　청이는 둘째 절을 부르지 않고 연주만을 계속했다. 나바가 눈짓을
하자 세리가 나서면서 수야오 대신 류카로 받았다.

　　온나 산 너머가
　　님의 고향
　　숲을 밀어젖히고
　　이리 끌어당겼으면

　음악이 연주되는 가운데 이번에는 후미코가 들어와 공손히 절하
고는 부채를 양손에 쥐고 하오도리 중에서 누치바나(貫花)를 추었
다. 늙은 후미코의 춤은 요란하지 않고 절도에 맞지만 부드럽고 조
용하여 연륜과 품격이 보였다. 후미코가 춤을 추는 사이에 세리와
렌카는 다시 자리로 돌아가서 두 사람의 술시중을 들었다. 세리가
두 손님에게 뵙는 인사를 했다.
　"저는 이 집의 오카미인 세리라고 합니다."
　"네가 부른 류카가 나베의 것이냐?"
　가즈토시가 세리에게 묻자 그네는 대답했다.

"온나의 나베가 불렀던 노래입니다."

가즈토시는 눈을 감고 그 가사를 입 속으로 조용히 읊어보다가 말했다.

"가인은 이미 죽고 없는데 어린 너에게 전해지다니. 수야오와 류카는 특징이 서로 다르지만 산신을 반주로 하니까 마치 사촌지간 같구나."

청이가 말했다.

"저도 류카를 배우고 싶습니다. 수야오의 곡조는 슬프고 처지는 소리가 많은데 류카는 높낮이가 다양하고 힘이 있습니다."

아키유시가 말했다.

"형님, 류카는 여럿이서 부르면 더 듣기가 좋지요?"

"너덧 사람이 목청을 각기 해서 부르면 더욱 좋거든."

그때에 후미코가 춤을 끝내고 상머리로 다가와서 정중하게 절을 올렸다.

"도요미오야 님, 후미코 인사 올립니다."

가즈토시는 그네를 건너다보며 부드럽게 웃었다.

"자네두 한잔 받게나."

"황공합니다. 저는 미야코 섬이 고향입니다."

"언제 나하로 왔는고?"

가즈토시의 말에 후미코는 망설이다가 대답했다.

"어릴 적에 대륙으로 나갔다가 얼마 전에 고향으로 돌아왔습니다."

"그건 모두 우리들의 잘못이다. 이제는 나가지 말고 류큐에서 살게나."

도요미오야 가즈토시 일행은 밤이 늦어서야 돌아가면서 청이에게 다음에 다시 오마고 약속했다.

심청의 요정 용궁은 차츰 나하의 상인들과 관리들에게 알려져서 명소가 되었다. 나바가 이끄는 예인들도 이제는 다른 집을 돌다가 들르는 게 아니라 아예 용궁에서만 연주하게 되었으니 그만큼 장사가 잘되었다는 뜻이다. 세리가 춤을 잘 추는 두 여자를 데려와서 용궁의 기녀들은 그네까지 합하여 모두 다섯 명이 되었다. 후미코를 모두들 이모라고 불렀고 로쿠 영감은 농담 삼아 이모부라고 불렀는데 후미코나 로쿠나 별로 싫어하지 않는 눈치였다. 그들은 서로 비슷하게 작은 섬에서 자라나 일찍 타향으로 떠나갔다가 온갖 세상 풍파를 겪고는 혈육 한 점 없이 혈혈단신으로 제자리에 돌아온 셈이었다.

세리를 비롯한 나하의 기녀들도 요시야 치루처럼 모두가 어린 나이에 유곽과 술집으로 팔려와 몸도 팔고 재간도 배우게 되었다. 그래서 청이는 샹 부인이 그랬듯이 누구에게나 공평하게 대하고 터무니없는 빚을 떠넘기지 않았으며, 선불이 있어도 이자 없이 봉사료나 급료에서 조금씩 떼어 갚도록 해주었다. 누군가 손님에게서 술값 이외에 봉사료를 받으면 반드시 후미코와 로쿠 두 사람의 몫을 몇 푼이라도 떼어주도록 했다. 손님이 기녀들 중에 누군가를 점찍어 동침하려고 할 적에는 처음에는 안 되지만 세 번쯤 용궁에 들른 손님이면 외박을 허용했다. 용궁에서는 숙박이 절대로 안 되기 때문에 밖에서 기다리는 가마꾼들이 두 사람을 아랫다리의 여숙(旅宿)으로 모시게 했다. 이것은 청이가 샹 부인의 죽원반관에서 배운 예절이었다. 용궁은 여느 유곽과는 달리 일정한 분위기와 품격을 지킬 필요가 있었다.

용궁에서는 낮에는 손님을 받지 않을뿐더러 저녁때에도 해가 저

물어 완전히 어두워지기 전에는 칸막이 담 앞에 무릎 높이로 가로질
러놓은 통나무를 절대로 젖혀놓지 않았다. 후미코나 세리가 출입구
옆의 담 모퉁이에 불을 켠 홍등을 걸기 전에는 아직 장사를 안 한다
는 표시였다. 청이는 오후에 한가할 적에 간간이 오침을 잤을 뿐 늦
잠을 자지는 않았다. 후미코와 로쿠도 일찍 일어났는데 그날 저녁에
쓸 물건들이 무엇인가를 따져보고 부두의 시장에 내려가 장을 보아
야겠기 때문이었다. 청이는 오른쪽의 동쪽 살림칸에서 유자오와 함
께 잤는데 아이가 먼저 일어나 흥얼거리는 소리에 깨기도 하고 동창
에 쳐놓은 발 사이로 햇빛이 방 안 깊숙이 스며들기 시작할 때면 저
절로 눈이 떠졌다. 유자오는 점점 더 총명해져서 어느새 류큐 말을
종알거리게 되었다. 청이도 이제는 제법 아는 말이 많아졌는데 여러
곳을 거쳐오면서 남의 말을 배우는 데 익숙해서였다.

후미코와 로쿠가 시장에 가고 기녀들은 간밤의 숙취와 피로 때문
에 늘어지게 늦잠을 자고 있을 무렵이면, 청이는 유자오와 마당에서
놀거나 아니면 운하가 보이는 다리까지 나가서 오가는 거룻배들을
구경하곤 했다. 하루는 다리 위에 나갔는데 마침 휘장을 늘어뜨린
가마가 다가왔다. 앞에 행렬을 안내하는 자의 복장을 보니 슈리 왕
부 관원의 화려하고 자락이 긴 예포를 입고 있어서 청이는 주위를
둘러보았다. 지나던 사람들이 모두 허리를 굽신하고 제자리에 서 있
었다. 청이도 얼른 두 손을 앞에 모으고 고개를 숙이면서 유자오에
게 주의를 주었다.

"유자오, 가만 서 있어!"

유자오는 얌전하게 섰더니 가마가 가까이 다가오자 청이의 곁을
떠났다. 유자오의 눈길을 끌었던 것은 가마의 휘장 끝에 달린 붉은
매듭 장식이었을 것이다. 가마꾼은 앞에 두 명이고 뒤에도 두 명이

었는데 뒤편의 왼쪽 가마꾼이 유자오를 가볍게 밀쳤다. 유자오가 뒤로 궁둥방아를 찧으며 넘어졌고 저도 얼결에 놀랐던지 울음을 터뜨렸다. 청이는 당황하여 얼른 유자오를 끌어올려 안는데 가마가 멈추었다. 휘장이 위로 올라가더니 남색의 도포를 걸치고 머리에도 관을 쓴 사람의 상반신이 나타났다.

"자네는 렌카가 아닌가?"

중국어로 묻는 그 사람은 도요미오야 가즈토시였다. 청이는 남의 눈이 있는지라 그저 고개를 떨구고 인사를 올렸다.

"우에즈 님, 안녕하셨습니까."

"장사는 잘되는가?"

"예, 덕분에…… 한번 들르시지요."

가즈토시는 고개만 끄덕여 보이고는 휘장을 내렸다. 가마가 다시 움직였다. 그가 처음 용궁에 들른 지 두 달이나 지나서였다.

류큐의 벚꽃은 정월에 피는데 육지처럼 희고 작은 꽃이 아니라 겹으로 된 큰 왕벚꽃으로 분홍색이었다. 언제나 날씨가 비슷하지만 그래도 겨울철에는 대륙 같으면 제법 썰렁한 가을 날씨였고 그래서인지 세밑이나 새해가 되어도 별반 명절 같은 느낌이 들지 않았다. 오히려 벚꽃이 피면서부터 온 슈리 성 주위와 나하가 온통 잔치를 만난 것처럼 술렁이는 것이었다. 그맘때에 꽃놀이는 열흘간이나 계속되었다. 용궁에도 마당에 고목이 다 된 벚나무가 한 그루 있어서 벌써 손님들이 나무 아래 평상과 자리를 깔아놓고 몇 차례의 꽃놀이를 즐겼던 터였다.

청이는 유자오를 데리고 꽃그늘 아래 앉아 있던 중이었다. 밖에서 인기척이 들리더니 언젠가처럼 하인이 앞장서서 마당으로 들어섰

다. 그가 읍하고 섰는데 곧이어 도요미오야 가즈토시가 출구를 가로
막은 칸막이 담 뒤에서 슬며시 나타났다. 청이는 얼른 일어나 몇 걸
음 앞으로 나서며 인사하고 마음 편히 중국어로 말했다.

"어머나! 우에즈 님, 어서 오십시오."

그는 빙긋이 웃으며 연못가를 돌아서 다가왔다.

"내가 이렇게 와도 되겠느냐?"

"그럼요, 저희는 날마다 기다렸습니다."

청이가 마당에서 놀고 있는 유자오를 그냥 두고 가즈토시를 왼쪽
별채로 안내했다. 청이 방석을 드리고 다시 문안인사를 올릴 때까지
가즈토시는 말이 없다가 마당에서 꽃가지를 들고 놀고 있는 유자오
를 내다보고는 물었다.

"저 아이가 네 딸이냐?"

"예, 귀엽지요?"

가즈토시가 다시 물었다.

"그럼 혼인을 했단 뜻이로구나……"

청이는 저도 모르게 입을 손등으로 가리며 웃었다.

"아직 아이를 낳지 못했습니다. 세상을 떠난 동무가 남긴 딸인데
제가 거두어 기르고 있지요. 저 아이 때문에 많이 위안이 됩니다."

가즈토시는 방 안을 둘러보고 바깥을 살피더니 말했다.

"낮에는 손님이 없는 모양인가?"

"예, 저희는 밤에만 장사를 합니다. 참…… 점심 진지 올릴까요?"

"아니다, 술은 그렇고 차나 한잔 마시구 가지."

청이 다담상에 다과를 준비하여 왔다.

"어찌 그 동안 통 기별이 없으셨습니다."

"음, 세밑에는 사츠마 사람들 때문에 들볶이느라고 언제나 정신이

없구나. 영지에 나가 있었다."

도요미오야 가즈토시는 연말부터 새해까지 미야코 섬의 세수와 사츠마 번에 보내는 공납 때문에 바빴던 모양이었다. 청이도 그맘때에는 류큐가 일본 사츠마 번의 속국이라는 것을 들어서 알게 되었다.

류큐가 중국에는 예전부터 조공을 바쳐왔지만 직접 통치는 한 번도 받지 않았다. 사츠마 번에서는 나하에 집정부를 설치하고 집정관과 관리들을 보내어 류큐에 부과한 세금을 걷게 하고 있었다. 나하에 있는 왕궁과 귀족들의 저택이 있는 슈리 부가 백성들을 다스리고 있었지만 실상은 사츠마에서 나온 집정관이 실권을 쥐고 있었다.

오래 전에 각 섬의 아지(按司)들을 우치나 본도로 불러다 슈리 부에 살게 한 것은 통치력을 중앙으로 집중시키고 섬의 백성과 아지들을 떼어놓기 위해서였다. 슈리의 상씨 왕조에서는 아지들과 왕실 혈친들 사이에 혼인을 시켜서 인척관계를 만들었다. 각 섬의 아지들은 직접 통치력을 잃은 대신에 왕족이 되었으며 그들은 각자가 계절별로 영지의 섬으로 가서 관리를 하다가 보통때에는 다이칸(代官)이 남아서 행정을 돌보았다. 가즈토시도 그런 아지 출신 집안의 왕자, 즉 우에즈였던 것이다. 실제로 그의 성인 도요미오야(豊見親)는 지금은 바뀌었지만 미야코 섬의 영주를 의미하는 관직이기도 했다.

"세상 어디서나 백성들은 살기가 어려운 모양이다."

차를 마시다가 가즈토시는 그렇게 혼잣말 비슷하게 중얼거렸다.

"그럼요, 온갖 나라가 많지만 어려운 사람들은 어디서나 비슷하게 살아요."

청이도 말했다. 그때에 하늘이 어두워지는 것 같더니 멀리서 봄우레 소리가 들려왔다.

"비가 오려나……"

청이는 일어나 발을 들치고 마당을 내다보다가 유자오를 부르려는데 벌써 후드득거리며 빗방울이 떨어지기 시작했다.

"유자오, 어서 들어오너라. 비 맞을라."

유자오가 깡충거리며 들어오려다가 마당에 들어선 후미코와 로쿠를 보자 반기면서 그들에게로 뛰어갔다. 후미코는 그네가 들고 있던 망태기를 로쿠에게 건네고 유자오를 안아올렸다. 문 여닫는 소리가 들리고 그들이 뒤채의 부엌으로 들어가는 소리가 들렸다. 빗줄기는 벌써 소나기로 변해 있었다. 앞마당의 파초 잎사귀에 떨어지는 빗소리가 요란했다.

"허허 이거 낭패로구나. 이제는 곧 일어설 수 없게 되었는걸."

가즈토시가 말하자 렌카는 발을 반쯤 걷어올리며 말했다.

"하늘에서 제 마음을 알았나봅니다. 이제 곧 벚꽃이 다 지겠지요. 여기서 한잔 드시면서 꽃이 지는 풍류나 즐기시지요."

후미코가 별채의 미닫이를 빼꼼히 열어보다가 화들짝 놀라 문 앞에서 무릎을 꿇고 인사를 올렸다.

"우에즈 님, 문안인사 올립니다."

가즈토시는 누구에게나 그렇듯이 부드럽게 웃으면서 고개를 끄덕여주었다.

"그간 별일 없었는가?"

청이 말했다.

"이모, 술상 좀 보아오세요."

잠깐 뒤에 후미코가 술상을 차려서 들고 들어왔다. 차게 식힌 낙화생 두부에 양념을 끼얹은 것과, 방금 저자에서 사온 생선 저민 것이며, 오이와 쑥갓을 무친 야채 두어 가지가 놓인 조촐한 상이었다. 청이 상 위를 보니 사케 도쿠리가 놓여 있었다. 후미코가 아뢴다.

"오늘 같은 날에는 따끈하게 데운 사케가 아와모리 소주보다 낫겠습니다."

"그래 잘했네."

청이는 얼른 오시이레에서 산신을 꺼내다가 자리 옆에 놓고는 술병을 들어 가즈토시의 잔에 따랐다. 그가 한 잔을 입에 털어넣고는 웃으면서 말했다.

"나를 비가 잡아두었으니 오늘은 내가 대취할 모양이다."

"석 잔을 드시고 난 뒤에 제가 산신을 타겠습니다."

"렌카두 한잔 들어라."

청이 잔을 잡으니 가즈토시가 술을 따랐다. 청이는 얼른 고개를 돌려서 한 잔을 마시고 다시 그에게 따른다. 권커니 자커니 하면서 술잔이 오가고 나서 취기가 조금씩 오르기 시작했다.

"이렇게 제가 우에즈 님을 모셔두 괜찮겠습니까?"

"그게 무슨 말이냐?"

"공무에 바쁘실 터인데……"

"그까짓…… 공무가 내게 어디 있단 말인가. 나라 전체가 볼모로 잡혔으니, 내게는 세상 천지가 감옥이나 한가지로다!"

심청에게 빈 잔을 내밀면서 도요미오야 가즈토시가 말했다. 청은 그의 잔에 술을 채우고 산신을 끌어다 무릎 위에 얹으면서 물었다.

"귀하신 몸으로 그 무슨 말씀이신지요?"

"바다 멀리서 온 자들이 내 백성의 산물을 빼앗다시피 가져가고 있구나. 옛날에 우리 류큐는 너의 집 이름처럼 바다의 낙원 같은 용궁이었다."

"저도 세상을 돌아다녀서 좀 알지만 하늘에 별처럼 많은 나라와 고장이 있지요. 서양에는 별의별 문물들이 많습니다."

"류큐는 아마 없어지고 말 게다."

가즈토시는 젊어서 중국에 나가 공부도 했고 안남에도 가보았으며 루손이나 바타비아에도 갔던 사람이다. 일본인들이 오키나와라고 고쳐 불렀지만 우치나에서는 많은 사람들이 서양의 개화된 문물에 대하여 보고들은 사실이 많았다. 일반 백성들도 고기잡이나 무역 장삿길을 떠났다가 다른 항구나 뱃길에서 서양의 증기선을 본 사람도 많았고, 서양인들에게서 신기한 물건을 얻어가지고 온 사람들도 있었다.

"산신을 연주하렵니다."

청이 산신의 줄을 몇 번 고르다가 뜯기 시작했다. 빗소리는 여전했고 가끔씩 번갯불이 번쩍 하더니 우레 소리가 가까운 곳에서 들려왔다. 기녀들도 이제는 늦잠에서 일어났을 시각이건만 가즈토시 우에즈가 와서 렌카 마마와 술을 마신다는 소리를 들었는지 별채 부근에는 기척도 하지 않았다. 후미코가 새로 데운 술을 쟁반에 받쳐다가 상 위에 놓고 나갔는데, 우에즈는 청이의 산신 연주를 들으면서 술을 몇 잔이고 연거푸 마셨다. 그는 술에 취할수록 말수가 적어지고 우울해 보였다. 청이는 어쩐지 이 중년의 사내에게 처음부터 끌렸다. 창백하고 마른 체격이며 성긴 수염이며가 마치 갯가에 홀로 섰는 따오기나 두루미를 보는 것 같았다. 그러나 눈빛이 강렬하여 나약하게 보이지는 않았다.

그가 자신의 영지인 미야코 섬 출신의 후미코에게 보이는 따뜻한 시선이며, 그네가 고향을 떠났던 것이 자기 잘못이라며 첫 대면에서 말했을 때부터 청이는 그이가 좋게 보였다. 곡절 많았던 청은 사내를 먼발치서만 보아도 그 성정을 대강 짐작할 수가 있었다. 그네의 나이는 스물다섯이 되었지만 이제까지 겪은 세월은 중년 여자보다 더했다. 그네는 산신을 연주하다가 가즈토시가 술잔을 너무 자주 비우는 것을 보고는 얼른 상머리로 다가앉았다.

"나으리, 그렇게 급히 마시면 좋지 않습니다. 저에게두 잔을 좀 돌리셔요."

"오늘은 날도 궂으니 장사를 그만두지 그러느냐."

"우에즈 님 오셨는데 다른 손님을 받아 무엇 하겠습니까? 천천히 오래오래 드시다 가셔요."

가즈토시가 말했다.

"우리집 아이가 기다리고 있을 텐데 먼저 돌아가라고 일러라."

청이는 밖으로 나가 후미코에게 하인을 돌려보내라고 전하고 돌아왔다.

"댁에서 걱정하지 않으실까요?"

가즈토시는 잠시 말없이 청이를 바라보다가 중얼거렸다.

"안사람은 인사불성이 되어 누운 지 오래되었다."

나중에 알았지만 그의 아내 테이 마키(程眞希)는 처녓적부터 심장이 약하여 햇빛에 나서거나 조금만 놀라도 졸도하기 일쑤였다. 어느 날 문지방에서 넘어져 졸도를 한 뒤로 제정신이 돌아오지 않았고 식구들도 몰라볼 정도가 되었다. 가즈토시는 아내를 정성껏 보살폈고 구메무라의 화인 의원에게 보여서 우치나에는 없는 약재를 구하려고 대륙으로 가는 무역상들에게 부탁하기도 했었다. 그러나 오랜 병이라 테이 마키 부인의 병은 낫지 않았다. 가즈토시는 차츰 혼자서 술 마시는 날이 많아졌다.

오후가 되면서 비는 그쳤지만 바람이 거세게 불어왔다. 청이가 산신을 연주하다가 돌아보니 가즈토시는 술상 옆에서 조용하게 그대로 옆으로 쓰러져 있었다. 청이는 그의 머리 아래 방석을 접어서 우선 받쳐드리고 창문을 닫았다. 닫힌 창문 앞에는 병풍을 펼쳐서 아늑하게 막아두었다. 후미코가 조용히 들어와 방을 치우고 술상을 내가고 빈 술병들을 치웠다.

"이모, 오늘은 폐문 패를 걸어 손님을 받지 마셔요."

"비 오는 날이라 술 손님들이 많을 텐데……"

청이는 그냥 아무 대답 없이 후미코를 바라보았다.

"알겠다. 저 아랫방까지 비워둘 것이니 우에즈 님을 잘 모셔다오."

청이는 이부자리를 깔고 가즈토시를 그 위에 눕히려고 애를 쓰는데 그가 몸을 뒤척이더니 그대로 요 위에 몸을 굴려 새우처럼 꼬부리고 누웠다. 청은 웃음이 나오려는 것을 억지로 참고 이불을 덮어주고는 방문을 닫고 나왔다.

가즈토시는 날이 완전히 어두워진 뒤에야 깨어났다. 그가 잠이 깨면 놀랄 것 같아서 청이 방바닥에 놓는 낮은 사방등 둘을 놓아두고 불을 켜두었다. 청이는 바로 아랫방에서 기다렸는데 그가 깨어났는지 마른기침 소리가 들렸다. 청은 준비해두었던 화로에서 끓인 물과 다구를 받쳐들고 들어갔다.

"일어나셨어요?"

그는 두리번거리더니 깜짝 놀랐다.

"허허 이게 웬일인가. 지금 시각이 얼마나 되었느냐?"

청이는 웃으면서 시치미를 떼었다.

"새벽닭이 울 즈음입니다. 목마르실 텐데 우선 차를 드셔요."

가즈토시는 이부자리에서 나와 앉아 옷깃을 가다듬고는 차를 마셨고 청이 말했다.

"오늘은 저희 집에서 주무시고 가셔요. 목욕물도 데워놓았어요."

"아직도 비가 오는가?"

"비는 그쳤습니다만 바람이 거세군요."

"바람이야…… 우리네 식구가 아니냐. 아기들도 바람 부는 날에는 마음을 놓고 잘 잘단다."

가즈토시는 바람결에 창문틀이 덜컹대는 소리며 집 주변을 맴돌며 지나가는 휘파람 비슷한 소리를 가만히 들어보다가 말했다.

"내가 네 집에서 자고 가도 괜찮겠느냐?"

"아까 불쑥 찾아오셨을 때에 저 혼자 속으로 생각했습니다. 오늘 밤 제 집에서 주무시고 갈 것 같았습니다."

그는 청이 처음 볼 때부터 마음이 끌렸던 그 부드러운 웃음을 지으면서 한참이나 말없이 지켜보더니 불쑥 말했다.

"처음부터 자네가…… 좋았다."

청이는 얼른 일어났다.

"목욕하시지요. 그러고 나면 술맛 또한 새로워집니다."

청은 가즈토시를 뒤채 쪽의 구석에 있는 목욕간으로 안내했다. 마루가 깔린 복도에서 기녀들이 오가다가 얼른 인사를 하고는 저희들 방으로 사라졌다. 안에서 킥킥거리는 기녀들의 웃음소리가 들렸다. 목욕간은 로쿠 할아범이 손을 보았는데, 부엌에 잇대어 널판을 깔고 커다란 무쇠 항아리를 들여놓고 바깥쪽의 아궁이에다 장작불을 때도록 되어 있었다. 목욕간의 문을 열자 안은 뿌옇게 수증기가 가득차 있었고 벽 모서리에 걸린 등잔 불빛이 희미했다. 청이 돌아서서 말했다.

"어서 옷을 벗으셔요. 제가 등을 밀어드리겠습니다."

가즈토시가 겉옷과 속옷까지 벗고는 널판자 위에 엉거주춤 앉자 청이는 저도 옷을 벗어서 두 사람의 옷을 바구니에 넣어 선반에 얹어두었다. 청이 나무물통으로 물을 퍼서 가즈토시의 등뒤에서부터 천천히 끼얹었다. 그의 몸은 마른 편이었지만 살결은 단단하고 힘도 있어 보였다. 청이는 재스민을 섞은 녹두비누를 그의 목덜미에서 등으로 칠하고 두 손으로 부벼서 매끄러운 거품을 내었다. 가즈토시는 얌전하게 앉아 있었다. 다시 그의 등뒤로 물을 천천히 흘려주는데 가즈토시가 말했다.

"자아, 돌아앉거라. 너두 내가 씻어주마."

청이 말없이 돌아앉으니 가즈토시가 그네의 등에 비누칠을 해주었다. 그리고는 물을 끼얹어주었고 청이는 가슴을 두 팔로 가리고 돌아보며 말했다.

"어서 탕 안에 들어가 앉으셔요. 그래야 몸이 풀린답니다."

"너두 함께 들어가자."

"아닙니다. 그러면 물이 넘쳐서요."

가즈토시가 탕 안에 들어가 앉았다. 무쇠 솥바닥은 널판자가 깔려 있어 괜찮았지만 주위는 아직 뜨거웠다.

"뜨겁습니다. 닿지 않게 조심하셔요."

청이는 마른 박하 잎을 띄운 목욕물을 그의 드러난 어깨 위로 흘려주었다.

"렌카, 들어오너라."

가즈토시가 손을 밖으로 내밀면서 말했고 청이는 가만히 그 손을 마주 잡았다. 그네는 발부터 조심스럽게 담그고는 탕 안에 가만히 상반신을 담갔다. 물이 한꺼번에 넘치면서 판자 위로 쏟아져내려서는 벌어진 틈새로 흘러 벽에 뚫은 하수구 속으로 요란한 소리를 내며 흘러들어갔다. 두 사람은 바짝 구부린 무릎을 맞대고 젖은 얼굴을 서로 바라보았다.

가즈토시가 청이의 젖은 머리를 뒤로 쓸어넘겨주었다. 청이는 일본인들과 달리 앞이마를 면도하지 않은 채 뒤로 넘겨 붙들어맨 가즈토시의 상투머리 동곳을 뽑고 매듭을 풀었다. 그의 긴 머리카락이 어깨 위로 흘러내렸다. 가즈토시가 물 속에서 청이의 가슴께를 어루만지고 무릎에서 허벅지 아래로 하여 둔부를 두 손으로 쓸어내리면서 얼굴을 기울여 청이의 입술을 가볍게 물었다. 청이는 능숙하게 가즈토시의 입 속으로 작은 혀를 들이밀었다가 그의 입술 안쪽을 이리저리 더듬었다. 그러고는 한 손을 그의 사타구니 안으로 꼼지락거리며 넣어서 빳빳하게 곤두선 물건의 끝을 살짝 손가락 끝으로 쥐고는 어루만졌다. 가즈토시는 더욱 그네의 둔부를 쥐었던 손에 힘을 넣었다. 그들은 서로의 몸을 한참이나 어루만졌다. 청이가 말했다.

"방으로 가셔요. 너무 더워요."

청이 먼저 탕에서 나왔다. 그네는 새 유카타 두 벌을 바구니에서 꺼내어 내놓고 수건도 꺼내두었다. 청이가 몸을 닦고 알몸 위에 유카타만 걸치면서 말했다.

"여기 수건 있구요, 옷도 갈아입으셔요."

청이 먼저 방으로 돌아가자 후미코가 이미 주안상을 차려다두었다. 청이는 방 안에 병풍을 젖히고 창문을 조금 열었다. 바람도 비도 그치고 젖은 땅냄새와 더불어 벚꽃 향기가 스며들어왔다.

머리를 어깨 위로 풀어 늘어뜨린 도요미오야 가즈토시는 마치 어느 숲속에서 뛰어나온 야만인처럼 젊고 기운차 보였다. 수건으로 닦은 얼굴에서 아직도 땀이 비 오듯이 흘러내렸다. 그는 어깨에 두른 수건으로 연신 얼굴과 가슴팍을 닦았다. 그가 상머리에 앉자 청이는 먼저 차갑게 식힌 차를 한 잔 따랐다. 그가 맛있게 마시고 다시 한 잔을 더 청해 마셨다. 청이는 유카타 앞섶을 여미고 일어나 꿇어앉으며 절을 올렸다.

"오늘 우에즈 님을 제가 모시겠습니다."

청이는 절을 하고 나서 술을 그의 잔에 따라주었다. 가즈토시는 이번에는 아와모리 소주를 천천히 한 모금씩 마셨다. 청이가 안주를 집어 젓가락 아래 손을 받치고 그의 입에 넣어주었다. 가즈토시가 청의 팔목을 잡아당기더니 허리를 잡아 자기의 무릎 위에 얹었다. 두 사람의 유카타 자락은 아래로부터 젖혀져서 알몸의 하반신이 서로 닿았다. 청이는 의자에 거꾸로 올라앉은 것처럼 두 다리를 벌려 그의 허리를 둘러 감았다. 가즈토시의 남근이 몸 속으로 미끄러져들어오는 게 느껴졌다. 청이는 하아, 큰 한숨을 내쉬며 머리를 뒤로 젖혔다. 가즈토시가 깍지를 꼈던 두 손을 풀어 상 위의 잔에 소주를 따라서 한 모금 머금고는 청이에게 내밀자 그네는 입을 맞추어 그가 넘겨주는 술을 한 모금씩 넘겼다. 혀에는 쓴맛이 감돌았고 목구멍을 태울 것 같은 열기가 가슴속으로 번져갔다. 가즈토시는 다시 한 모금 더 머금어서 그네에게 넘겨주었다. 그들은 음양이 하나가 된 채로 잠시 그러고 있었다. 가즈토시는 서두르지 않고 청이의 목덜미에서 가슴으로 입술을 옮기면서 천천히 애무했다. 청이가 아랫도리를 조금씩 움직이기 시작했다. 처음에는 허리를 좌우로 움직이다가 앞뒤로 흔들었다. 가즈토시는 그네의 젖꼭지를 입에 물고 혀끝으로 건드리다가 입 안 깊숙이 넣고 지그시 물어당겼다. 청이의 허리는 점점 거칠게 움직이고 있었다. 그리고 저절로 입이 벌어지면서 숨가쁜 소리가 새어나왔다. 가즈토시가 청의 궁둥이 밑에 두 손을 넣어 받쳐주었고 그네는 그의 목을 끌어안고는 아래위로 구르기 시작했다.

청이의 몸 속에서 가즈토시의 그것은 그네의 동작에 따라 꿈틀거리며 골짜기의 앞쪽이나 깊숙한 안쪽 혹은 양옆을 건드리고 때리고 빠져나갔다가 다시 돌아왔다. 청이는 큰 소리를 참느라고 입을 다물었지만 어느 모퉁이에서 저절로 비명이 새어나왔다. 가즈토시는 그럴 때마다 그네의 허리를 꼭 잡고 안정을 시켜주거나 천천히 위로 올려주면서 조절을 했다. 그가 다시 청이의 허리를 두 손으로 꽉 잡고 놓아주지를 않았다. 청이는 그의 어깨에 두 팔을 두르고 축 늘어져서 파도가 지나가기를 기다렸다.

가즈토시는 서로의 몸이 떨어지지 않도록 두 손으로 청의 둔부를 끌어안은 채로 일어났고 그네도 그의 목덜미에 매달렸다. 그는 비틀거리며 일어나 요 위에 가서 가만히 그 자세대로 청이를 눕혔다. 가즈토시는 다시 청이의 젖가슴에서 허리까지 땀에 젖은 살갗을 침착하게 매만졌다. 가즈토시가 편안하게 청이의 몸 위에 얹힌 채로 조금씩 아래를 움직였다. 그의 움직임은 묘해서 거칠지 않았지만 자극적이었다. 가즈토시는 몸을 약간 위쪽으로 끌어올리는 듯하면서 아래위로 조금씩만 움직였는데 그의 남근의 뿌리 끝이 청이의 꽃술을 민감하게 건드리고 있었다. 가즈토시는 동작을 하면서도 자신들의 짓거리를 내려다보는 것처럼 어쩐지 이 자리에서 동떨어져 있는 듯한 태도였다.

그가 청이의 몸 위에서 상반신을 일으키더니 동작이 거칠어졌다. 가즈토시는 두 팔을 청의 다리 아래로 넣어 위로 치켜올리고 힘을 주어 상하운동을 했다. 청이와 가즈토시의 하반신은 더욱 밀착되었다. 청이는 다리를 꼬아 가즈토시의 등뒤를 조여 감았다. 그의 동작은 점점 더 빨라졌고 청이는 하반신이 뜨는 것처럼 위로 허리가 자꾸만 올라갔다. 그네는 눈을 감고 소리를 지르기 시작했다.

얼마나 지났을까. 열어젖혀둔 병풍 뒤의 창문에서 바람이 한 차례 몰려들어와 사방등 안의 촛불이 일렁였다. 비에 젖은 나뭇잎과 벚꽃 향기가 바람에 가득 스며들어 있었다. 도요미오야 카즈토시와 심청은 알몸으로 요 위에 나란히 누워 있었다. 청이는 온몸이 늘어진 채 누워 있다가 발치에 끌어내려진 홑이불을 끌어당겨 몸을 가렸다. 두 사람은 아무 말도 하지 않았다. 청이가 옆으로 돌아눕자 가즈토시도 모로 눕더니 그네를 껴안았다. 청이는 그의 품속으로 파고들었다. 가즈토시가 말했다.

"너 나를 따라가겠느냐?"

"슈리의 우에즈 님 댁에는 갈 수 없습니다."

"미야코 영지로 같이 가자."

청이는 바로 대답하지는 않았다.

용궁은 3월이 되면서 더욱 바빠졌는데 무역 상관과 구메무라(久米村)의 화인들이 무역선을 보내고 맞는 시기였기 때문이다. 가즈토시가 용궁에서 자고 간 지 두 달 가까이 지나서 그날은 왼쪽 별채의 상하방과 오른쪽 별채의 마룻방에까지 손님들이 가득 차 있었는데 밤늦게 가즈토시가 아우 아키유시와 함께 나타났다. 청이는 손님들 방에서 세리와 함께 노래를 부르고 산신을 연주하고 있었다. 기녀 하나가 들어오더니 청이에게 귀띔을 해주었다.

지금 그네가 맞고 있는 손님들은 집정부의 사츠마 관리들로 기세가 등등한 자들이었다. 물론 겉으로는 점잖고 말투도 함부로 하지 않았지만 같은 방에 들인 다른 손님들과는 인사치레도 나누지 않았다. 사무라이의 체통 때문에 그들은 모두 하나같이 장검과 단검을 차고 다녔는데 술자리 옆에 장검은 풀어놓고 있었다. 류큐는 예의의 나라라 하여 슈리 왕부에서 무기를 모두 거두어 폐기해버린 뒤로 류큐 사내들은 아무도 무장하지 않았다. 집정부 사람들은 모두 네 사람이었으며 하급 관원이었지만 류큐 사람들은 모두 그들을 존중했다. 그들은 야쿠쇼(役所)의 무사들이었기 때문이다. 청이는 방금 우에즈 님이 오셨다는 귀띔을 받고 갑자기 가슴이 방망이질 치듯 두근거리기 시작했고 어서 자리에서 빠져나가겠다는 생각뿐이었다.

청이는 세리의 노래와 연주가 끝나자마자 뒷걸음으로 물러나 앉은 자세로 방문을 열었다. 그네가 나가려고 하는 순간에 사무라이들 중의 하나가 말했다.

"어이, 마마는 물러가시나?"

청이는 그 자리에 앉아서 머리를 숙이며 예의를 갖추어 대답했다.

"예, 다른 손님이 오셔서 인사를 드려야겠습니다."

"곧 돌아오길 바라오. 우리도 오랜만에 왔으니까……"

청이는 대답하지 않고 다시 고개 숙여 절했고, 세리가 말했다.

"마마와 오카미가 한 방에서 이렇듯 오래 모신 자리는 없습니다. 아이들을 모두 들어오라구 할까요?"

"그럼 이만…… 실례하겠습니다."

청이는 방을 나와 바쁜 걸음으로 대청마루를 지나 오른쪽 별채로 갔다. 마침 후미코가 술상을 보아 들여가던 참이었다. 청이가 방문을 열자 안에는 가즈토시와 아우 아키유시 그리고 화인 의복을 입은 늙수그레한 두 남자가 더 있었다. 청이 공손하게 방문 앞에 꿇어앉아 인사를 올렸다.

"우에즈 님 아지 님 오셨습니까?"

도요미오야 가즈토시가 말했다.

"자주 오지 못해서 미안하구나. 오늘은 푸저우 상행의 두 손님들을 모시고 왔으니 나하의 악사도 부르고 다른 아이들도 좀 들어오라구 하여라."

청이 다시 두 상인들께도 인사를 올리고 복도로 나가서 후미코에게 일렀다.

"세리에게 가만히 이르셔요. 나바와 악사들 데리고 적당히 물러나오라구요."

술상이 차례로 들어오고 술잔이 몇 잔 돌아가고 나서 세리가 먼저 들어와 문안인사를 올렸다. 나바와 그네의 일행들도 윗목에 자리잡고 앉아서 연주를 시작했다. 세리가 먼저 류카를 몇 곡 부르고 청이가 수야오를 부르고 있었다. 갑자기 쿵쾅거리는 발소리가 대청을 건너오는 것 같더니 방문의 미닫이가 벌컥 열렸다. 그는 건너편 상하방에서 술을 마시고 있던 야쿠쇼 사무라이 중의 한 사람이었는데 술이 어지간히 오른 상태였다. 방 안의 사람들은 이미 무례를 범한 그자를 말 한마디 없이 쳐다보고만 있었다.

"모두 가버려서 취흥이 깨졌다. 우리는 손님이 아닌가?"

청이 일어나 공손하게 말했다.

"그 동안 즐겁게 노셨으니 이제는 다른 분들께 자리를 양보하셔야지요."

그러나 그는 다가서며 렌카의 손목을 덥석 잡더니 밖으로 끌어내려 했다.

"그런 사정은 우리 방에 가서 얘기하란 말야. 모두들 납득을 해야되니까……"

"네 이놈! 여기가 어떤 자린 줄 알고 행패인가?"

고함을 지른 사람은 아지 아키유시였다. 사무라이는 방 안을 넘겨다보더니 청이의 손목을 놓고 비틀거리며 아랫방 쪽으로 들어왔다.

"네가 뭔데 사츠마의 사무라이에게 큰 소리를 치는 게냐?"

아키유시는 대꾸하지 않고 대번에 발을 휘돌려서 그자의 무릎 정강이를 내질렀다. 사무라이는 대번에 비명을 지르며 앞으로 풀썩 넘어지는데 아키유시가 앞으로 기울어지는 그자의 멱살을 잡아올리면서 그의 얼굴에 바싹 대고 을러댔다.

"면상을 두부 으깨듯 해주고 싶지만 귀한 분이 계셔서 참는다. 조용히 물러가고 다시는 나타나지 말라."

아키유시가 말을 마치고 확 밀쳐버리니 야쿠쇼의 사무라이는 엉덩방아를 찧으며 뒤로 넘어졌다가 절뚝이며 방문 밖으로 나가버렸다. 가즈토시가 가볍게 혀를 차더니 한마디했다.

"귀찮게 되었구나. 저들 중에는 분명 우리를 아는 자들이 있을 텐데……"

화인 중의 한 사람이 당황하여 말했다.

"저들은 성질이 나면 아무에게나 칼을 휘두릅니다. 술 취한 개라고 우리가 피하는 게 어떻겠습니까?"

가즈토시는 손을 쳐들어 누르는 시늉을 하면서 화인들에게 말했다.

"가만, 잠시 지켜나보십시다."

그는 청이와 세리 등에게도 손짓을 하면서 말했다.

"너희들도 안쪽으로 물러나 있거라."

청이가 먼저 손님들의 뒷전으로 가서 앉자, 세리며 나바와 악사들도 모두 방 안쪽으로 몰려 앉았다. 아니나다를까, 마루를 뛰어오는 여럿의 발소리가 요란하게 들리더니 방문으로 네 사내가 한꺼번에 쏟아져들어왔다. 가즈토시는 부채를 펼쳐 얼굴 아래를 가리고 앉았고 아키유시가 자리에서 일어나 방 한가운데로 나가서 섰다. 먼저 정강이를 차여 절뚝거리게 된 자는 뒷전에 섰고 그의 동료 두 사람이 앞으로 나섰다.

"너희는 뭐 하는 자들인데 요정에서 사람을 치는가?"

"나는 슈리에 사는 사람이다. 저자가 우리 자리에 와서 행패를 부리기로 버릇을 조금 가르쳤을 뿐이다."

"슈리? 무슨 말라죽을 사족(土族)인가?"

앞에 선 자가 그렇게 이죽거리자마자 아키유시는 발을 휘돌려서 그의 가슴팍을 찍어찼다. 그는 숨을 헉 들이키면서 뒤로 벌러덩 자빠지는데 그대로 미닫이 문짝을 부수면서 마루에 나가 뻗어버렸다. 옆에 섰던 자는 놀란 김에 들고 왔던 장검을 빼어들었다. 아키유시가 두 주먹을 엇갈려 쥐고 발을 벌리고 서서 말했다.

"류큐인이 무장하지 않는 걸 잘 알면서 맨손 앞에 칼을 뽑는 게냐?"

그는 말없이 칼을 두 손에 쥐고는 위로 곧추세워들고 옆걸음질로 방 안으로 들어왔다. 그가 두어 걸음 떼었을까 한 번 공중에 휘익 그으면서 달려드는 상대를 아키유시가 허리를 바짝 숙여 피하면서 정권으로 면상의 인중 급소를 내질렀다. 사내는 칼을 놓으며 그대로 맥없이 앞으로 무너져버린다. 뒷전에서 아무 말 없이 지켜보던 사내와 먼저 정강이를 맞고 엎어졌던 사내가 저희 동료들을 이끌고 밖으로 나갔다. 잠시 후에, 끝까지 뒷전에서 지켜보던 사내가 방 앞에 나타나더니 무릎을 꿇고 말했다.

"저희 동료가 술이 과하여 점잖으신 분들께 실례를 범하였습니다."

아키유시는 앉은 채로 태연히 말을 건넸다.

"여기 이분은 우에즈이신 도요미오야 가즈토시님이고 나는 아지인 도요미오야 아키유시라구 한다. 내일 아침에 내가 몸소 너희 자이반(在番)으로 가서 집정관에게 따질 것이다."

118

사무라이는 고개를 숙이고 예의를 갖추어 말했다.

"저희가 술이 취한 것만은 사실이나 폭행을 한 것은 아지 님 쪽입니다. 서로 없던 일로 하시지요."

잠자코 앉았던 가즈토시가 부채를 내리고 나직하게 한마디했다.

"알았으니, 어서 물러들 가라."

사무라이가 고개를 들어 가즈토시를 힐끗 올려다보고는 그대로 일어나 읍하고 사라졌다. 밖에서 술렁거리는 기척이 들리는 것으로 보아 그들이 요정을 떠나는 모양이었다. 후미코가 들어와 알렸다.

"사무라이들은 모두 가버렸습니다. 제가 문 앞에다 소금을 뿌리구 왔지요."

가즈토시가 방의 천장을 올려다보며 탄식했다.

"우리에게 저러하니 사츠마의 가시(下士) 사무라이들이 일반 백성들을 어떻게 대하겠는가?"

아키유시가 말했다.

"형님, 제가 내일 집정부로 찾아가서 단단히 혼을 낸 다음 망신을 주고 오겠습니다."

가즈토시는 아키유시의 말에 픽 웃었다.

"뻔하지 않느냐. 겉으로는 예로 대하겠지만 오히려 우리네 망신이라고 생각할 게다. 그만 잊어버려라."

잠시 울적한 분위기로 술자리에 침묵이 흘렀다. 청이가 그런 분위기를 휘저어버리려는 듯이 나바에게 일렀다.

"나바 언니, 연주 부탁해요."

청이는 술상머리에 다가앉아 손님들에게 차례로 술을 따랐다. 세리도 얼른 눈치를 채고 나바의 산신 연주에 따라서 노래를 불렀다. 술이 몇 잔 돌아가자 화인 상인이 아키유시에게 물었다.

"아지 님 놀랐습니다. 그건 어떤 권술(拳術)인가요?"

아키유시는 어딘지 허탈한 모습으로 피식 웃고는 말을 돌렸다.

"젊은 시절에 세상 모르고 열심히 수련한 적이 있습니다만…… 아무짝에도 쓸모 없는 헛손질이지요."

가즈토시가 머쓱해하는 화인을 위하여 말해주었다.

"우리는 수백 년 전부터 무기를 없애버렸습니다. 전에 섬과 섬끼리 피투성이의 싸움을 했던 탓도 있지만, 무엇보다도 바다 한가운데에 사는 작은 왕국으로서 큰 나라들에게 싸울 뜻이 전혀 없음을 알려야 했지요. 우리가 류큐 가라테의 체계를 잡기 시작한 것은 사츠마 침공 이후의 일입니다. 무엇보다도 우리는 무기는커녕 자위를 위한 무력 비슷한 것도 지녀서는 안 되었으니까요. 그래서 맨손으로 자기를 지키는 수련을 생각해낸 것입니다. 사족(士族)들은 주로 슈리테(首里手)를 연마합니다."

청이도 가즈토시에게서 류큐의 지난날이며 형편에 대하여 자세히 들은 적이 있었다.

사츠마 번의 시마즈 다이묘가 바쿠후(幕府)로부터 류큐 침공 허가를 받은 것은 이백여 년 전이었다. 철포와 장창으로 무장한 병력 삼천 명이 전선 천여 척에 나누어 타고 가고시마의 야마가와 항에서부터 서남쪽으로 연이어진 섬의 길을 따라서 출전했다. 그들은 아마미 제도를 차례로 휩쓸고 출전한 지 한 달도 못 되는 같은 해 4월 초하루에 우치나의 나하에 상륙하여 슈리 성을 점령해버렸다. 류큐에는 궁성을 지키는 군사 수백이 의례에나 쓰는 무장을 하고 있었지만 당시의 쇼네이(尙寧) 왕은 화친을 원하고 있었다. 그들은 류큐 왕과 사족들을 사츠마를 거쳐 에도(江戶)까지 연행해갔다. 왕과 대신들은 에도에서 이 년 반 동안 잡혀 있어야 했고 쇼네이 왕과 중신들 모두가 사츠마 번에 종속되기를 서약한다는 내용의 기청문(起請文)에 서명을 하고서야 풀려나 고국으로 돌아올 수가 있었다.

　사츠마 번은 류큐 왕국의 통치 지역이던 아마미 제도를 직할 영지로 선포했고, 우치나를 오키나와로 바꾸고는 남쪽 섬들은 쇼네이 왕의 지배권을 인정한다는 지행목록(知行目錄)을 내려서 마치 번의 다이묘가 토지를 가신에게 내려주는 형식을 취했다. 그리고는 류큐로 하여금 겉으로는 형식적인 왕국을 유지하도록 했다. 그것은 중국과의 조공 무역을 유지시키기 위해서였다.

　사츠마 다이묘 시마즈 씨는 침공하자마자 류큐 통치에 착수하여 제일 먼저 땅의 넓이와 조세 인구를 조사하는 겐지(檢地)에 착수했다. 왕부의 통치력이 공백이 되었던 이 년 동안에 그들은 류큐와 지방 섬들의 고쿠다카(石高)를 모두 파악했다. 류큐의 고쿠다카는 모두 합하여 십이만천 석이었는데, 사츠마 번의 직접 통치 지역인 아마미 제도분의 삼만이천 석을 제외하고 류큐 왕국의 순수익은 팔만 구천 석이었다. 그리고 사츠마 번에 상납할 수 있는 바쇼후가 삼천 단(反)이었으며 조후(上布)가 육천 단이었다. 나중에는 포목에 한하여 현물 상납이 곤란한 경우에는 은이나 쌀로 대납하도록 바꾸었다. 중국과의 조공무역과 사츠마 번 이외의 지역과의 무역을 제한하는 오키테주고카조(掟十五加條)가 시마즈로부터 슈리 왕부에 일방적으로 시달되었다.

　류큐의 조정은 형식상의 나라였지만 속국임을 확인시키기 위해서 쇼군(將軍)이나 국왕이 바뀔 때에는 경축과 사은 사절이 에도에 가야 했다. 내막적으로 류큐의 쇼씨 왕조는 우치나를 포함한 이남 지역 섬들의 지배권을 위임받은 시마즈 씨의 가신에 지나지 않게 되었다.

그러나 사츠마 번에서는 세수와 공납 이외에 류큐가 형식적인 독립국임을 계속해서 유지하려고 했다. 시마즈 씨는 류큐의 조공 사절이 이 년에 한 번씩 중국으로 들어가는 규칙을 지키도록 했다. 사츠마의 집정부에서는 류큐인이 일본식 풍속을 따르는 것을 금지하고, 중국 사절이 올 때에는 나하에 체류하던 사츠마 관리를 잠시 피해 있도록 했다. 또한 쇼군이 바뀌어 류큐에서 경축 사절이 에도에 갈 때에는 일부러 중국식의 옷을 입게 하고 사절 일행의 이름도 중국 말로 부르게 하며 식사예절까지 중국식으로 강요했다.

류큐 왕국은 두 나라의 속국으로 가운데 끼워져서 살아가야 했다. 중국은 체면상 책봉이나 조공 체제의 형식적인 유지에만 관심이 있었을 뿐 오히려 간섭 없이 베푸는 의례적 관계였고, 사츠마 번은 뒤에 숨어서 슈리 왕부의 통치력을 조종했고 세금과 공납을 통하여 류큐를 수탈했다. 사츠마 번은 류큐 왕부가 걷은 연공미의 삼 할을 떼어먹고, 설탕과 각 섬에서 나는 상포 등의 특산물을 연공으로 받기도 하고 부당하게 싼값으로 후려친 강제 매수로 빼앗다시피 했다. 생산된 설탕 중에 일부는 조세로 가져가고 대부분은 류큐 왕부가 백성들에게서 사들였다가 되파는 방법으로 사츠마로 넘어갔다. 사츠마는 오사카 시장에서 거래되는 가격의 절반도 안 되는 값으로 류큐 왕부의 설탕을 독점했다. 오사카 현물 가격의 삼 할도 안 되는 몫이 농민에게, 그리고 왕부는 이 할쯤의 몫을 차지했고, 오 할 이상의 이익이 사츠마 번에게로 돌아갔다.

이런 사정은 사츠마의 직영지가 되어버린 아마미 제도가 더욱 심하여 연공미 대신에 설탕을 내게 하고는 전 지역에 사탕수수만을 경작하게 했다. 백성들은 농노가 되어서 수확을 하고 나면 번이 전매를 해버렸다. 아마미에서는 다른 작물은 생산할 수가 없어져서 설탕을 싼값에 팔고는 곡물에서 생활 필수품에 이르기까지 가고시마로부터 수입해다 먹었다. 사츠마 번에서는 싸구려로 전매한 아마미의 설탕을 오사카 시장에 되팔아 막대한 이익을 챙겼고, 아마미에서 생산할 수 없게 된 곡물과 일용품을 비싸게 팔아서 폭리를 취했다.

청이는 그런 사정을 가즈토시에게서도 들었고 로쿠 노인을 통해서도 들었다. 슈리 부근에 사는 왕부의 사족(土族)들 대부분이 풍악을 즐기고 노상 취해서 산다거나, 도박을 하든가 개중에는 대륙에서처럼 아편 연기에 몽롱한 자들도 있었다. 그들 중에는 민간선인 마아랑센(馬艦船)을 건조하기도 하고 류큐 체류 화인들과 함께 투자하여 푸저우에서 정크선을 사들여 해외 무역에 나서는 이들도 있었다. 가즈토시는 영지를 관리하고 있었지만 아키유시는 형과 함께 투자한 배를 운영하는 데 몰두하고 있었다. 그들은 차라리 이 꼴 저 꼴 보지 않고 남방이나 대륙으로 나가 돌아다니며 살기를 원했다.

가즈토시가 청이에게 청혼을 한 것은 두 사람이 용궁에서 만난 지 거의 일 년이 되어갈 무렵이었다. 가즈토시는 그 무렵에 전보다는 자주 나하 부두에 나와 다녔는데 아우가 뻔질나게 남방으로 배를 띄웠기 때문에 뒷바라지를 해주어야 하는 일거리가 많았던 탓이기도 했다. 그리고 그는 무엇보다도 청이 없이는 아무런 자극도 없고 앞날도 희미하기만 하던 류큐 사족의 삶을 견디지 못했을 것이다.

그날도 화창한 오후였는데 날씨는 제법 무더웠다. 우치나의 건계는 타이완과는 또 달라서 아무리 더운 날에도 그늘에 들어가면 바닷바람이 불어와 서늘했다. 가즈토시가 하인도 거느리지 않고서 혼자 불쑥 출구 쪽에 나타났다. 청이와 후미코가 집의 창을 전부 열어놓고 발도 걷고 앉아서 서늘한 바람을 즐기고 있던 무렵이었다.

"어서 오세요. 오늘도 부두에 나오셨어요?"

"배가 떠난다구 그래서……"

"점심 안 드셨지요? 시원한 메밀 소바 말아드릴게요."

가즈토시는 마당에서 그대로 문턱에 걸터앉았다. 후미코가 먼저 나가고 청이도 뒤따라 나가서 부엌으로 들어가 점심을 준비했다. 로쿠와 후미코는 청이를 그냥 내버려두고 뒷전에서 지켜보기만 했다. 작은 다담상에 소바 한 그릇과 나물을 받쳐들고 들어가니 가즈토시는 아예 신을 벗고 시원한 돗자리가 깔린 방 안에 벌렁 드러누워 낮잠이 들어 있었다. 청이는 상을 내려놓고 잠시 망설였다.

"어쩌나, 면이 불 텐데……"

그네가 손가락 끝을 세워 우에즈의 옷 위로 살집을 집으니 그는 작은 비명을 지르며 깨어났다.

"그냥 놔둘까 했는데, 그러면 맛이 너무 없잖아요."

가즈토시는 후루룩거리는 소리를 요란하게 내면서 소바 한 그릇을 잠깐 동안에 비웠다. 후미코가 차게 식힌 녹차를 가져왔고, 가즈토시가 그날 따라 미적미적하는 것이 뭔가 할 얘기가 있는 듯했다. 청이는 얼른 눈치를 채고 물었다.

"우리 우에즈 님, 밖에서 뭐 잃어버린 물건이라두 있으신가요?"

가즈토시는 덤덤히 앉았다가 소매 속에서 매끈한 옻칠 갑을 꺼내어 내밀었다. 청이 무심결에 갑의 뚜껑을 열어보니 연푸른 하늘색의 옥가락지 한 쌍이 들어 있었다.

"아아, 예뻐라! 이걸 제게 주시는 거예요?"

청의 말에 가즈토시는 또 아무 말 없이 빙그레 웃고만 앉았다가 불쑥 말을 꺼냈다.

"나하구 같이 살자."

"예에……?"

청이는 대답할 말을 잊고 잠시 그를 바라보는데 가즈토시가 말했다.

"우리 혼인하자는 말이다."

청이는 이제 그의 부인 테이 마키에 대해서 더이상 말을 꺼내지 않았다. 청이는 가즈토시를 너무도 사랑했고 그와 함께라면 일 년 사시사철이 언제나 새로울 것 같았다. 청이는 그의 침착함과 부드러움이며 어딘가 깊은 수심에 어린 눈빛을 보면 언제나 가슴이 두근거리는 것이었다.

"그래두 괜찮으셔요?"

가즈토시는 슬쩍 돌아앉아 마당 쪽을 내다보면서 혼잣말처럼 말했다.

"마키가 인사불성이 된 지 세 해가 지났구나. 슈리 성의 모든 사람들이 알고 있지. 내가 렌카를 만나려고 여태 혼자 있었던 모양이다. 후실이라도 괜찮다면 나와 혼인해다오."

청이는 가즈토시의 손을 잡으며 말했다.

"후실이든 뭐든 난 괜찮아요. 늘 당신과 같이 있고 싶었어요."

미야코의 우에즈 도요미오야 가즈토시와 요정 용궁의 마마 렌카는 혼인을 하기로 결정했다. 날짜와 장소는 한 달 뒤에 남방 풍속대로 저녁 무렵에 슈리 성 아래에 있는 미륵사(彌勒寺)에서 식을 올릴 예정이었다. 청이 쪽에서는 용궁의 식구들 전원이 일가친척이 되어 참가할 모양이고, 가즈토시 측은 아우 아키유시와 슈리 성의 사족 몇 사람과 왕실에서 임금의 직계 아우 되시는 우에즈(王子) 한 분이 참석할 예정이었다. 보름 전이 되자 가즈토시 측에서 혼수로 쓰라고 예물을 보냈는데 갖가지 색깔과 화려한 무늬의 바쇼후(芭蕉布)며 조후(上布)며 비단 등속을 보냈고 대륙의 장신구와 칠보며 옥이며 금은붙이의 패물들이 더불어 왔다.

일단 절에서의 혼인식은 꽃과 향을 불단에 바치고 혼례 술을 나누면 되었고, 축하연은 도요미오야 가즈토시의 슈리 저택에서 열릴 예정이었다.

혼인하는 당일이 되어 오후부터 후미코와 세리가 청이를 단장시켜주는 것으로 식의 준비가 시작되었다. 얼굴은 지분과 연지로 곱게 화장하고, 머리에 동백기름을 윤이 나게 발라 뒤로 빗어넘기고는 장식빗이며 비녀와 잠을 꽂았다. 명주 속곳에 미야코 조후의 기모노를 입었다. 용궁의 기녀들과 나바를 비롯한 악사들이며 로쿠 영감까지도 모두들 덕분에 새옷을 얻어입었다. 유자오도 붉은 꽃무늬의 기모노를 입혀놓으니 이제는 제법 여자 꼴이 난다고 후미코가 감탄을 했다. 도요미오야 댁에서 보낸 사인교 가마와 마차가 왔다. 청이는 가마에 오르고 식구들은 마차에 탔다.

미륵사에는 법당 안에 사람들이 둘러앉았고 오른쪽에 슈리 궁정에서 나온 악사들이 화려한 예복을 입고 머리에는 관을 쓰고 두 줄로 앉아서 음악을 연주하고 있었다. 스님들은 장삼에 법의를 걸치고 가운데 자리에 앉았으며 꽃과 향을 꽂은 상이 가운데 놓여 있고 오른편에 가즈토시가 하카마 하의에 나가기 위에다 쇼 네이 왕실 문장이 찍힌 하오리를 걸치고 머리에는 역시 네모난 관을 쓰고 서 있었다. 후미코와 세리가 머리에 비단으로 접은 예식 관을 쓴 청이를 양쪽에서 부축하여 가즈토시의 앞에 가서 섰다.

먼저 신랑 신부의 맞절이 있었고 축주를 서로 권하고 마시는 순서가 있고 두 사람이 다시 맞절하고 나면 스님이 불전에 두 사람의 합일을 알리는 예불을 올리고 하는 순서가 천천히 계속되었다. 혼인 예식은 화려하고 엄숙하게 진행되었는데 초혼은 아닌지라 하객도 그리 많지 않았고 식순도 간편하게 생략한 것이 많아서 조촐해 보였다.

예복으로 성장한 청이는 그야말로 절의 뜰에 활짝 피어난 붉은 모란꽃처럼 성숙한 아름다움이 돋보였다. 가즈토시와 청이 나란히 오른 팔인교 가마가 먼저 슈리 성의 사족 저택으로 출발했고 다른 사람들은 마차를 타거나 걸어서 언덕으로 올랐다. 언덕 왼편으로는 바다에서부터 끌어들인 운하가 계속되어 슈리 성문 바로 아래 골짜기에 파놓은 용담(龍潭)에 이르렀다. 다시 오른편의 언덕에는 아름드리의 소나무와, 데이고 꽃나무, 동백나무, 소철, 산뽕나무, 협죽도 같은 크고 작은 나무들이 울창한 숲이었고, 숲 사이로 판판하고 큰 돌을 박은 길이 이곳 저곳으로 갈라지고 있었다. 숲 사이로 사족들의 저택 담장과 지붕이 드문드문 보였다. 숲에서는 가까이 있는 슈리 성의 성벽이 보이지 않았지만 돌아서면 멀리 슈리 성에서 내다보던 것과 같은 방향으로 옥빛 푸른 바다가 내다보였다.

우에즈의 집 앞에는 하인들이 출구 앞에 질러놓은 통나무 빗장을 활짝 열고 기다렸다. 돌담 가운데 칸막이 벽 대신 안이 들여다보이도록 간살을 짠 가리개가 출구 앞에 서 있었다. 길 좌우로 파놓은 작은 시냇물이 대문 앞으로 하여 돌담가를 지나 끊임없이 흘러내렸다. 오래된 우물과 마차가 드나드는 출구와 마구간이 보였다. 마당 가운데는 괴석이며 모란과 자미화 동백꽃이 어우러진 화원이 있었고 작은 돌을 깐 길을 따라 들어가면 기둥을 세워 처마를 길게 빼고 툇마루를 이어놓은 일자의 집이 나왔다. 집의 정면 좌우에는 눈을 부릅뜨고 입을 벌린 채 쭈그리고 앉아 있는 돌사자 한 쌍이 보였다.

집의 가운데 마루를 오르면 객청이었다. 하인들이 두 줄로 서서 절하며 청이를 맞았다. 일자의 집 네 채가 입 구(口)자 형세로 서 있는데 가운데의 공간은 키 작은 화목과 연못이 있었고 연못 한가운데 뒤채로 건너가는 반월교가 놓였다. 집의 앞쪽과 뒤쪽 둘레에 작은 툇마루가 달려 있고 미닫이를 위로 들어올리도록 되어 있었다. 본채의 후원에 돌담이 보이는데 그 너머에 별채들이 좌우로 있었다.

가운데 객청의 양쪽에 잇달은 방마다 모두 미닫이를 열어놓아 하나로 통한 길다란 강당이 되어버렸다. 바닥은 어디나 끼끗한 다다미였다. 중앙에 연못 쪽을 등지고 큰 상이 놓였고 좌우로 독상들이 줄지어 놓였다. 일가친척들은 모두 가까운 순서대로 중앙 객청에서부터 먼 방에까지 앉았다. 두 부부의 상 앞은 비워두고 악사와 예인들이 연주며 노래와 춤을 보여주었다. 슈리 사람들은 이것이 일상이었겠지만 청이네 식구들은 백성들인지라 이렇게 큰 저택에 들어와본 적도 없었고, 수십 명의 하인들이 들고 나며 시중을 드는 것도 처음 보았다.

잔치는 밤늦게까지 계속되었으나 후원에 등불이 켜지고 붉은 등을 받쳐든 하녀 두 사람이 나타나자 신랑과 신부는 자리에서 일어나 손님들에게 예를 차렸고, 손님들도 일어나서 절했다. 우에즈와 렌카는 중정(中庭)의 반월교를 건너 뒤채 가운데에 있는 누문(樓門)을 지나 후원으로 사라졌다. 신랑 신부가 첫날밤을 보내러 안으로 사라지자 자리는 이내 파흥이 되어 음악도 끝나고 사람들도 돌아가기 시작했다.

이튿날 두 사람은 보통때보다 조금 늦게 일어났다. 가즈토시와 청이는 하인들이 준비해둔 목욕물로 몸을 씻고는 조상님들의 위패를 모셔둔 불단에 참배를 올리러 갔다. 불단 상청은 본채 건물의 북편 중앙에 있었는데 방바닥에서 허리 높이만큼 되는 곳에 오시이레처럼 미닫이가 달려 있었다. 미닫이를 열면 세 칸으로 나뉘어져 있고 맨 위에 위패가 모셔져 있으며 양옆에는 꽃병이 있었다. 참배를 하기 전에 먼저 꽃을 화병에 꽂아 공양을 올렸다. 중간 칸의 향로에 향을 피우고 좌우에 놓인 잔에 술을 따랐다. 맨 아래칸에는 쌀 한 공기를 올려 제물을 삼았다. 줄지어 세워둔 위패는 작은 칠기 장 속에 들어 있고 은색의 글자로 이름과 직위가 씌어 있었다. 가즈토시는 먼저 손뼉을 치고 나서 일어선 채로 허리만 굽혀 절을 올렸고 청이도 그가 하는 대로 따라했다.

"부처님과 조상님들께 저희 가족의 평안을 기원하고 도요미오야 가즈토시와 도요미오야 렌카의 혼례를 알리려 하옵니다. 저희가 궂은 날이나 맑은 날을 가림없이 화목하고 서로 사랑하여 백년해로하게 도와줍소서. 오랜 병고에 시달리는 아내도 어서 회복되어 저희와 더불어 행복한 가정을 누리도록 하여줍소서……"

그 길로 가즈토시는 청이를 데리고 후원의 왼편 담장 안에 있는 별채로 갔다. 별채는 청이의 기억에 희미하게 남아 있는 난징 첸 대인네 집을 떠올리게 했다. 햇볕이 하얗게 창호 위에 내려앉아 있었지만 그 깨끗한 정적이 어딘가 외롭고 쓸쓸하게 보였다. 주인이 찾아오자 병자와 함께 기거하며 수발을 들어주는 늙은 하녀가 얼른 뛰어나와 마루 아래 내려섰다. 두 사람은 대청을 지나 방 안으로 들어섰다. 다다미 방에는 병풍이 쳐 있고 얇은 홑이불을 목까지 올려덮은 데이 마키 부인이 누워 있었다. 부인은 흰 속곳 바람이었는데 머리는 그냥 풀어내린 채로 머리끈을 이마에 매고 있었다. 청이는 아무런 의식이 없이 눈을 감고 누워 있는 데이 부인을 향하여 두 손을 이마 위에 얹고 큰절을 올렸다.

"여보, 당신의 아우 렌카를 데려왔소."

가즈토시가 그네의 손을 잡고 나직하게 말했지만 데이 부인은 그냥 눈을 감은 채로 꼼짝도 하지 못했다. 다만 그네가 살아 있다는 것은 가냘프게 내쉬는 숨소리로 겨우 알아챌 수 있을 뿐이었다. 청이도 데이 부인의 손을 잡으면서 말했다.

"이제부터 제가 형님을 정성껏 모시겠습니다."

청이는 앙상하여 마른 나무 삭정이 같은 그네의 손가락을 만지작거려보았지만 온기만 있을 뿐 움직이지는 않았다. 청이는 저도 모르게 눈물이 흘러나와 볼을 타고 흘러내렸다.

두 사람은 본채로 나왔다. 그들은 어제 잔치가 벌어졌던 중앙의 객청에 나란히 앉아서 집안 사람들의 인사를 받았다. 제일 먼저 가즈토시와 데이의 자식인 장남 요시히로(義廣)가 앞으로 나와서 인사를 올렸다.

"요시히로, 작은어머님께 인사드립니다."

요시히로는 이미 열다섯 살의 소년으로 슈리 성의 학숙(學塾)에 다니고 있었으며 내년이면 공부를 마칠 예정이었다. 그러고 나면 숙부 아키유시를 따라 류큐 왕부의 부교쇼(奉行所)에서 일을 하든지 대외무역을 배우게 될 것이다. 학숙의 선생들은 구메무라 출신의 화인들이 대부분이었다. 뒤이어 청지기와 하인들이 무리로 나와 인사를 올렸다. 청이는 준비해왔던 작은 선물들을 요시히로는 물론 아랫사람들에게도 일일이 덕담을 해주면서 나누어주었다. 가즈토시는 청이를 집 안 곳곳의 방과 창고로 데리고 다니면서 보여주었다.

원래 사족이 혼례를 올리면 사흘 안으로 임금님께 알현하도록 되어 있어서 가즈토시는 궁성으로 기별을 보냈고, 곧이어 명일 오전에 들어오라는 하달이 내려왔다. 가즈토시와 청이는 중국 옷과 같은 무늬와 복식의 궁중 예복으로 차려입고 가마를 타고 슈리 성으로 올라갔다.

숲 사이로 돌을 깔아놓은 오르막길이 계속되다가 붉은 기둥 네 개로 받친 이층 기와지붕의 수례문(守禮門)이 나왔다. 문 앞에는 창을 든 수문장 두 쌍이 서 있었는데, 갑옷은커녕 푸른 포의에 붉은 사방관을 쓰고 있는 평상복 차림이라 삼엄해 보이기보다는 멋을 부린 것처럼 보였다. 가마가 다시 위로 오르니 슈리 성의 돌로 쌓은 성벽이 나타났다. 성문 앞에도 수문장들이 서 있었고 가즈토시와 청이는 가마에서 내려야 했다.

성문 안쪽에서 그들을 기다리고 섰던 내인이 앞장을 서서 두 사람을 안내했다. 성문을 지나 다시 궁성 안쪽으로 들어가는 마지막 성벽으로 이어진 돌계단을 올라가니 누각을 올려놓은 듯한 문이 있었다. 그곳은 이미 궁성 내부로 왼편의 용못과 후원으로 이어지는 한적한 곳이었다. 다시 옆으로 돌아서 문을 하나 더 통과하고 나서야 궁전의 정면 문이 나왔다. 같은 복색의 군사들이 집창을 하고 요소마다 서 있었지만 무서워 보이지는 않았다.

궁정의 아래 뜨락에 당도하니 화려한 궁전이 한눈에 들어왔다. 궁전은 온통 붉은색이었다. 기둥에서 벽과 지붕의 기와에 이르기까지 짙푸른 하늘을 배경으로 섰는 궁전은 온통 자줏빛인데 처마 밑의 막새기의 끝과 들보의 끝만 금색으로 반짝였다. 지붕의 골마루는 하얀 회로 발라서 지붕의 곡선이 더욱 뚜렷해 보였다. 정전(正殿)으로 들어가는 붉은 대문은 봉신문(奉神門)으로, 안에 들어서자마자 청이는 어정(御庭)의 아름다움에 눈이 부실 지경이었다. 바닥은 온통 붉고 흰 전돌로 장식되어 있었고 정전을 둘러싼 건물마다 금빛 난간이 둘려 있었다. 오른쪽이 남전(南殿)으로, 외방에서 오는 사신들을 접대하는 이곳은 지금은 사츠마 번의 접대소가 된 곳이었다. 아래쪽은 반쇼로서 궁성에 일을 보러 오는 관리들이 드나드는 곳이었다.

그 맞은편의 북전(北殿)은 정무를 보는 중추기관이 들어서 있었으며 우에즈나 아지와 같은 사족들은 산시(三司)가 모인 이곳에서 일을 보았다. 또한 북전은 중국의 책봉사가 오면 환대하는 장소이기도 했다.

정전은 그야말로 바다의 왕국답게 용궁처럼 보였다. 일층은 정면 좌우로 길게 팔을 벌린 것 같았는데 정중앙에 두 겹의 지붕이 높직하게 올려다보였다. 맨 꼭대기의 용마루에는 황금의 용 머리가 푸른색 뿔을 세우고 서로 마주 보고 있었다. 붉은 기와를 얹은 지붕에는 흰 회칠과 붉은 전돌로 나무 잎사귀를 새겨넣었고, 이층 지붕의 활처럼 둥그런 가리개에는 황금색과 푸른 비늘에 뿔을 쳐들고 이빨을 드러낸 용두가 정면을 향하고 있었다. 그 아래 대문 위쪽의 벽에도 꿈틀거리는 금룡의 부조가 좌우로 번쩍거리고 섬 모양의 검은 무늬 가운데에는 붉은 불길에 싸인 황금색 태양이 빛났다. 대문의 들보는 자개 무늬가 새겨졌고 붉은 기둥에도 무지개 색깔의 용이 구름에 휩싸여 날아오르는 형상이 우치나의 전복에서 나온 자개로 아로새겨져 있었다. 그리고 정문의 위 하얀 회벽에는 사자 두 마리가 서로 마주 보며 으르렁거렸다. 궁전의 모든 창은 흰 비단으로 발랐고 여닫을 수 있는 덧문은 붉은 옻칠을 입혀서 햇빛에 반짝였다. 하얀 대리석 계단 위에 금 도금을 입힌 난간이 둘려 있었는데 정면의 좌우로 돌로 깎아 세운 용주(龍柱)가 우뚝 서 있었다.

정전의 문 안으로 들어서니 붉은 기둥이 줄지어 늘어선 복도가 나오고 가운데 미닫이가 달린 공간들이 보였다. 정면으로 돌아 들어서니 기둥들의 간격이 훨씬 넓고 검은 흑단 마루는 매끄럽게 윤이 났다. 근시(近侍)들이 몇 사람 읍하고 섰다가 두 사람이 들어서자 가즈토시 부부를 중앙에서 기다리게 했다. 한참을 서 있었는데 경석을 치는 맑고 가느다란 소리가 들렸다. 근시 둘이 미닫이를 양편에서 열자 맞은편에 또다른 미닫이가 나타났고 안쪽에서 천천히 좌우로 갈라졌다.

정면 안쪽에 자개 무늬의 용을 아로새긴 기둥이 서 있는 곳에 붉은 옻칠을 입힌 격자창이 보였고 그 아래 무릎쯤의 높이로 좌대가 있었고 왕과 왕비가 나란히 앉아 있는 모습이 보였다. 용상은 원래 이층에 있었으며 제관의 하례를 받는 행사도 어정과 정전의 이층에서 했지만 평상시에는 아래층에서 간략하게 이루어졌다. 도요미오야 가즈토시는 미닫이가 열리자마자 청이를 힐끗 바라보고 나서 얼른 무릎을 꿇고 엎드려 절을 올렸다. 청이도 눈치껏 가즈토시를 따라 같은 자세로 엎드렸다.

"이리 가까이 오라."

느릿느릿하고 어딘가 힘이 없는 것 같은 어조로 쇼네이 왕이 말했다. 가즈토시가 일어나 두 손을 모으고 허리를 굽힌 채로 걸어가 안쪽 미닫이를 지나서 좌대 아래 무릎을 꿇고 엎드렸고 청이도 남편을 따라갔다.

"내 들으니 조카가 오랜 독숙(獨宿)을 면했다지…… 다행스런 일이로다."

"황공합니다."

"후실은 화인이라니 어느 고장에서 왔는고?"

청이는 고개를 더욱 숙이면서 무심결에 중국어로 아뢴다.

"예에…… 난징에서 왔습니다."

"허허, 머나먼 고장에서 왔구나."

가즈토시가 임금의 말에 답변을 미리 생각해두기라도 한 듯이 말했다.

"저희 배가 왕래하던 중에 이 사람이 류큐 구경차 왔다가 저와 만나게 되었습니다."

이번에는 곁에 앉았던 왕비가 말했다.

"두 사람 모두 얼굴을 들고 편히 앉아요."

가즈토시와 청이는 상반신을 펴고 천천히 고개를 들었다. 좌대 위에 다다미가 깔렸고 붉은 팔걸이 안석에 왕과 왕후가 앉아 있었다. 왕은 붉은 비단에 황금색 용을 수놓은 포를 입고, 예식 때 쓰는 옥구슬과 진주로 장식한 면류관 대신에 금색의 사방관을 썼다. 왕비는 노랑색 바탕에 깃과 소매를 붉은색으로 강조한 포의에 머리에 얹는 작은 남색의 관을 쓰고 있었다. 두 사람 모두 가즈토시보다 나이가 십여 년은 더 들어 보였다.

"오, 절색이로구나. 미야코 우에즈는 복두 많지."

왕비가 말했고 왕이 물었다.

"그래 내자는 아직 차도가 없는가?"

"예에 아직도…… 인사불성입니다."

왕이 고개를 끄덕이는데 왕비가 말했다.

"저런…… 얼마나 마음 고생이 많았을꼬. 차라리 영지에 나가 사는 게 낫겠어요."

왕은 묵묵하게 앉았는데 이번에는 왕비가 중국어로 물었다.

"후실의 이름이 무엇인가?"

134

"렌카라고 합니다."

왕비가 중얼거렸다.

"류큐가 물의 나라이니 어울리는 꽃 이름이네."

청이는 아직 서툴지만 류큐어로 대답했다.

"용궁에 와서 용왕님과 왕비 마마를 뵈오니 꿈을 꾸는 듯합니다."

"총명하기도 하여라. 내가 우에즈 부부에게 상을 내릴 테요."

왕이 가즈토시에게 물었다.

"미야코와 야에야마의 백성들이 살기가 점점 어려워진다지?"

가즈토시는 다시 엎드려 아뢰었다.

"사츠마 번과 조세 문제를 다시 조정해야만 합니다. 이대로 두었다가는 백성들이 살아갈 길이 없습니다."

쇼네이 왕은 깊은 한숨을 쉬었다.

"작년에도 가고시마에 갔던 사신이 시마즈 다이묘의 고집을 꺾지 못하고 돌아오지 않았느냐."

"왕부에서 보낸 야쿠닌(役人)들과 지토우(地頭)들이 우리의 말을 듣기보다는 자이반(在番) 쪽의 눈치만 보고 있습니다."

왕이 말했다.

"미야코와 야에야마의 우에즈는 영지에 나가서 백성들을 보살피는 게 좋겠다. 사츠마의 집정관에게도 사정을 잘 설명하도록 하라."

왕과 왕비는 그들이 물러나오기 전에 근시를 시켜서 준비해두었던 선물을 내려주었는데, 비단과 우치나의 유명한 진주와 붉은색 옻칠에 오색의 자개를 박은 칠기 찬합이었다. 그들은 뒷걸음으로 좌대 앞을 물러나 미닫이 바깥으로 나갔고 좌우에서 문이 닫혔다.

가즈토시와 청이는 슈리 왕궁에서의 알현이 끝난 뒤에도 일가친척들을 접견하느라고 며칠을 더 바쁘게 보내야 했다. 유자오도 이제는 눈치가 빨해져서 엄마가 새로운 생활을 시작했다는 걸 아는 듯했다. 요정은 이제 후미코 이모가 맡아서 로쿠 할아범과 세리가 의논하여 운영하도록 해두었다. 유자오는 후미코를 친할머니처럼 따랐다.

10. 검은 배

미야코의 영주 가즈토시는 지방 공영선 지부네(地船)를 이용하지 않고 자신의 개인 배인 얌바루센(山原船)을 타고 미야코 섬을 왕래 했다. 따라서 일정을 맞추지 않아도 바람과 일기를 보아 어느 날이 든 나하에서 돛을 올리기만 하면 되었다.

그의 측근 하인들과 아내를 돌보아줄 하녀만 동행하기로 했는데, 현지에 가면 가즈토시의 수하 사람들이 미야코 영지의 구라모토(藏元)를 지키고 있었다. 서쪽 노을이 장하게 불타는 저녁 하늘을 보고 는 선장이 명일 새벽에 배를 띄운다는 전갈이 왔다. 청이는 고향을 떠난 지 오래였던 후미코 이모를 함께 가자고 불렀다.

돛대가 앞과 중앙에 있고 선미 쪽에 판자지붕을 올린 선옥이 있는 얌바루센이 나하의 자연 방파제 언덕가에서 출발을 했다. 다른 배들 도 몇 척 떠났는데 식구들이며 상관 사람들이 나와서 바다로 길게 뻗어나간 언덕을 따라오며 손을 흔들었다. 부인들이 쓴 유지 양산의 여러 무늬가 언덕 위에 꽃이 피어난 듯했다. 앞 돛을 반쯤 올리고 천천히 나아가던 배가 나하 만 밖으로 나오자 돛을 팽팽하게 펴고 중앙의 큰 돛까지 완전히 올렸다. 배는 바람을 타고 미끄러져나가기 시작했다.

배가 서남쪽으로 줄곧 항해하여 이틀이 지나니 먼바다 저편에 미야코 섬의 푸른 숲이 보이기 시작했다. 섬은 산지가 없이 평평한데 낮은 언덕이 섬 가운데 있을 뿐이었다. 먼저 오가미 섬(大神島)의 뾰족한 바위가 바닷길을 안내하듯이 나타났고, 가오리처럼 생긴 섬의 서쪽 끝에 니시헨나자키(西平安名崎)와 동쪽 끝에는 히가시헨나자키(東平安名崎)가 보였다. 가오리의 양날개 모양으로 펼쳐진 길다란 해안선은 산호초 위로 백사장이 계속되고 있었다. 미야코 제도는 다섯 개의 섬으로 이루어져 있었지만 본도는 미야코 섬이고 구라모토의 성지도 그곳에 있었다. 미야코 본도 건너편에 아라부 섬(伊良部島)이 있고 바로 강 같은 비좁은 만을 사이에 두고 그 옆에 시모지 섬(下地島)이 있었다. 그리고 서남쪽으로 뚝 떨어져서 타라마 섬(多良間島)이 있었다.

가즈토시 영주의 얌바루센(山原船)은 니시헨나자키를 돌아서 히라라(平良) 항으로 들어갔다. 섬의 뒤쪽인 서남방은 물이 깊고 활처럼 둥글게 팬 만인데다 앞에 아라부 섬이 가로막고 있어서 물결이 잔잔했다. 해안을 따라서 마을의 집들이 연이었고 그 안쪽 언덕에 성벽과 전각의 지붕이 보였다.

배가 부두에 닿아 닻을 내리자 용선들이 노를 저으며 다가왔다. 의관 정제한 관인들이 선두에 타고 왔으며 짐을 부릴 일꾼들은 선미에 쭈그려 앉아 있었다. 가즈토시와 청이는 선실 앞의 선미 갑판에서 미야코 섬 관인들의 문안인사를 받았다.

구라모토는 원래 미야코 영주의 성씨이자 칭호였던 도요미오야(豊見親)의 직함을 사츠마 번의 점령 이래로 없애고, 왕부에서 미야코와 야에야마에만 설치한 관부였다. 다른 섬에는 마기리(間切)라는 지방 행정구역을 정했다. 그러므로 가즈토시는 조상 대대로 성같이 일컬어지던 도요미오야로 불러야 마땅했지만, 이제는 오야코(大屋子)로 불렸다. 가즈토시처럼 집안이 왕실의 외척이 되었던 경우에는 우에즈라고 부르지만 다른 섬의 영주들은 대개 아지라고 불렀다. 다만 그의 동생인 아키유시는 영지 상속자가 아니었는데도 예의상 그냥 아지라고 부를 뿐이었다. 가즈토시의 직함이 오야코임에도 그를 간단한 존칭으로 우에즈라고 부르는 것도 같은 이유였다.

미야코 섬의 오야코 밑에는 메사시(目差)와 야쿠닌(役人)이라는 관인들이 있었고, 슈리의 사츠마 집정부에서 각 섬으로 파견한 다이칸(代官)이 있었다. 집정부의 다이칸은 미야코의 통치에 대하여 겉으로는 오야코에게 전권을 주고 있는 것처럼 보였지만, 세금을 걷는 일에 대해서는 슈리 왕부에 대한 감독권을 쥐고 있었다.

관인들은 가즈토시 부부에게 문안인사를 올리고 나서 슈리에서 온 그들 일행을 용선에 모셨다. 히라라 항의 부두는 돌로 축대를 쌓아 바다 가운데로 방파제를 두르고 다시 통나무 기둥과 판자를 잇대어 거룻배들을 댈 수 있게 만들었다. 배터에는 가마가 와서 대기중이었고 오야코를 호위하는 군사들도 나와 있었다. 그들은 평복에 검을 차고 창을 들었을 뿐이었다. 부두에는 배가 제법 많이 정박해 있었는데 모두 울긋불긋한 깃발을 뱃머리에 매달았다. 청이는 발을 드리운 가마에 올랐고 가즈토시는 덮개가 없는 가마에 올랐다.

앞뒤로 호위하는 군사들이 정렬하자 쌍각과 쌍태평소를 불면서 일행은 출발했다. 길가에 나와 섰던 백성들이 모두 허리를 굽히고 비켜섰다. 히라라의 중앙통을 지나서 언덕 위로 오르니 숲속에 성벽이 보였다. 성벽은 삼층으로 이루어졌는데 맨 아래가 가장 넓었고 그 위로 계단과 성문이 보이고 양쪽에 높직한 망루가 서 있었다. 맨 위에 다시 성벽의 돌담이 보이는데 앞으로 둥글게 솟아나온 파수대 사이의 좁은 길을 들어가니 붉은 문이 있었다. 문을 통과하자마자 정면 중앙에 붉은 기와를 얹은 전각이 보였으며 비슷한 집들이 좌우로 배치되어 있었다. 성내의 관인들이 모두 나와서 두 줄로 읍하고 늘어서 있었다. 전각의 규모는 슈리에 있는 가즈토시 저택의 두 배는 되어 보였다.

가즈토시는 대청 중앙에 앉아서 오메사시(大目差)로부터 그 동안 관내에서 있었던 크고 작은 일들을 보고받았다. 대청은 중국의 객청처럼 입식으로 탁자와 의자가 둥그렇게 놓여 있었다.

청이는 후미코 이모와 함께 하녀의 안내를 받아 안채로 들어갔다. 덧문 달린 격자창이 사방에 있고 미닫이로 분리된 방들이 세 칸이나 연이어졌으며, 바닥은 슈리에서처럼 다다미가 깔려 있었다. 창 밖에는 데이고 꽃나무와 소철과 종려나무며 파초가 집 주위에 돌아가며 서 있다. 렌카 일행은 목욕을 하고 옷을 갈아입고 쉬었다.

사츠마의 파견 관리 다이칸이 뒤늦게 미야코 섬의 오야코인 가즈토시를 방문했다. 그는 슈리의 집정부에 근무하는 하급무사들과 마찬가지로 칼 두 자루를 허리에 차고 다녔다. 다이칸은 현지인들 중에서 야쿠닌들을 따로 뽑아 쓰고 있었는데 대개는 지방 섬들의 지토우(地頭) 아래 있던 관인들이었다.

다이칸이 부리는 야쿠닌들은 미야코 섬의 영주인 오야코나 구라모토 관청의 메사시들에게는 꼼짝없이 복종을 하는 척해 보였지만, 같은 직급의 왕부측 야쿠닌들에게는 오만하게 굴었다. 그래서 백성들도 같은 동포들인 사츠마 측의 야쿠닌(役人)들을 앞잡이라고 부르며 미워했다.

사츠마의 류큐에 대한 수탈이 점점 가중되어 슈리 왕부의 시마즈 다이묘에 대한 빚은 이미 선대로부터 이어져내려오고 있었다. 왕부가 갚아야 할 차금(借金)이 은 구천 관에 곡물은 십이만 석에 이르렀다. 이미 선대로부터 물려받은 빚을 갚기 위하여 류큐 관 지출의 절반 이상을 왕부의 빚을 갚는 데 썼다. 한편 사츠마 번에서는 빚을 회수하기 위해서 류큐로부터의 세금을 늘리고 아마미 제도의 사탕의 생산과 판매에 대한 전매제를 실시했다.

지난 백여 년간 미야코와 야에야마 제도 일대에 큰 해일이 휩쓸고 한해와 전염병이 돌더니 생산력은 떨어지고 농민의 채무도 늘어나 각 섬의 행정 납세구역인 마기리(間切)가 무너지기 시작했다. 가즈토시가 아직 어렸을 때에도 열병과 흉년으로 삼천여 명의 백성들이 죽어나갔다. 왕부의 세금 징수에 의한 재정은 이미 파탄이 나서 관개나 다리와 도로의 공사에도 자비로 충당하게 했다. 지방 마기리에서 일하는 야쿠닌이나 각 섬의 지토우(地頭)를 비롯한 야쿠닌 층과, 슈리와 나하의 부자들에게 공사를 시키고 나서 포상하는 식으로 공익사업을 진행해야 했을 정도였다.

지방 섬들의 지토우들은 자기의 땅을 소작지로 내주고 마땅히 백성들에게 돌아가야 할 개간지까지 차지했는데, 땅을 잃고 스스로 몸을 팔아 농노가 되어버린 백성들의 노동력을 흡수하여 새로운 땅을 개간하여 토지와 재산을 늘렸다. 사츠마 번의 다이칸과 야쿠닌들은 이런 사정을 잘 알고 있어서 지방 지토우들과 결탁했다. 그들은 서로 짜고 개간지와 누락된 토지에 대한 세금을 내지 않고 사사로이 갈라 먹었다. 따라서 세금을 내는 백성들의 징수액만 늘어날

뿐이었다.

징수 방법은 인두세였는데, 이는 선대로부터 땅은 좁고 산물이 보잘것없어 한 가구당 일할 수 있는 장정들 몫의 세금을 매긴 너그러운 정책이었다. 그러나 슈리 왕부 잔존의 대가로 전도를 영지로 만든 사츠마의 정복 이래로 나중에는 온 가족의 머릿수대로 세금을 정하게 된 악법이 되어버렸다.

백성들은 슈리 왕부의 궁핍한 재정에 따른 막중한 과세와 사츠마의 다이칸과 결탁한 지방 지토우들의 착취라는 이중적인 압박에 시달리고 있었다. 외떨어진 섬의 백성들은 다른 남방으로 달아나거나 아이를 가지면 인두세를 피하기 위해 낙태를 하든가 갓난애를 살해하는 악습도 생겨났다. 또한 지토우들 밑에는 인두세가 밀려 채무에 시달리다 경작지를 빼앗긴 수많은 노예 농민들이 있었다.

다이칸은 나하에 있는 사츠마 집정부의 자이반에서 파견나온 하급 무사였는데, 성내에 거주하지 않고 히라라 부둣가에 부교쇼(奉行所)를 두고 있었다. 그는 두 사람의 야쿠닌과 더불어 미야코의 영주 가즈토시에게 인사를 올리러 들어왔다. 다이칸은 인사를 올리고 나서 가즈토시의 탁자 옆에 나란히 앉았다. 그가 눈짓을 하자 야쿠닌이 붉은 보자기로 포장한 선물을 올렸다.

"오야코 님께서 혼례를 올렸다고 하시기에 작은 선물을 마련했습니다."

다이칸이 야쿠닌에게서 물건을 받아 탁자 위에 올려놓았지만 가즈토시는 거들떠보지도 않고 말했다.

"이번에 내가 나온 것은 백성들의 곤핍한 형편을 걱정하시는 전하의 명을 받잡고 온 것이오."

다이칸은 처음에는 무슨 말인지 모르겠다는 얼굴이더니 대충 얼버무렸다.

"예에, 백성들이야 언제나 어렵지요. 그래도 본도는 나은 편입니다. 올해 날씨가 좋아서 두 번이 아니라 세 번도 수확을 하게 생겼습니다."

"그거 다행이구려. 우리가 겐지(檢地)를 한 지 오래되었는데 집정부에서도 따로 공문이 내려오겠지만, 왕부에서는 이번에 새로이 징수의 액수를 조정하려 하오."

다이칸은 그제서야 우에즈의 말뜻을 알아들었다.

"그야 영주이신 오야코 님의 뜻에 달렸지요. 저희도 동행을 하도록 이르겠습니다. 그렇다면 겐시(檢使)는 누굴 보내시렵니까?"

"내가 직접 돌아볼 작정이오."

다이칸은 조금 놀란 모양이었다.

"저도 슈리에서 일 년을 보내고 여기 와서 이제 겨우 열 달이 되었습니다. 이웃인 아라부 섬에만 다녀왔지 어디에 무슨 섬이 있는지 이름만 듣고 가보지는 못했지요. 어찌 도내를 다 둘러보겠습니까?"

가즈토시가 껄껄 웃었다.

"내가 돌아본 뒤에 이의를 올릴지도 모르니 귀관도 파악을 해두는 것이 좋을 게요."

다이칸은 곧 인사를 올리고 황급히 자리를 떴다. 옆에서 지켜보던 오메사시가 아뢰었다.

"오야코 님, 사츠마 측과 세금을 새로 조정할 생각이십니까?"

가즈토시는 고개를 끄덕였다.

"옛적부터 우리 미야코는 바다의 낙원이라던 곳이다. 섬이면서도 쌀을 이모작 이상 지을 수 있고 보리와 조와 밀에 고구마까지 먹을 것이 흔천이었다. 우리네 조후(上布)는 중국에까지 알려진 명산품이다. 그런데도 백성들이 이렇듯 어려운 것은 터무니없는 인두세 제도 때문이 아닌가."

"아마도 슈리의 집정부에서는 상관하지 않을 것입니다. 정해진 징수액만을 고집하겠지요."

오메사시의 말에 가즈토시는 단호하게 말했다.

"실정을 들이대면 고칠 수 있을 게다."

안으로 들어가기 전에 가즈토시가 그에게 일렀다.

"나와 내자는 구라모토에서 오래 머물 작정이다."

가즈토시가 안채로 들어가니 청이는 하녀들과 함께 부엌과 찬광도 돌아보고 이부자리며 의복이며 살림할 채비를 갖추고 있었다. 안채에는 새로 족자나 서화를 바꾸어 걸기도 하고 미닫이와 덧문을 활짝 열고 발을 쳤다.

가즈토시가 다이칸에게 말했던 일을 얘기하니 청은 잠시 생각하다가 그에게 물었다.

"관내 섬들에 무엇이 문제인지 알기는 하셔요?"

"글쎄, 그래서 내가 직접 돌아보려는 게요."

청이는 다시 고개를 숙이고 생각해보다가 말했다.

"미리 짐작하고 있으면 더욱 도움이 되겠지요. 잔치를 벌이는 게 어때요?"

가즈토시는 어리둥절해서 그네를 멀뚱히 바라보았다.

"노인잔치요. 원래가 노인들은 자기네 마을의 사정뿐만 아니라 이웃마을의 일들도 자세히 알고 있잖아요."

청이의 말을 듣자 가즈토시는 감탄을 했다.

"그거 참 좋은 생각이오!"

가즈토시는 오메사시를 통하여 노인잔치를 준비하라고 일렀다. 먼 섬에서는 내왕하기도 쉽지 않은 일이니 미야코 본도와 이웃인 아라부 섬의 노인들만을 부르기로 했다. 구라모토의 모든 메사시(目差)들이 총동원되어 각 마을의 지토우나 야쿠닌들에게 노인들을 히라라의 구라모토 성내로 모이게 했다.

청이는 후미코 이모와 의논하여 메사시의 아내들과 하녀들을 불러모아 잔치 준비를 했다. 쌀 누룩으로 술을 빚고 떡을 했으며 소와 돼지를 잡았다. 새벽에 미야코 섬의 지부네(地船)가 아라부 섬으로 건너가서 노인들을 싣고 왔으며, 본도의 읍내가 있는 구스크베(城辺), 우에노무라(上野村), 시모지무라(下地村), 구리마 섬(來間島)에서 관내 마을들의 노인들을 모아서 야쿠닌이 인솔하여 성내로 모여들었다. 성 안의 중정에 차일을 치고 돌바닥에는 멍석을 깔고 긴 판자를 괴어 상을 차려 잔치 자리를 만들었다. 각 차일마다 나무 팻말을 세워 현읍의 이름을 적어놓으니 도착한 노인 일행들을 관인들이 마을별로 제자리에 앉혔다.

구라모토 성의 악사들이 차일 가운데 벌여진 놀이판에 나와 앉고 읍내에서 뽑힌 남녀가 나와서 노래도 하고 춤을 추었다. 우에즈 이하 오메사시와 메사시들은 처음에는 따로 상을 받고 앉아 있다가 술자리가 무르익은 다음에 노인들 틈에 끼어 앉기로 했다. 청이와 후미코도 관인의 아내들과 상차림이며 음식이 들고 나는 것을 보살피고 있었다.

허리가 반나마 굽어 지팡이 짚고 한두 걸음 떼고는 한참을 쉬고 다시 두어 걸음 떼고 하늘을 보는 노인부터, 마을 장정의 등에 달랑 업혀 오는 노인, 수염을 배 앞에까지 늘어뜨린 노인, 풍이 걸려 한쪽 다리를 절고 한 손은 곰배가 되어 걸을 적마다 앞뒤로 뿌리치며 오는 노인, 연신 체머리를 아래위로 간들간들 흔들며 걷는 노인, 잔치를 만났다고 지팡이는 앞의 손주에게 치맛자락은 뒷전의 손녀에게 잡혀 끌려오는 노인 등의 남녀 노인들이 몰려들고 있었다.

구라모토의 장정들이 술동이를 지고 와서 차일마다 찾아다니며 내려놓았고 사기잔에 탁주를 한 바가지씩 듬뿍 따랐다. 가즈토시와 청이는 오메사시의 안내로 미리 앉혀놓은 본도 최장수자 할아버지와 할머니 앞으로 가서 인사를 올렸다.

"저는 본도의 오야코입니다. 술 한잔 받으시고 만수무강하십시오."

청이는 할아버지에게 술을 따르고 가즈토시는 할머니에게 각각 술을 따라드렸다. 다른 노인들도 모두 영주 부부가 몸소 나온 일이며 노인을 공대하는 광경에 칭송의 말을 한마디씩 보태었다.

먼저 장수 기원의 장중한 음악이 나가면서 로진 오도리(老人踊)를 추었고 젊은 남녀가 둥글게 원진을 이루어 추는 에이사 춤이 시작되었다. 큰북을 힘차게 울리면서 에이사 에이사, 소리를 목청을 합쳐 부르짖는다. 산신과 북이 어우러졌다. 에이사 춤은 돌아가신 조상님들을 이 자리에 불러 마을 사람들과 만나게 하려는 춤이었다.

술 몇 잔에 신이 오른 남녀 노인 몇몇이 마당 가운데로 나아가 한데 어우러져 춤을 추었다. 노인들은 어깨를 으쓱이고 박수를 치면서 환호했다. 가즈토시는 술자리에서 활달하고 기운도 있어 뵈는 노인들을 점찍어두었다가 안의 객청으로 모시도록 해두었다. 청이도 그런 할머니들을 눈여겨보아두고는 안채로 모시도록 일렀다.

잔치가 중반에 이르러 흥이 올랐을 때에 구라모토의 관인들은 은근히 노인들을 하나둘씩 안으로 들게 했다. 가즈토시는 객청에서 기다리고 있다가 노인들이 들어서자 일어나서 겸손한 태도로 그들을 일일이 자리에 앉도록 부축해주었다. 노인들은 마당에서와는 분위기가 달라져서인지 이내 당황하기 시작했다. 가즈토시가 차를 권하자 밖에서와는 달리 노인들은 안절부절을 못했다. 가즈토시는 관인은 메사시 한 사람만 남게 하고 모두 내보냈다.

"내가 이 자리에 노인들을 모셔온 것은 오야코로서가 아니라, 여러분과 같은 마을 사람으로 돌아가 살림살이의 형편을 듣고자 함이오. 어려운 일이 있으면 서슴지 말고 털어놓아주기 바라오."

그러나 노인들은 서로 얼굴만 쳐다볼 뿐 도무지 말을 꺼낼 눈치가 아니었다. 가즈토시는 할 수 없이 자기의 뜻을 밝혔다.

"왕부에서는 근년에 마기리(間切)까지 폐지하면서 미야코와 야에야마 제도에는 구라모토(藏元)를 두도록 했소. 그리고 임금님께서는 제도 백성들의 살림이 피폐하다는 것을 아시고 내게 인두세액의 감면과 수정을 당부하셨소. 나는 이곳의 영주이면서도 사츠마 번의 조치로 영지에서 거주할 수가 없었지요. 이번에 내가 몸소 겐지(檢地)를 나가려고 하니 도와주시오. 소문도 좋고 지금 사는 곳의 형편을 말해도 좋소이다."

머리의 상투를 천으로 곱게 싸고 수염이 희며 등이 꼿꼿한 노인이 그에게 물었다.

"정말 오야코 님께서 겐지를 나오시렵니까?"

"그렇소. 내가 여러분을 위한 잔치를 연 것이 바로 그 때문이오."

노인들은 이제 다시 서로의 얼굴을 바라보았고, 처음 입을 뗀 노인이 말했다.

"저는 우에노무라에 삽니다만, 미야코 본도에도 문제가 많으니 다른 데야 말할 나위가 없습니다. 여기 구스크베에서 온 사람은 없지만 내가 그쪽 소문도 좀 말씀 올립지요."

가즈토시는 귀를 기울였고 곁에서 메사시가 필기를 했다.

"내가 살면 얼마나 더 오래 살겠소. 젊은 것들이라도 굶주리지 않고 편히 살아야지. 우에노무라는 관내에서 벼농사가 잘되는 곳이지요. 지금 햇볕 잘 들고 기름진 논은 모두가 지토우들이 차지했소. 이놈들이 부교쇼(奉行所) 다이칸의 야쿠닌들과 짜고 토지대장에서 누락시켜서는 세금을 떼어먹구 있소이다. 그뿐이 아니지요. 지토우 밑에 부역만을 하는 일꾼들이 수백인데 이들은 인두세에서 빠져 있지요. 지토우와 야쿠닌들이 관리하는 땅의 절반은 이미 논이 아니고 돈이 되는 작물을 짓습니다. 그러니 납세를 짊어진 백성들은 그놈들 몫까지 내고 있는 셈이지요. 구스크베의 초닌(町人)들은 야쿠닌들과 짜고 밖에서 들어오는 물건들을 전매하지요. 젊은 부부가 혼인하여 가마솥 하나를 사려면 얼마나 일해야 되는지 모를 겝니다."

노인이 말하는 것은 이른바 상부에 대한 공식적인 역(役)의 납세액인 표고(表高)와 실제로 남겨먹는 내고(內高)의 차이를 말하고 있는 것이었다. 중간에서 탈세를 하거나 토지를 대장에서 누락시키는 자들이 있기 때문에 일반 백성들은 더욱 무거운 세를 부담하게 되는 법이었다. 즉 유지와 관인의 내고를 몰수하여 그만큼 백성들의 세액을 줄여준다면 살림 형편도 피게 되고 세금도 밀리지 않을 것이었다. 빚에 허덕이는 백성들이나 슈리 왕부가 살 수 있는 길이기도 했다. 한 노인이 말을 꺼내자 용기를 얻은 다른 노인들도 저마다 마을의 문제점들을 얘기하기 시작했다.

"제가 들으니 타라마 섬(多良間島)에 곡식은 조와 밀 보리뿐이더니 야쿠닌들이 찾아와서 모든 밭에 사탕수수를 심게 했답니다. 그래서 인두세도 돈으로 내고 본도에서 식량을 사다 먹게 하는데 사탕값이 점점 떨어져서 이제는 고구마로 끼니를 때우는 가호가 많다고 합니다."

그것 역시 야쿠닝들과 히라라 초닝(町人)들의 농간일 것이다. 기본 식량을 댈 수 있는 조나 보리 밭을 남겨두고 나머지 밭으로 특작물을 심어 징세에 응하도록 해야 될 문제였다.

　한편 청이도 안채에서 할머니들과 다과를 들면서 얘기꽃을 피우고 있었다. 청이는 미야코 사투리가 나하의 류큐 말과는 또 달라서 거의 알아들을 수가 없었다. 이곳이 고향인 후미코 이모가 곁에 앉아 할머니들의 얘기를 통역해주었다.

　"우리가 이렇게 앞니가 모두 없어져버린 것은 빠진 게 아니라 닳아 없어진 거유. 우리 손 좀 보아요. 미야코 아낙네치고 이빨과 손톱이 성한 사람은 아무도 없다오. 바쇼후(芭蕉布)와 조후(上布)를 평생 짜노라고 이렇다우."

　바쇼후는 역대 이래로 중국과 사츠마 번에 바치던 주요 공물의 하나였다. 천을 짜서 바치는 일 역시 납세의 한 가지였고 여자가 태어나자마자 인두세로 부과되는 부역이었다. 바쇼후는 무더운 여름에 쓰임새가 많은 천이어서 옷으로도 좋지만 잠자리의 요와 이불 베개의 겉천으로 꼭 알맞았다. 남정네들이 파초 나무를 잘라다가 건네면 천을 짜는 데까지 두 달이나 걸렸다. 류큐 제도의 파초 나무는 열매를 맺는 것에서 꽃이 피는 종류와 섬유만 잔뜩 엉킨 실파초의 세 가지 종류가 있는데, 바쇼후는 실파초로 짜야 했다. 실파초의 줄기에서 기다란 섬유를 벗기고 몇 번이나 물에 씻어서 가마솥에 넣고 삶기를 되풀이한다. 섬유가 연해지면 햇볕에 말려서는 앞니로 뜯어 섬유뭉치를 흐트러뜨리고 손톱으로 가늘게 찢어서 실을 잣는다. 실에다 쪽으로 남색 물을 들여 숯을 넣어 색이 바래지 않도록 몇 번이나 헹구고 드디어 틀에 얹어 짜기 시작한다. 그냥 짜기만 하는 게 아니라 가스리라는 여러 가지 무늬를 넣어가며 짜야 한다.

"게다가 색을 입히는 하나기레(花布)를 하려면 그 정성이야 이루 말할 수가 없지요."

천을 판자 위에다 펼치고 그 위에다 형지를 놓고 풀칠을 한다. 풀이 마르고 나서 형지를 치우고 풀칠이 안 된 부분에 붓으로 곱게 색칠을 한다. 색칠이 끝나면 나무에서 뺀 물에 콩물을 섞어서 착색을 한다. 끝으로 천의 풀을 씻어버리면 흰 부분에 물들였던 무늬만 남는다.

"우리네 미야코 조후는 가볍고 세밀하지만 비단보다 일곱 배나 질기다는 천이우. 한 필을 말아올려봐야 손가락 한 마디밖에는 되지 않아요. 지금 마님께서 입고 계신 그 옷이지요."

미야코 조후는 사츠마 번의 침공 이래로 슈리 왕부의 주요 공물 중의 하나가 되었고 우치나에서 조후 기모노를 입을 수 있는 사람은 상류층의 사족들뿐이었으며 입을 수 있는 허가를 받은 것도 그들뿐이었다.

앞니가 다 빠져버린 할머니가 손으로 입을 연신 가리면서 웃었다.

"우리가 조후를 짤 때에 이나이시(稻石)를 칭송하는 대목을 일부러 욕으로 바꾸어 부르곤 하지요. 이게 모두 남정네들의 출세하려는 욕심 때문에 여성에게 내려진 형벌이랍니다."

오래 전에 중국에 다녀오던 류큐 사절단이 폭풍을 만나 조난당한 것을 미야코 섬의 어부였던 한 사내가 파도를 무릅쓰며 구조해냈다. 류큐 왕은 그를 슈리로 불러 관직을 주고 치하했는데 이때에 그의 아내인 이나이시가 왕에게 감사의 뜻으로 정성스럽게 짠 아름다운 조후를 바쳤다. 모두들 그런 천은 처음 보는 터여서 왕이나 사족들은 다투어 그네에게 해마다 천을 짜서 헌납하도록 일렀고 그렇게 미야코 섬은 조후의 부역을 지게 되었다.

밭에다 가라무시(苧麻)를 심어서 베어다 말린 다음 타작할 때처럼 일일이 두드려서 납작하게 엉킨 섬유를 이빨과 손톱으로 찢어 풀면서 가늘게 뽑는다. 가늘게 뽑은 섬유를 손끝으로 꼬아 실을 만들고 이렇게 뽑아낸 실에다 염료를 들여서 무시루과라는 무늬를 염색해낸다. 틀실을 끈으로 묶는 게 아니라 거친 거적에 접어넣고 하루에 세 번씩 쪽물에 담그는데 이런 작업을 열흘 동안이나 계속한다. 그러고 나서 거적을 풀면 경사와 횡사가 교차된 부분만 하얀 점으로 남게 된다. 염색이 끝나면 몇 번이나 빨아서 물감이 빠지지 않도록 하고서 나무방망이로 두드려 광택이 나게 한다. 이런 일이 모두 끝나는 데 여덟 달이나 걸렸다.

"글쎄 요새두 딸을 낳았다는 집에 가보면 얼마 후에 죽었다구 그러는 거예요. 우리 자랄 적에두 딸을 낳으면 아버지들이 이불을 밤내 덮어두었다가, 이튿날 보자기루 싸서 갯바위로 나아가 던졌다우. 하여튼지 딸자식이 조금 자라서 두 발로 걷기만 해두 인두세가 나오니까 에미는 두 배 세 배 부역을 지게 되어요. 지금 바쇼후와 조후 과세 때문에 야쿠닌들께 빚을 안 진 집이 거의 없을 게요."

청이는 할머니들의 얘기를 들으며 절로 눈물이 나와 견딜 수가 없었다. 이렇게 꿈처럼 용궁처럼 아름다운 바다와 섬에 그런 피땀의 고통이 있을 줄을 누가 알았으랴. 청이는 후미코 이모를 통하여 미야코의 할머니들에게 말했다.

"제가 오야코 님에게 그런 못된 인두세 악법을 고치도록 꼭 말씀 올리겠습니다. 이런 일이 고쳐지지 않는다면 저희는 우치나로 돌아가지 않을 거예요."

할머니들은 청이에게 일제히 머리를 조아려 절을 올렸다.

"그렇게 되면 미야코 제도의 여자들이 마님을 신으로 모실 겁니다."

"한스럽게 베틀에서 죽은 처녀 귀신들이나 갓난애로 죽은 아기 귀신들이 모두 풀려나 용궁으로 돌아가게 될 겁니다."

잔치가 끝난 뒤에 청이는 자기가 들은 일들을 모두 가즈토시에게 말해주었고 그는 오메사시와 심복의 메사시들만을 불러 겐지(檢地) 나갈 일을 의논했다. 먼저 전래되어오던 낡은 납세명부와 토지대장을 확인하고 문제가 많은 지역부터 답사를 실시하기로 했다.

이웃인 아라부 섬은 반나절 길이라 하루면 다녀올 수 있었지만 타라마 섬은 하루 낮과 밤이 걸려야 했으므로 이틀을 머무른다 하여도 닷새는 잡아야 할 뱃길이었다. 가즈토시가 몸소 겐지를 나가는 날짜는 부교쇼(奉行所)의 다이칸과 그의 야쿠닌들이 알 수 없도록 측근의 오메사시에게만 알리고 비밀에 부치도록 해두었다.

류큐의 농사를 보면 쟁기는 이용하지 않고 날이 좁고 길다란 삽으로 밭을 파헤치고 풀을 제거하여 조와 보리를 심었다. 논은 12월에 소를 사용하여 밟아서 씨를 부리고 정월 중에 이앙을 하되 풀을 베지 않으며, 2월에 벼가 바야흐로 무성하여 높이가 한 자쯤 되고 4월에 무르익는다. 올벼(早稻)는 4월에 수확을 마치고 늦벼(晚稻)는 5월에 바야흐로 추수를 마친다. 다시 이를 갈아엎고 파종하거나 윗줄기만 베어내는데, 곧 벼가 자라고 베어낸 그루터기에서도 새로운 잎과 이삭이 솟아난다. 7월에 이앙하고 가을과 겨울 사이에 다시 한번 수확을 했다. 보리는 한 번 심지만 조는 겨울에 파종해서 벼와 같이 5월에 수확하고 6월에 파종했다가 8월이면 벌써 이삭이 무르익어 적어도 9월에는 수확을 할 수 있었다. 땅이 화산석과 석회가 많아 거칠고 물이 잘 빠지지만 비가 많이 내리고 햇볕이 뜨거우며 기후가 일 년 내내 따뜻해서 잘 보살피기만 하면 일년 내내 먹을 것이 풍족한 고장이었다. 아무리 징수를 많이 한대도 한 번의 농사는 농민 스스로의 식량으로 하고, 다시 두번째의 농사를 지어 납부한다면 백성과 왕부가 걱정할 것이 없는 형편이었다. 대개 5월이면 벼와 잡곡 모두 첫번째 수확할 철이라 태풍과 장마 철이 되기 전이라면 중순 전에 겐지(檢地)를 나가는 것이 좋을 듯했다.

청이는 영주 가즈토시가 겐지를 나가자 그제서야 뒤늦게 후미코 이모가 태어난 마을에 함께 가보고 싶다는 생각이 들었다. 후미코도 성내와 히라라 부두만 보고도 맺힌 한이 좀 풀렸는지 옛 동네에 가 보겠다는 말은 꺼내지 못하고 지냈던 터였다.

"글쎄요, 히라라는 옛날보다 집이 많이 늘어난 것 같은데…… 나 살던 동네에 가보면 얼마나 변했을지?"

"이모 살던 데가 어디예요?"

"시모지초(下地町)예요. 구리마 섬(來間島)이 건너다보이는 바닷가 마을이지요."

"시모지초라면 얼마 멀지 않군요. 내일 사람들 안내를 받아 함께 가봐요."

후미코는 주름이 가득한 눈가에 물기가 고이면서 고개를 숙였다.

"아는 분들이 살아남아 있을지 모르겠네요. 부모님 산소는 어디다 모셨는지두 몰라요."

청이는 메사시 한 사람을 불러 시모지초에 가보겠다고 알렸고 가마 두 채가 준비되었다. 청이는 앞가마에 오르고 후미코는 뒷가마에 탔다. 야쿠닌 한 사람이 길라잡이로 따라나섰는데 노중에 먹을 음식을 짊어진 하인과 하녀도 두 사람이나 따라왔다. 성읍에서 우에노무라로 나가는 길로 내려가다가 갈래길에서 오른편으로 접어들면 시모지초가 되었다.

길가 밭에는 보리와 조가 한껏 자라나 누런 이삭을 달고 출렁이고 있었다. 바람은 유순하고 싱그러웠다. 미야코 섬은 섬 전체가 평평하고 너른데다 성읍 근처만 낮은 언덕이고 주위에는 산이 없어서 논밭을 일굴 여지가 아직도 많이 남아 있었다. 한 바퀴를 돈다면 그 둘레가 오륙 일쯤 소요되었다. 들판 가운데 마을들이 나타나고 먼곳에 히라라보다 더 아늑하고 안으로 깊숙하게 굽어들어온 만이 보였다. 만의 가장 후미진 안쪽에 시모지초의 지토우가 있는 길다란 돌벽과 집들이 보였다. 히라라보다는 국면이 좁아 보였지만 제법 큰 읍내였다. 앞서 걷던 야쿠닌이 가마를 멈춰세우고 청이에게 다가와서 아뢰었다.

"마님, 읍내로 들어가시겠습니까?"

"뒤에 가서 이모님에게 옛날 고향이 어느 동네인가 여쭤보세요."

야쿠닌이 뒷전에서 가마에 앉은 후미코와 잠시 얘기하더니 청이에게 되돌아왔다.

"구리마 섬 바로 건너편 동네라면 지금도 작은 배터가 있는 나미무라(波村)입니다."

"그리로 가요."

다시 밭고랑 사이로 난 길을 따라 들판을 건너고 평지보다 조금 높직한 곳의 숲길을 지나자마자 갑자기 시야가 툭 터지면서 바다가 나타났다. 바다 한가운데 바위와 나무로 가득 찬 섬이 보였다. 높직하게 떠오른 햇빛을 받아 잔잔한 물결이 반짝이고 있었다. 야쿠닌이 다시 가마를 세우고 렌카에게 말했다.

"예서 잠시만 기다려주십시오. 머무르실 처소를 마련하라 이르고 오겠습니다."

아무래도 일행들이 점심은 먹어야 할 시각이라 청이는 고개를 끄덕였다. 가마꾼들은 흩어져서 땀을 식히고 앉았고 청이와 후미코는 가마에서 나와 마을의 돌담과 바다와 섬 주변을 내다보았다.

후미코는 십여 세에 아버지와 우치나에 나갔다가 푸저우로 가는 상인들에게 팔려가게 되었다. 푸저우의 류큐 상관에서 어른들의 빨래며 취사를 돕고 살다가 창가에 팔려갔던 터였다. 후미코의 눈가에는 아까부터 물기가 그렁그렁하게 번져 있었다. 그네는 두리번거리며 돌담과 지붕들을 더듬어나갔다. 마을 모퉁이에 서 있는 아름드리의 데이고 꽃나무에는 빨간 꽃이 불붙는 것처럼 피어나 있었다.

"아, 저 데이고 꽃나무 그대로 있네!"

후미코가 나무를 가리키며 외쳤다. 그네는 무엇에 홀린 듯이 앞서서 마을로 들어가는 길로 허청거리며 내려갔다. 청이는 잠자코 서서 후미코가 내려가는 것을 바라보았다. 야쿠닌이 마을의 지야쿠(知役)를 데리고 나타났다. 지야쿠는 턱수염이 희끗한 초로의 사내였는데 일반 농민들과는 달리 무늬가 요란한 유카타를 시원하게 걸치고 있었다. 그가 다가오더니 청이에게 허리를 숙여 인사를 올렸다.

"오야코 마님께서 몸소 저희 마을에 오시다니 광영이올습니다."

청이는 인사를 받고 나서 하녀를 통하여 말했다.

"고향을 찾은 이가 있어 잠시 머물다 갈 것이니 번거롭게 하지 말라 이르시오."

야쿠닌이 그에게 일러주고 나서 청이에게 말했다.

"그러실 줄 알고 조용한 집을 택하여 잡인을 물리치게 해두었습니다."

청이 동네까지 걸어서 들어가니 돌담 사이의 골목은 정갈하게 비어 있고 각 집에서마다 베틀이 털거덕거리는 소리만 들려왔다. 인솔자인 야쿠닌과 가마꾼들은 지야쿠의 지시대로 야쿠쇼로 가서 점심을 먹기로 했고, 청이와 후미코가 안내를 받아 간 곳은 두 여인만 있는 집이었다. 아들은 농사를 지으러 밭에 나가고 어미와 며느리는 미야코 조후를 짜고 있던 중이었다. 이맘때에 부지런히 짜두지 않으면 가을의 조세를 납부할 수 없기 때문이었다. 두 여자는 담 모퉁이에 나와서 공손하게 두 손을 모으고 섰다가 인사를 올렸다. 그들은 활짝 열어놓은 마루로 올라앉기를 권했다. 좌우로 거적을 깐 마룻방 둘이 보였다. 후미코가 청이의 뒤를 따라 들어오다가 늙은 여인을 보더니 손뼉을 치고 놀라서 소리를 질렀다.

"이게 누구야…… 혹시 마이 아니냐?"

"누, 누구시우?"

상대방은 눈을 가늘게 뜨고 후미코의 주름진 얼굴에서 뭔가 발견해내려는 것처럼 마주 보았다. 후미코가 말했다.

"귤나무집에 살던…… 바로 나야. 어려서 떠났지."

그제서야 상대방의 입이 차츰 벌어졌다. 마이라고 불린 여인은 후미코의 손을 잡으며 반가워했다.

"세상에 네가…… 그래 카이다. 카이가 맞구나. 아잇적 얼굴이 남아 있긴 해."

후미코는 어릴 때의 이름이던 카이라 불린 것이 못내 신기했던 모양이었다.

"그래 나는 카이였어. 내 이름도 까맣게 잊고 있었구나! 너희 엄마는 유타 님이셨지?"

마이가 대답했다.

"지금은 내가 이 마을의 유타란다."

유타는 마을에서 일어나는 공동의 일에서부터 개인의 길흉사에 이르기까지 신과 관계된 굿을 주관하는 무당이다. 보다 큰 일을 맡거나 나라의 행사를 맡는 여성은 가민추(神人)라고 했다.

후미코는 유타네 집이 동네에서도 잘사는 집이었고 동네 여자들이 모두들 마이의 엄마를 어려워하던 기억이 남아 있었다. 나미무라에서 남자로는 지야쿠를 맡은 이가 가장 어려웠고 여자로는 유타를 맡은 이였던 셈이다. 후미코가 그제서야 청이와 함께 온 것이 생각났는지 마루 앞에 다가와 말했다.

"마님, 어릴 적의 동무를 만났답니다."

청이는 웃으며 말해주었다.

"아까부터 보고 있었지요. 우린 괜찮으니 두 분이서 따로 지난 얘기도 좀 나누시고 하셔요."

점심은 찬합에 밥과 반찬을 싸왔으므로 따로 이 집에서 지어낼 것은 없고 찻물이나 끓이게 했다. 점심을 마치자 후미코와 마이는 따로 건넌방으로 들어가서 한참이나 정담을 나누었다. 후미코는 다시 청이에게 가서 부모님 산소에 다녀오겠다고 말했다. 청이 따라가려 하다가 오히려 그네들을 방해할 것 같아서 그만두고 한 식경쯤 기다리니 눈이 벌겋게 충혈된 후미코가 돌아왔다.

"마님, 아무래두 저는 예서 하룻밤을 보내야 할 것 같습니다."

청이 의아하여 말했다.

"성내에서 가까운데 자주 마실을 나오시지요?"

"그런 게 아니라 기도를 하려고 합니다."

청이는 그네의 말을 듣고 곧 돌아가신 부모님들을 위한 굿을 하겠다는 말임을 알아챘다. 사실은 아까부터 청이도 그네들의 만남과 돌아가신 부모님들 얘기를 듣고 앉아 있으려니 가슴이 저려오는 듯했다. 장연 포구의 백사장과 황주 장터의 황톳길이 눈에 삼삼히 떠오른 때문이었다. 청이는 문득 어떤 생각이 떠올라서 말해버렸다.

"그러면 이렇게 하십시다. 굿이란 밤에 벌여야 신통을 할 터이니 새벽까지 끝내고 성으로 돌아가도록 하시지요. 저두 부모님 안부를 묻고 싶어요."

청이는 하녀를 시켜서 야쿠닌을 찾아오도록 일렀다. 점심 반주에 눈자위가 불콰해진 야쿠닌이 얼른 나타났다.

"이모님이 돌아가신 부모님께 치성을 드린다 하니 새벽에 돌아가기로 합시다."

후미코는 유타를 맡은 마이 여인을 따라서 동네의 집집을 다니며 알 만한 사람들을 만나보았다. 그들 가운데 엄마 또래의 할머니들과 아버지를 기억하고 있는 어른들을 찾아냈다.

기도라고 해봐야 작은 모임이라 따로 준비할 것은 없었다. 비용은 돈으로 주기로 했고 향과 초와 종이는 유타의 집에 장만이 되어 있었다. 제물은 기도에 참가할 사람들이 야참으로 먹을 만큼만 있으면 되어서 떡이네 술이네 차리지 않아도 괜찮다고 했다.

해가 저물고 어스름한 땅거미가 내리자 마이는 흰 유카타에 머리에도 흰 띠를 두르고 마당 뒤편에 있는 가미 아사기로 갔다. 가미 아사기란 네 기둥에 초가지붕만 얹은 기도소로서 여기서 우선 유타가 굿에 들어가기 전에 심신을 정화하는 시간을 갖게 되어 있었다. 남자들은 따라오지 못했고 여자들만이 유타를 따라서 가미 아사기 주위에 무릎을 꿇고 앉아 기다렸다.

가미 아사기 안에서 한 식경 동안이나 두 손을 모으고 정화의 기도를 올리던 유타가 나오자 뒷전에서 함께 정성을 드리던 여자들도 그네의 뒤를 따랐다. 유타 마이는 마을의 뒤편에 후미코가 고향의 낯익은 나무로 알아보았던 그 아름드리의 데이고 꽃나무 아래로 찾아갔다. 바로 그곳이 나미무라(波村)의 성소인 우타키였다. 그곳에서 다시 기도를 올리던 마이가 드디어 몸에 신을 받았는지 벌떡 일어나서 덩실덩실 춤을 추다가 넘어졌다가는 다시 일어섰다. 그리고 자기 집으로 비틀거리며 걸어오는데 마당에는 유타가 신을 받아 돌아오기를 기다리며 다른 마을 여자들이 제상과 향을 피워놓고 기다리고 있었다.

제상에는 물 한 대접과 깨끗하게 씻어 담은 흰 쌀 한 그릇이 놓이고 촛불 한 쌍이 밝혀져 있었다. 유타가 돌아오자 여자들이 흰 종이를 돌로 눌러놓고 그 위에다 향을 피워놓았다. 둘레에다 그득하게 향을 피워놓으니 안쪽은 자연스럽게 유타가 제 몸에 신을 모신 신의 영역이 되었다. 여자들은 모두 향의 둘레 바깥으로 나가서 두 손을 부비며 둥그렇게 서 있었다. 유타 마이는 안에서 허청거리며 걷다가 후미코의 어릴 적 이름을 불렀다.

"카이야, 우리 카이 어디 갔느냐?"

바깥에 섰던 여인들이 두리번거리다가 후미코의 등을 마당 안쪽으로 밀어넣었다. 후미코는 얼른 가서 예전에 보았던 대로 유타 앞에 무릎을 꿇고 앉았다. 유타가 후미코의 머리를 쓰다듬고 두 볼을 어루만지면서 울었다.

"아, 불쌍한 내 딸 카이가 왔구나. 타관 만리에 팔려가서 고생이 얼마나 많았더냐. 시집도 못 가고 자식도 없이 다 늙어 돌아오다니 이 에미는 너무도 원통하구나. 너 떠나고 나서 아버지도 내 곁으로 오셨단다."

유타가 후미코 어머니의 목소리로 말한다고 어느 노파가 뒷전에서 속삭였다. 정말 그러한지 늙은 딸은 생전의 어머니가 혼령만 실려서 돌아온 줄을 목소리로 알고 서럽게 울기 시작했다.

"내가 죽어 아우시마 다우시마에 돌아가 있었더니 네 아버지도 거기 계시고, 저어 타이치 아저씨나 토라 할아범도 계시고, 세이 아줌마 아키 할머니도 모두 아우시마 다우시마에 잘 계시단다. 그러니 모두들 우리 염려는 말아라. 아우시마 다우시마에서는 바쇼후 조후 짜는 부역도 없고 쌀과 고기가 흔천이오 높은 놈 낮은 놈도 없더라. 남정네도 아우시마 다우시마에서는 여편네와 처지가 같아서 욕질도 못 하고 매질도 못 하고 바람피우는 짓도 못 하고 고분고분 말도 잘 듣고 노상 집에도 또박또박 들어오고."

아우시마 다우시마는 죽은 혼이 용궁으로 돌아가기 전에 머무른다는 섬의 이름이었다. 아우 섬과 다우 섬은 해가 떠오르는 동방에 있는데 고기를 잡으러 나갔던 어부가 저어 머나먼 수평선 끝의 아롱거리는 안개 위로 보았다던 쌍둥이 섬이었다. 살아 있는 사람이 다가가면 갈수록 섬은 멀어지고 바닷물 밑으로 사라져버린다고 했다. 유타는 넋두리를 계속했다.

"우리 카이 이젠 어려운 세상이 다 지나갔으니 오야코 마마님 모시고 잘 살아라. 너 이제 돌아가면 못 입고 못 먹다 돌아간 네 에미 애비 생각하여 떡 한 시루 쪄서 올리고 옷 한 벌씩 지어서 태워드려라."

후미코는 옛동무인 마이가 자기 어머니의 목소리로 거듭 당부하자 서럽게 울면서 대답했다.

"예예 염려 마셔요, 어머니. 제가 다 해드리고 산소에도 자주 찾아 뵙겠어요."

"이제 다시는 타관에 나가지 말고 고향에서 살거라. 훗날에 아우시마 다우시마에 와서 함께 살자꾸나."

유타는 다시 덩실대며 춤을 추고 돌아갔다. 마당 바깥에서 두드리는 북소리만 들리는 가운데 유타는 빙빙 돌다가 군중들 틈에 서 있던 청이의 앞으로 다가섰다. 유타 여인이 청이의 두 팔을 잡고 서럽게 울음을 터뜨렸다.

"아니 이게 누구냐…… 내 딸, 내 딸이 아니냐?"

청이는 그네의 손에 이끌려 저도 모르게 굿마당 안으로 들어서며 말했다.

"예 엄마, 저 청이어요."

류큐 말도 중국 말도 아닌 낯선 조선 말이 튀어나왔지만 유타는 미야코 사투리의 류큐 말로 댓거리를 했다.

"내가 먼저 세상을 떠나 저승에 가 있더니 내 딸이 만리타국 우치나에 산다 하여 용왕님의 덕을 빌어 예까지 왔구나. 나 떠난 뒤에 우리 딸아, 아버지 모시고 어찌 살다가 대륙을 건너 바다 나라에까지 왔느냐. 서럽고도 서럽구나."

청이도 눈물을 비 오듯이 흘리며 유타의 목을 그러안고 운다.

"인당수 깊은 물에 빠졌다가 건져내어 다른 몸으로 태어나니 저는 이미 청이가 아니라 렌카여요. 어머니 아버지 주신 몸이 아니고 세상 티끌이 모여서 이루어진 다른 몸이니 넋만 엄마 딸이어요. 오늘 엄마가 저를 찾아와 만났으니 여한이 없지마는 외로우신 아버지는 뉘를 보고 반기실가."

청이의 낯선 말과 유타 여인의 미야코 사투리가 서로 허공중에서 부딪친다. 유타 여인은 신의 뜻대로 넋두리를 엮어나갔다.

"울지 마라 내 딸. 내가 너를 낳고 떠나와 저승에서 세상을 잊었으나 우리 딸이 땅길 물길 수십 나라 수백 마을을 헤매고 다니는 것이 서럽고도 서러워서 하루도 잊은 날이 없었구나. 웃는 모양 우는 모양 네 아버지 비슷하고 손길 발길 고운 것이 어찌 그리 나 같으냐. 나 먼저 떠난 후에 네 아버지 널 먹여살리노라 얼마나 고생이 많았을까."

유타는 냉정하게 청이를 뿌리치고 뒷걸음으로 한 발짝씩 물러나며 외쳤다.

"네 이제 귀하게 되었으나 이곳은 타관이라 오래 머물 곳이 못 되는구나. 아우시마 다우시마로 가면 우치나 사람들만 있을 테고, 네 남편 오야코 님을 따르자면 아우시마 다우시마 용궁 나라에 돌아가야 한다. 태어난 곳 돌아갈 곳이 서로 다르니 이승의 복록이 무슨 소용이냐. 엄마가 가기 전에 내 딸에게 만수축원을 내려주마."

유타가 뒷걸음질로 물러나는데 청이는 다가서며 어머니의 혼이 실린 무녀의 손을 잡으려고 앞으로 내뻗었다. 유타가 냉정하게 청이의 손을 뿌리치고 좀더 멀찍이 물러서며 말했다.

"나는 간다 내 딸아. 세상살이는 허망한 일, 네 남편이 천리타국으로 떠날지라도 낙심하지 말거라. 네 남편이 먼저 떠나더라도 슬퍼하지 말거라. 너는 잘 살다가 고향에 돌아갈 게야. 고향 땅에 묻히게 될 게야."

청이는 유타의 입에서 흘러나오는 말들을 다 알아듣지는 못했지만 남편이 먼저 떠난다는 말이며 고향에 돌아가게 될 거라는 말만은 가슴속에 남았다.

가즈토시가 미야코 제도의 겐지(檢地)에서 돌아오자마자 수확과 납세의 기간이 곧바로 닥쳤다. 가즈토시는 오야코로서 현지에 가서 보고 들은 대로 인두세와 징수의 문제점에 관하여 슈리의 왕부와 사츠마 번 집정부에 건의문을 올리기로 했다. 건의문은 처음부터 끝까지 사츠마 번의 류큐 통치기구인 집정부를 정면으로 비판하는 내용이었다.

건의문을 올리고 나서 가즈토시와 청이 부부는 우에노무라 부근의 구라모토 직할지에 나가서 수확에 참례하게 되었다. 류큐 전체가 논밭 농사를 이모작으로 짓는데 5월과 10월에 두 번 수확을 하고 납세도 상반기와 하반기 두 차례의 기간을 주었다. 슈리에서도 파종과 수확에 왕이 직접 신하들을 거느리고 경작지에 나아가 백성들과 함께 일도 하고 들밥도 먹는 행사를 가졌다. 남녀 백성들은 벼를 베어 넘기면서 목청을 합쳐 앞뒤로 후렴 소리를 받으며 노래했다.

가라 다케 산의
이라 요잇사
뒤에서
또 야옹야옹
히요 호카라 라아욧

어미 고양이가
이라 요잇사
새끼 다섯 마리
낳았대
먹을 게
하도하도
없었더라네
히요 호카라 라아욧

쌀밥을 해줘도
이라 요잇사
생선국을 내줘도

떼어논 새끼들
생각에
먹을 수가 없네요
히요 호카라 라아욧

아이까지 딸렸건만 빚 때문에 야쿠닌의 현지처가 되어버린 어미의 슬픔을 새끼 가진 고양이에 빗댄 민요였다. 청이는 낯선 섬의 사투리 가사를 후미코에게서 먼저 배웠다. 그네는 밭에서 일하는 사람들의 노래를 먼발치서 흥얼거리며 따라 불렀다.

들에서 낫으로 벼를 베어 단으로 묶어 탈곡장으로 옮겨오면 통나무 앞에 여러 사람이 서서 볏단째로 두드려 털어서 대비로 쓸어 모았다. 털린 알곡을 건조장에 펴서 며칠 땡볕에 말리고 짚으로 엮은 섬에 넣어 야쿠쇼(役所)에서 한 섬씩 무게를 달아 확인했다. 야쿠쇼에서는 입고되는 대로 토지 대장과 명부를 대조하여 세금을 받아 창고에 입고했다. 수확은 논에서 탐스럽게 익은 벼를 베어내어 논두렁에 집단을 묶어 쌓아놓는 일이 전부였고 영주 가즈토시와 구라모토의 메사시들은 논 한 고랑씩을 맡아 일정량을 베어나가면 되었다.

가즈토시는 오메사시에게 자신이 현지에 나가서 새로 작성한 토지대장과 거주자 명부에 의하여 세금을 받도록 조처했고, 인두세의 납세액이 줄어든 백성들은 칭송이 자자했다. 그러나 사츠마 다이칸과 그 아래에 있는 야쿠닌들과 지방의 지토우들은 여태껏 납세 대상에서 빠져 있다가 느닷없는 세금을 내게 되어 불만이 대단했다. 수확과 세금 징수를 마칠 때까지 슈리 왕부에서는 건의문에 대한 아무런 답변이 없었다. 두번째의 수확기인 그해 10월이 되어서야 슈리 왕부에서 소환령이 내려 가즈토시는 다시 나하로 가게 되었다. 이미 그맘때에는 후미코 이모도 진작에 나하로 돌아간 뒤였다.

청이는 반년 넘어 미야코 섬의 구라모토 성에 머물면서 주변 마을로 나다니며 부녀자들의 형편을 살펴서 남편에게 알려주곤 했었다. 낮에는 농사 일을 돕는 한편 아기 기르고 밥 짓고 빨래하며 밤잠을 못 자고 베까지 짜야 하는 부녀자들의 일손을 줄여주어야 한다고 청이는 작심했던 것이다. 상납할 바쇼후와 조후의 양을 절반만 줄여도 여자들이 새벽잠이나마 달게 잘 수가 있을 듯했다.

가즈토시는 나하에 도착한 이튿날 슈리 왕궁에 가서 쇼네이 왕을 알현하기 전에 먼저 산시칸(三司官)과 구치무부교(御物奉行)에게 미야코 제도의 영주인 도요미오야 가즈토시가 왔다는 기별을 보냈다. 미야코 제도의 잘못된 납세 관행을 바로잡는 것만이 백성들을 편하게 해줄 뿐만 아니라, 지방 토호와 사츠마 측 관인들의 부정을 바로잡아 세수를 늘릴 수 있는 길이기도 했다. 산시칸은 아지인 고로쿠 로추(小祿良忠)였고 구치무부교는 마키시 초추(牧志朝忠)였다. 가즈토시가 북전(北殿)으로 들자 기다리고 있던 관인이 그를 산시칸의 접견실로 안내했다. 세 사람이 둘러앉자 우에즈가 먼저 산시칸인 고로쿠에게 물었다.

"산시칸, 제가 상반기에 올린 건의문은 어찌되었습니까?"

"우리가 진작에 전하게 올렸습니다."

고로쿠가 대답했고 마키시도 말했다.

"우리도 짐작은 하고 있었습니다만 그렇게 심할 줄은 몰랐습니다. 조사해보면 야에야마 제도는 더하겠지요."

"제가 오늘 전하를 뵙기 전에 산시칸과 구치무부교 직함의 두 분을 만나자던 것은, 류큐 왕부의 총의로 사츠마의 시마즈 번주에게 상납 액수를 재조정해달라는 직소를 올리기 위해서입니다. 물론 저의 건의문을 전하에게 올린 뒤에 사츠마 번에 관하여는 논의를 하지 않았겠지요?"

산시칸 고로쿠가 말했다.

"그러니 우린들 어찌하겠소? 전하께서 당신의 건의문을 받아 보시고도 쓰다 달다 아무런 하교가 없으셨소. 전하의 윤허를 받아 집정부를 통하지 않으면 사츠마에 직소할 수 없습니다."

구치무부교 마키시가 말했다.

"이번에 바로잡지 못한다면 그렇지 않아도 속지가 되어 있는 우리 류큐 백성들은 살 수가 없게 됩니다. 먼저 야에야마 제도에도 은밀히 겐시(檢使)를 파견하여 실정을 파악해야 합니다. 멀리 요나구니 섬(與那國島)에서 가까이는 우치나 본도의 호쿠잔(北山)과 난잔(南山)에 이르기까지 실정을 낱낱이 알아내어 부정한 자들 가운데 그중 심한 자들을 가려내어 체포 압송해야 합니다. 그들에게서 이실직고를 받아낸 다음 문초 조서를 동봉하여 직소한다면 사츠마에서도 할 말이 없을 것입니다."

가즈토시가 말했다.

"좋습니다. 두 분의 의견이 그러하시다면 함께 전하를 알현하여 말씀을 올립시다."

산시칸 고로쿠 로추, 구치무부교 마키시 초추와 미야코 제도의 영주인 도요미오야 가즈토시 세 사람은 쇼네이 왕을 알현하러 정전에 들어가기로 했다. 그들이 정전으로 가서 입구의 내관에게 세 사람의 내방을 이르니 아래층 임금이 나와 앉는 우사스카(御差床) 앞의 흑단 마룻방에 앉아 대기하게 했다. 정면은 미닫이가 닫혀 있었고 온통 붉은 옻칠이 된 기둥과 천장이 하얀 비단을 바른 사창의 햇빛으로 눈이 부실 정도로 번쩍였다. 그러나 안쪽은 어두컴컴했다. 세 사람이 나란히 앉아 기다리다가 맑은 경석을 치는 소리가 들려와서 얼른 일어섰다. 정면에 닫혀 있던 미닫이가 양쪽으로 열리면서 이층에서 옆계단으로 내려와 우사스카에 자리잡은 쇼네이 왕이 보였다. 그의 자리 양옆에 나전칠기로 붉은 바탕에 금빛의 용을 야광자개로 입힌 기둥이 서 있고 두 단으로 된 평상 위에 왕의 안석이 있었으며, 자리 뒤편에는 붉은 칠에 흰 비단을 바른 격자창이 보였다. 세 사람이 절하고 자리에 앉자 우에즈인 가즈토시가 먼저 아뢰었다.

"지난 봄에 전하께서 이르신 대로 사츠마 번과의 조세 문제를 재조정하기 위하여 겐지를 실시하고 그 결과를 건의문으로 올린 바 있습니다. 저희는 오늘 전하의 하교를 듣고자 왔습니다."

왕은 잠시 침묵하고 있더니 깊은 한숨을 내쉬었다.

"짐은 미야코 영주의 글을 찬찬히 읽어보았노라. 참으로 일반 백성들의 참상이 눈에 보이는 듯하도다. 사실이 그러하나 사츠마 측에서 어찌 나올지 그것이 또한 걱정이다. 전에도 그런 일이 있어 사신이 가고시마까지 갔다 오지 않았느냐?"

산시칸 고로쿠가 아뢰었다.

"예에, 벌써 두 해 전의 일입니다. 다이묘의 하명은 다만 전례대로 시행하라는 간단한 답변뿐이었습니다. 저희들 소견으로는 먼저 겐시를 보내어 제도의 정확한 실정을 파악해오도록 하소서. 다음에 슈리의 사츠마 집정부 자이반(在番)과 제도의 부교쇼(奉行所)에서 알아채지 못하게 야쿠닌과 지토우들을 소집하십시오. 그리고 전격적으로 조사하여 실토를 받아서 조서와 직소문을 집정부 자이반과 사츠마 번에 거의 동시에 올리면 책임질 자들은 처벌을 받을 것이며 누구도 앙갚음은 못 할 것입니다."

다시 구치무부교 마키시가 덧붙였다.

"직소문이 올라간 뒤에 사신이 가고시마의 류큐 상관에서 대기했다가 납세 재조정에 관한 건의문을 즉시 올리면, 그 누구도 방해할 수 없을 테고 시마즈 번주도 생각을 바꿀 것입니다."

가즈토시가 말했다.

"아마미 제도가 이제는 비록 왕부의 통치를 떠나 사츠마에 속해 있다 할지라도 그곳 백성들도 전하의 자식들입니다. 아마미의 형편도 자세히 알아내어 이번에 겐지를 건의하십시오. 그러면 류큐에 대한 조처는 쉽게 바뀌리라 생각되옵니다."

왕은 고개를 끄덕였다.

"잘 알았다. 기왕에 일을 시작하였으니 경들 세 사람이 맡아서 조용히 처리하기 바라노라."

그들은 북전으로 물러나와 야에야마 제도와 우치나 본도의 북읍과 남읍들 그리고 아마미에도 은밀히 보낼 겐시를 선정했다.

하반기 수확이 이미 끝나서 선정된 왕부의 겐시들은 해를 넘겨서야 류큐 각처로 파견되었다. 루손과 바타비아로 무역을 나갔던 가즈토시의 아우 아키유시는 설을 쇠러 슈리 성에 왔다가 형에게서 겐시의 임무를 받게 되었다. 처음에는 불평을 하던 아키유시도 형의 간곡한 당부와 그의 뜻을 알고는 이듬해 벚꽃 필 무렵인 정월 하순에 야에야마 제도로 겐지를 나갔다.

그 동안 가즈토시의 슈리 성 저택에서도 몇 가지 일이 일어났다. 오랫동안 인사불성으로 누워 있던 그의 정처 데이 마키가 운명했다. 보통때처럼 청이가 하녀를 데리고 몸을 씻어주러 방에 들어가니 눈을 뜬 채로 동공이 멎어 있었다. 수건과 대야를 들고 섰던 하녀가 놀라서 대야를 떨어뜨리는 바람에 온 방 안이 물바다가 되었다. 청이 일러서 하녀들이 들어와 시신의 옷을 벗기고 깨끗이 씻어준 다음 수의를 입혔다. 뒤이어 하인들이 오래 전부터 준비해두었던 데이고 꽃나무로 짠 향기로운 관에 입관했다. 장례는 사흘장이었다.

가즈토시와 청이는 장남 요시히로를 앞세우고 손님을 맞았다. 슈리 성의 사족들이 거의 모두 문상을 왔고 왕후는 향과 비단과 꽃을 보내왔다. 사족들의 장례 법식에 따라 데이 부인을 화장하여 슈리 성의 우타키 부근에 있는 사족 묘지에 납골 항아리를 안치했다. 그리고 삼칠일이 지나 가즈토시와 청이는 집 안 상청에 모셔둔 불단의 조상님들 위패 앞에서 정처가 되었음을 알려드렸다. 또한 가즈토시의 장남 야스히로는 정실이 된 렌카의 아들이 되었고 첫번째 영지 상속권자가 되었다.

야에야마로 겐지를 나갔던 아키유시가 3월에 나하로 돌아왔는데 그는 임무 외에도 중요한 소식을 탐문해가지고 돌아왔다. 큰바다 건너 동쪽에 아메리카라는 엄청난 땅이 있는데 그들은 포르투갈이나 영국 네덜란드 프랑스보다도 비교할 수 없이 큰 나라라는 것이다. 아메리카 땅에 황금이 쏟아져나오기 시작하여 중국 동부 연안에서 금을 채굴할 일꾼으로 쿠리들을 수출하는데, 광저우와 푸젠 성의 농민들이 많다고 했다. 아메리카의 선단들은 큰바닷길을 태평양이라고 하며 대륙에서 아메리카로 가는 항로가 류큐 주변으로 지난다는 것이었다.

로버트 바운 호라는 아메리카 배에 타고 있던 중국인 쿠리들이 물과 식량도 제대로 주지 않고 때리기까지 하는 백인 선원들에 반항하여 들고 일어났다. 그들은 선장 이하 간부 몇 사람을 살해하고 생존자를 인질로 잡고는 야에야마 제도의 본도인 이시가키 섬(石垣島)에 기항했다. 그들이 상륙했지만 야에야마 섬의 구라모토와 집정부측 부교쇼(奉行所)에서는 막지 못했다가 돼지를 잡아주고 쌀과 물을 주어 간신히 부둣가에만 머물러 있도록 달랬다. 며칠 후에 섬의 나구라(名藏) 만에 정박한 반란선 로버트 바운 호를 발견한 영국과 미국의 함선이 부두에 포격을 가하여 류큐의 지방 관선 몇 척이 불에 탔고 성곽도 파손되었다. 그뿐만 아니라 붉고 푸른 군복을 입은 수병들이 상륙하여 중국인 반란자들을 체포하는 과정에서 사격하여 류큐인 몇 사람도 함께 희생되었다.

이미 십여 년 전에도 아편전쟁이 끝난 뒤에 프랑스 군함이 나하 항구에 들어와 무역과 그리스도교를 포교할 선교사의 체류를 요구했으나 슈리 왕부가 완강하게 거절한 적이 있었다. 그뒤에도 이미 중국에서 아편전쟁 이후 개항지를 얻어낸 영국과 프랑스 양국의 함선들이 와서 무역과 개항을 요구했으며 프랑스 극동함대의 제독 세실이 나하로 와서 교역을 거듭 촉구한 적이 있었다.

이때에 슈리 왕부에서는 사츠마 번에 급보를 올렸는데 번의 노신(老臣) 초쇼 히로사토(調所廣鄕)의 의견을 받아들여 바쿠후(幕府)의 묵인 아래 운덴(運天) 항에서 교역을 하도록 허가한 적도 있었다. 그러나 이는 사츠마 측에만 이익이 될 뿐 멀리 남방으로 교역을 다니는 류큐의 상인들과 상관에는 오히려 막대한 무역 이익을 박탈당하는 결과가 되어 왕부가 저항했던 것이다. 이듬해에 교역 허가는 류큐 왕부의 건의에 따라 취소되었다.

도요미오야 가즈토시는 슈리 왕부 북전(北殿)으로 올라가 산시칸 고로쿠 로추와 구치무부교인 마키시 쵸추, 후부교(附奉行) 온가 초코(恩河朝恒), 야에야마의 아지 이헤야 오키(伊平屋沖) 등과 상의했다. 겐시로 파견나갔던 사람들의 보고서가 올라와서 문제 지역의 지토우들과 야쿠닌들 중에서 처벌할 자들을 먼저 골라내어 그들을 소문나지 않게 슈리 성으로 소집하도록 조치했다. 가즈토시는 아우 아키유시에게서 들은 대로 야에야마의 이시가키 섬에서 있었던 영미 군함의 포격 사건에 대해서 얘기를 꺼냈다.

"우리는 어제 그 보고를 받았습니다."

산시칸 고로쿠가 말하자 야에야마 아지인 이헤야가 말했다.

"저도 지부네(地船)가 도착하여 이시가키 섬의 변을 알려주어 알았습니다. 다시 저희 구라모토의 메사시 등에게 자세한 보고를 하라고 하명을 보냈습니다."

구치무부교 마키시 쵸추가 말했다.

"모두 아시는 바와 같이 작년에 사츠마 번주가 바뀌었습니다. 제가 봉축 사절로 사츠마에 다녀왔지요. 들리는 소문으로는 그는 개방파로 알려져 있습니다. 작년에 화포를 만들 가고시마 제련소를 세웠다고 합니다."

산시칸 고로쿠가 말했다.

"사츠마의 류큐 샹관에서 올라온 보고를 보면 시마즈 나리아키라(島津錦齊彬) 번주는 역대 다이묘들 중에서 서양 문물을 가장 좋아한다고 합니다. 그들 선대로부터 시마즈 집안은 네덜란드인들과 친밀했으며 서양 말까지 배웠지요. 그럴수록 우리 류큐의 입장은 유리해집니다. 저들은 우리 도움을 받아야 할 테니까요. 조세에 관한 직소와 병행하여 양인들과의 교역 문제를 함께 올리면 좋은 결과가 나올지도 모릅니다."

가즈토시가 물었다.

"저는 슈리 왕실의 섭정(攝政)이신 자키미 세이후(座喜味盛普) 님이 걱정입니다. 그분께서 반대를 하시지 않겠습니까? 자키미 님은 일찍이 사츠마로부터 허가되었던 양인들과의 교역도 끝까지 반대하여 철회시켰던 분입니다."

후부교 온가 초코가 말했다.

"이제 자키미 님도 연로했으니 은퇴하셔야지요. 전하께 사츠마의 변화된 형편을 자세히 아뢰고 어느 것이 류큐에 이익인가를 간언드려야 합니다."

마키시 초추가 이헤야와 가즈토시 두 사람을 돌아보며 다짐을 주었다.

"두 분은 야에야마와 미야코의 영주이시니 꼭 당부드립니다. 이번 이시가키 섬의 변에 대해서는 우리측 사고는 되도록 자세히 보고할 필요가 없겠으며, 다만 영미 전함의 중국인 반란자 진압에 대해서만 알리도록 하십시다. 그리고 이번 변란을 이용하여 조세의 변혁과 무역 확대의 이점을 들어 시마즈 씨를 설득해보십시다."

쇼네이 왕에게서 허락을 받아낸 뒤로 진행된 겐시 파견과 지방관 등의 슈리 성 소집이 이루어졌고, 이들이 타고 온 지방 공용선이 나하에 도착하자마자 모두 체포되어 왕성의 감옥에 하옥되었다. 사츠마 집정부의 자이반에서도 기미를 알아채고 있었지만 슈리 왕부의 통치를 인정하고 있었으므로 감히 간섭하지는 못했다. 산시칸 이하 제도의 아지들이 돌아가며 참관하는 가운데 국청이 열려 엄중한 심문이 닷새 동안이나 열렸다. 심문은 가혹한 장형의 집행과 더불어 계속되어 미리 조사되었던 사실들을 확인하는 과정에 지나지 않았다.

심문이 끝나고 나서 산시의 평정소에서 징수 제도의 난맥상과 그 개혁의 필요성을 직소하는 문서를 갖추고 심문 조서를 첨부하여 왕에게 올리고 동시에 집정부에도 알리는 한편 류큐 상관을 통하여 같은 내용의 문서를 사츠마의 다이묘 시마즈 나리아키라에게 올리도록 했다. 그리고 곧 뒤이어 이시가키 섬의 변란과 서양 함대의 잦은 출몰이며 태평양 항로에 대하여 알리고 적극적인 교역을 통해서 이익을 얻을 수 있음을 보고했다.

　상반기 수확 철이 될 때쯤에 사츠마에서 보통때와는 달리 제법 빠른 반응이 왔다. 조사관이 파견되고 자이반 집정관이 교체되었던 것이다. 류큐 왕부에서도 그에 대응하여 원로대신인 섭정 자키미 세이후에게 책임을 물어 은퇴시켰다. 사츠마의 조사관은 집정부로 대신들을 불러 전달받은 심문 조서의 내용을 모두 확인했고 류큐 각 제도로부터 올라온 이양선의 출몰 현황과 남방에 다녀왔던 무역선들의 이방 견문에 대하여 청취했다. 그들은 중국 대륙의 변란에 대해서도 류큐 사람들만큼 잘 알고 있었다.

　중국이 서양 열강들에게 동쪽 연안의 항구들을 개방하고 나서 현재는 태평천국군이라는 난민이 발생하여 남부지방을 휩쓸고 있다는 소식도 서로 주고받았다. 사츠마 번이 제일 먼저 취한 조치는 중국 푸저우에 열어둔 오랜 류큐의 상관에 사츠마 번의 상인들을 파견하겠다는 것이었다. 그리고 타이완의 지룽에 역시 류큐 상인들을 통하여 중국으로 가는 도중 기항지를 마련한다는 안이었다. 그들은 또한 각 도의 다이칸들 중에서 문제가 가장 많았던 자들을 두 사람 골라서 압송하여 처형했고, 그들이 고용했던 야쿠닌들의 처벌을 왕부에 맡겼다. 물론 하반기 수확 철이 오기 직전에 납세액은 새로운 토지 대장과 인명대장에 의하여 새로 조정되었다.

가즈토시와 청이는 미야코 섬으로 나아가 구라모토 성읍에서 수확 철을 맞았고 오랜만에 넉넉해진 백성들의 생활을 함께 즐겼다. 잊혀졌던 추수 마츠리(祭)도 열렸는데 그중에 가장 성대한 것이 줄싸움이었다. 볏짚으로 암수 고리를 만들고 그 끝에 굵게 꼰 동아줄을 이어서 군중이 양끝에서 서로 어르며 밀고 당기다가 암수의 고리를 끼우는 것이었다. 일단 줄의 머리가 엉켜서 한 몸이 되면 양쪽으로 편을 가른 군중들이 북소리와 쇳소리에 맞추어 줄을 당겼다. 어이사, 어이사, 하는 소리가 폭풍처럼 벌판에 울렸다. 가즈토시와 청이도 편을 가른 군중들 틈에서 남녀가 한데 섞여 줄을 당겼다. 보름달이 떠올랐고 잔잔한 바다는 달빛을 받아 반짝였다. 청이는 가즈토시와 함께 땀에 젖은 몸을 씻고 달빛이 실내의 반이나 되게 내려앉은 정청에서 수확한 햇곡으로 담근 술을 마셨다. 청이가 산신을 뜯으며 새로 배운 류카를 몇 곡 불렀고 우에즈도 자기가 아는 노래를 불렀다.

"이런 세상이 오래도록 끝나지 않았으면 해요."

청이가 말하자 가즈토시가 물었다.

"저 바다와 성벽의 돌이 조상님 때부터 그대로인데 왜 그런 말을 하오?"

"저는 알아요. 사람들의 탐욕 때문에 세상은 유월의 바다처럼 바람 잘 날 없고 변덕이 심하지요. 제가 돌아다닌 온 세상이 그러했어요."

그들 부부는 하반기 수확 철이 지나고 나서 이듬해의 설을 쇠러 나하로 돌아갔다. 설에는 특히 정전 이층의 용상(龍床)이 있는 우사스카 앞에서 산시칸과 구치무부교를 비롯한 우에즈 아지 등의 사족들이 차례로 쇼네이 왕을 알현했다. 뒤이어 정전의 앞뜰인 어정(御庭)에서는 음악이 연주되는 가운데 슈리 왕궁의 관인들과 부인들이 참석한 다회(茶會)가 열렸다. 도요미오야 렌카는 이제 우에즈의 정실 부인으로 조후의 옷 위에 학과 화초가 그려진 빈가타 무늬의 붉은 포를 걸치고 남편 도요미오야 가즈토시와 함께 다회에 나갔다.

그해 5월에 가즈토시 부부는 미야코의 영지로 나갈 수 없었는데, 변이 일어났기 때문이었다. 나하 항구의 내항에는 민간이 운영하는 마아랑센(馬艦船)이나 얌바루센(山原船) 몇 척이 정박되어 있었고, 가까운 바다를 순찰하는 리유센(龍船)도 방파제 언덕가에 대어져 있었다. 수평선 너머로 서양 증기선 두 척과 범선 두 척이 나타났다. 바닷가에서 이를 본 사람들이 나하의 자이반에 알렸을 무렵에는 슈리 성에서도 먼바다를 관측할 수 있어서 관인들이 서쪽 성벽의 전망대로 하얗게 몰려나갔다.

우치나 사람들은 앞뒤의 돛대 가운데 우뚝 솟은 굴뚝에서 연기가 오르는 화륜선을 전에도 본 적이 있었다. 그런 배는 바람이 없이도 자유자재로 동서남북을 마음먹은 대로 항해할 수가 있었고 함포의 사격을 위해서도 수시로 방향을 바꿀 수가 있었다. 가운데에 철갑 화륜선 한 쌍이, 그리고 뒤편에 범선이 따랐다. 배는 내항으로 들어오지 않고 멀찍이 정지하여 우선 위협 사격을 했다. 내항 가까이 포탄이 날아와 거대한 물기둥을 만들었다.

그것은 나중에 알려졌지만 아메리카의 해군 준장 페리 제독이 이끄는 프리깃 함과 병력을 실은 선단이었다. 선단은 홍콩에서 선단을 편성하고 상하이를 경유하여 곧장 나하로 항해하여 왔던 것이다. 슈리 왕부에서나 사츠마의 집정부에서도 속수무책이었다. 왕부는 오래 전부터 사츠마에 의하여 무장이 금지되어 있었고 집정부에도 행정을 돌보는 인원과 사무라이 몇 사람이 있을 뿐이었다. 부두의 자이반에는 칼을 차고 총을 가진 병력이 십여 명 정도였다.

포격을 몇 차례 했는데도 항구 쪽에서 아무런 반응이 없자 선단은 내항으로 들어와 옆구리를 항구 쪽으로 돌리고 보트를 내리기 시작했다. 옆구리를 드러낸 증기선은 칠흑처럼 새까만 철갑이었고 아래위층에 대포들이 포구를 열고 두 줄로 배치되어 있었다. 부두의 사람들은 모두들 겁에 질려 상점 문을 닫아걸고 집 안 깊숙이 숨어버렸고 바닷가 쪽에는 인적이 끊어졌다. 슈리 성 언덕 위에서는 사족들과 가족들이 몰려나와서 바다가 잘 보이는 곳마다 올라가 있었다. 보트 수십 척이 부두에 대어지고 군대가 뭍에 오르자마자 열을 짓기 시작했다.

그들은 푸른색 군복과 군모에 등에는 배낭을 지고 총창을 꽂은 장총을 앞에총 하고는 처음부터 방향이 정해졌다는 것처럼 거침없이 슈리 왕궁으로 행군했다. 그 누구도 막아서거나 어디로 가느냐고 묻지도 못했다.

이때에 구치무부교(御物奉行) 마키시 초추는 배에서 보트가 내려질 무렵에 급히 사람을 보내어 구메무라의 중국인 구역에 체류하고 있던 영국인 선교사 베텔하임을 불러오게 했다. 그는 수년 전 영국 함선이 나하에 와서 무역과 포교를 요구했을 때에 두 가지 요구조건을 왕부가 모두 거절했지만, 마키시 초추의 건의로 체류만은 허락하여 중국인들 마을인 구메무라에서 류큐 말로 성서 번역을 하거나 작은 성서 읽기 모임을 열고 있었다. 마키시 초추는 화인이나 류큐인들 중에 홍콩과 싱가포르 등지에서 피진 잉글리시를 배운 서투른 통사들이 있기는 했지만 서양 글을 읽을 수 없으니 충분치 않다고 생각했다. 또한 선교사 베텔하임의 체류 허가는 그의 활동을 최소한으로 통제만 한다면 빈번하게 드나들며 무역과 포교를 강압하는 양인들에게도 일종의 방패막이가 될 것이라고 여겼던 것이다.

일개 중대 병력은 나하의 부두에 겨누어총 자세의 삼렬 횡대로 경계중이었고 이개 중대 병력이 군화 소리도 요란하게 슈리 성 언덕의 돌길을 행군해 올라갔다. 중대와 중대 사이의 가운데에 해군 제독의 모자와 깃을 세운 군복에 별 견장을 어깨에 얹고 금단추 달린 푸른색 더블 상의에 흰 바지를 입은 페리가 걸어갔다. 그의 좌우에는 권총과 사벨을 찬 부관이 호위했다. 각 중대의 열 앞과 옆에는 장교가 구령을 붙이면서 걸었다. 마치 기계처럼 절도 있게 움직여오는 병사들의 행군은 뭍으로 밀려오는 파도처럼 불가항력적으로 보였다.

베텔하임이 왕부에서 보내온 가마를 타고 관인과 함께 부랴부랴 슈리 성에 도착했을 때에 미국 군대는 수례문(守禮門)을 향하여 올라오고 있었다. 산시칸 고로쿠 로추는 나오지 않고 일부러 구치무부교인 마키시 초추가 비무장의 예복만 입은 왕성 군사들과 관인들을 인솔하여 문 앞에 나와 서 있었다. 문이라고는 하여도 여기서부터 왕성의 권역이라는 표시일 뿐 실제로 성벽과 돈대가 시작되는 곳은 환회문(歡會門)에서부터였다. 군대는 잠깐 멈추었다가 상대방이 비무장인 것을 보고는 계속 행군하여 지척에서 멈추었다. 장교의 구령에 의하여 앞선 중대 병력이 먼저 삼렬종대에서 횡대로 바뀌었다. 페리는 부관과 함께 열 왼쪽으로 나와 서서 뒤를 돌아보았고 양복을 입은 중국인이 공손하게 앞으로 나섰다. 페리가 그를 힐끗 보고 나서 저희 말로 말하자 중국인이 통역했다.

"아메리카 해군 제독이신 페리 장군께서는 대통령의 명령을 받고 류큐 국왕에게 통상을 요청하러 왔습니다. 우리를 왕에게 안내하시오."

마키시 초추는 베텔하임과 함께 수례문 앞에서 서양인들의 지척에까지 가까이 내려갔다. 마키시가 허리를 굽혀 인사를 했고 곁에 섰던 베텔하임이 말했다.

"저는 영국 선교사 베텔하임입니다. 이 사람은 서양식으로 말하자면 내무대신 정도의 사람입니다. 이들은 무기가 없으니 안심하십시오."

페리는 베텔하임의 출현에 매우 만족해서 통사를 제쳐두고 스스로 말하기 시작했다.

"이곳 국왕에게 우리의 문서를 받도록 해야겠소."

베텔하임이 류큐 말로 마키시에게 말했고 그가 대답했다.

"무장한 군대는 여기에 머물고 장군과 수하 사람 몇 명만 입궁하실 수 있습니다."

페리는 주위의 장교들과 의논하고 나서 부관과 장교들 두 사람을 데리고 왕궁에 들어가기로 했다. 그들은 마키시 초추와 류큐 관인들의 안내를 받아 환회문을 지나서 성내로 들어갔다. 다시 문 두 개를 통과하여 어정으로 들어섰을 때 그들은 남전의 반쇼(番所) 앞에 칼을 차고 섰던 몇 명의 사츠마 사무라이들을 보았다. 그러나 무장 병력이란 그들뿐이었고 류큐의 관인들은 모두들 예복 차림으로 서 있을 뿐 무기란 아무것도 지니지 않았다. 페리 일행은 산시칸이 정무를 보고 중국 책봉사의 접대를 하는 북전으로 안내되었다. 커다란 회의실에는 가운데에 산시칸 고로쿠 로추가 앉았고 좌우로 후부교 온가 초코, 그리고 도요미오야 카즈토시, 이헤야 오키 등의 우에즈아지 등이 앉아서 기다리고 있었다. 그들은 페리 일행이 들어서자 모두 일어나서 허리를 굽혀 절하여 예의를 갖추었다. 베텔하임의 권유로 그들에게는 접었다 폈다 하는 교의를 가져다주었다. 모두 자리를 잡고 앉자 산시칸 고로쿠 로추가 말했다.

"우리 류큐 왕국은 중국과 일본 사이에 호혜평등한 관계로 형제와 같은 우의를 나누고 있으며 서양 제국들과도 평화로운 교역을 계속 해왔는데 이렇듯 무장 함선과 군대를 이끌고 상륙한 것은 무슨 까닭 입니까?"

페리가 말했다.

"나는 우리 대통령의 명령을 받들어 귀국과 정식으로 통상을 하자 는 문서를 전달하고자 왔소. 그리고 이번에 우리는 에도(江戶)로 가 서 바쿠후에 개국을 요청하려 하오."

"우리 왕부에서는 아무런 준비가 없었고, 너무 갑작스런 일이라 논의를 하려면 시간이 필요합니다. 그리고 바쿠후에 개국을 요청하 는 일은 우리도 귀국과 똑같은 외국이어서 소식은 전하겠지만 아무 런 도움도 드리지 못하겠습니다."

산시칸 고로쿠의 말에 페리가 대답했다.

"이틀 동안의 여유를 드리겠소."

첫번째 접촉은 이렇게 간단히 끝났다. 페리가 일방적으로 통고한 뒤 다시 왔던 길을 따라서 수례문 앞을 나오자 군대는 부두를 향하 여 행군해 내려갔다.

북전에서는 류큐의 중추 관원들이 모여앉아 논의를 했고 왕궁 반쇼의 연락을 받은 사츠마 측의 집정관도 들어와 회의에 참석했 다. 사츠마 측은 저들의 다이묘 시마즈 나리아키라가 서양에 개방 적인 번주여서 류큐의 통상을 반대하지는 않았다. 더구나 고로쿠 로추와 마키시 초추는 그들이 사츠마 번에 서양과의 무역을 요청 하면서 납세 문제를 해결했기 때문에 이번의 일을 적극적으로 활 용할 필요가 있었다. 그들은 결론을 내리고 정전에 들어가 쇼네이 왕에게 의논한 바를 보고했고 왕은 한편으로는 걱정을 하면서도 대신들의 제안에 따르기로 했다. 이튿날 고로쿠 로추, 마키시 초추, 온가 초코 등의 세 사람은 부두로 나아가 거룻배를 타고 내항 멀찍이 정박한 페리의 배로 가서 미국측의 제안을 부분적으로 수락한다는 통보를 했다.

이튿날 페리는 수행원들과 함께 슈리로 와서 다시 류큐 왕부측과 회의를 갖고, 근해를 지나는 미국 선박의 식수와 식량의 조달과 땔감을 공급받기 위한 합의를 이루었다. 페리의 함대는 다시 돌아올 것을 약정하고 며칠 만에 곧 나하 항구를 떠나서 일본으로 향했다. 류큐 왕부에서는 저간의 이양선의 내항과 통상 요구에 대한 보고서를 갖추어 사신을 가고시마의 사츠마 번에 보냈다.

한편 나가사키의 부교쇼에서는 지난해에 이미 네덜란드의 상관이 있던 데지마(出島)로부터 바타비아에 나와 있는 동인도 총독의 서한을 받은 적이 있었다. 이 서한에는 일종의 정보보고서인 풍설서(風說書)가 첨부되어 있었는데, 내년에 미국 사절이 통상을 요구하러 일본에 올 것이라는 내용과 그때에 미국이 일본에 요구할 사항이 적혀 있었다. 사실 이것은 서양인들이 일본 조정의 충격을 줄이고 개국을 유도하기 위한 통보였던 셈이다. 그러나 바쿠후에서는 통상 체결의 요구는 묵살하고 풍설서에 대해서도 로주(老中)와 해안 방어 담당 이외에는 일부 다이묘에게만 보이고는 극비에 붙였다.

페리의 동인도 함대는 오키나와를 방문한 뒤인 6월에 일본 서남쪽 근해에 이르렀고 해안을 따라 시위를 하면서 7월 8일에 우라가(浦賀)에 입항했다. 페리는 우라가 부교를 통하여 미국 대통령 필모어가 일본의 쇼군 앞으로 보낸 통상 요구의 국서를 바쿠후 고관에게 전하겠노라고 알렸다. 페리는 또한 국서를 거부당하면 무력 행사를 할 수밖에 없다고 위협했다. 바쿠후 회의가 긴급히 열렸지만 해안

방어가 불충분한 상태에서 전쟁이 벌어진다면 승산이 없다는 것이었다. 일본측은 우선 국서를 받아놓고 나서 정면충돌을 피하면서 다시 방책을 강구하자는 어정쩡한 결론을 내렸다. 바쿠후는 일단 구리하마(久里浜)에서 페리의 국서를 받았다. 페리의 함대는 에도 만을 측량하고는 일본측의 회답을 기다린다며 다음해에 다시 올 것을 통보하고 떠났다. 당시에 아시아에 진출해 있던 영국 프랑스 러시아가 모두 크림 전쟁에 참전해 있었고 중국 대륙은 태평천국의 난리중이었다. 따라서 미국은 혼자서 외교 절충을 통하여 일본의 개항을 이끌어낼 기회를 갖게 되었다.

바쿠후는 국서의 역문을 각 지방 다이묘들에게 보내어 그 내용에 관해 기탄없는 의견을 말하도록 지시하면서 교토 조정에도 국가의 중대사라는 점을 들어 국서의 역문을 보냈다. 바쿠후로서는 미국의 개국 요구에 응하지 않으면 전쟁이 일어날지도 모른다는 위기감 속에서도 아무런 대안이 없었고, 한편으로는 그전처럼 서양과 물밑으로 진행하던 비밀 외교의 방침을 포기할 수도 없었기 때문이었다. 다이묘와 그들의 가신들로부터 올라온 건의서들은 수백통에 이르렀는데 거의 대부분이 쇄국을 견지해야 한다는 내용이었다. 그해 말에 바쿠후는 해역 방어에 관한 법령을 발표했다. 그 내용이란 내년에 페리가 다시 와도 국서에 제시된 통상 요구의 수락 여부에 대해서는 되도록 회답하지 않는다는 것, 연해의 방비가 충분치 않으므로 가능하다면 평온하게 대처한다는 것, 만약 회답을 받지 못한 데 대하여 상대방이 전쟁을 시작할 경우에는 맞아 싸울 수 있도록 준비를 한다는 것 등이었다.

이것은 자력으로는 페리의 요구를 물리칠 수 없으니 상대방을 달래어 온건하게 평화적으로 나올 것을 기대하면서도, 그에 대한 대응은 상대방이 어떻게 나올 것인가에 따라서 행동하겠다는 소극적이고 무책임한 방침이었다.

바쿠후에서는 사츠마 번의 시마즈 나리아키라가 건의했던 대로 그 동안 류큐에 대하여 통교와 무역은 허용하되 포교는 막으라는 뜻을 하명했었다. 류큐 왕부에서는 공식적으로 상관이 있는 중국 대륙에서 서양인들과 교역을 했고 민간 무역선들은 루손과 바타비아 싱가포르며 안남 등지에서 자유롭게 서양 상인들을 접촉한 지 수백 년이 지나고 있었다. 사실 바쿠후는 류큐에 소우리칸(總理官)이라는 직책을 주어 일본을 대신하는 가공의 정부가 있는 것처럼 전면에 내세워 서양 외세에 대응하도록 했다.

이듬해 2월이 되자 페리가 이번에는 아홉 척의 전함을 거느리고 다시 가나가와(神奈川) 앞바다에 나타나 작년의 답서를 요구했다. 바쿠후 측은 국서에 대한 회답을 주지 않을 방침이었지만 결국은 무장 함대의 위압에 못 이겨 3월 말에 화친조약의 조인을 받아들이고 말았다. 일본측은 중국이 이미 오래 전에 아편전쟁을 통하여 연안의 모든 항구를 내줄 수밖에 없었던 것은 기술적으로 막강한 무장 전함의 위력 때문이었음을 잘 알고 있었던 것이다.

조약의 내용은 우선 미국 선박에 땔감과 물과 식량을 공급하기 위하여 조인과 동시에 또는 일 년 안으로 시모다(下田)와 하코다데(箱館)를 개항할 것을 지정하고 있었다. 이들 항구에서는 미국 선박이 필요한 물품을 구입할 수 있도록 허용해놓고 있었는데 이는 뒷날 통상 개시의 발판이 되었다. 또한 다른 외국인이 바쿠후로부터 미국인에게 주어지지 않은 권리를 획득했을 때에는, 이는 즉시 미국인에게도 적용된다는 최혜국 대우의 조항도 있었다. 이와 같은 불평등 조항은 그뒤에 미일수호통상조약에 그대로 이어졌고, 아시아의 어느 곳에서나 통상의 자유라는 그럴듯한 명분과 함께 서양이 누렸던 강자의 권리였다. 일본은 뒤이어 불과 몇 달 뒤에 영국에도 시모다와 하코다데 항구를 개항했고, 다시 얼마 안 가서 러시아와 조약을 맺었고 바쿠후와 오랫동안 물밑 교역을 해왔던 네덜란드와도 새삼스러운 조약을 맺게 되었다.

페리는 조약을 성사시키고 돌아가는 길에 류큐의 나하에 다시 상륙했다. 류큐 왕부에서도 사츠마 번을 통하여 돌아가는 상황을 자세히 듣고 있어서 이번에는 쇼네이 왕 이하 모든 사족들이 페리 일행을 환영하기로 했다.

부두에는 산시칸 고로쿠 로추를 비롯하여 이번 일에 중심이 되어 히초누시도리(日帳主取)를 맡게 된 마키시 초추, 온가 초코, 이헤야 오키, 도요미오야 가즈토시 등의 대신들이 관인들을 거느리고 페리 일행의 마중을 나왔다. 왕부측에서는 특별히 페리를 위하여 그의 통역으로 선교사 베텔하임을 배석시키고 있었다. 예식용 창과 기치를 받쳐든 군사들이 호위하는 가운데 보트에서 페리 일행이 내리자 열 채의 가마가 대령하고 있다가 서양인들을 태웠고, 일반 군인들은 슈리 성의 군영으로 안내될 예정이었다. 앞에서 음악을 연주하면서 행렬은 궁성으로 올라갔다. 그들은 북전의 중국 사신이 머물던 곳에서 차를 마시며 화기애애한 가운데 류큐 수호조약에 조인했다.

페리와 장교들은 산시칸과 히초누시도리의 안내로 다른 중신들과 함께 정전에 들어 약식 접견실이 아닌 용상이 있는 이층의 우사스카(御差床)에서 쇼네이 왕을 알현했다. 정면에는 붉은 바탕에 금색 글씨로 중산세토(中山世土)라고 쓴, 청나라 강희황제가 하사한 편액이 걸려 있었다. 좌우에 아름다운 용 기둥이 떠받친 가운데 흑단의 난간을 두른 평상 위로 다시 황금 용두가 서 있고 그 가운데에 야광 자개를 박고 붉은 나전칠기로 장식한 용상이 있었다. 쇼네이 왕은 황금색 우칸(御冠)을 쓰고 황룡 무늬가 박힌 붉은색 도포를 걸치고 있었다. 페리가 먼저 모자를 벗어 옆구리에 끼고 장화 뒷굽을 부딪치며 고개를 숙이는 군례로서 왕에게 인사했다. 왕은 웃는 얼굴로 고개를 끄덕여 답례를 해주었다.

"먼 나라까지 오느라고 장군이 수고가 많소."

"화친조약을 맺게 된 것을 기뻐하는 바입니다."

인사말이 오고갔다. 쇼네이 왕은 페리 일행에게 준비했던 선사품인 류큐 칠기와 도자기 그리고 비단을 하사했다. 페리는 금으로 장식한 구식 피스톨 한 쌍과 해군용 망원경을 답례품으로 올렸다. 쇼네이 왕은 일행에게 다과를 대접하고 나서 아메리카의 문물에 대하여 몇 가지를 묻고는 간략하고 정중한 절차를 끝냈다.

이어서 보다 자유롭고 친밀한 교류를 위하여 왕궁 밖에서 환영 연회가 벌어졌는데, 장소는 섭정이자 산시칸인 고로쿠 로추의 저택으로 정해졌다.

페리의 함대가 내항에 들어와 하룻밤을 보내고 조인식에 나서기 전날부터 잔치 준비가 진행되었다. 청이는 함께 초청된 다른 중신들의 부인들과 선물이며 진기한 토산 음식거리를 하인들에게 짊어지워서 고로쿠의 집으로 갔다. 고로쿠의 노부인은 사족 부인들에게 치하를 하며 고마워했고 그녀들은 맡은 바 일을 서로 나누어 하인들을 독려하고 거들었다. 페리는 나중에 그날 밤 만찬에서의 음식 이야기를 자세히 적고 있는 것으로 보아 대단한 감명을 받았던 것 같다.

우리들 미국 손님들을 위하여 정중한 환대 준비를 했던 것은 틀림없으리라. 가운데의 너른 방에 식탁이 넷이나 놓였고 좌우의 곁방에도 각각 세 개의 식탁이 이어져 모든 식탁에 요리가 푸짐하게 놓여 있었다. 각 식탁의 귀퉁이에는 사람 수대로 젓가락이 놓였으며 식탁 중앙에는 술이 가득 찬 단지가 놓였고, 식탁마다 모양과 크기가 다른 요리가 스무 가지 이상이나 나와 있었다. 달걀에 빨간 물감을 들여서 얇게 썬 것, 생선 살을 말아서 기름에 튀긴 것, 생선구이를 식힌 것, 돼지 내장을 썬 것, 당과, 오이, 무의 소금절임, 얇게 썰어놓은 돼지고기 수육과 튀김 등등 너무 가짓수가 많았다. 찻잔이 먼저 차례 차례로 돌아가고 이어서 아주 작은 잔에 와인 맛이 나는 사케라는 술, 그 다음에 나온 일곱 가지 요리에는 수프도 들어 있었다. 그 밖의 네 접시에는 새앙이 들어 있는 빵, 녹두와 파의 순으로 된 샐러드, 검붉은 과일로 보였지만 사실은 단 과일의 살을 밀가루 반죽 껍질로 싼 둥근 공 모양의 과자, 달걀을 풀어 향기롭고 가늘고 하얀 뿌리 야채와 섞은 부드럽고 맛있는 요리, 이러한 환대는 쌍방에게 더이상 없는 좋은 분위기 속에서 끝났다.

그후 일본은 걷잡을 수 없는 개국의 길로 들어섰고 바쿠후의 영향력은 눈에 띌 정도로 약화되었으며, 공의(公儀)의 상징에 지나지 않았던 교토의 조정은 기회를 노리는 각처의 영주들에게는 좋은 대의명분의 대상이 되었다. 즉 조정이 바쿠후에 위임했던 것은 외교권이 아니라 구체적인 외교조치였다는 것이 칙서에 의하여 밝혀지자, 바쿠후 측은 실추된 권위를 유지하기 위하여 정책을 결정하기 전에 조정의 의사를 받는 형식을 취할 수밖에 없었다. 어쨌든 중국은 태평천국의 난에 휩쓸리면서 엎친 데 덮친 격으로 애로 호 사건의 빌미를 잡은 영국과 프랑스의 연합군에 의하여 북경까지 함락되는 수모를 겪고 있었다. 중국은 아편전쟁 이래로 그나마 간신히 버티어오던 대륙 전체를 서구의 시장에 내어주는 협약을 통하여 이미 완전무결하게 발가벗겨졌다.

사츠마 번주 시마즈 나리아키라가 서양에 대하여 개방적인 영주였다는 것은 다른 면으로 보면 바쿠후를 중심으로 한 국가의 이익보다는 자신의 번을 강화시키려는 야망 때문이었다. 시마즈 나리아키라는 페리가 다녀간 뒤 바쿠후 측의 수동적이고 소극적인 대외정책과는 달리 사츠마 번의 독자적인 대외교역을 추진하기 시작했다. 그런 의미에서 류큐는 대외교역의 훌륭한 발판이 될 것이라고 그는 생각했다. 먼저 아마미 섬(奄美大島)을 네덜란드와의 통상 중심지로 만드는 구상을 했고, 류큐를 통하여 프랑스와 전면적인 무역을 개시할 준비를 했다. 프랑스로부터 무기를 구입하고 나아가 군함까지도 사들일 작정이었다.

심청과 가즈토시 부부는 페리의 함대가 류큐를 다녀간 뒤 다섯 해 동안 미야코 영지와 슈리 성의 저택을 오가면서 평온한 생활을 보냈다. 대외무역이 활발해지면서 나하 항구에는 서양 각국의 배들이 드나들었고 가즈토시의 동생 아키유시는 히초누시도리 직을 맡은 마키시 초추 밑에서 무역 일을 전담하고 있었다. 미야코 제도에도 근해를 지나는 서양 상선이나 포경선들이 자주 정박했다. 도요미오야 형제는 사츠마 번주의 요구대로 서양 군함을 사들이려는 교섭을 진행하고 있었다. 중간에 다리를 놓은 것은 영국인 선교사 베텔하임이 페리 함대가 돌아갈 때 승선하여 류큐를 떠난 이래로 새로 머물게 된 프랑스인 선교사 토마 신부였다. 토마가 인도차이나의 프랑스 측에 연결했고 무역상은 홍콩에서 타이완 기항지를 거쳐서 류큐에 도착했다. 프랑스 상인과 해군 장교는 나하에 머물며 가즈토시 측과 교섭을 진행했다. 이제는 후미코와 로쿠 부부가 운영하고 있는 요정 용궁에서 상담이 계속되었는데, 군함의 종류와 가격과 지불 방법 등에 대한 안건이 어느 정도 타협점을 이루어가고 있었다. 가즈토시는 프랑스 손님들을 슈리 성 저택으로 초대했다.

상인 두 사람과 해군 장교와 토마 신부의 일행이 가마를 타고 도착했다. 하인들이 그들을 정청으로 안내했다. 정청은 대륙식으로 의자와 탁자를 둥그렇게 늘어놓아 서양 손님들에게도 익숙한 자리가 되었다. 토마 신부가 손님들을 차례로 가즈토시 부부에게 소개했다. 그들이 자기네 말로 인사를 하자 청이는 저도 모르게 영어로 말했다.

"만나서 반가워요."

상인 중의 하나가 깜짝 놀라며 얼른 영어로 말했다.

"오, 영어를 하시는군요. 어디서 배우셨습니까?"

곁에 앉은 토마 신부가 중국어로 속삭였다.

"아마도 마이판(買辦)들에게서 배웠겠지요."

청이는 다시 중국어로 토마 신부에게 말했다.

"류큐인들은 일본인과 달라서 바깥세상을 잘 안답니다."

홍콩의 지사에서 온 듯한 그 프랑스 상인은 그제서야 토마 신부에게 핀잔을 주었다.

"신부님, 우리가 사과를 해야겠습니다. 부인께서는 보통 분이 아니시군요."

청이도 부채로 웃음을 가리면서 영어로 말했다.

"괜찮습니다. 우리가 당신들 같은 서양인이 아니라면 누구에게서 배웠겠습니까? 조각배를 탄 어부가 먼바다의 구름을 살피는 것과도 같겠지요. 우리 같은 작은 나라는 늘 그렇게 먼 곳을 내다보며 살아 왔습니다."

가즈토시는 중국어만 알 뿐이어서 그저 미소만 머금고 묵묵히 앉아 있었다. 토마 신부가 자기 일행을 돌아보고 나서 청이에게 중국어로 물었다.

"저는 지금 통사로 따라왔는데요…… 부인, 어느 나라 말로 하시겠습니까?"

"저희 우에즈 님께서는 중국어를 하십니다. 그쪽 분들을 두 분께서 도와주시면 식사하는 데 불편이 없겠군요."

잔잔하게 웃음이 일어났고 이들 프랑스 신사들은 자연스럽게 예의를 갖추게 되었다. 차가 나오자 토마가 먼저 류큐의 풍속에 대하여 얘기를 꺼냈고 가즈토시가 알기 쉽게 설명을 해주었다. 그것은 문 앞에 마주 보고 섰는 돌사자 상에 대한 얘기라든가 지붕의 용마루 끝에 장식해놓은 붉은 테라코타의 도깨비에 관한 얘기 등이었다. 마당의 정원이 내다보이는 방으로 옮겨앉아 저녁식사가 계속되었다. 서양인들은 포도주와 비슷한 정도의 사케와 독한 아와모리 소주를 모두 좋아했다. 식사중에는 데운 사케가 나왔다. 대화는 중국어로 진행되었고 홍콩 지사에서 나온 상인과 토마 신부가 오고가는 말을 각자 저희 곁의 일행에게 되풀이해주었다.

"증기선이 빠르고 강하긴 하지만 기술을 배운 기관사가 없으면 기계가 고장날 경우에 아무 소용이 없습니다. 일본 사정으로 보아 오히려 범선이 운용에 더욱 효율적일 것입니다."

"프랑스에서는 아직도 범선을 군함으로 쓰고 있나요?"

"물론이지요. 상갑판과 포구에 철판을 두른 프리깃 함이 아직도 널리 쓰입니다. 아직도 근해에서는 범선이 더욱 편리합니다. 물론 함대의 기함들은 증기선으로 교체하고 있습니다."

"저희 다이묘께서는 증기선을 원하시지만 듣고 보니 조선술과 증기기관에 관한 기술이 없으면 쓸 수가 없겠군요."

"바로 그렇습니다. 먼저 서양식 범선을 구입하여 무장을 갖추고 해전과 포술에 관한 군사적 훈련도 받아야 할 것입니다. 한편으로는 우리에게 유학생들을 보내어 기술을 습득하게 하십시오. 준비를 충분히 갖춘 뒤에 화륜 증기선을 구입하면 되는 것입니다."

남자들의 대화가 계속되는 동안 청이는 조용히 하인들이 날라오는 음식을 접시에 나누어 담아주기도 하고, 식은 술을 데워오라고 눈짓하기도 하며, 대화에는 끼어들지 않았다. 가즈토시가 말했다.

"살림살이라는 것이 어느 부분만 갑자기 나아지는 것이 아니겠지요. 전체가 다 바뀌지 않는다면……"

그때에 하인이 데워온 술주전자를 들어 남편의 빈 잔에 따르면서 청이 말했다.

"글쎄요…… 세상은 정말 살기 좋게 변해가는 걸까요?"

남자들은 모두 대답 없이 서로를 바라보았다. 홍콩에서 온 상인이 말했다.

"대금은 무엇으로 치를 것입니까?"

"관은은 되도록 지출하지 못하도록 바쿠후에서 규제하고 있습니다. 구리도 일정량 이상은 한꺼번에 내갈 수 없습니다. 또 사츠마 번과 부분적으로 재정 책임을 질 저희 류큐에서는 그렇게 막대한 금액을 한꺼번에 지불할 능력도 없습니다."

"그 점은 염려마십시오. 다이묘의 수결이 된 신용어음을 써주신다면 몇 년 동안 나누어서 내셔도 됩니다. 우리가 이곳에 체류하는 동안 마키시 초추 님이나 사츠마 집정관님과 계약을 성사시키기 전에 금액은 재조정할 수가 있을 것입니다. 분납하는 조건이라면 적어도 절반은 은이나 구리로 나머지는 현물로 갚아나갈 수 있겠지요."

"현물이라면 무엇을 원하십니까?"

"중국에서는 차와 생사를 우리가 많이 사들입니다. 무엇보다도 특히 인도 산 아편이 대금으로 신용 있는 품목입니다만……."

"이번에 바쿠후와 네덜란드 간의 조약에도 아편은 쌍방이 모두 취급할 수 없다고 못 박았지요. 우리나라는 백성들의 흡연이 금지되어 있을 뿐만 아니라, 어느 곳에서도 양귀비를 경작하지 않습니다. 설탕과 차도 좋고 유황이 대량으로 나오는 광산도 있습니다."

"무엇이 서로에게 이로운지는 다시 토론을 해보기로 하지요."

그들은 만찬을 마치고 다시 중앙의 객청으로 나왔고 청이가 안으로 들어가서 손수 커피를 끓여 내왔다. 물론 서양 손님들이 즐거워했다. 류큐와 가고시마 나가사키에서는 그맘때에 커피에 설탕을 넣어 마시는 서양식 다회가 퍼지고 있었다. 화제는 다시 세상 돌아가는 얘기로 바뀌었다. 그들은 영국이 동인도회사를 폐지하고 인도를 아예 직접 통치하기로 했다든가, 얼마 전에 중국과 서양 제국들 사이에 이루어진 톈진 조약이나, 이번의 아메리카와 일본의 수호통상조약에 대해서도 의견을 나누었다. 가즈토시가 쓸쓸하게 말을 꺼냈다.

"우리는 대륙과 사츠마 사이에 끼어 있는 작은 나라입니다. 다만 우리를 보호하고 있는 사츠마 번이 일본에서 가장 강대한 고장이 되기를 기대하고 있지요."

토마 신부가 말했다.

"기독교를 받아들이도록 전하께 권유하십시오. 그러면 서양의 강대국들이 류큐를 보호해줄 것입니다."

"일본도 그렇지만 우리 류큐 사람들은 조상님을 받들어 모십니다.

190

그리고 부처님을 믿어온 지 천년이 넘었습니다. 종교 문제를 교역에 끼어들이면 수구파에게 명분을 주게 되지요."

가즈토시가 말했고 청이도 한마디했다.

"왜 그렇게 서양인들은 그리스도를 믿으라고 자꾸 권하는지 모르겠어요. 물건을 사고팔면서도 늘 그 생각만 해요."

토마 신부가 끈질기게 물고 늘어졌다.

"마음이 통하면 발전하는 데도 훨씬 도움이 되니까요."

가즈토시가 말했다.

"천천히…… 물건이 오고 나면 마음도 바뀌겠지요."

프랑스 측과 사츠마를 대신한 슈리 성의 히초누시도리 측의 상담은 계속되어 일단 가계약이 이루어졌다. 사츠마 다이묘의 수결이 된 어음과 계약금의 일부가 푸저우의 류큐 상관을 통하여 입금되면 군함을 나하에까지 끌어다놓기로 했던 것이다.

9월 중순경에 사츠마에서 급보가 들어왔다. 사츠마 번주 시마즈 나리아키라가 51세의 나이로 8월 24일에 급사했다는 소식이었다. 며칠 간격을 두어 가고시마의 류큐 상관에서도 같은 소식이 왕부로 전해졌다. 류큐는 외방이라 이미 끝나버린 번주의 장례식에는 참석할 수 없었지만 조문사절을 파견했다.

미국과 통상조약을 체결하는 과정에서 바쿠후는 서로 영향력을 갖기 위하여 다른 후계자를 미는 다이묘들의 힘 겨루기에 말려들었다. 바쿠후가 미국과의 통상조약 내용을 교토 조정으로부터 허락받기 위해 노력했지만 도쿠가와 바쿠후가 출현한 이래 처음으로 조정의 답변은 바쿠후의 요청을 거부하는 내용이었다.

이러한 내용으로는 국위가 서지 않으므로 칙허할 수 없노라. 조약의 조인에 대한 가부는 다시 다이묘들의 의견을 물어서 어람(御覽)케 하라.

열세번째의 쇼군이던 도쿠가와 이에사다는 서른 살이었지만 자식이 없었고 정무를 집행할 능력도 없는 인물이었다. 쇼군의 후계를 정하는 일은 바쿠후 정권의 주도권을 어느 다이묘 세력이 잡느냐 하는 문제였다. 외국과의 통상 개시가 이미 피할 수 없다는 것이 분명해지고 외교상의 절충에 대한 바쿠후의 지휘나 책임이 점점 중요해지자, 이에사다의 후견으로서 현실적으로 정무를 집행할 수 있는 인물을 빨리 후계자로 정해야 한다는 의견이 정국의 표면으로 크게 떠올라 있었다.

바쿠후 측은 조정의 조약 칙허를 얻기 위하여, 각 파의 다이묘들은 쇼군 계사 문제로 각각 조정에 작용하여 상호 견제하는 상황이었다. 그러므로 천황과 중신들은 바쿠후 측의 의견에 무조건 따르지 않고 반대할 수 있는 조건이 생겨났다. 이제 조정과 바쿠후의 의견 불일치가 공공연하게 되어 지방 영주들의 결속에 동요가 생겨나고 바쿠후의 정치적 권위가 흔들리기 시작했다. 조약 칙허와 쇼군 계사의 문제를 한꺼번에 해결하기 위하여 히코네 번의 이이 나오스케가 다이로에 취임했고 쇼군 계사는 도쿠가와 요시토미로 정해졌다. 그때부터 사츠마의 번주 시마즈 나리아키라는 사퇴하라는 압력을 받았으며, 시마즈가와 도쿠가와가 사이에 알력이 생겨나고 있었다. 나중에 사츠마 측이 밀던 요시노부가 쇼군 후견직에 임명된 것은 사츠마 번주를 세습받은 나리아키라의 아들 시마즈 히사미츠 때였다.

아버지에게서 아들로 번주가 바뀌었다 할지라도 정국은 이제 실권을 가진 자 중심으로 변하게 마련이었다. 히사미츠가 취임하자 급사한 선친의 신하들은 모두 사퇴했고 나리아키라가 추진했던 모든 정책들도 중단되었다. 사츠마 번은 나리아키라 파를 지방에 이르기까지 일소하려 했다.

류큐에도 새 집정관이 부임해왔으며 겐시가 파견되었다. 집정관은 쇼네이 왕에게 이러한 사츠마 번의 변화를 알리고 모종의 조치를 취하도록 압력을 넣었다. 쇼네이 왕은 새 번주의 지시에 따를 수밖에 없었다. 산시칸 이하 중요 직책은 전에 퇴임을 당했던 자키미 세이후(座喜味盛普) 파로 모두 임명되었고, 사츠마에서 온 겐시는 나리아키라의 정책을 충실히 따르던 산시칸 고로쿠 로추와 후부교 온가 초코를 먼저 북전의 집무 현장에서 체포하여 집정부에 끌어갔다. 이어서 히초 누시도리를 맡았던 마키시 초추를 집에서 연행했고 이헤야 오키, 도요미오야 가즈토시 등에게도 반쇼(番所)의 사무라이들을 보냈다. 가즈토시의 아우 아키유시는 외방에 나가 있었고 형제를 모두 구속하지 않는다는 이유 때문에 모면할 수 있었다.

청이와 가즈토시 부부는 점심 무렵까지 궁성에서 무슨 일이 있었는지도 모르고 있었다. 무장한 사무라이들은 슈리 왕부의 관리를 앞세우고 가즈토시의 저택으로 몰려왔다. 관리가 정청 앞 뜰에 서서 외쳤다.

"미야코 영주 도요미오야 가즈토시는 나와서 어명을 받으라!"

청이와 집안 사람들이 지켜보는 가운데 가즈토시는 의관 정제하고 마당에 나가서 꿇어앉았다. 관리는 도요미오야 가즈토시를 대외교섭과 세금 징수에 관한 위법 사실을 들어 체포 조사한다는 서류를 읽어주고 나서, 반쇼의 사무라이들이 그를 붉은 포승줄로 묶었다. 청이 과감하게 달려들어 남편을 가로막으며 사무라이들에게 외쳤다.

"이놈들! 너희들은 사츠마의 관인이거늘 어찌 류큐의 우에즈 님을 함부로 잡아갈 수 있단 말이냐?"

상급자인 듯한 사무라이가 말했다.

"이미 쇼네이 왕의 어명을 읽어드렸소. 비키지 않으면 공무의 집행을 방해하는 죄로 다스리겠소."

청이의 울부짖는 모습을 보고 장남 요시히로가 나와 뒤에서 끌어안았다.

"어머니, 무슨 오해가 있겠지요. 나중에 전하께 탄원하도록 하시지요."

가즈토시도 아내에게 말했다.

"별일이 있겠는가. 내 다녀오리다."

그들은 포박한 가즈토시를 밀폐된 검은 가마에 타게 했다. 가족들이 망연히 바라보는 앞에서 체포된 가즈토시의 가마를 사무라이들이 에워싸고 슈리 외성에 있는 감옥으로 향했다. 이때에 요시히로는 이미 25세의 어른으로 진작에 혼인을 하여 딸을 둘이나 낳은 가장이 되어 있었다. 그는 미야코 제도의 영주를 물려받을 첫번째 상속자였다. 유자오 또한 열다섯 살의 처녀로 자라나 이제 한두 해 안에 시집을 보내야 할 형편이었다. 청이를 비롯한 온 가족들은 슈리 성의 다른 사족들에게서 소문을 들으며 정국이 어떻게 돌아가는지 알아보려고 애썼다. 한편으로는 남방으로 떠나는 배편을 통하여 아키유시에게 소식을 알리도록 하고 되도록 급히 나하로 돌아오라고 전했다.

이제 류큐 조정의 섭정은 자키미 세이후의 장자인 자키미 겐지(座喜味玄次)가 되었고 자키미 집안은 산시칸에서 구치무부교와 일반 야쿠닌에 이르기까지 모두 자기네 사람들로 채웠다. 고로쿠 로추 이하 모든 구속된 중신들의 가족들이 연명하여 쇼네이 왕에게 탄원서를 올렸지만 북전의 중추부에서 차단되고 말았다. 늙은 고로쿠 로추와 온가 초코는 감옥에서 형장을 당해내지 못하고 숨을 거두었다. 중추부에서 나온 관리들이 피투성이로 숨을 거둔 두 중신들의 시신을 수레문 앞에 내다놓고 가족들이 거두어가도록 했다. 그러나 가족을 제외한 공적인 장의 절차는 엄금하도록 지시가 내려져 청이나 다른 사족들은 그들 댁을 방문조차도 할 수 없었다.

한 달이 지나서 형국은 결안이 되었는데 고로쿠 로추와 온가 초코는 사약을 내리게 되었으나 이미 사망했고, 히초누시도리였던 마키시 초추와 도요미오야 가즈토시와 이헤야 오키 등은 사츠마 번으로 압송하라는 명이 떨어졌다.

청이는 어느 날 남정네들의 출청이 지난 늦은 아침녘에 자키미 가로 찾아갔다. 그네는 은퇴한 자키미 세이후의 노부인을 궁성 다회에서 만난 적이 있었고, 쪽빛 물을 들인 미야코 조후를 바치면서 몇 번 그 댁을 방문하기도 했었다. 문지기에게 노부인을 만나러 왔다고 알리자 하인이 들어가 집사에게 알리고, 그는 다시 밖으로 나와 청이에게 무슨 용건이냐고 묻더니 안으로 사라졌다. 한참이나 기다려서야 노부인에게서 안으로 들어오라는 전갈이 내렸다. 청이는 집사의 안내로 후원으로 안내되었다. 집사가 문을 열어주었고 다다미가 깔린 객청 안에 작은 다탁을 놓고 노부인이 혼자 앉아 있었다. 청은 미닫이 앞에 무릎을 꿇고 엎드려 문안인사를 올렸다.

"우에즈 님 부인께서 어쩐 일이시오?"

청이는 고개를 숙인 채 노부인에게 말했다.

"제 남편이 가고시마로 압송되기 전에 마지막으로 얼굴이라도 뵈었으면 하여 노부인께 청원을 드리러 왔습니다."

자키미 노부인은 한숨을 내쉬더니 가볍게 손뼉을 쳤고 하인이 얼굴을 내밀자 우에즈 부인께 차를 내라고 일렀다. 차가 나올 때까지 부인은 아무 말이 없더니 청이 차를 한 모금 마시자 입을 떼었다.

"나라에서 하는 일을 아녀자가 어찌 알겠소. 하지만 너무 원망은 마시오. 사츠마의 번주가 바뀔 때마다 작은 나라 류큐에서는 크고 작은 바람이 그칠 때가 없었다오."

"이제 가시면 언제 살아 돌아오시게 될지 기약조차 없는 이별입니다. 그래도 도요미오야 가즈토시 님은 전하와 친척인 분이십니다. 단한 번만이라도 가족과 접견할 기회를 만들어주십시오."

청이의 애원하는 말에 노부인은 고개를 끄덕였다.

"아무리 번의 정국이 바뀌었다지만 전하께서는 얼마나 마음이 아프시겠소? 내가 섭정에게 잘 말해둘 터이나 너무 기대는 하지 마오."

청이는 다시 한번 노부인께 머리를 조아리며 신신당부를 올리고는 자키미 가를 나왔다. 그로부터 다시 사나흘이 지나서야 자키미 댁의 하인이 그날 밤으로 옥에 들어가 남편을 만나보라는 전갈이 왔다. 렌카는 찬푸루며 돼지고기의 라후테와 쑥을 갈아 만든 죽인 후 치바주시 같은 음식들과 찹쌀로 만든 타우치차오 떡을 장만하여 맏아들 요시히로만 데리고 외성 북편에 있는 감옥으로 갔다. 돌담 안에 전각이 서 있는데 입구에는 창을 든 파수 두 사람이 서 있었다. 요시히로가 군사에게 말을 걸었다.

"나는 도요미오야 요시히로다. 아버님을 만나러 왔는데 알고 있는가?"

그들은 저희끼리 수군거리더니 한 사람이 안으로 들어가 옥사장을 데리고 나왔다. 그가 요시히로와 청이를 확인하고 나서 나지막하게 속삭였다.

"어서 안으로 드십시오. 사츠마 것들이 보면 귀찮게 할 테니까."

그는 컴컴한 전각 안을 사방등으로 비춰 보이면서 오른쪽 통로를 가리켰다.

"우에즈 님이 계신 곳은 저쪽 맨 끝칸입니다."

어두운 통로의 좌우로 통나무 간살이 쳐진 옥방이 연이었는데 비어 있는 칸도 있었고 누워 있는 사람의 희끄무레한 형체가 보이는 방도 있었다. 두 사람은 끝방에 이르러 사방등을 위로 쳐들었다. 불빛 아래 벽을 향하여 쪼그리고 누워 자는 사내의 몸집이 보였다. 렌카가 소리를 죽여 불렀다.

"우에즈 님, 여보…… 제가 왔어요."

그가 돌아눕더니 일어나 앉았다. 그는 간살 앞으로 다가앉으며 손을 내밀었고 청이 그 손을 꼭 쥐었다. 마른 나뭇가지처럼 살과 윤기가 빠진 남편의 손을 쥐고 나서 청이는 울음을 삼켰다.

"렌카, 미안하오. 이번에 아무래도 가고시마까지 끌려가야 할 모양이오. 죄가 없으니 별일은 없겠지."

가즈토시가 말했고 맏아들 요시히로가 청이의 뒷전에서 나타나며 울음 섞인 목소리로 말했다.

"아버님, 작은아버지는 루손에서 아직 안 돌아오셨습니다. 소식은 벌써 알렸으니 며칠 뒤면 돌아오실 거예요."

"아니, 오히려 잠잠해진 뒤에 나타나는 게 좋을 게다. 그가 히초누시도리 아래서 대외 교섭의 일을 보았으니 괜한 불똥이 튈 수도 있다."

가즈토시는 잠시 두 사람을 바라보더니 아들에게 말했다.

"아마도 이번의 내 출타가 길어질지도 모르겠구나. 너는 아키유시와 집안 일을 상의하여 미야코 영주의 직임을 잘 수행하도록 해라. 그리고 어머니를 정성으로 모셔드리고……"

청이가 가즈토시에게 물었다.

"언제 떠나게 된대요?"

"글쎄…… 사츠마의 와센(和船)이 나하에 닿으면 곧 출발하게 되겠지."

"어쨌든 기운을 차리셔야 해요. 당신은 백성을 위해서 납세를 조정해준 일과 나리아키라 번주의 지시에 따라서 배를 사려고 했던 일밖에 아무것도 한 일이 없어요. 죄가 없으니 왕과 백성들 앞에 떳떳하세요."

청이는 음식들을 꺼내어 간살 사이로 들이밀어주었다. 가즈토시가 음식을 급하게 집어먹기 시작했고 청이와 요시히로는 안쓰러워서 돌아앉아 눈물을 훔쳤다.

가즈토시를 접견하고 돌아온 지 열흘이 못 되어 사츠마 번의 관선이 나하 항구에 들어왔다. 슈리 왕부의 중추부를 바꾸려던 목적으로 내도한 겐시(檢使)는 일을 끝내고 죄인들을 압송하여 가고시마로 돌아가게 된 것이다. 집정부에서는 칼을 찬 사무라이들이 호위하는 가운데 목에는 두꺼운 판자의 칼을 쓰고 발과 손목에 차꼬를 두른 죄인들을 지붕 없는 가마에 태우고 외성의 언덕길로 내려갔다. 길 앞에는 슈리 왕부의 하급 관인들이 길을 비키라고 호통을 치면서 걸어갔다. 그들은 사츠마 번의 위세를 시위라도 하려는 듯 일부러 사족들의 저택이 있는 슈리 성 중앙통의 돌길을 따라서 내려갔고, 그들을 마지막으로 먼발치서라도 보기 위하여 가족들과 친지들이 몰려나와 행렬을 따라갔다.

접근할 수는 없었지만 청이는 군중들 틈에서 남편이 마키시 초추의 바로 다음 가마에 칼을 쓰고 머리는 풀어헤친 채 지나가는 것을 보았다. 맨 끝에 이헤야 오키가 탄 가마가 지나갔다. 그때에 웬 사족

차림의 부인네가 이헤야의 가마 옆으로 내달으며 외쳤다.

"여보, 같이 가요!"

가마 곁을 따르던 사무라이가 재빠르게 부인을 밀쳐내자 그네는 뒤로 넘어졌다가 다시 외치며 가마 쪽으로 달려들었다.

"이놈들아, 차라리 우리를 이 자리에서 죽여라!"

사무라이는 비켜나면서 한 동작에 칼을 뽑더니 가차없이 허공에서 아래로 내리그었다. 목덜미에 칼을 맞은 여자가 땅바닥에 엎어져서는 꼼짝도 하지 않았다. 앞에서 말을 타고 가던 겐시(檢使)가 되돌아와서 부하에게 물었다.

"웬 소란인가?"

"예, 행렬을 방해하여 칼등으로 내리쳤습니다."

가마 위의 죄수들이나 구경꾼들도 사무라이의 그러한 대답에 그제서야 마음을 놓았다. 겐시가 말 머리를 돌리면서 말했다.

"다시 달려드는 자가 있거든 이번에는 사정없이 베어버려라!"

그 다음부터는 아무도 가마 곁에 다가서는 자가 없었다. 청의 곁에는 요시히로와 유자오며 하인들 그리고 용궁의 후미코 로쿠 나바 세리 등등까지 몰려나와 행렬을 따라서 부둣가로 내려갔다.

죄수와 관인들은 운하의 다리를 건너 좁고 길게 들어온 나하의 안쪽 부두에 이르러 거룻배로 옮겨 탔고, 가족들은 평소에 원방으로 떠나는 배를 배웅하던 만 오른쪽의 언덕으로 가서 출항하는 배를 따라 빠른 걸음으로 땅의 끝까지 나아갔다. 주저앉아버리는 사람, 손에 쥐고 있던 길다란 천을 바람에 나부끼도록 흔드는 사람, 두 손을 입에 대고 이름을 불러보는 사람들 틈에서 청이는 두 손바닥을 모으고 고개를 숙여 기도를 올렸다. 기도가 끝나고 고개를 들어보니 배는 이미 만을 벗어나 돛을 한껏 올리고 멀어져가는 중이었다.

"저는 당신을 따라갈 거예요."

렌카는 수평선을 내다보며 중얼거렸다.

사츠마의 관선이 떠나고 나서 슈리 성 일대는 다시 아무 일도 없었던 것처럼 사족들의 가마가 오르내리고 화사한 옷차림의 남녀가 서로 초대받은 다회나 만찬에 참석하러 숲속의 돌길을 오고갔다.

청이는 혼자 내실에 머물며 가끔씩 요시히로 내외의 문안인사를 받으며 꼼짝도 하지 않고 지냈다. 배가 떠난 지 한 달이 되었을 즈음에 데이 마키 때부터의 늙은 하녀가 오후의 다담상을 들여놓고는 돌아앉아서 눈가를 닦는 것이었다.

"무슨 일이라도 있느냐?"

청이 물으니 하녀는 도리질을 하면서 얼버무렸다.

"아무것두 아닙니다. 제가 공연히……"

"어허…… 무슨 일인지 숨김없이 말하래두. 그러잖아도 내가 아범에게 가고시마의 소식을 물으면 아무 일 없다고 날마다 같은 말만 하는데, 이거야 속이 터질 듯이 답답하여 사람이 살 수가 있겠느냐?"

하녀는 고개를 숙인 채로 기어들어가는 목소리로 중얼거렸다.

"저에게 들었다는 말씀은 마십시오. 그랬다가는 저는 서방님께 경을 칠 겝니다."

"그래 알겠다, 무슨 일이냐?"

청이는 벌써 놀라운 일인 줄을 느끼고는 한 손으로 두근대는 가슴께를 지그시 누르면서 재촉했다. 하녀가 더듬거리며 말했다.

"아랫집 하녀들이 수군거리기를…… 이헤야 댁의 부인이 목을 맸다 하옵니다."

청이 자신처럼 야에야마 영주이며 아지인 이헤야 오키의 아내 얘기였다. 그네는 중신들이 압송당하던 날 가마에 달려들었다가 칼등에 맞아 기절했던 그 여자가 분명했다.

"이혜야 부인이 왜?"

청이의 물음에 하녀가 오히려 되물었다.

"못 들으셨습니까?"

"무엇을……?"

하녀는 다시 눈물을 흘리더니 손수건으로 연신 볼을 닦았다.

"며칠 전부터 소문이 돌았습니다. 이혜야 오키 님은 끌려가던 뱃전에서 바다로 투신하여 자살했답니다."

청이는 아무 대답도 하지 않았지만 저절로 눈물이 흘러나와 찻상 위에 떨어졌다. 그네는 열린 창문 밖으로 늘어져 바람에 흔들리는 종려나무를 물끄러미 내다보았다.

"마님, 너무…… 상심 마십시오. 우에즈 님은 무사하시답니다."

하녀가 다가앉으며 말했지만 청이는 멍하니 앉았다가 숨을 크게 한번 들이마시고는 그네에게 일렀다.

"초와 향을 이혜야 댁에 보내거라."

"형벌을 받은 댁의 경조사에는 나라의 허락이 없으면 가지 못합니다."

청이는 눈을 부릅뜨고 하녀에게 말했다.

"그래서 조의만 표하려는 게다. 어서 물러가 시행해라!"

청이는 남편의 아우 도요미오야 아키유시가 돌아오기만 기다리고 있었고, 그는 미야코 섬에 머물고 있다가 돌아와도 이제는 별일이 없을 거라는 친구들의 전갈을 받고서야 나하에 도착했다.

아키유시는 슈리 성의 사족들을 만나 수소문을 하고 나서 형의 집을 방문했다. 청이는 그 동안 누구에게도 속내를 보이지 않고 의연하게 버티었지만 시동생을 보자 일시에 힘이 빠진 듯 그의 팔을 잡고 흔들며 물었다.

"도대체 내 남편이 살았는지 죽었는지 제발 속 시원하게 말이나 해주어요."

"형수, 이럴 때일수록 용기를 잃지 말아야 합니다. 가즈토시 형님은 옥중이지만 잘 계시답니다. 아마도 올해가 가기 전에 처분이 이루어질 것입니다. 중죄인은 마키시 님이고 죄인들 중에 겨우 두 분이 살아남으셨으니 틀림없이 사면이 될 듯합니다."

그러나 청이는 아키유시의 굳고 침울한 얼굴에서 그의 말이 사실이 아니라는 느낌을 읽을 수 있었다.

"이헤야 님이 압송하던 관선에서 투신했다는 소문을 들었어요. 그리고 그 부인이 자결했지요. 이번 사건의 죄인은 정국의 희생물임을 아녀자인 저도 알아요."

아키유시는 그제사 아무 말 없이 굳어진 얼굴 그대로 무릎을 꿇고는 형수의 말을 들었다.

"마키시 님은 이미 연로하셨으니 아마도 올해를 넘기지 못하실 거예요. 우에즈 님이 옥중에서 살아남는다 할지라도 사건을 깨끗이 종결하기 위해서 사츠마 번에서는 흔적을 남겨두려 하지 않을 겁니다."

듣고 있던 아키유시는 고개를 번쩍 쳐들었다.

"유배형도 아닐 겁니다. 남편은 외방인이기 때문에 구태여 가신들의 논란을 피하고 자시고 할 것도 없기 때문이어요. 아마 하라키리(割腹) 아니면 사약을 받으시게 될 거예요."

청이는 한 달여 동안 내실에 틀어박혀서 골똘하게 생각했던 바를 그대로 말했다. 아키유시는 여전히 말이 없었다.

"저는 가고시마로 남편을 따라가겠어요. 거기서 남편을 마지막으로 보게 될 테니까요. 그리고 거기서 그이가 돌아가시면……"

청이 다시 말을 잇지 못하다가 단호하게 말을 꺼냈다.

"저는 다시는 류큐로 돌아오지 않을 거예요. 어차피 저에게는 그곳이나 여기나 타국이니까요."

아키유시가 말했다.

"형수님은 도요미오야 가의 대부인이십니다. 요시히로가 미야코의 영주가 되겠지만 아직 미숙한 점이 많으니 형수님께서 가문을 이끄셔야 합니다."

"아닙니다. 시숙께서 잘 아시다시피 저는 유녀(遊女) 출신입니다. 정처이신 데이 마키 님께서 돌아가신 뒤에 이 몸이 정처로 된 것은 우에즈 님의 신분 때문에 받아들였던 것이지 제가 원하던 바가 아니었어요. 제가 우에즈 님을 남편으로 평생을 모시고자 하였으나 운수가 기박해서 그리 되지를 못하였군요. 저는 남편을 뒤따라 떠나기로 했습니다. 제가 시숙님께 몇 가지 부탁이 있는데 들어주시겠지요?"

"말씀해보십시오."

"우에즈 님이 돌아가시게 되면 아마도 왕부에서는 머지않아 명분과 동정론으로 뒤처리 겸하여 무마를 하게 될 것입니다. 그러면 두 가지를 해주셔야 합니다. 제가 어찌되었든 사츠마 류큐 상관을 통하여 지부네(地船)를 세내어 운구하도록 조처할 것이니 성대한 장의와 좋은 장지를 부탁드립니다. 그리고 벼슬의 복권과 동시에 장자 요시히로의 우에즈와 미야코 영주권의 계승을 왕 전하에게 상계해주셔요."

아키유시가 두 손을 방바닥에 짚고 고개를 숙이며 형수에게 맹세했다.

"당연히 제가 할 일입니다. 형수님은 염려 마십시오."

"다른 부탁이 또 있습니다. 유자오가 내년이면 열여섯이니 혼례를 치러야 합니다. 저의 친딸은 아니지만 그 어미가 죽을 때 제가 행복하게 길러주기로 굳은 약속을 했었지요. 시숙께서 조카딸로 여기시고 요시히로와도 의논하여 좋은 혼처를 알아보아 시집을 보내주셔요. 저는 남편을 옥바라지할 은자나 조금 가지고 떠나겠습니다."

"아닙니다. 형수님은 형님께서 남기신 전 재산을 가질 권리가 있습니다. 요시히로는 영주 직과 영지를 물려받으면 되는 것이구요."

청이는 잠시 생각해보고 나서 말했다.

"제가 우에즈 님과 혼인하여 이제 팔 년이 되었습니다. 그간에 영지에서 들어온 수입이 꽤 되지만 모두는 필요 없습니다. 그러나 제가 우치나로 올 적에도 모아놓은 재물이 약간 있어서 용궁도 차리고 궁핍은 면할 수가 있었지요. 집에 있는 은자는 제가 가고시마로 가서 우에즈 님을 뒷바라지하는 데 쓰겠습니다. 그리고 시숙님께서는 요시히로와 의논하여 가고시마의 류큐 상관에서 내어쓸 수 있는 어음을 준비해주셨으면 합니다. 저도 이제는 나이가 삽십대 중반이 되었으며 류큐의 사족 부인으로 살았으니 험하게는 살지 않겠지만, 그렇다고 영화를 바랄 사람도 아닙니다."

아키유시가 눈물을 흘리며 말했다.

"슈리 성에서 형수님의 처신을 모를 사람이 누가 있겠습니까. 떠나시기 전에 제가 배 편이며 가고시마에서의 모든 채비를 해놓겠습니다. 그저 다시는 돌아오지 않겠다는 말씀만 하지 마십시오."

청이는 긴 한숨을 내쉬고는 열어놓은 사창 너머로 펼쳐진 푸른 하늘을 한참이나 멍하니 올려다보았다.

"저는 언젠가는 꼭 고향에 돌아가야해요."

태풍의 철을 보내고 마아랑센(馬艦船)이 떠나게 되어 청이는 늦가을이 되어서야 가고시마로 가는 배를 탔다. 그네는 야스히로와 며느리에게는 아주 떠난다는 말은 안 했지만 언제 돌아오겠다는 말도 하지 않았다. 다만 모든 일은 아키유시 숙부에게 맡겨두었으니 가속과 집안 단속을 잘 하며 근신하고 있으라는 당부만 해두었다. 용궁으로 가서 후미코와 로쿠 부부를 비롯하여 세리 나바와도 작별인사를 나누었다. 그네는 후미코에게 특별히 유자오의 뒷일을 부탁했고 로쿠 영감에게는 동행을 부탁했다. 가고시마에서 혼자 처리할 수 없는 일이 생길지도 모르기 때문이었다. 시동생 아키유시가 직접 동행해주는 것이 더욱 마음이 놓였겠지만, 그렇지 않아도 겨우 공모죄를 모면한 불안한 처지의 그가 사츠마 관원들의 눈에 띄는 것은 위험하다고 생각했던 것이다. 후미코와 로쿠 부부는 평소부터 청이를 지옥에서 만난 관음처럼 은인으로 생각해오던 터여서 그네의 제의에 오히려 고마워했다. 후미코는 로쿠 노인에게 우에즈 님의 관송이 모두 결판날 때까지 가고시마에서 돌아올 생각일랑 하지 말고 그네의 곁을 지켜주라고 신신당부했다. 아키유시는 형인 가즈토시가 죽게 되면 돌아오지 않겠다던 형수의 속마음을 혼자서만 알고 있었는지라 각별한 여행 채비를 해주었다.

아키유시는 마아랑센의 선장은 물론이요 가고시마의 류큐 상관을 왕래하는 무역상에게 형수의 일을 도와줄 것을 부탁해두었다. 청이는 야스히로와 유자오에게 아버지를 뵙고 오겠다고만 해두고는 남의 눈에 띄어서는 안 되니 부두에는 절대로 나오지 못하도록 일렀다. 가마에 올라 흔들려 가면서 그네는 마지막으로 도요미오야 저택의 돌담 앞에 서서 바라보는 유자오와 야스히로를 돌아보았다. 눈시울이 뜨거워졌지만 그네는 얼른 앞을 향하여 몸을 돌렸다. 부두에는 후미코와 아키유시가 나와 있었고 그들 두 사람은 모두 이것이 렌카와의 영 이별이라는 것을 잘 알고 있었다.

청이는 떠나는 뱃전에서 항구에 다닥다닥 붙은 게딱지 같은 작은 집들과 숲이 무성한 언덕 위로 보이는 슈리 성벽이며 그 위에 우뚝 솟은 붉은 지붕을 바라보았다. 그네는 어느 곳이든 한번 떠나면 다시는 돌아갈 수 없었던 지난 여정을 생각했다. 그것은 어제 또는 그제와 같이 이제는 자취도 없어져버린 꿈처럼 느껴졌다. 청이는 배가 나아가고 있는 동북방의 먼 수평선으로 고개를 돌렸는데 떠오른 아침 해가 수평선의 중간을 하얗게 지워버리고 있었다. 가까운 물결 위로 햇살이 반짝이며 부서지고 있는 모양을 보노라니 청은 어쩐지 가슴이 두근거렸다. 새로운 땅을 향하여 다시 출발하는 것이다.

11. 마마 상

아마미 제도를 지나 류큐 역내를 벗어나고 구름 위로 치솟은 야쿠섬(屋久島)의 병풍 같은 연봉을 흘려보낸 다음, 다네가 섬(種子島)을 지나서 나하를 떠난 지 닷새 만에 사츠마 반도의 입구인 가고시마 만에 이르렀다. 마아랑센은 파도가 거친 연안의 바위섬들 사이로 천천히 진입하여 이부스키(指宿)에 들렀다가 한나절 뱃길인 가고시마를 향하여 만 깊숙이 들어갔다. 만의 오른편에 우뚝 솟은 사쿠라지마의 정상에서는 활화산이 거대한 증기선의 굴뚝처럼 흰 연기를 뿜어올리고 있었다. 만으로 깊숙이 들어갈수록 서양의 범선과 화륜선들이 여러 척 항해하고 있거나 연안에 정박해 있는 게 보였다.

배가 항구로 들어가자 관선이 다가와 국내선이 모이는 부두로 안내했다. 나하 항과는 달리 가고시마의 부두는 배가 육지에 직접 닿을 수 있도록 목조로 육교와 접안시설을 건조해놓았다. 배가 대이자 밧줄을 나무기둥에 얽고 가교를 잇대어 승선했던 사람과 짐을 내리도록 했다. 청이는 선장과 무역상의 배려로 상갑판의 선실에서 기다리고 있었는데 류큐 상관에서 마중을 나온 사람이 찾아 올라왔다. 그는 인사를 하고 나서 무역상의 눈치를 보며 뭔가 주저하는 듯한 태도를 보였다. 청이는 차마 묻지를 못했고 상인이 물었다.

"뭐야, 새소식이라도 있나?"

"예, 저어…… 마키시 초추 어른이 옥중에서…… 운명하셨습니다."

청이는 아무 말도 묻지 않았다. 다시 상인이 물었다.

"도요미오야 님은 어떠하신가?"

류큐 상관의 야쿠닌은 청이 쪽을 힐끗 보고는 말했다.

"얼마 전에 미국측 통사가 번의 사무라이에게 살해당한 사건이 생겨서 분위기가 몹시 살벌합니다. 지금 번의 하급 무사들은 천황폐하의 조칙도 있으니 모두들 양인을 몰아내야 한다며 명분론이 들끓고 있습니다. 저희 상관에서 줄을 대는 이들이 접견도 시켜주고 옥내 소식도 알려주었는데 지금은 접근도 못 하게 합니다. 얼마 지나면 상황은 좀 나아지리라 믿습니다만……"

"마님, 일단 숙소에 가서 기다리시지요. 저희가 우에즈 님을 꼭 찾아뵐 수 있도록 손을 써놓겠습니다."

나하의 무역상이 말했고 청이와 로쿠는 류큐 상관의 야쿠닌이 안내하는 대로 가고시마 항의 부두로 내려갔다. 역시 사츠마 번이 있는 곳이라 거리는 대처답게 널찍하고 깨끗했다. 모두 기와를 올린 목조의 이층집이 줄을 지어 시정을 이루었고 가로와 골목은 바둑판처럼 반듯하게 구획되어 있었다. 이층은 난간을 둘렀고 길가의 아래층은 거의가 점포들이었다. 판자 담장이나 돌담이나 회벽에 고운 무늬를 그려넣은 담장을 두른 주택들은 대로의 뒷길에 있었다.

류큐 상관은 항구에서 얼마 멀지 않은 곳에 지붕이 높다란 창고

몇 채와 함께 앞쪽에는 점포를 열었으며 뒤에 정원을 사이에 두고
객사가 따로 있는 왕(王)자 형의 집이었다. 청이와 로쿠는 맨 뒤채로
안내되었다. 역시 나무가 울창한 마당이 있고 난간이 달린 이층집이
었다. 청이는 이층의 가장 큰 방을 쓰게 되었다. 방 안은 풀냄새가
날 정도의 새로 깐 다다미에 오시이레(挿入)와 방 위편에 토코노마
(床間)가 있었으며, 움푹 들어간 안쪽 벽에 바람에 불려 잎을 날리고
섰는 대나무 몇 그루가 그려진 족자가 걸렸다. 토코노마의 선반 위
에는 이 고장에서 유명짜한 분청 항아리 하나가 올라앉았다. 잇달린
창호지의 격자 창문을 열면 난간 아래로 정원과 판자 담장 가운데
붉은 칠을 한 뒷문이 보였다.

"제가 이곳을 맡은 나카이(仲居)입니다."

미닫이를 열고 꿇어앉으며 한 중년 여인이 인사를 올렸다. 그네는
차를 준비해가지고 올라온 것이다. 청이는 나카이가 차를 따르는 것
을 바라보다가 물었다.

"류큐인이오?"

나카이 여인이 말했다.

"부모님 고향은 아마미 섬(奄美大島)입니다."

청이 물었다.

"그곳은 원래 류큐였지요?"

여인은 눈을 동그랗게 뜨고 목소리를 낮추어 말했다.

"그런 말씀을 하시면 큰일납니다. 어디서 도신(同心)이라도 들으
면 당장 반쇼(番所)에 끌려가서 장형을 받습지요. 저는 이부스키에
서 태어났는걸요."

청이는 나카이 여인과 한담을 나누는 중에 그네의 남편이 하급 포
리(捕吏)로 산세이(参政) 관아에 드나든다는 사실을 알았다. 아니

이것은 오히려 그 여자가 청의 처지를 엿듣고 일부러 흘린 말이었는지도 모른다.

"옥에 갇힌 사람에게 소식을 전할 수도 있겠구먼?"

반색을 하며 청이 말하자 나카이가 웃으면서 대답했다.

"그럼요, 옥리와 포리는 술친구니까요. 요것이 좀 들겠지만도."

하면서 여자는 손가락으로 동그라미를 만들어 보였다.

"비용은 염려 말아요. 언제쯤 되겠소?"

"편지는 들통이 나면 양쪽이 다 크게 다치니까 절대 안 됩니다. 다만 말씀 전하시는 거야 내일이라도 당장 할 수 있습지요."

여인은 다른 나카이 여인과 교대하여 내일은 집에 간다며 남편을 통하여 꼭 말씀을 전하겠노라고 장담을 했다. 렌카는 여인에게 수고하라며 한냥짜리 금화인 코반(小判) 한 닢을 내주었다.

이튿날 아침에 나카이 여인이 교대하고 집으로 돌아갈 즈음에 청이는 그네의 남편을 만나기 위해 로쿠와 함께 상관의 객사를 나섰다. 여인의 집은 상관에서 제법 멀었는데 중앙통에서 샛길로 빠져 후미진 골목을 지나니 나가야(長屋)들이 길게 늘어선 동네가 나왔다. 아예 골목을 향하여 집을 잇달아 빈틈없이 길게 붙여서 짓고 칸칸을 나누어 주점이나 점포나 주거로 쓰는 서민들의 거리였다. 판자문을 열고 집 안으로 들어서니 현관은 덧문을 닫아 컴컴한데 가운데가 마룻방이고 다다미 석 장짜리의 방 두 칸이 붙어 있다. 안쪽 방에서 미닫이를 열어둔 채로 한 사내가 코를 드높이 골며 자고 있었다. 여인은 난처한 듯이 로쿠와 청이 쪽을 돌아보며 낮게 속삭였다.

"야밤에 번을 돌고 저렇게 곤하게 잡니다. 우리 부부는 밤낮을 거꾸로 사는 직업이니까요. 기다리다보면 인기척 땜에 저절로 깰 거예요."

그들은 건넌방에 앉아서 기다렸고 로쿠는 일부러 헛기침을 몇 번

크게 했다. 사내가 끄응 하면서 돌아눕다가 부스스한 얼굴을 들어 그들 쪽을 돌아보더니 상반신을 천천히 일으켰다.

"웬 사람들이우?"

"손님 오셨어요."

두 사람은 말이 없고 여인이 사내에게 물 한 사발을 떠다 내밀었다. 사내가 물을 벌컥이며 들이마시고 나서 트림을 하고 그제사 흐트러진 옷매무새를 고쳤다. 나카이 여인이 이분은 류큐 사족의 부인이며 옥에 갇힌 남편에게 소식을 전하려 한다는 것을 장황하게 설명했다. 포리 사내는 머리를 긁적이고 앉았더니 로쿠 노인을 향하여 물었다.

"얼마 전에 류큐에서 잡혀온 사족 한 분이 돌아가셨는데요. 그분 가족들 되십니까?"

"그분은 마키시 님이고 우리가 소식을 전하려는 이는 도요미오야 가즈토시 님이오."

여인이 소매 속에서 금화 한 닢을 꺼내어 남편에게 내밀었다.

"옥리들 중에 당신 친구들이 한둘이 아니잖아요. 좀 전해주시구려."

포리 사내가 다시 물었다.

"무슨 말씀을 전하려구 그러시우?"

로쿠 노인이 말했다.

"류큐에서 렌카 부인이 우에즈 님을 만나러 왔다구 전해주오. 그리고 가능하면 일간 옥방으로 찾아가 뵙겠다구 전하시오. 그분께서 하시는 말씀도 우리에게 전해주면 다시 사례하리다."

포리 사내는 선선히 응락을 했다.

"거야 뭐 어렵지 않은 일입니다. 하지만 편지나 물건을 주고받는 일은 절대로 안 됩니다."

청이 남편에게 줄을 대는 일은 그렇게 시작되었다. 물론 상관의 야쿠닌들도 따로 시마즈 가의 코요닌(公用人)을 통하여 옥내 접견의 기회를 만들려고 애쓰고 있었다. 사흘이 지나서 객사의 나카이 여인이 제 남편을 데리고 청의 방으로 찾아왔다.

"어젯밤에 제 친구 되는 옥리가 우에즈 님에게 말씀을 전했답니다. 부인께서 류큐에서 이곳까지 오셨다구요."

벌써 청이는 앞으로 다가앉으며 눈물을 흘리기 시작했다.

"그래 뭐라시던가요…… 몸은 건강하시대요? 결안은 언제 나신대요?"

"마님, 좀 고정하십시오. 제가 한 가지씩밖에 말씀드릴 수가 없지 않습니까?"

포리 사내는 청이 진정되기를 기다렸다가 말했다.

"부인께서 이곳에 오셨다고 하니까 그분이 옥리의 손을 잡고 놓지를 않더랍니다. 그리고 소리를 내어 우시는 바람에 상관이 들을까봐 매우 조마조마했답니다. 형국(刑鞫)을 받았기 때문에 몸이 전보다 많이 쇠약해지셨다고 합디다. 제 친구의 말로는 아마 결안이 곧 내려질 거랍니다."

청은 손수건으로 입을 막고 울음을 참고 있었으며 로쿠도 소매로 얼굴을 가리고 돌아앉아 울었다.

"잡수시는 건 어때요?"

청이 묻자 남편 대신 나카이 여인이 말했다.

"상관에서 사식을 넣어드렸어요. 하루에 두 번 도시락을 들여갑니다."

그로부터 거의 사흘이 멀다 하고 감옥과 상관 사이에 말이 오고갔다. 가즈토시가 몸이 더욱 나빠져서 죽을 먹는다는 소식이 오더니 드디어 접견의 기회가 왔다. 무역상이 야쿠닌과 함께 청이의 방으로 찾아왔던 것이다. 그들은 시마즈 가의 코요닌을 통하여 옥사장에게 가족의 접견을 허가해주도록 손을 써놓았던 것이다.

저녁시간이 지난 늦은 밤에 청이는 로쿠 노인과 샹관의 야쿠닌을 데리고 산세이(參政) 관아의 감옥으로 찾아갔다. 샛문을 지나 후미진 북편의 돌담길로 들어가니 따로 지어진 길다란 나가야 집채가 어둠 속에 나타났고 입구에는 옥리 한 쌍이 칼 차고 집창을 하고 서 있었다. 야쿠닌이 말하자 옥사장이 안에서 기다리고 있다가 그들을 들여주었다. 옥사장은 그들을 안내하기 전에 다짐을 두었다.

"마키시 님이 옥사했다는 말을 남편에게 하지 마시오."

옥사는 이층이었고 가즈토시의 방은 맨 안쪽의 후미진 방이었다. 복도에 기름 남포가 몇 개 걸려 있어서 네모난 쇠창살로 가려진 옥방이 제법 환하게 들여다보였다. 옥사장은 손가락으로 방을 가리켜주고는 층계 입구에서 샹관의 야쿠닌과 함께 기다리고 있었다. 로쿠 노인도 머뭇거리다가 그들과 함께 뒷전에 남았고 청이 혼자 부리나케 옥방 앞으로 달려갔다.

"여보 저 왔어요!"

가즈토시는 미리 알고 있었던 듯 창살 앞에 나와 앉아 기다리고 있었다. 청이는 가즈토시의 변한 몰골을 보자 기가 막혀서 말이 제대로 나오지를 않았다. 머리는 다 풀어헤쳐 어깨를 덮었고 수염도 웃자라 입술과 턱이 보이지 않을 정도였다. 눈은 푹 꺼졌고 마른 볼 때문에 광대뼈가 솟아나 보였으며 창살 사이로 내민 손가락들은 가늘고 길어 보였다. 청이 가즈토시의 두 손을 마주 잡았지만 전혀 힘이 느껴지질 않았다.

"나 때문에 고생이 많소. 다들 잘 있겠지?"

"그럼요. 요시히로도 유자오도 잘 있고 온 가족이 당신 걱정만 하구 있지요. 아키유시 시숙이 저를 이리로 보내는 모든 주선을 해주셨어요. 함께 오고 싶어했지만 주위에서 아직 위험하다고 말려서⋯⋯"

"그래 잘했소. 이따 나가다가 저 아래층에 계시는 마키시 님도 뵙고 가구려."

"예, 염려 마셔요. 이제 결안이 된다니 곧 끝나게 되겠지요."

가즈토시는 맥없이 피식 웃음을 터뜨렸다.

"조정의 분위기가 바뀌었다고 제 아비가 하던 일을 아들이 모르겠다니 우스운 세상이오. 힘없는 류큐에 모든 허물을 뒤집어씌우니 어찌하겠소. 우리는 아마 처형을 당할 거요."

청이는 서로 뻔히 아는 일이면서도 거짓말을 했다.

"여보, 마음 약한 말씀을 하지 마셔요. 슈리 왕부에서도 집정부를 통하여 감형을 탄원해줄 거예요."

가즈토시는 담담하게 말했다.

"이헤야 오키 군이 배에서 투신했을 적에 마키시 님과 나는 구명을 이미 포기해버린 지 오래요. 오늘 이렇게 당신을 보게 되어 꿈만 같소. 내가 죽거든 이곳 절에서 화장하여 유골이나마 슈리에 묻도록 하오. 그리고 집안 일은 아키유시와 상의하여 당신이 잘 해나가리라 믿고 있소. 나는 당신과 살던 십 년도 못 되는 지난날이 좋았어요. 류큐에 살다가 고향에 돌아가고 싶으면 언제든지 갔다가는 내 곁으로 돌아오오."

청이는 가즈토시의 두 손에 얼굴을 묻고 흐느꼈다.

"뒷일은 모두 아키유시 시숙이 잘 해나갈 거예요. 아무것도 염려하지 말아요."

가즈토시가 청이의 숙인 머리를 어루만지며 말했다.

214

"나는 저 작은 섬을 천하로 알고 모진 고생을 참으며 살아가던 미야코의 백성들을 늘 생각하고 있소. 미야코 사람이 죽어서 간다는 아우시마 다우시마에서 우리 다시 만납시다. 그곳에는 큰 나라도 작은 나라도 없고 전쟁도 없어, 힘세건 약하건 모두 어울려 산다 하지 않소?"

"아우시마 다우시마에서 꼭 만나게 되겠지요."

두 사람의 만남은 그렇게 말 몇 마디로 지나갔다.

접견한 지 불과 이틀 만에 결안이 되었고 집행이 이루어졌다. 원래는 조시(上士)의 명예로운 죽음을 위하여 하라키리(割腹) 의식이 주어져 있었고 산세이(參政) 관아에서 류큐 상관으로 조력자를 보내라는 전갈이 왔었다. 그것은 사족의 측근 무사가 참관하여 뒤에 섰다가 목을 쳐주는 카이샤쿠(介錯) 역할이 필요했기 때문이다. 그러나 마지막 판결을 했던 감찰관인 메츠케(目付)가 죄인이 스스로 하라키리를 집행할 만한 기력이 다하여 사약을 내리는 것이 마땅하다고 아뢰었다. 집정부의 카로(家老)는 가즈토시의 처결에 대하여 지시를 내렸다.

"비록 선주 나리아키라 님께서 양이와 교역하셨으나 본뜻은 서양의 발달된 기술을 받아들여 자강을 꾀하고 그 힘을 길러 양이를 구축하고자 함이었다. 죄인들은 서양인과의 무단 교역을 엄금한 조정의 조칙을 어기고 방자하게 범금을 어겼다. 선친의 유지를 물리치는 것이 히사미츠 다이묘 님의 뜻은 아니나 외국과의 번다한 조약체결 이래로 정국의 변환이 다급한 만큼, 각 번과 사족들에게 경각심을 주고 엄정한 기강을 세우기 위하여 일벌백계로 다스린다. 류큐의 사족 도요미오야 가즈토시를 사사(賜死)하나 구로부네(黑船) 측과 밀

통하던 자들이 모두 죽고 혼자 남았다가 처형되니 가엾은 감이 없지 않다. 번에서는 그의 장례절차를 후하게 도와주어 류큐로 하여금 여한이 없도록 조처하라."

관아의 퇴청 시각을 넘겨서 시신을 수습해가라는 기별이 왔고 청이는 로쿠 노인과 수의를 마련하여 샹관에서 일꾼들과 수레를 마련하여 옥문 앞으로 갔다.

싯세이(執政)의 지시가 있었던 탓인지 하얀 조후(上布)로 싸맨 시신이 나왔고 야쿠닌은 수속을 하고는 가즈토시의 주검을 넘겨주었다. 시신은 류큐 샹관의 객사 아래층 큰방에 들였는데 입관하기 전에 염꾼이 왔지만 청이는 로쿠 노인과 함께 아무도 들이지 못하게 하고 준비해왔던 수의를 꺼내어 몸소 염을 했다. 천을 벗겨내자 제일 먼저 얼굴이 나왔다. 청이는 숨을 크게 들이마셨다가 꿀꺽 삼켜 스스로를 진정시켰다. 비소의 독으로 가즈토시의 마른 얼굴은 검푸르게 변했고 목 아래에서 가슴팍으로 푸른 반점들이 보였다. 입가에는 피가 말라붙어 검은색으로 변해 있었다. 로쿠가 그의 굳은 몸을 들어주거나 다리를 들기도 하여 청이는 시신의 남루한 옷을 모두 벗겼다. 그네는 준비했던 사케를 수건에 적셔 남편의 얼굴에서부터 온몸을 깨끗이 닦았다. 옷을 갈아입히고 입 안에 쌀을 한 움큼 넣어주고 남편의 손가락에는 자기가 끼고 있던 옥가락지를 빼어서 끼워주었다. 시신의 벌거숭이 발에다 버선까지 새로 신긴 청은 이마에 송송 돋은 땀을 훔치면서 그제사 로쿠에게 말했다.

"이모부, 잠깐 저희들만 있게 해주셔요."

로쿠는 짐작이 가는지 아무 대답 없이 슬그머니 미닫이를 열고 나갔다. 청이는 잠시 남편의 굳은 시신 곁에 누워서 그를 향하여 모로 누웠다. 가즈토시는 앓다가 방금 잠든 사람 같았다. 청이 가만히 속삭였다.

"여보, 헤어지기 전에 내가 류카 하나 불러드릴게요."

청이는 아주 작은 목소리로 온나의 노래를 불렀다.

> 온나 마을 소나무 밑에
> 금지 팻말이 서 있어도
> 사랑하는 것까지야
> 금하는 건 아니겠지

청이는 같은 소절을 느리게 세 번이나 되풀이해서 불렀다. 그네는 잠시 누웠다가 일어나 앉아 가즈토시의 두 손을 몸 앞에 모아주고는 백포를 덮어놓고 나왔다. 밖에서 기다리던 로쿠와 염꾼들이 그제사 들어가 입관을 시켰다. 류큐 상관에는 따로이 사츠마 번에서 보내온 장의금과 조의품들이 왔고 예식을 치를 사찰의 스님도 보내주었다. 오후 내내 관음사의 뒤뜰에서 높이 쌓아올린 장작불에 화장으로 장 례를 치렀다. 불길이 잦아진 뒤에 남은 뼈는 한 줌도 못 되었다.

청이는 부두로 나아가 나하에서 온 지부네를 타고 떠나는 로쿠 노 인에게 유골함을 들려 보냈다.

"돌아가시면 먼저 아키유시 시숙님께 알리고 요시히로와 가솔 친 척들이 다시 성대한 장례를 치르도록 하세요. 모든 걸 시숙님께 당 부하고 왔으니 그분이 알아서 하실 거예요. 후미코 이모님과 만년을 건강하게 사세요."

"마님, 어디로 가시렵니까?"

로쿠가 묻자 청이는 처음에 생각해두었던 대로 대답했다.

"나가사키로 가서 고향 가는 길을 찾아봐야지요."

청이는 샹관의 객사방에서 사흘 동안을 내리 잠만 잤다. 자고 부은 눈으로 깨어나니 어제는 이미 까마득하게 지나간 일이 되었다. 그네는 나카이 여인을 통하여 무역상을 불렀다.

"제가 부탁이 있어 만나뵙자고 하였습니다. 혹시 나가사키에 당인(唐人)으로 아시는 분이 있는지요?"

그가 되물었다.

"저희는 푸저우와 상하이를 왕래하기 때문에 나가사키 쪽의 당인들과도 친분이 있습니다. 무슨 일로 그러시는데요?"

"고향으로 떠나기 전에 그곳에 머물게 되면 도움을 청할까 하여 그럽니다."

상인이 말했다.

"예, 적당한 이가 있습니다. 제가 서신을 써서 부인께 드리겠습니다. 하오면 예의가 있는 사람이라 성심으로 도와드릴 것입니다."

청이는 나가사키로 떠나는 날 아침에 상인에게서 서신과 아키유시가 맡겼던 어음을 교환한 은자를 받았다. 또한 그는 샹관에서 일하는 야쿠닌 한 사람을 청이와 나가사키까지 동행하게 해주었다.

가고시마에서 나가사키까지는 배로 하룻길이었다. 만의 어구에는 섬들이 울타리처럼 줄지어 떠 있고 양쪽으로 높은 산이 뻗어나와 두 팔을 벌린 듯이 방파제를 이루고 있었으며 바다는 차츰 좁아져서 호수처럼 잔잔한 내항의 끝에서 다시 강과 만났다.

나가사키는 옛적부터 바쿠후의 직할지였고, 오래 전부터 대외무역의 중심지여서 가고시마보다 훨씬 큰 대처였다. 항구에는 증기선 여러 척과 범선들이 돛을 모두 내리고 열을 지어 정박해 있었다. 작은 거룻배들이 짐을 나르느라고 큰 배의 주위에 개미처럼 달라붙어 있고 말로만 듣던 데지마(出島)는 육지 앞에 배처럼 떠 있었다. 개항 이후로 그곳은 네덜란드 영사관이 되었고 외국인들은 부두 안쪽의 외국인 거류지로 옮겨갔다. 당인촌은 숭복사(崇福寺)가 있는 시가지의 중심가 왼쪽 산비탈 위에 있었다. 그들은 대개가 푸젠 성 사람들로 푸저우 사람들이 많았다.

바쿠후 측은 양인들에게는 인공 섬을 만들어 출입을 엄격하게 제한했지만 중국인들에게는 항구 안에 그들의 마을을 이루어 사는 것을 수백 년 전부터 허용하고 있었다. 그것은 기독교의 포교를 두려워한 때문이었다. 나가사키는 좁다란 평지를 빼놓고는 거의가 언덕 위에 이루어진 대처였다. 그래서 만을 중심으로 둥글게 형성된 항구 거리는 사람도 많고 골목도 복잡하게 얽혀 있었다. 청이는 야쿠닌에게 짐을 들려서 따라오게 하고 인력거를 타고 갔다. 인력거꾼은 주소를 대자 정확하게 당인촌의 어느 집 앞으로 안내를 했다.

집 주인은 약재와 차를 취급하는 상인이었다. 집은 보통의 일본 집처럼 이층 목조가옥이었지만 부두에는 큼직한 창고와 상점이 있었다. 하인에게 서신을 전하자 주인이 직접 나와서 렌카를 보더니 두 손을 올려 마주잡고 인사를 했다.

"나는 린(林) 씨입니다. 타카라 님의 편지를 잘 읽었습니다."

올바로 찾아온 것이 확인되자 가고시마에서 따라왔던 야쿠닌은 청이에게 인사를 올리고 가버렸다. 린 씨가 안내하여 안으로 들어가니 청이 타이완에서 낯익은 집안 구조가 보였다. 가운데 원탁을 놓고 의자를 벽 쪽으로 배치하여 손님들 곁에 작은 다탁을 끼워놓은 객청이 있었고 물론 바닥은 신발을 신도록 전돌이었다. 린 영감은 머리가 하얗게 세었지만 얼굴도 붉고 몸집과 목소리가 큼직해서 매우 건강해 보였다. 그는 청이에게 손을 들어 차를 마시라고 권했다.

청은 중국어로 말했다.

"어른을 뵈오니 이제야 마음이 놓입니다."

린 영감은 잠시 어리둥절해 있더니 반색을 하며 자기네 말로 물었다.

"류큐의 사족 부인이시라더니 대륙인입니까?"

"조선인입니다만 난징에서 살았습니다."

린 영감은 이제는 완전히 마음을 놓았다는 듯이 말했다.

"허어 그렇다면 우리는 이미 사촌지간이오. 류큐 상인들은 가고시마와 푸저우를 왕래하지만 우리들과도 푸저우에서 자주 만납니다. 나는 여기서 삼대를 이어온 화교입니다. 물론 이곳 대륙인들은 거의가 푸젠(福建) 사람들입니다. 편지에는 부인이 고향으로 돌아가기까지 여러 편의를 부탁한다고 했는데 어쩔 생각이시온지요?"

청이는 그냥 이렇게 말해두었다.

"저는 기구한 우여곡절을 겪으며 살아왔습니다. 부친의 장삿길에 따라나섰다가 조난당하여 홀로 살아남아 남방에까지 갔지요. 거기서 류큐의 사족을 만나 아내가 되었습니다. 남편이 무단 교역했다는 죄를 짓고 사츠마 번에 끌려와 사사당했답니다. 이제 와서 무턱대고 조선으로 돌아가보아야 찾을 사람도 없을뿐더러, 언젠가는 돌아가야겠지만 지금은 때가 아닙니다. 저는 아녀자로서 교역을 하고 상행을 경영할 처지는 아니지만 한때 예기(藝妓) 노릇을 한 적이 있어 물장사라면 조금 아는 바가 있지요. 제가 여기서 자리를 잡을 수 있도록 대인께서 도와주십사 하는 것입니다."

린 영감은 호쾌하게 껄껄 웃었다.

"좋습니다. 원래가 장사꾼들은 그렇게 막바로 털어놓아야 서로를 신뢰하게 되지요. 여기 사정은 잘 모르시겠지만 서양인들은 여태껏 해안에 떠 있는 배 모양의 인공 섬인 데지마(出島)에 갇혀 지내다가 조약 이후 부두로 풀려나오게 되었지요. 그들의 구역은 동남 야마노테초(山手町)의 오우라(大浦)에 정해졌고 우리 시장은 수백 년 동안 중국 내항선의 부두였던 도진야시키(唐人屋敷)였습니다. 여기에 다시 해안을 매립하여 신치(新地)에 창고와 점포를 새로 지어 중화가를 넓혀나가고 있는 중이지요. 나는 신치를 조성한 이래로 대를 물려온 서른여섯 명의 대상행 구라누시(藏主)의 한 사람입니다. 부인은 너무 성급하게 사업을 벌이려 하지 말고 여기서 지내시면서 천천히 둘러보십시오. 내 집을 그저 친척의 집이려니 여기시오. 우선 이곳에는 몇 군데에 수백 년 된 유곽들이 있는데, 에도나 교토 못지않게 유명한 곳입니다. 내가 도진야시키를 드나들던 다유(太夫)를 몇 사람 아니까 부인에게 인사를 시키겠소."

청이가 조심스럽게 린 영감에게 물었다.

"다유란 무슨 직임의 사람인가요?"

"그건 뭐 별다른 직책이 아닙니다. 우리 시속으로는 기방에서 제일가는 링지아(領家)쯤 되는 유녀를 말합니다."

구라누시(藏主) 린 대인은 청이를 자기 집의 별채에 들도록 해주었다. 청이는 그의 처첩과도 인사했는데 정처는 중국인이었고 첩은 일본 여자였다. 정처는 옛날 풍습대로 전족을 하여 아장거리며 걷는 노부인이었고 일본 여자는 목소리가 걸걸한 아마쿠사 출신의 대범한 여자였다. 린 대인의 가족들은 청이 중국어를 잘할 뿐만 아니라 류큐 왕자의 부인이었다는 것을 알고는 늙은 하녀까지 보내어 시중을 들게 해주었다. 어느 날 린 대인이 신치 점포로 출근하는 길에 두 대의 인력거를 세워놓고 청이에게 함께 나가자고 청했다.

나가사키는 바다로 연이어진 만과 우라카미 강(浦上川)을 따라 남북으로 길게 형성된 도시였다. 만의 건너편 서쪽에 이나사야마(稲佐山)가 가파르게 솟아 있고 도시의 뒤편인 동쪽 역시 제법 높은 구릉이 울타리처럼 막아서고 있었다. 도시의 중앙통은 나카지마 강(中島川)이 바다로 흘러들고 있어서 여러 곳에 가로를 잇는 다리가 놓였다. 개천의 북쪽을 건너면 바쿠후의 부교쇼와 야쿠쇼 등의 관청이 있는 거리였고 남쪽으로 부두와 술집과 외국인들의 거리가 나왔다. 신치에는 중국인 점포와 창고와 시장이 있었으며 전에 대륙과의 교역처로 쓰이던 도진야시키는 바닷가로 조금 더 내려간 이웃 거리에 있었다. 전에는 당인들의 상행에서 발행한 몬칸(門鑑)이 있어야 지정 상인에 한해서 출입이 가능했지만 이제는 폐지되었다.

구천사백여 평에 중국 상인 오천 명이 상주했고 문이 두 개에 부교쇼에서 파견 나온 반쇼가 있었다. 이곳의 당관(唐館)에는 일본인 장사꾼들 이외에 일본인 야쿠닌들과 유녀들의 출입이 허용되었으며 면적은 조금 작았지만 데지마의 네덜란드 샹관과 비슷한 처지였다. 그러나 신치의 매립과 개시 허가는 중국인에게는 바쿠후 측의 정책이 비교적 너그러웠다는 것을 알 수 있다. 조약과 개항 이후 서양인들을 위한 거류지를 오우라(大浦)에 개방적으로 지정해준 것과 함께 신치와 도진야시키의 구별은 없어지고 말았다. 이제 중국인들은 도진야시키를 구저자, 신치를 말 그대로 신저자라고 부르고 있었다.

도진야시키에는 처음에는 데지마처럼 유녀들이 하룻밤밖에 묵어갈 수 없더니 차츰 금령도 흐지부지하게 되어 거주하는 유녀들이 늘어났다. 당관에 오는 유녀는 데지마의 양관에 가는 유녀보다 훨씬 상급의 여자들이 모이게 되었다. 관내에는 바다로 향한 수문이 네 군데나 있어 배를 대는 목조 선착장과 판자 울타리가 있었다. 도진야시키는 나가사키의 어느 가로보다 길도 넓고 집들도 모두 이층집에 중국인들이 좋아하는 수양버들과 대나무와 녹나무들로 담장 안의 곳곳을 꾸며놓았다. 그리고 교역처는 길게 일본식으로 붙여 지은 나가야들이 줄지어 있었다. 대륙에서 보던 낯익은 찻집과 요릿집들도 몇 군데 보였다. 린 대인과 청이는 찻집으로 들어가 칸막이가 된 별실에 앉았다.

"쇼코 상이 아직 오지 않았나?"

구라누시인 린 대인이 얼른 뒤를 따라 별실로 찾아온 디안토우(店頭)에게 묻자 그는 정중하게 대답했다.

"지금 저 아래층에서 잠깐 손님을 만나시는 중입니다. 구라누시께서 오셨다고 알리겠습니다."

시중꾼이 차를 들고 들어오는데 분홍색과 노랑색 그리고 남색의 조각 천이 눈부시게 어우러진 기모노를 입은 여인이 들어왔다. 틀어 올린 머리에 하얀 분을 목덜미에까지 바르고 입술은 개화식으로 붉게 연지를 칠한 고운 여인이었다. 청이는 첫눈에 그네가 기녀임을 알아보았다. 여인이 두 손을 앞에 모으고 깊숙이 절을 했다.

"대인께서 저를 찾으셨다구요?"

"이리 앉게나. 어떻게…… 장사는 잘되는가?"

여인은 원탁에 다가와 앉으며 청이를 힐끗 보았다.

"마루야마(丸山)는 요즈음 그야말로 무인지경이구요, 요리아이(寄合)는 더 말할 필요도 없습니다."

그네는 나가사키의 가장 오래된 두 유곽을 말했고 린 대인이 고개를 끄덕였다.

"지금이 여러 가지로 환절기가 아닌가? 이제 막 개항이 되었으니 주춤한 게야. 아마 내년 봄부터는 경기가 불같이 일어날걸세."

대꾸를 해주고 나서 그는 곁에 앉았던 청이를 돌아보고는 기녀에게 말했다.

"인사를 드리게나. 류큐에서 오신 귀한 분일세."

기녀가 일어서서 다시 두 손을 모으고 깊숙이 절하며 말했다.

"쇼코(彰子)라고 합니다. 잘 부탁드립니다."

청이 대꾸했다.

"도요미오야입니다."

린 대인이 말했다.

"부인께서는 자네와 의논할 일이 있으시다네. 나는 또 볼일이 있어서 자리를 비켜줄 터이니 아는 대로 상세히 말씀 올리게."

그가 자리를 뜨자 쇼코는 부채를 펼쳐 뺨에 가까이 대고 활활 부치면서 청이를 향하여 생긋 웃어 보였다. 청이도 그네의 영리한 눈빛이 마음에 들어서 마주 웃어주고는 말했다.

"지금 어느 곳에 나가나요?"

쇼코가 잠깐 어리둥절했다가 얼른 알아듣고는 대답했다.

"전에는 마루야마에서 다유까지 지냈지만 이제는 따로 나와서 아이들 관리만 합니다."

"내가 여기서 물장사를 좀 해보려구 하는데 어떻게 하는 게 좋겠어요?"

쇼코는 생긋 웃어 보였다.

"역시 그런 줄 알았죠."

청이도 웃는 얼굴이 되어 그네에게 되물었다.

"뭘 알았는데?"

"구라누시 대인께서 저와 의논해보라고 하셨는데요……"

쇼코는 머뭇머뭇하다가 말해버린다.

"아무래도…… 우리는 그냥 알거든요. 처음 보자마자 마마 상 같은 느낌이 들었어요."

청이 말했다.

"내 이름 렌카예요. 지금 몇살?"

"스물다섯이어요."

기녀로서 쇼코는 군인으로 치면 제대할 나이였다. 그러나 아직도 무르익은 아름다움이 있었다. 청이는 마음을 놓고 말했다.

"잘 보았어요. 전에 대륙에서 예기를 했던 시절이 있어요."

쇼코가 눈을 반짝이며 물었다.

"소리? 아니면 춤?"

"여기 식으로 한다면…… 샤미센이에요."

쇼코가 고개를 갸우뚱했다가 청이에게 다시 물었다.

"그런데 재가(在家)로 들어앉으셨다가 왜 낯선 곳에 와서 다시 나오시려는 거예요?"

"응, 남편이 돌아가셨거든."

"자식두 없어요?"

"자식 있으면 불편하잖아."

두 여자는 차가 식을 만한 때에 이르러 마음이 통했다. 쇼코가 청이에게 물었다.

"영업자는 몇명이나 필요하세요?"

"쇼코 같은 급으로 서너 명이면 되겠지?"

쇼코는 약간 새침한 얼굴이 되었다.

"요즈음은 아무나 다유를 자처하지만, 저는 모두들 고젠(御前)이라 불러줍니다. 제가 혼자서 관리를 해나갈 수 있어요. 견습을 하는 가무로 아이들은 데리고 있어봤자 오히려 서툴러서 거추장스럽고 적어도 마가키(籬) 정도는 되어야 저희들이 알아서 할 줄 알지요. 한 자리에 세 명은 되어야 하니까 적어도 두 자리 이상의 아이들은 확보해야 됩니다."

"그러면 여섯은 있어야 되겠군?"

쇼코가 말했다.

"그 정도면 충분하겠지요. 기예가 뛰어난 아이들로 여섯이면 충분하겠지요. 그리고 손님이 많아지면 마루야마나 요리아이에서 겐반(檢番)을 통하여 출장을 오도록 하면 됩니다."

청이는 한숨을 내쉬고는 말했다.

"내가 어쩔 수 없이 장사를 시작하면서도 한 가지 걱정이 있네. 손님을 받아 술과 재예를 파는 일쯤이야 기루의 일상사이니 하는 수 없겠지만, 우리집에서 몸을 팔게 하는 일을 어찌 감당해야 할지 모르겠네."

"마마 상, 그건 너무 걱정하지 마셔요. 마루야마 유곽에서도 술자리와 잠자리는 구별한답니다. 요리아이 유곽에는 겸업을 하는 곳도 있고, 저 맞은편 만을 건너 이나사(稻佐) 같은 데서는 오로지 몸만 팔지요. 손님의 격도 구역마다 모두 다르답니다."

쇼코의 설명에 의하면 마루야마 유곽은 바쿠후의 부교쇼에서 직접 허가를 내주고 관리하는 곳이라서 일급의 기녀들과 요릿집이 모여 있는 곳이었다. 드나드는 손님들도 대개는 일본인 상인들과 조시(上士) 급의 사무라이들이었다. 마루야마의 유녀들은 수백 년 전부터 서양 상관이나 당인 상관에 무시로 출입할 수 있는 허가가 나와 있었고, 요리아이 유곽의 유녀들과 더불어 그들의 특권이기도 했다. 요리아이는 마루야마에 비해서 격이 조금 떨어지지만 시골에서 팔려온 어린 신참들이 많아서 가시(下士) 급의 사무라이들이나 초닌(町人)들이 드나들지만 제법 논다는 상급 무사들도 요리아이에 놀러

다녔다. 나가사키의 중심을 벗어난 만 건너편의 이나사야마(稻佐山) 산비탈에 다닥다닥 붙은 유곽은 그야말로 맨 밑바닥 창녀촌으로, 내외의 뱃사람들이나 상점의 요닌(用人)들이 드나들었다.

"그렇다면 적어도 마루야마에는 들어가야 하지 않겠나?"

청이의 말에 쇼코는 고개를 저었다.

"공연히 번거롭게 그러실 필요가 없습니다. 전 같으면 모르지만 개항이 이루어진 지금은 데지마나 도진야시키 같은 제한구역이 없어졌잖아요. 전에도 마루야마와 도진야시키의 요릿집은 격이 같았어요. 아니 오히려 이쪽 당인촌 구역이 더욱 번성했지요. 신치는 어쩐지 가볍고 도진야시키 구역 내에 맞춤한 집을 한 채 얻으시지요. 그리고 마마 상은 류큐의 사족 부인이 아니라 대륙에서 온 링지아라고 소문을 내는 거예요. 그리고 또하나 예약을 받되 격이 낮은 손님이면 처음부터 거절하시는 겁니다. 제일 중요한 것은 주방장과 기예가 뛰어난 기녀들을 고용하는 일입니다."

"기녀를 뽑는 것은 자네가 천거를 하고 내가 직접 접견을 해보는 식이면 되겠어. 그보다는 뛰어난 주방장을 어디서 구할 수 있을까?"

"그것두 염려 마셔요. 구라누시 님이 뒤를 보아주시니 그분에게 부탁하면 사흘 안에 최고의 숙수를 찾아낼 겁니다."

쇼코는 야마구치(山口)가 고향이었다. 그네는 시골 마을에서 딸 많은 소작농의 둘째로 태어났다. 열두 살에 남의 집 애보기로 고향을 떠났고 어느 날 초슈 번이 있는 나가토(長門)에 갔다가 밥은 실컷 먹을 수 있을 듯해서 여숙(旅宿)의 하녀로 들어갔다. 보통때에는 부엌에서 불 때고 그릇을 씻고 하다가 손님이 원하면 욕실에 등을 밀어주러 들어갔다가 함께 잠자리에 들기도 했다. 그것이 메시모리온나(飯盛り女)라는 걸 나중에야 알았다. 쇼코는 살결이 백자처럼 희고 매끄러웠고 가슴과 궁둥이가 일찍부터 발달하여 소녀로 보이지 않을 정도였다. 못된 여행자가 쇼코를 품어보고는 대처에 데려다가 팔아먹으면 제법 큰돈을 받을 수 있겠다는 잔꾀를 생각해냈다. 그자는 쇼코에게 천황이 사는 교토가 얼마나 화려하고 큰 도시인지, 그곳에서는 돈냥이 길바닥에 즐비하여 얼마나 쉽게 돈을 벌 수 있는지를 밤새껏 얘기해주었다. 쇼코는 보퉁이를 꾸려서 그를 따라나섰고, 교토에 도착하자마자 시마바라(島原) 유곽에 팔렸다.

통상 유곽의 계약금은 칠 년 동안 구속되는 조건으로 팔십냥의 거금이었다. 유곽의 초자(長者)는 물론 사내가 소녀를 꾀어다 파는 사정을 잘 아는지라, 이런 정도의 촌 계집아이는 색시들의 시중이나 드는 가무로나 하며 겸 창녀인 데고나(手兒名)로도 못 쓰겠다고 값을 후려쳤다. 못된 나그네는 겨우 삼십냥을 받고 줄행랑을 쳤다. 포주인 초자는 쇼코 본인에게는 관례대로 팔십냥의 몸값을 치렀다고 을러댔다. 견습 유녀인 가무로에서 마가키로 올라가는 데도 몇 년이나 걸렸다. 빚은 점점 늘어났지만 쇼코는 열여덟 살이 되자 몸도 완전히 성숙해졌고 시마바라에서 열 손가락에 들게 단골이 많은 유녀가 되었다.

쇼코는 춤을 배웠고 나가토의 여숙 시절에 부엌에서 흥얼거리던 대로 노래를 잘 불렀다. 그네는 곧 요정주들의 눈에 띄게 되었다. 술자리에 불려나가 재예를 흉내내면서 쉴새없는 몸팔기 노역에서는 어느 정도 놓여나게 되었다. 숫처녀 견습 기녀가 정식의 기녀로 되기 위해서는 머리를 얹어줄 서방을 만나야 하는데 대개는 초닌(町人) 중에서 돈을 많이 내고 하룻밤 데리고 자는 것이었다. 이를 미즈아게(水揚)라고 하는데, 쇼코는 이미 어린 소녀 시절에 순결을 잃은 터였지만 초닌들 사이에서는 그네의 머리를 서로 얹겠다고 다투었다. 그건 오입쟁이들의 화려한 경력이 되는 셈이고 술자리의 자랑거리이기도 했다. '아, 쇼코? 그년은 내가 진작에 머리를 얹어주었다구' 하고 큰소리를 치고 싶은 것이다.

그네가 다유가 된 것은 성병 때문이었다. 교토에서는 젊은 남녀 열 사람에 하나는 당창(唐瘡) 보균자라는 말이 공공연하게 나돌았는데, 워낙에 교대 근무를 하러 올라온 각번의 무사들이 혈기방자한 나이에 모두 단신으로 부임한지라 여러 층의 매매춘을 겪으며 성병이 퍼졌기 때문이다. 당창은 점잖게 부르는 명칭이고 그것은 매독이었다. 쇼코는 붉은 반점이 보이다가 머리털이 빠지는 일을 겪었고 요정에도 못 나가게 되었으며 유곽에서도 맨 뒷방에 들여놓고 간신히 두 끼니 밥만 날라다주었다. 그래도 기녀들끼리는 의리가 있어서 전래해내려오는 한방의 세척제와 서양 박래품인 소독수도 갖다주었다. 어쨌든 간신히 맹독이 퍼지는 단계가 그치고 나서 쇼코는 다시 머리털이 돋고 통증도 사라졌다. 당창을 앓고 나서 회복이 된 창녀는 면역성이 생긴 도야데(鳥屋出)라고 하여 몸값이 비싸지고 다유나 오이란(花魁)으로 성큼 뛰어올랐다.

쇼코는 스스로 구속비를 물어내고 오이란이 되어 당시에 경기가 좋아지기 시작한 나가사키의 마루야마 유곽으로 자리를 옮겼다. 그네는 겐반에 적을 올리고 처음에는 마루야마의 요정에 나가다가 훨씬 벌이가 좋은 데지마와 도진야시키에 출장을 나갔다. 지금은 수하에 영업을 하는 요닌(用人)을 두고 기녀 세 명을 데리고 독립하여 출장만을 다니고 있었다. 청이는 쇼코에게 다짐을 두기 위하여 물었다.

"쇼코 상은 나와 함께 일해볼 생각이 있는지?"

그네는 생글생글 웃는 얼굴로 고개를 까딱이며 잠깐 생각해보다가 말했다.

"계약금을 많이 주시구요…… 제가 단골을 끌어들이면 머릿수대로 배당을 주신다면요."

청이도 선선히 대꾸했다.

"오이란을 데려오는데 그 정도는 해줘야겠지. 이제 요정을 차리면 쇼코 상이 주인이나 마찬가지야."

"아니에요. 초자(長者)는 어디까지나 마마 상입니다. 이제 차차 아시겠지만 마마 상이 하실 일이 많답니다."

구라누시 린 대인은 청이의 부탁을 받고는 좋은 집이 두어 채 나왔다며 그네를 도진야시키로 데려갔다. 도진야시키는 가운데에 저자가 열리는 육백여 평의 광장이 있었고 큰길이 가로로 세 군데나 연이었으며 그 사이로는 수레가 서로 엇갈려 지날 만큼의 샛골목이 나가야나 이층집 사이사이에 뚫려 있었다.

린 대인이 보여준 집은 광장에 면한 오래된 이층의 목조가옥이었는데, 일본식과 대륙식이 절충된 모양이었다. 툭 터진 노대에 난간이 달린 모양은 대륙식이며 옆으로 격자창이 잇닿은 툇마루 복도가 있는 것은 일본식이었다. 청이는 그 집이 무역상의 집으로는 좋겠지만 요정으로는 어울리지 않는다고 보았다. 무엇보다도 광장을 정면으로 바라보고 있는 위치가 마음에 들지 않았다. 술 먹고 여자들하고 놀러 오려면 어딘가 아늑하고 남의 눈에 띄지 않으면서도 음침해서는 안 되었다.

두번째로 가본 집은 동남쪽 모퉁이의 관음당(觀音堂) 옆에 있는 집으로 단층과 이층집 두 채가 남쪽과 동쪽을 향하여 마당을 가운데 두고 낫처럼 꺾인 채 붙어 있었다. 집 모퉁이에 둥치 굵은 녹나무가 섰고 마당에는 붉은 꽃이 활짝 피어난 데이코 꽃나무가 서있었다.

무엇보다도 청의 마음을 설레게 했던 것은 키 작은 몇 그루의 연분홍 철쭉나무가 이층집으로 들어가는 문 옆 바위 좌우에 심겨 있는 것이었다. 아, 얼마 만인가. 고향의 야산에 나물 캐러 갔다가 꺾어오던 진달래며 철쭉을 그네는 잊지 않고 있었다. 빨래를 하다가 무심코 물 속을 들여다보면 시냇가에 피어난 봄꽃들이 물그림자가 되어 물살에 씻기는 흰 옷가지들 위에 번져가던 것이다. 창틀이 부서지고 문짝이 떨어져나간 곳도 있는 낡은 집이었지만 마당에 내려앉은 햇빛이 밝아서 명랑한 느낌이 드는 집이었다.

"이 집으로 정하겠어요."

청이의 말에 린 대인은 고개를 갸우뚱했다.

"글쎄요, 광장 앞에 있던 아까 그 집이 낫지 않을까? 좀 후미진데다 집이 매우 낡았군요."

청이는 철쭉의 가지를 잡아당겨 코를 대어보면서 중얼거렸다.

"마당이 마음에 들었어요. 집이야 창틀과 문짝을 갈고 무너진 마루의 판자를 새로 갈면 쓸 만하겠어요. 술집 대문은 한눈에 바라뵈는 큰길가에 있어서는 장사가 되질 않는답니다."

"듣고 보니 일리가 있는 것 같소."

린 대인이 도진야시키에서 일을 다니는 대목과 요닌(用人) 한 구미(組)를 구하여 집 수리를 맡겼다. 열흘 만에 집은 깨끗하게 수리가 끝났고 각 방에 다다미도 새것으로 깔았다. 청이는 쇼코와 그네가 데리고 있는 마가키 기녀들을 데리고 빈집으로 가서 입주하기 전에 대청소를 했다. 마루에 켜로 앉은 먼지의 때를 벗기기 위해서는 먼저 물을 부어 나무를 불려놓고 몇 번이고 삼밧줄 뭉치로 밀어내고는 마른 걸레로 문질렀다. 맨 나중에 들기름을 묻힌 걸레로 마루를 닦았다. 새로 도배도 했고 격자 창틀을 떼어내다 하얀 창호지를 정성스럽게 발랐다. 이틀이나 걸려서 대청소를 해놓으니 집 전체가 마치 사족의 살림집처럼 번듯해 보였다.

옥호는 연화옥(蓮花屋)으로 정했는데 대문 앞에 작은 간판을 내다 걸고 요정 현관 머리에도 큼직한 판각을 걸기로 했다. 글씨는 도진 야시키의 구라누시인 린 대인이 직접 썼다. 껍질이 붙어 있는 채로 둥글게 켜진 향나무 판자에 글자를 새기고 바탕은 검정색에 글자는 붉은색으로 돋을새김을 했다. 그리고 대문 바로 옆에는 저녁마다 불을 켜둘 석등을 놓았다.

기녀는 고젠인 쇼코를 포함하여 여섯 명으로 정해졌는데 쇼코는 먼저 제 식구를 거느리고 있었다. 요닌인 아라이는 열여덟 살의 몸집이 작고 얼굴도 작은 쥐처럼 생긴 소년이었는데 눈은 재빠르게 움직이며 반짝였다. 그리고 기녀는 하나코(花子)와 기쿠(菊)였다. 하나코는 열아홉, 기쿠는 스물하나였고 그네들은 모두 가무로에서부터 시작한 고참들이었다.

유곽의 나카마(仲間)들은 농촌 산간이나 해안 어촌으로 나다니면서 가난한 촌민들에게서 어린 계집아이를 사들였다. 이르면 대여섯에서 늦어도 보통은 열 살에서 열두세 살까지이고 열다섯 이상은 드문 편이었다. 가무로에서 마가키로 오르기도 쉽지 않았다. 계집아이를 데려왔을 때 열 살 미만이면 대개는 오이란(花魁)이나 고젠(御前)이 딸처럼 기르며 심부름을 시키다가 열 살이 되면 그때부터 가무로로서 수업을 받도록 했다. 글을 가르치고, 가부키나 와카의 가곡과 춤과 샤미센을 연습시켰다.

조숙한 소녀는 열두어 살이면 연회 자리에 나아가 춤도 추고 노래도 했으며 손님이 원하면 일찌감치 미즈아게를 치르고 머리를 올려 기녀의 적을 올리게 했다. 그렇다고 대번에 마가키가 되는 것은 아니었고 가무로의 견습 기간을 삼 년은 넘겨야 했다. 마가키는 대개 열여섯쯤이면 올라갈 수가 있고 다시 기예에 소질이 있고 예쁜 기녀라면 스무 살이 넘어서 다유가 될 수도 있었다. 줄잡아 한 유곽에 삼백여 명의 유녀가 있으면 다유는 열대여섯 명이 있었으니 거기까지 오르기도 쉬운 노릇은 아니었다. 다유들 중에서 뛰어난 재간과 수완을 가진 자가 오이란이나 고젠 소리를 들었으니 쇼코가 일급의 기녀들을 거느릴 만했다.

청이는 쇼코와 함께 나머지 기녀 세 사람을 더 뽑았다. 쇼코의 제안에 의하여 마루야마와 요리아이 유곽에 소속된 유녀들은 처음부터 제외하기로 했다. 마가키 정도의 아이들은 여기서 오랫동안 장사를 했으니 새로운 맛이 없고, 쇼코의 아랫급이긴 했지만 다유 소리를 듣는 기녀들은 전속금도 만만치 않으려니와 자칫하면 다른 초자(長者)들과 말썽이 일어날 수도 있었기 때문이다. 마루야마와 요리아이 유곽에는 초자들이 수십 명이나 있었는데 그중에 나가사키 부교쇼의 지시를 받는 구미가시라(組頭) 격인 나누시(名主)가 있었다. 나누시와 부교쇼의 관리가 겐반(檢番)을 운영하고 있었다. 겐반에서는 유녀들의 기적(妓籍)을 관리하고 성병의 유무도 검진하며, 기적은 있지만 유녀옥(遊女屋)에 소속되어 있지 않고 자유롭게 출장을 다니는 기녀들도 관리했다. 쇼코 정도의 기녀들은 직접 아라이 같은 요닌을 두어 꽃명함도 돌리고 영업을 추진했지만, 그럴 수 없는 여자들은 초저녁에 겐반에 나가 앉아 있다가 요정에서 부르면 영업을 하러 가곤 했다. 그런 경우에 기녀는 겐반 측에 일당의 일부를 떼어주어야 했다.

미루야마와 요리아이 유곽은 바쿠후가 대외무역을 허가한 유일한 직할지인 나가사키에서 수백 년 동안 번성해왔다. 두 유곽을 합쳐서 기적에 오른 유녀가 팔백여 명이었고 유녀옥은 칠십여 집이 넘었는데, 그중에 요정의 형식을 갖추어 연회만 하고 동침은 지정된 여숙에 출장을 내보내는 집은 스무 집이 채 못 되었다.

기적을 갖지 못한 산쇼(散娼)들도 많아서 외국 배가 많이 들어오지 않는 불경기에는 유곽의 초자들이 연명하여 부교쇼에 탄원서를 내곤 했다. 산쇼들을 단속해달라는 것이었다. 기적이 없는 창녀들은 세금도 내지 않으려니와 성병도 퍼뜨리고 범죄의 온상이 된다는 것이 이유였다. 부교쇼에서는 무엇보다도 일본인과 외국 뱃사람들과의 접촉을 파악해두어야 하는 의무가 있었고 범죄로 저지른 돈의 쓰임새와 흐름을 알아야 했다. 사건이 생겼을 때 겐반을 통하여 유곽의 손님을 알아내고 어떤 자들이 무슨 돈을 썼는지를 탐문할 수가 있었지만, 그런 범위 밖에서 벌어지는 매매춘은 알아낼 도리가 없었기 때문이다.

구역도 기적도 없는 산쇼의 종류는 여러 가지였다. 유나(湯女)라고 하여 대중목욕탕에서 청소도 하고 손님들 등도 밀어주는 여자들이 있었고, 밥집에서 하녀 노릇을 하다가 손님을 받는 메시모리온나들도 있었다. 이들은 그래도 일정한 영업집에 묶여 있어서 초닌(町人)들의 관할 아래 있었기 때문에 어느 정도는 묵인이 되었다. 이런 경우에도 발각이 되면 처벌 대상이었는데 대부분 유곽의 초자들이 요닌들을 시켜서 단속을 했다. 문제는 어느 영업집에도 소속되지 않은 그야말로 떠돌이 창녀들이었다. 요타카(夜鷹)라고 하여 돗자리나 침구를 가지고 으슥한 해변이나 언덕에서 장사를 하는 창녀들이 있었다. 이들은 간단히 술을 데울 화로나 술병을 들고 다녔는데 밤중에 거룻배가 지나가면 등불을 들어 휘저으며 손님을 끌었다. 후나만주(船饅頭)는 아예 거룻배를 세내어 배 위에서 몸을 팔았다. 이들은 지붕을 얹은 야거리배에 등불을 달고 부두를 누비고 다니며 장사를 했는데 사공과 동업이어서 단속을 받으면 부부로 행세를 했다.

산쇼는 이들 외에도 다비게이조(旅藝女)라고 하여 도시마다 떠돌아다니며 예능을 파는 기녀들이 있었다. 부교쇼에서는 이들 게이조(藝女)들이 교토나 오사카 같은 대처에서 발급받은 흥행 허가서를 지니고 있어서 함부로 단속하기가 곤란했다. 역시 유곽의 초자들이 탄원서를 내면 일단 중재하여 백 일 동안의 체류를 허가한다든가 다시 탄원이 심해지면 그 절반인 오십 일로 체류 날짜를 줄여준다든가 하는 일이 빈번했다. 다비게이조들 가운데 흥행사에게서 떨어져나와 재예가 뛰어난 아이들 몇몇이 요닌을 고용하여 다니는 일행도 있게 마련이었는데 쇼코가 청이에게 추천한 것은 이런 부류였다. 모두 유녀들처럼 어려서부터 연예단에 들어가 단련을 받아 십칠팔 세가 되면 최고의 기량을 지니게 되었다. 청이는 쇼코가 데려온 아이들을 만나서 이야기도 나누어보고 재간도 몇 가지씩 시켜보고 결정했다.

그리고 한편으로는 린 대인을 앞세우고 쇼코와 함께 부교쇼와 겐반에 출두하여 요정 업소의 허가 청원서를 제출했다. 먼저 쇼코가 겐반의 참여자인 마루야마와 요리아이의 구미가시라(組頭)인 나누시(名主)를 만나서 선물을 주며 허가를 내는 데 협조해줄 것을 약속받았다. 린 대인은 당인 구역의 구라누시(藏主)로서 부교쇼의 관리들에게 손을 써두었다. 개항 전 같으면 후부교가 바쿠후 측의 직접 허가를 들먹이며 오래 끌어야 할 일이었지만, 이미 오우라와 신치 등의 자유 구역이 생겨난 이후라 도진야시키 구역에서의 요정은 별로 힘들지 않고 허가장이 나왔다.

린 대인이 주방장을 데려오고 쇼코는 부엌에서 일할 하녀들 몇 사람을 구해왔다. 중국과 일본의 요리를 합성한 나가사키 특유의 후차

(普茶)와 싯포쿠(卓袱) 요리에 능한 난룽(南龍) 씨가 왔는데 그는 오랫동안 닝보와 나가사키를 왕래하던 무역선에서 주방장을 해왔다. 쇼코가 아줌마 두 사람을 데려왔는데 매우 난처한 기색을 보였다.

"차오 아저씨를 도울 아줌마들인데 하나는 보내야 할지 어떨지 저는 모르겠어요."

청이는 사람 쓰는 일도 쇼코에게 믿고 맡겨왔기 때문에 그냥 대수롭지 않게 말했다.

"자네가 마땅치 않으면 돌려보내지 뭐."

"글쎄, 혹이 붙어 있지 뭐예요?"

청이는 아직도 쇼코의 말을 알아듣지 못하고 그냥 빤히 바라보았다.

"딸을 데리구 다닌대요."

쇼코의 말에 청이는 의아해서 되물었다.

"아들이라면 몰라도 딸은 일손에 도움도 될 텐데…… 자네가 알아서 하지 그래?"

"사실은요 마마 상, 다 아시잖아요. 저런 경우는 친딸이 아니라 어릴 적부터 맡아 기른 아이랍니다. 남의 일 같지 않아서……"

청이는 류큐에 두고 온 유자오 생각이 퍼뜩 떠올랐다.

"자네는 이들 모녀가 가엾으니 우리집에 두자는 게 속마음이로구먼."

"어머나 족집게이십니다! 그게 저어…… 딸아이가 아이노코거든요."

청이는 그 말도 금방 알아들었다. 키룽과 단수이 그리고 싱가포르에서 짜중(種種)이라고 하는 혼혈아들을 많이 보았기 때문이다.

"그애가 지금 몇살인데?"

"등록은 되어 있답니다. 지금 열 살이라는군요."

유곽의 정비와 남만(南蠻) 혼혈아에 대한 조칙이 내려진 것은 벌써 이백여 년 전인 간에이(寬永) 11년과 16년, 에도 바쿠후 로주(老中) 호리타 마사모리(堀田正盛)가 나가사키 부교에게 내린 훈령에서 비롯되었다.

그 첫번째 조치는 나가사키 시내에 잡거하고 있던 포르투갈인 등 서양인들을 데지마(出島)로 이주시킨 것이며 당인들을 위하여 도진야시키(唐人敷屋)를 형성한 것은 그보다 훨씬 뒤의 일이었다. 이는 바쿠후 측이 다른 무엇보다도 기독교의 포교와 번성을 몹시 꺼려했다는 데 그 원인이 있었다. 조칙의 첫번째 조항은 데지마에다 서양인들을 몰아넣으면서 남만인의 일본 본토 잔류를 불허하고 위반자는 사죄에 처한다고 했다. 두번째 조항이 남만인의 자식은 남만인에게 넘기고 다시 일본으로 돌아오거나 문통(文通)을 하는 자도 사형에 처한다고 엄중히 경고했다. 당시에 287명의 남만 혼혈아들을 포르투갈 선 네 척에 태워서 추방했고 혼혈아를 낳은 여자들도 함께 추방했다.

다시 두번째 조칙에 의하여 나가사키 항구 근처의 여러 거리에 흩어져 있던 유녀들을 마루야마초와 요리아이초에 집결시켰다. 조칙의 각 문항에서 첫째로 네덜란드인과 일본인의 혼혈아를 가진 아비와 자식이나 어미와 자식을 모두 추방할 것, 둘째로 혼혈아의 어미가 사망했을 때에는 할머니가 일정한 나이까지 양육할 것, 셋째로 혼혈아들 중에는 기독교인이 되었거나 선교사의 첩자가 있으므로 적발하여 사형하고 대부분은 자신들이 원하는 나라로 추방할 것, 넷째는 나가사키와 히라도(平戸)의 혼혈아들과 어미들을 서양 선박에 태워 추방하고 네덜란드 배는 데지마에 기항하지만 포루투갈 배는 일본에의 도항을 금지한다는 것 등이었다.

일단 서양에 대한 무역의 근거지를 만들고 유곽의 구역을 정비하고 나서야 마루야마초와 요리아이초의 유녀들이 데지마에 신설된 네덜란드 샹관을 출입하는 것을 허가했다. 그네들은 또한 도진야시키로의 출장도 허락되었다. 개항 전까지 위의 조칙들은 차츰 완화되었던 것이 사실이지만 일단 말썽이 일어나면 전례라는 이유로 옛날에 내려진 조칙들이 다시 확인되곤 했다.

데지마로 출장을 나가는 유녀들은 초기에는 비표를 받고 샹관 구역의 문앞 반쇼(番所)에 가서 허락을 받아 아침부터 저녁 해 지기 전까지 체류했다가 돌아와야 했다. 그러다가 하룻밤의 체류가 허락되고, 하루는 다시 사흘로 연장되었다. 근년에는 아예 서양인이 자기 구역 안에서 유녀들을 한 식구처럼 취사라든가 세탁 또는 살림 관리인으로 고정 계약하여 장기간 고용하기도 했다. 따라서 부부처럼 동거가 이루어졌지만 두 사람 사이에 국제적 혼인이 이루어질 수 없도록 한 국법 때문에 이별 직전의 남녀가 함께 정사(情死)하는 일도 벌어졌다.

또는 서양인 남자와 한두 달 통정을 하고 나서 남자가 떠난 뒤에 임신한 것을 알게 되는 일도 많아서 부교쇼에 신고하고 남겨진 어미 혼자서 아이를 낳았다. 아이의 운명을 아는 유녀 어미는 딸을 낳으면 유모에게 맡겨 양육했지만 아들일 때에는 자연사로 꾸며 살해하는 일도 있었다. 차츰 완화된 것이 열 살까지는 어미나 양육자가 맡아서 기를 수 있고 열 살이 넘으면 추방한다고 정해졌다. 혼혈아의 딸들은 유곽의 초자(長者)들이 일본 아이들보다 계약금을 더 많이 쳐주었으므로 그런대로 부교쇼의 묵인 아래 마루야마초와 요리아이초에서 유녀로서의 삶을 살아갈 수가 있었다.

그러나 사내아이는 반드시 서양 샹관과의 교섭을 통하여 마카오 바타비아 루손 싱가포르 등지로 나가는 배에 태워 추방했다. 서양인과의 사이에서 출산한 혼혈아에 비하면 일본인 유녀와 당인들 사이에서 태어난 혼혈아들은 그래도 나은 편이었다. 도진야시키의 당인 상인들은 유녀가 임신한 사실을 알게 되면 동료가 거기 없는 경우에도 연대 책임을 지고 과태료와 양육비를 물어냈다. 국법도 당인들에 대하여는 까다롭지 않아서 비록 당인들의 아이가 출생했다 하더라도 일단 등록하고 당사자인 아비가 시인하면 추방은 하지 않았다. 아비가 데리고 귀국을 하거나 당인 구역에서의 성장을 묵인하는 편이었다.

마루야마초와 요리아이초에는 유녀옥 외에 식당이나 주점이나 잡화점 목욕탕 여숙들이 있었고 이들 구역은 구로몬(黑門)이라는 금문이 있어서 시내의 다른 거리와 격리되었다. 문 앞의 반쇼에서 드나드는 사람들을 관리 통제했는데 사내들이 들어가는 것은 허용이 되었지만 유녀들이 시내로 나들이를 나갈 수는 없게 되어 있었다. 유녀들이 나들이하는 것은 부근의 숭복사나 흥복사에 불사를 드리러 가는 일로 일 년에 몇 차례밖에 되지 않았다.

겐반(檢番)은 유곽의 구미가시라(組頭)와 부교쇼의 관리들이 나와 운영하고 있어서 막대한 계약금을 치른 유녀들의 시내 외출을 허용하지 않던 규칙은 오랫동안 유지되었다. 부교쇼는 또한 바쿠후 측의 훈령을 여러 차례 받았는데 일반 백성들과 달리 사족처럼 화려한 의상과 몸치장을 한 기녀와 유녀들이 거리에 나돌아다니면 풍속을 해친다고 하여 엄격한 복장단속을 시행하라는 내용이었다.

기녀와 가부키 게이조(藝女)들의 의상은 에도나 교토에서 이미 일반 백성들에게까지 유행에 영향을 끼쳤으므로 단속의 대상이 되고 있었다. 신사나 절에 기도하러 갈 적에는 목면과 화려한 무늬가 없는 평복 차림을 하라고 지시를 내릴 정도였다.

따라서 겐반에 기적을 가졌으면서도 계약에 묶이지 않은 쇼코 급의 기녀들도 마루야마초나 요리아이초의 요정에 출장을 나가려면 겐반에 가서 미리 신고를 해야만 했다. 유녀들도 주의를 했지만 단골이 된 사내들과 정이 들어 한두 달을 계약하고 살다보면 임신하게 마련이었다. 수많은 사생아들이 유곽 거리에서 태어나 자라났다. 이들은 청소년이 될 때까지 유곽 거리의 식당이나 여숙이나 주점에서 허드렛일을 하면서 살아갔고 어른이 되면 자연스럽게 나가사키와 인근 다른 고장의 요닌(用人) 같은 하천(下賤) 백성으로 흡수되었다. 그렇지만 혼혈아의 삶은 어려서부터 난관의 연속이었다. 얼핏 보기에도 생김새가 다른 점이 눈에 띄었던 것이다. 그래도 법이 느슨해져서 열 살까지는 어미나 위임받은 양육자가 마루야마초와 요리아이초에서 당분간 기를 수는 있었다. 그러나 태어나면서부터 추방을 면하려면 아비와 어미의 신분이 밝혀진 가운데 등록을 해야만 하고 해마다 거주지를 증명하는 보증을 받아야만 했다. 대개는 어미나 양육자가 보증인이 되었다. 그러나 사내아이가 열 살이 되면 보증인은 도항한 외국인들에게 사정을 설명하고 최소한의 여비를 주어 외국 선박에 태워 내보냈다. 이런 일들은 모두 유곽의 일상이 되었던 사건들이다.

　　데지마의 네덜란드 외과의사 마르틴이 유서를 남기고 실종되었는데 유서의 내용은 이루어지지 못할 사랑 때문에 죽는다고 씌어 있었다. 부교쇼의 야쿠닌들과 네덜란드 통사 등이 그의 시체라도 찾아내려고 닷새 동안이나 부근을 뒤졌다. 부근의 야산에서 서양인과 함께 달아나던 유녀가 체포되었다. 여자는 임신해 있었는데 두 남녀는 굶주림에 지쳐 있었다고 한다.

　　이러한 탈출과 정사 사건은 마루야마와 요리아이 유곽의 관리를 위한 부교쇼의 보고서에 수없이 기록되어 있었다. 유녀와 서양인들 사이에 혼혈아들은 해마다 수십 명씩 태어났고 개항 이전까지 부교 쇼의 통제와 관리는 엄격했다. 화친조약과 개항이 이루어진 뒤에 네 덜란드인이 시내를 돌아다니는 일이 자유롭게 되었고 러시아인 미 국인 영국인에게도 마찬가지가 되었다. 데지마의 구역 제한이 폐지 되면서 네덜란드 영사가 일본과 네덜란드 조약 중에 네덜란드인이 란 남성만이 아니라 여성과 어린이를 포함한다고 해석해야 하며 미 국 부인들도 이미 개항장에 체재하고 있다는 점을 지적했다. 네덜란 드 영사관은 조약의 규정을 확실하게 해주기 바란다는 의견서를 나 가사키 부교 앞으로 보냈다. 바쿠후 측은 일본 네덜란드 추가조약 부록에 의해 일본 개항장에 네덜란드인이 처자를 거주시켜도 무방 하다고 시달했다. 그리고 이어서 러시아인을 비롯한 다른 나라들에 도 일본에 상주 또는 거주하는 외국인은 그 처자를 데리고 올 권리 를 가진다고 인정했다.

마루야마 유녀옥에서는 그전에 기독교의 신앙 여부를 탐문하는 방법으로 정기적으로 행하여오던 예수 초상을 밟게 하는 그림 밟기 행사도 폐지되었다. 네덜란드 영사는 데지마에서 유녀가 네덜란드 인의 아이를 낳았을 때에는 그 어머니인 유녀의 승낙이 있으면 아이 를 본국으로 데려가거나 체류하는 것을 자유롭게 해달라고 요구하 였기 때문에 나가사키 부교가 바쿠후 측에 문의한 상태였다.

청이는 쇼코에게 그들 모녀를 데려오라고 일렀다. 아줌마는 청이 또래의 삼십대 중반으로 보였는데 눈가의 거뭇한 그늘이나 나긋나 긋한 몸매에서 그네가 유녀 출신임을 알아볼 수가 있었다. 그네를 따라온 계집아이는 코가 오똑하고 흰 피부에 머리카락은 다행히 검 정색이었다. 유카타를 입고 얌전하게 다다미에 꿇어앉은 계집아이는 마마 상 청이를 똑바로 쳐다보았다.

"전에 어디 있었어요?"

청이의 물음에 아줌마가 곁에 앉은 쇼코를 힐끗 보고 나서 말했다.

"요리아이에서 주방 일을 했습니다. 그곳 출신이지요."

유녀는 스물다섯이 되어 퇴출당하면 구속금이 남아 있을 경우에 그 집에 남아서 세탁이나 취사 등 집안일을 돌보며 빚을 갚게 마련이었다. 사생아를 출산한 유녀들이 이런 여자들에게 유모 역을 맡기고 다달이 급료를 지불했던 것이다.

"아이 엄마는……?"

청이 묻자 아줌마 대신 쇼코가 대답했다.

"삼 년 전에 폐병으로 죽었답니다."

"기른 정이 있어서 이것을 제가 데리고 있습니다. 등록도 했고 이제 열 살이 되었으나 바쿠후에서 새로운 훈령이 내려온다고 하여 기다리던 중입니다. 이것이 눈치도 빠르고 영리하여 심부름을 곧잘 하지요."

렌카는 아이의 따뜻한 갈색 눈을 들여다보며 물었다.

"그래 네 이름이 뭐지?"

"기리(霧)예요."

곁에 앉았던 유모가 끼어들었다.

"그 이름을 대지 말라구 했지? 얘는 우메코라구 불러주세요. 참, 그리고 저는 오바시(大橋)라구 합니다."

청이는 아이에게 웃어 보이며 말했다.

"기리? 그 이름 너에게 잘 어울리는 예쁜 이름이구나. 넌 기리가 우메코보다 좋은 모양이지?"

계집아이는 고개를 끄덕이고는 다시 참지 못하고 말했다.

"아버지가 지어주신 이름이니까요."

청이는 일부러 냉정하게 물었다.

"네 엄마는 죽었고…… 아버지는 어디 갔니?"

기리가 더듬지도 않고 말했다.

"바다 건너요."

"그곳에 가고 싶니?"

기리가 이번에는 고개를 거세게 흔들었다.

"그건 다행이로구나. 너 샤미센을 배우지 않겠니?"

청이의 물음에 기리는 다시 고개를 끄덕였다. 이제 연화옥 요정의 식구들이 모두 정해졌다. 마마 상 렌카, 오이란 쇼코, 기녀들인 하나코(花子), 기쿠(菊), 츠네사쿠(常笑), 지넨(知念), 와카마츠(若松), 그리고 주방장 난룡(南龍) 상, 야리테(遺手) 아줌마들로 고우라(小浦), 오바시(大橋), 끝으로 가무로로 받아들인 오바시의 혼혈 양녀 기리였다.

개업식은 도진야시키의 중국인 구라누시들과 겐반의 나누시와 마루야마초와 요리아이초의 이름난 요정 초자 몇 사람만을 초청하여 연회를 벌이는 일로 시작했다. 구라누시들 중의 한 사람인 린 대인이 마마 상 청이를 초대객들 앞에 소개했다. 청이는 수수한 기모노 차림에 화장기도 없이 나와서 공손히 인사를 올리고는 먼저 중국어와 그 다음에 류큐 사투리가 조금 섞인 일본어로 간단한 인사말을 했다. 요정 연화옥과 그 주인인 초자에 관해서는 진작부터 소문이 나돌고 있었다. 원래는 대륙에서 링지아(領家)를 했던 이름난 예기였다가 류큐의 사족 부인으로 들어앉았는데, 남편이 비명에 돌아가고 나서 다시 홍등가로 나오게 되었다는 엇비슷한 이야기가 린 대인이나 쇼코를 통하여 퍼졌던 것이다. 류큐 사족 부인이었다는 사실이 알려지는 것을 청이는 극구 반대했지만 린 씨나 쇼코의 생각은 달랐다. 나가사키가 아무리 이국인들이 무시로 드나드는 개방적인 도시라고는 하여도 역시 터를 잡고 요정을 하려면 생판 중국 사람이라고 알려지는 것은 텃세에 시달릴 수도 있고 좋을 게 없다는 거였다. 그래도 류큐 사람은 가고시마와 나가사키에도 많이 드나들고 절반 일본인이라는 통념들이 있어서 사투리만 고친다면 이방인 취급은 받지 않는 형편이었다. 사투리라면 규슈 사투리도 대단해서 교토나 에도로 나가면 웃음거리가 될 만했다. 나가사키에서 웬만한 유녀 기녀들은 네덜란드어나 영어 몇 마디에 중국어 말레이어까지 지껄이는 여자들이 제법 많았다.

요정 연화옥은 마루야마초와 요리아이초에서 따로 떨어져 옛날 중국인들의 구저인 도진야시키에 자리잡고 있었는데도 곧 유명해졌다. 연화옥은 처음부터 연회 중심으로 기녀들이 자리에 들어오면 재예를 보여주고 담소를 나누다가 손님을 돌려보냈다. 그러나 기녀들이 손님과 저희끼리 눈이 맞아 외출할 때에는 묵인하는 정도였다. 쇼코는 오이란으로서 기녀들의 잦은 외출은 절대로 허용하지 않았다. 원래 요정의 규정으로는 손님이 처음 오면 점잖게 춤과 노래를 구경하고 술만 마시고 돌아가게 했다. 두번째로 와서 요정 전체를 독점 예약하면 그때에 외출과 동침이 허락되었다. 세번째에 다시 와서야 단골 손님의 대우를 받을 수가 있었다.

마루야마초에서는 이렇게 인연이 맺어진 단골 손님이 다른 집으로 가서 사귀게 된 유녀와 동침하면 여럿이 떼지어 현장으로 쳐들어가서 남자를 혼내주었다. 의관을 빼앗아 찢어버리기도 했고 골목 밖으로 끌고 나와 커다란 나무 목욕통을 엎어서 씌워놓기도 했다. 십대의 요닌들이 눈을 부라리고 지키고 섰으니 의리를 잃은 사내는 훈도시 바람으로 통 속에 갇혀 있어야 했다. 사내의 친구들이 찾아와 사과를 하고 위로금을 내면 그제서야 방면이 되었다.

이런 거리의 규칙들은 나누시의 승인 아래 유곽 안에서 풍속죄처럼 다스려졌다. 유녀들 중에 손버릇이 나빠서 동료의 물건이나 금품을 훔친다거나, 남의 사내를 꾄다거나, 유녀옥에서 벌어진 집안 일을 관에 밀고한다든가 하는 의리 없는 짓을 한 여자들은 대개 동료들이 머리를 깎아서 혼을 냈다.

새벽녘에야 잠자리에 들었던 기녀들이 깨어나는 시각은 대개 열두시쯤이었다. 이때에는 항구 쪽에서 오포 쏘는 소리가 들려왔다. 그러면 요정으로 쓰는 이층집 계단을 발을 구르며 내려오는 소리가 들려왔다. 남향인 이층집과 낫처럼 꺾여서 동쪽을 바라보고 앉은 단층집이 마당 가녘으로 있었는데 청이는 그곳에서 기리의 시중을 받으며 혼자 지냈다.

주방장 난롱 아저씨는 이층집의 부엌 옆에 붙은 찬방을 썼고, 야리테를 맡은 고우라와 오바시 아줌마 들은 복도 한 칸을 건너서 동북편 구석 방을 썼다. 이런 방 배치는 모두 류큐에서 용궁을 열었을 때 자기 일하는 처소 가까이에 기거하는 것이 편리하다고 여긴 청이의 생각이었다.

집의 맨 뒤편 중앙이 부엌이었고 마루를 건너오면 미닫이로 칸막이가 된 너른 방이 셋이나 연달아 붙어 있었다. 다시 부엌 옆쪽으로 식구들이 모이거나 드나들며 밥을 먹을 수 있는 식당방이었다. 방 가운데에 커다란 교자상을 놓아두었고 무릎 아래 높이쯤에 식기와 반찬그릇이나 쟁반이 드나들 수 있는 크기의 나무 미닫이 쪽문이 뚫려 있다. 그리고 따로 복도로 나가는 문이 있어서 부엌과 동북편 방과 복도 건너 욕실과 변소가 있었다. 물론 밤에는 닫고 낮이면 열어두지만 중앙의 방 미닫이를 열면 길다란 통로 겸 툇마루가 있으며 그곳에도 외창이 줄지어 달렸는데 마루 아래 높직한 섬돌이 놓였다. 그렇지만 출입은 마당에서부터 검은 돌을 밟고 들어와 오른편의 격자로 짜맞춘 현관문을 열고 들어와야 했다.

마당 왼편으로 이웃집 담장과 붙여서 지은 단층집은 작은 툇마루에 방 두 칸이 나란히 달리고 중앙에 마루가 있었다. 다시 대문 옆으로 아마도 길을 향하여 터서 점포나 물건을 쌓아두는 창고로 썼음직한 넓은 마룻방이 있었다. 집 수리를 할 적에 청이는 중앙의 마루 뒤편을 줄여서 기녀들과 따로 쓸 수 있는 변소와 욕실을 새로 만들었다. 그리고 대문 옆으로 툭 터진 창문은 모두 떼어내고 판자로 막아 벽 가운데에 대륙에서처럼 원형의 창만 두 개를 뚫어놓았다.

창 아래 자잘한 청죽 몇 그루를 심어서 창호지 밖으로 햇빛이나 달빛이 비치면 대 그림자가 찍히도록 해두었다. 동향이라 아침 일찍부터 햇빛이 밝게 들었다가 대문과 담장의 그늘로 이내 대 그림자는 사라졌다. 청이는 외부 손님이 찾아오면 이 방에서 기다리게 하거나 차를 내오게 하여 맞고는 했다. 거의가 구라누시 상인들이라든가 점잖은 나가사키의 초닌들이었다.

내방객이 없을 때에는 청이는 기리를 위하여 쇼코나 츠네사쿠를 오라고 하여 이 방에서 춤과 샤미센을 가르치도록 했다. 청은 방 한쪽에 아무 말도 없이 엄격한 모습으로 앉아서 이들의 연습을 지켜보곤 했다. 몇 번 가르쳐도 기리가 자꾸 틀리면 쇼코는 낡은 호궁 활대를 쳐들며 호령했다.

"어서 종아리를 걷어. 너 같은 바보는 매일 맞아야 줄 고르는 걸 틀리지 않을 게다."

기리는 울상이 되어 기모노 자락을 헤치고 속바지를 끌어올리곤 했다. 그러면 쇼코는 때리기 전에 뭔가 한마디씩은 꼭 욕설을 늘어놓았다.

"이년 봐라! 버선에 때가 잔뜩 끼었어. 우리는 유조(遊女)가 아니라 게이샤라구. 부지런히 빨아 신지두 못하는 주제에 가무로를 한다구? 얼른 냉큼 버선 벗지 못해?"

기리는 쪼그리고 앉아서 엄지발가락이 갈라진 납작하고 앙징맞은 버선을 벗었다. 쇼코는 바닥이 새카만 버선짝을 쳐들어 기리의 얼굴 앞에다 대고 흔들었다.

"옥같이 하얀 버선은 게이샤의 자랑이다. 길거리에 나가봐라. 재간 없이 몸 파는 년들은 버선두 신지 못해 맨발이야. 이걸 당장 입에다 물어."

기리가 억지로 버선짝을 입에 무는데 온 얼굴이 눈물범벅이었다. 쇼코는 사정없이 참새 다리 같은 기리의 종아리를 때렸다. 기리는 물고 있는 버선이 떨어지지 않도록 입을 앙다물고 속으로 울음을 삼켰다. 열 대를 넘어서자 기리가 견디지 못하고 두 다리를 감싸며 옆으로 넘어졌다. 쇼코가 다시 아이를 끄집어올리자 청이 나섰다.

"내 잘못두 있다. 이젠 그 정도로 해두지."

쇼코는 마마 상 청이에게 눈을 흘기면서 입 모양으로 가만 있으라는 시늉을 해보였다. 츠네사쿠가 기리의 등을 밀어내며 말했다.

"얼른 냉큼 나가지 못해? 네 빨랫감이 어딨는지 다 내와."

쇼코는 못 이기는 체 매를 놓았고 츠네사쿠가 기리를 데리고 밖으로 나가버렸다. 청이 쇼코에게 말했다.

"너무 다그치는 게 아닐까?"

"아니에요, 마마 상. 지금 시작해두 늦었어요. 열세 살이 되면 자리에 나가야 합니다. 여염집과 달라서 여기선 초경이 빨라요. 아무리 개항이 되었다지만 마마 상두 보셨죠? 저애 같은 아이노코들은 길러준 유모들이 늙구 나면, 꽃이나 팔러 다니다가 유나(湯女)라든가 요타카(夜鷹)로 떨어지기 십상이라구요. 자기 재간 없으면 몸이나 헐하게 팔았지 별수 없어요."

청이는 쇼코가 자신이 겪은 과거를 생각하여 몸서리치는 것을 잘 알고 있었다.

"기리는 계집애가 눈이 깊숙하고 코가 오똑하여 나이가 차면 홍모(紅毛) 여자 좋아하는 초닌들 애깨나 태울 거예요. 스물다섯이 되도록 재가(在家)하지 못하는 나처럼 되지 말아야지. 스무 살이 넘자마자 기둥서방 묶어서 들어앉혀야 해."

청은 쇼코가 한 집에 사는 인연으로 기리를 아낀다는 것도 잘 알았다. 쇼코는 요정 연화옥에 들어오면서 요닌(用人)으로 영업을 시키던 소년 아라이를 자립시켜 보냈다. 그네는 계약금에서 한몫을 떼어 아라이에게 장사 밑천을 대주었다. 그는 시안(思案) 다릿목에 꼬치집을 냈다. 한켠에 다코야키 판을 들여놓고 문어 풀빵을 만들고, 닭고기며 내장을 꼬치에 끼워 숯불에 구워내면서 잔술을 팔았다. 거리 쪽에서 서서 먹도록 휘장 아래 나무판을 내놓고 안쪽에 비좁게 탁자 두 자리를 두었다. 가끔 마루야마초와 요리아이초로 들어가던 사내들이 두셋씩 무리를 지어 여기쯤에서 한잔하면서 유곽으로 들어갈지 말지를 고민하는 장소인 셈이다. 그래서 오죽하면 '생각의 다리'라고 했을까. 거기서 도진야시키가 멀지 않건만 아라이는 쇼코에게 문안인사를 올 틈도 없는 모양이었다.

"자네가 어때서…… 꽃의 여왕인 겨울 매화 오이란(花魁)이 아닌가?"

청이의 추어주는 말에 쇼코는 소매 속에서 양궐련 한 대를 뽑아물 더니 당성냥까지 꺼내어 득 긋고는 불을 붙였다. 허공으로 푹 뱉어 내고는 콧소리를 낸다.

"흥, 올해가 꽉 찬 만기랍니다. 손님들은 모르지만 겐반에서야 기적이 있으니 짐작은 하겠지요. 마마 상 대륙에서는 오이란을 뭐라구 합니까?"

"글쎄 링지아라구 하든가…… 그중에 제일 호걸녀를 예라이샹이라구 하지."

청이의 말에 쇼코가 웃어댔다.

"예라이샹 감이야 인물이 마마 상쯤은 되어야지 뭐. 쇼코는 오이란두 지긋지긋하답니다."

"그런데 오늘 예약 손님들은 어떤 분들이시던가?"

"상하이 선주님들이 오실 겁니다. 나가사키 회소(會所) 분들도 함께 오시구요."

청이 말했다.

"당인들은 호궁과 샤미센 음률을 좋아하니 오늘은 연주를 많이 해야 되겠구먼."

"연주와 가부키 몇 대목을 보여드리기 전에 상담을 나누는 시간이 될 거예요. 그때에 잠깐 마마 상두 나오셔서 담소를 나누고 들어가시지요. 그뒤에는 술자리도 질펀한 놀이판이 될 거예요."

"그 자리밖엔 없는가?"

"아, 신경 쓰지 않아도 되십니다. 영어전습소의 선생과 젊은 야쿠닌 몇 사람이 올 텐데요, 그런 정도의 자리는 츠네사쿠가 다 알아서 할 겁니다."

저녁이 되자 대문 앞의 석등에 불이 켜지고 손님을 모신 인력거들이 당도했다. 인력거를 타고 온 사람들은 거의가 일본 상인이었고 중국에서 온 사람들은 도진야시키에 정해놓은 숙소가 있어 걸어왔다. 손님들이 도착하자 쇼코는 마당에 나아가 그들을 영접하여 아래층 중앙의 가장 큰 방으로 모셔들였다. 교자상 두 개가 연이어 놓인 방 한가운데에 손님들이 자리를 잡았고 공연장처럼 아랫방 미닫이가 열리면서 기녀들이 인사를 올렸다. 요리가 들어오기 시작했다. 기녀들은 잔잔하게 연주를 하면서 술자리에는 아직 끼어들지 않았다.

나가사키 회소에서는 일본 상인 두 사람이 왔고 통사가 따라왔다. 상하이 선주들은 예전의 전통적인 상행 사람들이 아니라 외국회사의 위임을 받은 마이판(買辦)과 해운회사 상인들이었다. 그들은 교역이 진행중이거나 끝낸 상태였으므로 상담은 길지 않았다. 대신에 요정에서의 연회 자리는 앞으로의 관계를 다지는 자리가 대부분이었다. 술잔이 몇 차례 돌고 간단한 안주가 나온 자리였는데 당인 통사를 오래 해온 스즈키 상이 쇼코에게 청했다.

"이 댁의 초자가 나오셔야겠는걸. 구라누시 님들과 우리 회소에서는 이 댁 마마 상 때문에 렌카야(蓮花屋)를 단골로 하고 있거든."

상하이 대선주 탕(唐)은 오십대의 몸집이 큰 사내였는데 다른 마이판들과 함께 상하이 나가사키의 정기적인 자유 무역을 추진중이었다.

"나도 엊그제 이곳 구라누시 님들에게서 처음 들었소. 좀 뵙자고 하시오."

쇼코가 말했다.

"원래 저희 마마 상께서는 술자리에 나오실 분이 아닙니다. 하오나 워낙 점잖은 분들이 오셨으니 잠깐 자리에 오셔서 인사는 올릴 거예요."

회소의 일본 상인이 말했다.

"일전에 나두 잠깐 봤습니다. 아주 기품이 있으시고 특히 샤미센 연주에 감명을 받았어요."

쇼코가 뒷전에서 샤미센 연주를 하고 있던 치녠에게 눈짓을 했고 그네는 얼른 뒷걸음으로 물러나 방을 나갔다. 잠시 후에 다시 미닫이가 열리며 치녠을 앞세우고 마마 상 청이 들어섰다. 청이는 화장기 없는 얼굴에 다른 기녀들이 앞머리에 꽂는 벳코(玳瑁甲) 빗이며 비녀 치장을 하지도 않고 나사로 지은 수수한 색의 기모노 차림이었다. 그것은 집 안에서 다소곳하게 살림이나 하는 부인의 모습이었다. 청이는 조용히 앉으면서 고개만 끄덕여 인사를 하고는 중국어로 말했다.

"저희 집을 찾아주신 손님들께 인사드립니다. 이 집의 초자 렌카라고 합니다."

상인들은 정중하게 마주 인사를 했다. 스즈키 통사가 말했다.

"이리 내려 앉으시지요. 술 한잔 권하려 합니다."

탕 선주도 말했다.

"이 집의 초자라니 합석하여 한잔 나누십시다."

청이는 잠시 생각해보는 듯하다가 무릎걸음으로 상머리로 다가앉았다. 탕이 술잔을 잡고 권하자 청은 잔을 받고서는 뒤를 돌아보며 말했다.

"오이란, 내게 한잔 따라보아라."

쇼코는 얼른 렌카의 곁에 앉아 주전자를 들고 술을 따랐다. 그리고는 눈치 빠르게 손님들에게도 차례로 따랐다. 청이 채워진 술잔을 들고 사내들에게 권했다.

"자아, 함께 한잔 드시지요."

모두들 술잔을 치켜들었다가 한 번에 마신다. 청이는 탕에게 빈 술잔을 되돌려주며 말했다.

"저도 난징에 살던 일이 있어 고향 사람을 뵙는 듯합니다."

탕은 쇼코가 잔을 쳐주는 것도 잊고 청이에게 물었다.

"허어, 언제 떠났소?"

"진장에 영국 함대의 포격이 있던 때입니다."

"그건 옛날 아편 문제로 터졌던 첫번째 전쟁이 아닌가?"

"아마 그럴 겝니다."

청이 고개를 끄덕이자 탕은 희미하게 미소를 지었다.

"세상사란 참…… 다 나쁜 법은 없더란 말이오. 나라가 아예 결딴 나는 줄 알았더니 반쯤 망하고 우리네 장사치들은 살 판이 났소그려."

스즈키 통사가 회소 상인들에게 그들의 대화를 연신 전해주고 있었다.

"지난번 톈진 조약에서 이번 북경 조약에 이르기까지 중국은 모든 것을 내준 셈입니다. 우리야 홍콩처럼 영토를 내준 것은 아니니 그나마 다행이지요."

회소의 상인이 말하자 다른 일본 상인이 받았다.

"중국에서 공행이 폐지된 것처럼 우리 회소도 곧 없어질 것입니다. 쌍방 나라 사람들이 물품을 매매하는 일에 장애가 전혀 없고, 지불 방법에 대해서는 일본 관리가 이에 관여하지 않는다고 되어 있지요."

탕이 스즈키의 통역과 질문에 대하여 대답했다.

"개화는 비상처럼 어떤 때엔 독이고 또다른 때에는 약이 되기도 합니다. 어쨌든 자유 무역은 천지개벽입니다."

"천지개벽에 무너지고 쓰러진 것들은 어떻게 하나요?"

청이 조용히 묻자 탕이 말했다.

"남은 것들을 추리든가 아니면 다 버리고 새로 짓게 되겠지요. 하여튼 이러한 때에 힘들게 살아갈 필요가 없습니다. 우리네 같은 방법으로 해나가는 것도 길게 보면 도움이 될 테니까……"

청이 쇼코에게 말했다.

"오이란, 손님들께 술을 따라드려라."

쇼코가 술을 따르는데 탕이 청이에게 물었다.

"내 듣기로 초자는 류큐의 개화 사족의 부인이었다는데, 이런 변화가 마음에 들질 않소?"

"강한 자들은 잘살아나가지만, 난세에는 안쓰러운 것들이 많습니다."

청이 인사를 하고 자리를 물러나와 복도로 나서는데 안에서는 샤미센과 노랫소리가 들리기 시작했다. 현관으로 나오자 이층으로 오르는 계단 위에 남포 불빛이 흰했고, 여럿이 춤이라도 추는지 다다미를 깐 이층 마루 판자가 쿵쿵 울리며 사내들의 박자를 맞추는 요이요이 소리가 떠들썩했다. 청이는 게다를 신고 현관문을 열고 마당으로 나섰다. 그네는 마당 가운데 석등 불빛을 배경으로 섰는 거뭇한 사람 형체를 보고는 가슴이 덜컹 내려앉을 듯이 놀랐다.

"누……누구요?"

"놀라지 마십시오."

상대가 영어로 그렇게 말해오자 청이는 오히려 무서움이 가셨다. 귀신 따위가 이방의 말을 할 리가 없었기 때문이다. 청은 잠깐 그 자리에 서 있었다.

"저는 이층에 놀러 온 네덜란드 사람입니다."

그는 이번에는 서투른 발음의 일본어로 말했다. 청이 영어로 말했다.

"조금 놀랐습니다. 저는 이 집의 주인인 렌카라고 합니다."

석등의 불빛에 살펴보니 그는 해군의 흰 상의에 검정색 바지를 입고 있었다.

"저는 네덜란드 해군 중위인 헨드릭 헬스라데입니다. 나가사키 영어전습소의 선생으로 있습니다."

마루야마나 요리아이에 가면 네덜란드어 또는 영어를 몇 마디씩 지껄이는 유녀들이 많아서 그는 별로 놀라지는 않은 것 같았지만 반가워하는 기색이 역력했다. 청이 물었다.

"어디 불편하세요, 왜 밖에 나와 있어요?"

"술을 좀 급히 마셨더니 두통이 와서…… 바람을 쐬는 중이었습니다."

"여기 젊은이들은 처음 세 잔을 급히 마시고 시작한답니다."

청이는 고개를 숙여 보이고 그를 지나쳐 마당을 건너왔다. 방에 들어가 풍로의 남은 불에 숯덩이를 조금 얹어 찻주전자의 물을 데웠다. 건넌방에서 기리가 잠꼬대를 하는지 뭐라고 칭얼거리는 소리가 미닫이를 통해서 들려왔다. 차를 마시고 자리에 눕기까지 이층의 소란은 계속되었다. 그네는 잠결에 손님들이 마당으로 나가고 기녀들이 배웅하는 소리를 들었다.

청이는 아침에 일어나면 주방의 야리테 아줌마들인 고우라 오바시 등과 함께 아침을 먹었다. 기리는 그네들보다 먼저 일찍 일어났다. 청이 혼자 독상을 받고 기리와 아줌마들 셋이서 함께 먹었고, 난롱은 보통 주방에서 반주를 곁들이며 혼자 먹든가 아줌마들이 함께 먹자고 아우성을 치면 못 이기는 체하고 들어와 끼어앉았다. 그맘때쯤이면 간밤의 술자리를 지켰던 기녀들은 모두들 꿈나라로 갔다가 정오 무렵에야 일어났고, 제각기 나무 목욕통을 옆구리에 끼고 인근

노천 온천으로 몰려갔다.

기녀들이 하얀 지분을 닦아 온천의 닭똥 냄새 나는 유황물이 향긋
해지면서 물빛은 오히려 밀가루를 뿌린 것 같다고 했다. 높은 대나
무 울타리를 두르고 돌을 쌓아 칸막이를 해놓았는데 청이도 인적이
드문 저녁나절에 가본 적이 있었다. 요정과 유곽에는 집집마다 욕실
을 지었어도 기녀들은 답답하다고 대중탕이나 온천에 무리를 지어
다니기를 좋아했다. 청이 두리번거리며 물었다.

"다들 자나?"

"쇼코 선생님이랑 기쿠 언니가 없대요."

기리가 노래하는 것처럼 마마 상에게 고자질을 했다. 고우라와 오바
시 아줌마는 찔끔한 표정이 되었다가 기리에게 눈을 험하게 흘겼다.

"외박했어요?"

청이 묻자 오바시는 아직도 제 수양딸에게 흘기던 눈을 거두지 못
하다가 말했다.

"저어…… 온천에 간 모양입니다."

이렇게 일찍…… 하려다가 청이는 그만둔다. 아침식사가 끝나고
일어나면서 청이 오바시에게 일렀다.

"쇼코와 기쿠가 돌아오면 내 방에 좀 오라구 해요."

정오가 넘어서 다른 기녀들이 이층에서 몰려내려올 무렵이 되었
는데 쇼코와 기쿠가 화장기 없는 얼굴에 유카타 차림으로 아래채로
찾아왔다. 쇼코는 현관문을 열고 고개만 삐죽이 들이밀고는 명랑한
목소리로 말했다.

"마마 상, 우리 찾았어요?"

"좀 들어와봐."

청이는 여기 와서 배운 메구리 카드를 펼쳐놓고 일수를 보던 중이

었다. 왕이 나와서 용을 옆으로 제끼다가 청은 맞은편에 와서 조심스럽게 꿇어앉는 쇼코와 기쿠를 노려보았다. 쇼코는 생글거리는 얼굴로 말했다.

"마마 상, 화 나셨어요?"

"너희들 외박 나갔다 왔지?"

"아니 그냥…… 잠깐 외출이요. 자정이 넘어서 나갔으니까."

쇼코가 혀를 내밀었다가 목을 움츠리는 시늉을 해 보이며 말했다.

"너희들 잘 알아서 하겠지만 함부로 몸을 굴려서는 안 된다고 내가 몇 번이나 말했어. 상대가 누구야?"

청이의 엄한 질문에 쇼코가 말했다.

"탕 대인이오. 제가 마루야마의 히케타야(引田屋)에 있을 적부터 단골이셨어요. 그때는 그이가 닝보 상행 일을 보았거든요."

"저는 언니가 오란다인을 한번 모시라구 해서 이번이 처음이었어요."

기쿠도 그렇게 말하자 청이는 알 만하다고 고개를 끄덕였다. 쇼코가 말했다.

"탕 대인은 저와 십 년 가까이 알아온 분이에요. 스무 살 적에는 부교쇼와 겐반에 신고하고 반년씩 이곳 도진야시키에서 살기도 했어요. 어제 말씀드리려고 와보니 일찍 주무시길래…… 그리고 내가 기쿠에게 오란다 해군 장교를 한번 모시라고 한 것은 그가 데지마의 영사관 직원이고 지금 영어전습소 선생으로 있으니까요. 그를 단골로 두면 여러 가지로 우리집에 유리하거든요."

청이는 더이상 꾸짖지 않기로 속으로 마음먹었다.

"그래, 쇼코는 그렇다 치고, 다음부터는 새로 온 손님에게 그날로 잠자리를 허락해서는 절대로 안 된다."

쇼코가 여전히 생글거리며 말했다.

"영어전습소의 학생들은 거의가 나가사키 지야쿠닌(地役人)의 자제들이거나 젊은 사무라이들인데 돈 쓰고 놀기 좋아하는 애들입니다. 선생을 잘 사귀어두면 그들이 우리집 단골이 되잖아요. 너무 걱정 마셔요."

청이는 나중에 알았지만 쇼코는 탕의 아이를 낳은 적이 있었다. 당시는 아직 개항 전이라 부교쇼에 출생 신고와 거주 허가를 받아야 했다. 그래도 당인 혼혈은 서양인 혼혈에 비해서는 수월한 편이었다. 탕은 점잖은 체면이 훼손되는 것을 무릅쓰고 부교쇼에 정문(訂文) 두 통을 제출하고, 쇼코와 함께 출두하여 자신의 자식이라는 것을 밝혔으며 아기의 나가사키 거주를 청원했다. 소정의 과태료를 물었고 정기적으로 지불할 양육비 액수도 신고했다. 흔한 일은 아니었지만 당인들도 사람 나름이라 어떤 자는 유녀나 기녀가 아이를 배었다고 하면 자기 자식이 아니라고 시치미를 떼는 일도 있었다. 그러면 즉시 아비 없는 자식으로 신고되어 포주와 유녀가 함께 처벌을 받았다. 처벌은 일정 기간의 영업 정지와 벌금이었는데 모든 손해는 유녀의 빚이 되었다. 대개는 손해를 감수하고 어렵게 살면서 아기를 기르기도 하고 더욱 열심히 일하면서 유모에게 일정 기간을 맡기거나 시골 친정으로 보내는 여자도 있었다. 탕은 쇼코와의 사이에서 나온 아이를 사랑하여 반년에 한 번씩은 꼭 들러서 도진야시키의 여숙에서 함께 지내다 가곤 했다. 아기는 두 해를 채우지 못하고 죽었다.

청은 그런 사정을 아는지라 쇼코가 밤에 자리를 비우거나 외박하여 하루 이틀 다른 데서 자고 오는 것을 모른 척 눈감아주었다. 탕 대인은 한 달여를 머물다가 상하이로 떠났다.

하루는 저녁 먹을 때쯤이었는데 오바시 아줌마가 아래채로 청이를 찾아왔다.

"마마 상, 기리를 어디 심부름 보냈습니까?"

"아니 그런 일 없는데…… 왜, 기리가 집에 없소?"

"글쎄 저 아래 공터에 인형극단이 들어왔다고 잠깐 구경하구 온다구 나갔대요. 시간이 꽤 오래되었는데 밤이 되어도 오질 않아서요."

청이는 일어났다.

"그걸 어찌 인제사 얘기하오?"

"어두워지면 배가 고파서라도 집에 오겠거니 여겼죠."

청이는 위채로 가서 쇼코에게 일렀다.

"모두 나설 건 없고 자네가 한번 나가서 수소문해봐."

"고놈의 기집애 늘 말썽이야."

영업을 하려고 성장하고 머리 장식까지 했던 쇼코는 옷을 평상복으로 갈아입고 밖으로 나갔다. 삼십 분이 채 안 되어 쇼코가 돌아왔다.

"오늘 풍기 단속이 있었다네요. 아무래도 거기 걸려든 게 아닐까?"

쇼코의 설명에 의하면 요즈음 개항이 되고 나서 다른 지방에서 산쇼들이 많이 흘러들어왔는데 러시아 영사관에서 자기네 배가 들어오는 것을 계기로 휴양소 설치를 건의했다고 한다. 네덜란드 영사관 측은 오래 전부터의 경험으로 전에는 데지마에서 의사가 체류하면서 드나드는 기녀들의 검진을 해왔고 최근에는 의사를 마루야마 겐반에 정기적으로 보내어 검진했다. 마루야마와 요리아이 측 초자들은 연명하여 산쇼는 믿을 수가 없으며 기적에도 없으니 단속하여 줄 것을 부교쇼에 청원했던 것이다. 그렇지 않아도 풍기 단속은 한 해에 두어 번씩 정기적으로 있는 일이었다.

"기적이 없는 것들, 계산 끝낸 것들, 그리고 유나에서 가무로 마기

레온나들에 이르기까지 거리에 보이는 여자들 중에 여염집 여자가 아닌 애들은 모조리 쓸어갔다는군요."

러시아의 해군 제독 릴리레프가 나가사키 부교쇼의 허가를 얻어 이나사야마(稻佐山)의 민가를 숙소로 빌렸다. 나가사키 항구의 건너편 산자락인 이나사야마에는 진작부터 언덕을 따라 유녀들의 사창가들이 다닥다닥 붙어 있었다. 그곳은 나가사키의 맨 하급 유녀들이 있는 곳이었고, 손님들도 하급 요닌들이나 뱃사람들이었다. 릴리레프가 명하여 러시아 해군 장교 세 명이 마루야마의 겐반으로 찾아와 유녀들의 검매(檢梅)를 신청했으나 나누시를 비롯한 초자들이 냉소하면서 거절했다.

그런 일이 있고 나서 나가사키 부교쇼는 유녀의 외출을 신고제로 하기로 규칙을 강화하고, 은매녀(隱賣女)와 산쇼(散娼)의 단속을 대대적으로 실시했다. 부교쇼는 이나사야마에 러시아 마토로스 휴양소를 열어도 좋다는 공식적인 허가를 내주었다. 러시아 측은 휴양소의 사용 인원과 선원의 상륙 입항에 관한 보고서류를 나가사키 부교쇼에 제출하기로 했다. 휴양소는 러시아 군함의 입항과 함께 열리고 출범 동안 폐쇄되었다. 러시아 측은 유녀들의 검매를 끈질기게 요구하여 이나사야마로 출장을 가는 유녀에 한하여만 검진을 받도록 했다. 릴리레프의 요구는 일정한 장소를 마토로스 휴양소로 지정하여 이나사야마 일대의 풍기를 단속한다는 것과 휴양소에 여성을 부르면 그 여성에게 반드시 검진을 받게 한다는 취지였다.

이러한 사정이 바로 기적에 오르지 않은 유녀들의 풍기 단속을 실시하게 된 원인이었다. 겐반과 영업집의 초자들은 유녀들의 명부를 재확인하고 각 집에 소속된 심부름 소녀, 다비게이조(旅藝女), 야리테 아줌마들의 신원을 확인하는 데 협조하기로 했던 것이다.

연화옥에서는 마루야마나 요리아이와는 달리 뒤늦게 이런 사실을 알게 되어서 도진야시키의 구라누시 린 대인에게 연락했다. 쇼코를 앞세우고 청이와 린 대인은 우선 부교쇼의 니시야쿠쇼(西役所)를 찾아갔다. 니시야쿠쇼는 시안(思案) 다리를 건너 마루야마 경내를 지나 나카지마 강(中島川)을 끼고 있었다. 그곳은 부두와 유녀가를 함께 통괄할 수 있는 지점이기도 했다.

높은 돌담이 서 있고 정문 앞에는 오늘따라 총을 멘 부교쇼의 번군(番軍)이 지키고 있었다. 그들이 사정을 말하자 젊은 병졸은 턱짓으로 안쪽을 가르켰다. 안으로 들어가니 공회당처럼 너른 공간에 여자들이 줄지어 앉아 있었다. 앞에는 줄을 쳐서 넘어가지 못하게 했는데 그네들을 잡아온 도신(同心)들이 짓테(十手) 막대기를 들고 줄 사이로 서성거리며 지키고 있었다. 야쿠닌들은 여자들을 찾아온 식구나 주인들을 상대하고 있었다. 찾아온 사람들도 많아서 야쿠닌의 책상 앞에 긴 줄을 이루고 있었다. 청이와 린 대인은 뒷전에 서 있었고 쇼코가 새치기를 하여 앞으로 나아갔다.

"이름?"

야쿠닌은 고개를 쳐들지도 않고 물었다.

"쇼코라구 해요."

어, 하는 표정으로 야쿠닌이 고개를 들었다.

"자네가 여긴 웬일이야?"

역시 오이란이라 그네를 모르는 야쿠닌이 있을 리가 없었다.

"우리집 가무로 하나가 단속된 것 같은데……"

"이름이 뭐야?"

"기리."

야쿠닌은 연행자 명부에 손가락을 얹고 짚어나가기 시작했다. 몇

장을 들추고 나서 그의 손가락이 멎었다.

"음, 여기 있군. 그런데 왜 여태 신고를 하지 않았나?"

"아니, 이제 겨우 열한 살이 된 가무로 아이를 신고하는 데가 어딨 어요?"

야쿠닌은 그렇지 않아도 일거리가 몰려 짜증이 나던 판이라 평소 의 안면 따위는 소용이 없다는 듯 외쳤다.

"부교쇼에서 보낸 공문도 못 봤나? 요정이나 유곽에 거주하는 모 든 여자는 나이를 불문하고 신고하는 데 협조한다고 겐반 측도 수락 을 했다. 저 뒤로 물러나, 지금 바쁘니까."

쇼코는 얼른 두 손을 모아 비는 시늉을 하며 애교를 부렸다.

"정말 죄송해요. 저희 요정은 도진야시키에 있어서 미처 연락을 못 받았어요. 그럼 이제 저희는 어떻게 해야 되나요?"

"신고에서 누락된 사람이 몇 명이야?"

"연행된 아이까지 합해서 모두 여섯 명이랍니다."

야쿠닌은 어이가 없는지 고개를 흔들었다.

"이건 벌과금이 아니라, 영업 취소감이야. 내 권한이 아니라구. 주 인이 직접 출두해야 될 거야."

쇼코가 울상을 지으며 사정을 했다.

"나으리, 제발 어떻게 해야 할지 좀 알려주세요."

야쿠닌은 한참이나 말없이 앉았다가 목소리를 낮추어 소곤거렸다.

"먼저 겐반을 찾아가 나누시에게 벌과금을 내고 명부에 올리고 나 서, 마치부교(町奉行) 님께 탄원하면 무슨 방법이 나오겠지."

쇼코가 야쿠닌과 논의를 하던 사이에 청이는 금줄 앞으로 바짝 다 가서서 쪼그려앉은 여자들 틈에 기리가 어디에 있나 찾아보았다. 여 러 줄로 무리를 이룬 여자들은 도신들의 눈을 피하여 제각기 찾아온 식구들이나 포주들에게 자기를 알리려고 손짓도 해보이고 제법 목소리를 높여 이름을 부르기도 했다.

"얻어터지기 전에 조용해!"

도신들은 눈을 부라리고 짓테(十手) 막대기로 손바닥을 연신 두드리며 소리나는 방향으로 재빨리 걸어가곤 했다. 청이는 줄을 따라 걷다가 맨 오른쪽에 아이들이 몰려앉은 줄을 발견했다. 그네는 눈으로 앞에서부터 뒤로 선을 그으며 차례로 살펴갔다. 기리가 손을 쳐들고 흔들었다. 청이는 입으로만 기리야, 하면서 손가락질을 했다. 기리는 금방 울음이 터지는 걸 참느라고 입을 앙다물었다. 청이 살펴보니 그들의 절반 이상이 혼혈 아이들이었다. 기리는 그래도 큰 축이었고 대여섯 살에서 일고여덟 살로 뵈는 계집아이들이 많았다. 아마 그 나이부터 가무로로 성장을 해나갈 것이다. 청이는 저도 모르게 가슴이 저려오면서 눈물이 조금 나왔다. 조금 나왔다는 것은 눈망울에 고인 물기가 속눈썹을 적시는 정도였다는 말이다. 쇼코가 옆에 와서 청이의 소매를 당겼고 그네는 손가락으로 기리가 있는 곳을 가리켰다. 쇼코도 기리를 발견했다.

"밥은 얻어먹었나 몰라."

청이 눈물을 글썽이자 쇼코가 말했다.

"된장국에 주먹밥 한 덩이씩 준대요."

"벤토라두 준비해오지 그랬어?"

청이의 말에 쇼코는 코웃음을 날렸다.

"아유, 그냥 놔둬요. 단속 때마다 늘 있는 일이라구요. 오늘 하룻밤만 더 자면 나올 거예요."

쇼코 혼자 마루야마초의 겐반을 찾아가 벌과금을 내고 오면 린 대인이 마치부교를 찾아가기로 했다. 두 사람은 쇼코를 보내고 일단 도진야시키로 돌아왔다. 청이 린 대인에게 말했다.

"제가 대인께 드릴 말씀이 있습니다. 아까 니시야쿠쇼에서 붙잡힌 아이들을 보니까 가엾어서 볼 수가 없었어요. 아마 제 어미나 유모들에게서 버림받은 모양인데 제가 돌보아주고 싶어서요."

"허허 그건 보통 일이 아닙니다. 그 애들만 해도 계집아이들이고 이담에 유조(遊女)로 쓸 만하니까 가무로 감으로 각 집에서 맡아 키우고 있지요. 마치에서 오갈 데 없이 흘러다니는 아이들도 많습니다. 사실 이곳은 바쿠후의 직할지라서 더욱 형편이 나쁜 셈이지요. 사츠마나 초슈 번의 영지였다면 그래두 다이묘가 직접 책임을 졌을 겝니다. 부유한 초닌(町人)들이 돈을 걷어서라도 이런 아이들 문제는 해결을 해야 합니다. 부인 혼자 나서서 될 일이 아니지요."

"마치부교를 만나면 저희 영업 문제뿐 아니라 버려진 아이들을 제가 돌보겠으니 도와달라는 부탁도 해주십시오."

린 대인은 렌카의 간곡한 말투에 감동을 받은 모양이었다.

"우선 다비게이조(旅藝女)를 체류 허가나 기적 없이 고용했으니 영업이 취소될 수 있습니다. 그 문제부터 풀도록 하지요. 아마도 위반한 기녀들과 영업주인 부인이 출두하여 서약서를 써야 할 것입니다. 기아 보호에 관한 일은 그 다음에 청원하도록 하시지요."

쇼코가 마루야마초의 겐반에 다녀와서 간신히 영업 허가 취소는 면했으나 여섯 사람에 대한 벌과금과 한 달 동안의 영업 정지가 나왔다며 투덜댔다. 그래도 그만하기가 다행이었다. 기적에서 빠져 있던 츠네사쿠, 치넨, 와카마츠를 기적에 올렸고 야리테를 하는 고우라. 오바시 아줌마와 가무로인 기리를 종업원 명단에 올렸다고 했다. 쇼코가 청이에게 연신 절하며 말했다.

"마마 상, 제가 잘못했어요. 애초부터 허가와 신고를 빈틈없이 했어야 하는데 그만 건성으로 넘어가버렸네요. 전에는 이렇게 까다롭지 않았어요. 개항이 되고 나서 외국인들이 시내를 마음대로 나돌아다니게 되니까 부교쇼에서 까다롭게 구는 거겠지요."

"그래도 다행이구나. 어서 가서 기리를 데려와야지."

린 대인도 마치부교를 접견하여 탄원을 했는데, 수백 년 동안 나가사키를 왕래하였으며 지금은 외국 회사들의 무역을 대행하고 있는 무역선과 당인들이 더욱 늘어났으니 그들에게도 휴식소가 필요한 실정을 호소했다는 것이었다. 마치부교는 나가사키 부교의 명을 받들어 은매녀를 단속하는 자신의 입장을 말하고 나서 이미 위법하여 처벌은 받았으니 다시는 그런 일이 없도록 서약서를 써내라는 처분을 내렸다. 영업 정지 처분을 받고 연화옥의 식구들은 돈은 벌지 못했지만 모처럼 만의 휴가를 즐길 수가 있었다. 기예가 뛰어난 츠네사쿠와 치넨은 쇼코 밑의 마가키였던 하나코와 기쿠에게 악기 연주와 춤을 가르치며 보냈고, 기리도 함께 배웠다.

청이는 린 대인과 함께 마치부교를 만나러 갔다. 마치부교의 집무실은 니시야쿠쇼의 맨 안쪽 건물에 있었다. 두 사람이 뒤뜰을 지나 중문으로 들어서니 현관에서 그를 보좌하는 야쿠닌이 나와 그들을 안내했다. 마치부교는 조시(上士) 사무라이답게 눈매가 날카롭고 체구가 건장한 사내로 등을 꼿꼿이 펴고 앉아 있었다. 린 대인이 미리 접견 사유를 밝혔기 때문에 그는 두 사람에 관하여 보고를 받고 있었다. 청이와 린 씨는 차례로 절을 올렸다. 마치부교도 정중하게 고개를 숙여 보였다.

"구라누시께서 올린 문서를 읽고서 마치의 사정을 잘 알 수가 있었습니다. 과연 시급히 시행해야 할 일이더군요. 부교쇼에서도 기아(棄兒)와 혼혈아 문제로 속을 썩은 것이 어제 오늘의 일이 아닙니다.

부인은 대륙인입니까?"

청이는 미소를 지으며 앉았고 린 대인이 대신 말했다.

"난징이 고향이랍니다. 류큐에서 살다 오셨지요."

"저도 들었습니다. 류큐 사족의 부인이셨다는데……?"

청이는 그제사 자기 신분을 밝혔다.

"주인은 류큐 슈리 왕부의 우에즈이며, 미야코 섬의 영주이신 도요미오야 가즈토시 님입니다."

마치부교는 얼른 고개를 숙이며 다시 한번 예의를 갖추어 보였다.

"호오, 그런데 이 고장에는 어찌하여……"

"나리아키라 다이묘께서 작고하시고…… 류큐 사족들 여러 분이 압송되어 처벌을 받으셨습니다."

마치부교가 고개를 끄덕였다.

"사츠마 전 번주 때라면 마키시(牧志) 온가(恩河) 사건이로군. 바쿠후 조정에서도 안타깝게 여기는 이들이 많습니다. 그래서 부인은 나가사키로 오셨군요."

"예에, 고향에 돌아가려다가……"

그는 측근 야쿠닌에게 일렀다.

"부인의 하시고자 하는 일에 차질이 없도록 야쿠쇼에서 모든 뒷바라지를 해드려라. 그리고 겐반에도 연락하여 나누시와 초자들이 성금을 내어 기아보호소를 여는 데 도움을 드리도록 하라. 위로 부교께도 내가 말씀을 드리도록 하겠습니다."

마치부교의 시원시원한 말에 린 대인도 자기 뜻을 밝혔다.

"저희 중국 상행 구라누시들도 이번 일을 도울 작정입니다."

이렇게 일이 쉽게 풀릴 줄은 청이나 린 대인이나 예측을 못 했다. 며칠 안 가서 구라누시들이 도진야시키에 모여서 회합을 가졌고 겐반에서도 초자들에게 통지하여 기아보호소를 설립할 뜻을 밝혔다. 특히 구라누시들은 대륙인들이 나가사키에 정착하면서 세웠던 숭복사(崇福寺) 근처에 보호소를 열기로 했다. 기녀들의 신사나 절 출입은 관에서도 권장하던 일이고, 역시 시정이나 부두 거리에 그런 보호시설을 둘 수는 없었기 때문이다. 숭복사는 산비탈에 있었는데, 아래쪽에 공터가 많아서 땅을 고르고 축대를 세운 뒤에 새로 집을 짓기로 했다.

청이는 린 대인과 공사장에 나가보기도 하고, 니시야쿠쇼와 겐반에 들러 시정에 떠돌아다니는 아이들이며 유녀들이 맡아 기르는 어린것들에 대한 실정을 파악하러 다녔다.

그날도 외출을 하려는데 기쿠가 아래채로 건너왔다.

"마마 상, 어디 나가셔요?"

"응, 야쿠쇼에 가보려구……"

"저어, 손님이 오셨는데요."

렌카는 현관 밖에서 서성이는 발자국 소리를 들었다.

"누가 왔는데……?"

기쿠가 뒤를 돌아보자 열린 현관문 안으로 키 큰 서양 사내가 들어섰다. 그는 지난번처럼 흰 사관복을 입지는 않았지만 검정 상의에 청색 바지를 입고 있었다. 그는 머리가 천장에 닿기라도 할 것처럼 구부정한 자세로 들어서며 고개를 숙여 보였다.

"마담, 안녕하십니까?"

청이는 기쿠가 처음 외박했던 일을 기억하고 있어서 그를 알아보았다. 데지마의 네덜란드 영사관에 있으며 지금은 영어전습소의 선생인 해군 중위 헨드릭 헬스라데였다. 청이는 싫은 내색은 하지 않

앉지만 나가려던 길이라 들어오라는 말없이 건성으로 인사를 받고
는 기쿠에게 표정으로 물었다.

"저두 몰라요. 요즈음 영업을 안 한다니까 그래두 뵙고 가겠다
구……"

청이는 방석을 내고 자기도 다시 자리에 앉으며 그에게 말했다.

"들어와요."

그때에 헨드릭 중위가 우물쭈물하다가 말했다.

"저어, 소개할 분이 함께 왔는데요, 만나보시겠습니까?"

"아, 손님이 또 계시다구요? 들어오시라구 하세요."

헨드릭이 현관에 선 채로 밖을 향하여 말했다.

"센신님!"

그때에 청이는 현관으로 들어서는 사내를 자세히 살펴볼 수가 없
었다. 좁은 현관에는 키가 큰 헨드릭과 기쿠가 가로막고 서 있었기
때문이다.

"넌 거기 섰지 말구……"

기쿠가 황급히 내빼자 헨드릭이 먼저 방으로 들어왔고 뒤이어 센
신이라는 사람이 들어섰다. 그가 신발을 벗고 안으로 들어섰을 때에
청이는 조금 놀랐다. 머리를 깎고 승복을 입었지만 마르고 창백한
볼이며 젖은 듯한 눈이며가 가즈토시를 그대로 빼닮았기 때문이다.
나이도 그와 비슷한 사십대 중반쯤으로 보였다. 사내는 내준 방석에
앉자 머리를 숙여 인사했다.

"처음 뵙겠습니다. 센신(洗心)이라고 합니다."

"렌카입니다."

인사를 나누고 나서도 청이는 그들이 왜 찾아왔는지 영문을 모르
니 할말이 없었다. 헨드릭이 말했다.

"센신 님은 란가쿠(蘭學)를 연구한 학자이십니다."

센신은 빙긋이 웃으며 헨드릭을 돌아보았다.

"학자는 무슨…… 떠돌이 무주쿠(無宿) 중일 뿐이오."

청이는 그의 어딘가 자조하는 것 같은 말투마저 가즈토시와 비슷하다고 느꼈다.

"그런데 여기는 어떻게…… 지금 영업 정지 처분을 받고 있습니다만."

청이의 떱떠름한 질문에 중이 전혀 구애받지 않은 듯 시원스럽게 말했다.

"차나 한잔 얻어마시려고 왔소이다. 류큐의 도요미오야 가즈토시 님을 제가 조금 압니다."

"예에? 저희 주인을 아신다구요?"

청이 놀라서 묻자 센신이 말했다.

"도요미오야 님은 바쿠후의 표리부동한 정책에 희생되셨지요."

"돌아가신 제 남편을 만나보신 적이 있으세요?"

청이 반가워서 다급하게 묻자 그는 고개를 저었다.

"사츠마 번주 시미즈 나리아키라가 죽고 나서 류큐의 사족들이 가고시마로 끌려와 억울하게 죽은 일을 잘 알고 있습니다. 새 다이묘인 시마즈 히사미츠의 가신들은 바쿠후 측과의 관계 개선을 위하여 류큐의 사족들을 희생시키기로 결정했지요. 마지막까지 투옥되어 있던 도요미오야 가즈토시 님이 사사(賜死)되었다는 소문을 들었습니다."

청이는 이미 잊으려고 애썼던 기억들이 되살아나서 그만 저도 모르게 눈물을 다다미 위에 떨구고 말았다.

"바쿠후는 뒤늦게 내정개혁을 하고 외세에 대응한다고는 하지만 백성들의 삶에는 아무런 관심이 없지요. 밑에서부터 바로잡지 않으면 또다시 죄 없는 사람들이 희생될 겁니다."

헨드릭이 물었다.

"기아보호소를 짓고 있다지요?"

헨드릭이 물었고 청이는 되물었다.

"어디서 들었어요?"

헨드릭이 센신 쪽을 돌아보자 그가 말했다.

"제가 기식하고 있는 데가 바로 쇼후쿠지(崇福寺)입니다. 그 아래 빈터에서 공사를 하고 있더군요."

센신이 차를 내는 청이에게 물었다.

"왜 나가사키에 머물기로 했습니까?"

청이는 어쩐지 그에게는 빈말을 하기가 싫어져서 곧이곧대로 말해버렸다.

"도요미오야 님과의 혼인은 제겐 과분한 것이었어요. 오히려 가장 낯익은 곳이 이런 고장인 셈이에요. 타이완 수야오의 한 구절이 생각나네요. 가거라, 왔던 길로 다시는 돌아오지 말고……"

센신이 중얼거렸다.

"그건 꼭 내 얘기를 하는 듯하군."

청이는 창가로 가서 창문을 열고는 가볍게 손뼉을 두드렸다. 잠시 후에 쇼코의 화장기 없는 얼굴이 툇마루 앞에 나타났다.

"술상 좀 내와. 자네두 좀 건너오구."

쇼코는 어리둥절해서 잠깐 아래채 쪽을 바라보다가 사라졌다. 헨드릭이 센신에게 웃으면서 말했다.

"나그네를 잘 대접하라고 예수가 말했지요."

"잔치를 벌이려거든 차라리 가난한 자들과 장애자들을 청하라, 그러면 저희가 갚을 것이 없는 고로 네게 복이 되리니…… 하는 말도 있네."

청은 두 사람이 주고받는 얘기를 듣고 웃으며 끼어들었다.

"두 분은 기리시탄인가요?"

센신은 너털웃음을 웃으면서 대답했다.

"모양은 이렇소만 나는 부처님도 믿지 않소. 이 사람은 서양인이니 기리시탄이겠지요. 기리시탄의 선의는 저희끼리만 통용되고 일본이나 중국이나 안남 인도 등지에서는 모두 등쳐먹는 수단일 뿐이외다."

마마 상 렌카가 스스로 자신의 방에 손님을 들어오게 하고 술상을 내오라는 것은 요정을 개업하고 처음 있는 일이어서 쇼코도 어리둥절했다. 장사를 폐하고 메구리 카드 놀이를 하던 고우라와 오바시 아줌마는 부엌으로 내려가 일을 하면서도 연신 서로 눈짓을 하며 키득거렸다.

"우리 마마 상이 미즈아게(水揚)를 올리려나?"

"글쎄 말이야. 영업 정지를 먹고 술 권할 서방님을 찾은 모양일세."

난롱 아저씨가 화덕에서 몸을 돌리더니 휘젓고 있던 나무주걱을 쳐들어 야리테 아줌마들에게 삿대질을 하며 혀를 찼다.

"초자 상에게 그게 무슨 말버르장머리야. 그러니 자네들이 재가를 못 하고 야리테로 주저앉은 게지."

쇼코도 부엌 방에서 내다보며 난롱을 거들었다.

"그러게요. 미즈아게란 무슨 수작이람!"

미즈아게는 기녀가 처음으로 손님을 받는 것을 이르는데, 이들 첫 손님은 기녀의 머리를 올려 벳코(玳瑁甲)의 장식빗을 꽂아주었다. 고우라 오바시 아줌마는 난롱 아저씨의 질책에 찔끔해서 서로 혀를 내밀어 보이고는 찍소리도 내지 못했다. 농담이 지나치기는 했지만 쇼코도 내심 조금은 놀라고 있었다. 네덜란드인 헨드릭 헬스라데가 영어전습소의 선생 노릇을 하고는 있었지만 재력가나 권세가 있는 인물도 아니고, 고작해야 젊은 야쿠닌들이나 몇 사람 끌고 올 평범한 단골감이었던 것이다. 그와 함께 왔다는 중 차림의 사내는 더욱 형편 없어 보여서 요정 출입은커녕 세끼 밥을 걱정해야 될 행색이었다.

그러나 쇼코는 자신의 주인 렌카가 당인들 말대로 호걸녀 예라이 상이라는 것은 굳게 믿고 있었다. 쇼코는 그네가 헤치고 나온 불구 덩이 물구덩이가 얼마나 깊은지 자기의 과거에 빗대어 가늠해볼 수 도 있었다. 그네는 기쿠를 불렀다. 얼마 전 외박에 기쿠가 헨드릭과 동침했던 것을 기억했기 때문이다. 마마 상을 편하게 해드려야 한다 고 쇼코는 다짐했다. 쇼코와 기쿠는 난롱이 간단한 야채로 만든 후 차(普茶) 안주를 차린 상을 받쳐들고 마당을 건너갔다. 상을 들여놓 고 쇼코가 먼저 손님들께 문안인사를 올렸다.

"쇼코라고 합니다."

방 안쪽에 앉았던 청이 거들었다.

"나가사키의 몇 안 되는 오이란입니다."

기쿠가 무릎을 꿇고 인사를 올린다.

"인사드립니다. 기쿠입니다."

이번에는 쇼코가 자기 식구를 추켜주었다.

"아직은 마가키(籬)이지만 마루야마 같으면 다유 감입니다."

"어서 손님들 술잔을 채워라."

청이 자기 잔을 잡으며 말했고 쇼코와 기쿠가 도쿠리를 들어 손님 들의 잔을 채웠다. 청은 그들의 잔이 채워지자 자기의 잔을 눈 높이 로 쳐들어 보였다가 함께 비웠다. 청이는 쇼코에게도 한잔 따라주며 물었다.

"내가 이렇게 대낮부터 차를 물리치고 술을 마시는 이유를 너희는 모르겠지?"

쇼코가 채워진 술잔을 앞에 놓고 눈을 깜박이고 앉았다가 말했다.

"노래에 나오듯이, 오늘도 나가사키엔 비가 내린다지요. 잔뜩 흐려 있으니 어쩌면 조금 있다가 아니면 밤중에 비가 또 내리면……오늘도 술 마시기 좋은 날이니까요."

"센신 스님이 이 렌카와 벗이 되고자 찾아오셨으니 어찌 안 마실 수 있을까."

청이의 말에 센신은 약간 멋쩍은 얼굴이 되어 고개를 숙여 보인다.

"나 같은 무주쿠(無宿)가 어찌 감히 부인께 벗을 청하겠소. 다만 도요미오야 님을 만나뵙지는 못했으나 마음의 지기라 생각하고 있습니다. 구라누시 린 대인에게서 부인의 얘기를 들었지요."

"저는 처음에 센신 님에게서 일본어를 배웠습니다."

헨드릭 중위는 말했고, 청이 센신에게 직접 물었다.

"선생은 고향이 어디셔요?"

"오사카입니다. 떠난 지 오래되었소."

청이 쇼코에게 말했다.

"쇼코, 고향 노래 한 소절 불러주렴."

"그러시다면 고우타(小唄) 조로 하이쿠 한 곡 읊지요."

쇼코가 꿇어앉은 채로 샤미센을 무릎 위에 올려놓고 발목으로 긁어서 연주를 시작했다. 그 소리는 류큐의 산신과 비슷했지만 더욱 가늘고 섬세하게 들렸다.

나그네라고

이름을 불러주오
초겨울 가랑비

고향집이여
탯줄을 보고 우는
섣달 그믐날

쇼코가 노래를 마치자 잠시 조용했다. 바람이 바뀌었는지 둥근 월
창 밖을 긁어대는 대나무 가지가 거칠게 흔들리고 있었다. 청이 손
을 술상 위로 내밀어 손가락으로 달라는 시늉을 하자 쇼코가 얼른
샤미센과 발목을 그네에게 넘겨주었다. 렌카는 몇 번 긁어보고 나서
류카를 부르기 시작했다.

미워라 히자 다리
무정한 사람이
너를 여기에 만들었지
나를 건너 보내려고

구바 잎이 산들산들
시골 산천 조용하네
밧줄에 묶인 소의
울음소리 들리는 고향

그것은 나하의 유곽에 팔려온 섬처녀 요시야 치루의 노래였고, 용
궁 시절에 청이 기녀 세리에게서 배웠던 노래였다. 경쾌한 듯하면서

도 음조가 끝절에 가서 높게 올라가거나 아래로 떨어지는 애조 띤 노래는 와카(和歌)하고는 매우 달랐다. 기쿠는 이즈모노류의 가부키 춤을 추었고 쇼코가 반주를 해주었다.

그들은 노래도 하고 때로는 아무 말 없이 술만 마시기도 하다가 누군가 불쑥 혼잣말을 하기도 했다.

"오시오 선생이시여, 만 사람에게 흩어준 금주(金朱) 한 닢은 모두 어디로 갔던가?"

그건 센신의 목소리였다.

"쇼코, 날 어두워지겠다. 손님들께 지우산 내드리고 석등에 불 켜라."

지붕에 떨어지기 시작한 빗소리를 들으며 청이 꺼낸 말이었다. 청이는 옆방 미닫이를 열고 들어가버렸고 술에 취한 헨드릭은 기쿠가 부축하고 센신은 쇼코가 팔짱을 끼어 현관으로 데려갔다. 아직 저녁이 되려면 멀었지만 벌써 하늘은 검은 구름으로 뒤덮여 어둑어둑했다.

센신의 원래 이름은 하시모토 게이스케(橋本圭介)였다. 그는 이제 마흔여섯 살로 오사카에서 태어났다. 그의 아버지는 하급 사무라이 집안의 몰락한 중농이었지만 저자에서 열심히 장사하여 자기 점포를 갖게 된 나카마(仲間)였다. 게이스케의 아버지는 그가 어렸을 적부터 책 읽기를 좋아하고 영리하여 자신처럼 장사치가 되는 것보다는 학문을 익혀 관인이 되기를 원했다. 게이스케는 서당을 다녔고 당시 나가사키를 시발점으로 하여 오사카에서 퍼져나가기 시작했던 란가쿠(蘭學)의 학숙에도 다녔다.

덴포(天保) 연간이 되면서 오사카나 에도 같은 상업이 발달한 도시 주변에서는 농민들과 소상인들이 상업의 자유와 쌀값의 안정을 요구하면서 민요가 발생하는데 이를 때려부수기 운동 우치코와시(打壞), 또는 세상 바로잡기 운동, 즉 요나오시(世直)라고 불렀다. 덴포 기근은 냉해로부터 시작되어 그후 삼사 년간 홍수와 폭풍우가 밀어닥쳐 흉작이 계속되어 전국적으로 아사자가 발생했다. 흉작으로 곡가가 급등했는데 재정난에 허덕이는 각 지역 영주들은 연공미를 선납이나 후납으로 조정하여 고리대금으로 충당했고, 도시의 재력가들은 농민들의 연공미를 관가에 대납했다가 쌀을 농촌으로부터 전매하거나 영주들의 공조미(貢租米) 입찰에도 널리 참가하여 가격을 마음대로 올리고 내리면서 양곡 시장을 지배했다. 전국적인 민란의 요지는 영주 재정의 개혁을 요구하면서 식량을 달라는 절박한 요구였던 셈이다.

오시오 헤이하치로(大鹽平八郎)는 오사카 부교쇼에서 요리키(與力) 직을 맡았던 관인이었다. 관직에서 물러나서는 양명학(陽明學)을 탐구하여 호를 주사이(中齋)라 하고 센신도(洗心洞)라는 가숙(家塾)을 열어 학생들을 가르친 이름난 학자였다. 하시모토 게이스케는 오시오 헤이하치로를 선생님으로 모시고 그의 학숙을 드나들었다. 당시 오시오 선생은 서양 학문을 연구하면서 의학을 중심으로 한 과학을 탐구하던 란가쿠(蘭學) 학자들의 모임인 쇼시카이(尙齒會) 회원들과 교유했다. 선생은 그들과 편지를 주고받으며 서양 세력을 막아내기 위해서는 어떻게 자력으로 개화해나갈 것인가에 대한 의견을 주고받았다. 하시모토는 오시오 선생의 심부름으로 각처에 있는 쇼시카이 회원들을 방문했고 특히 자기보다 아홉살 연상인 다카노 조에이(高野長英)를 선배로서 따르게 되었다. 다카노 조에이는 나가사키에서 네덜란드인 시볼트에게서 란가쿠를 배우고 뒤에 에도에서 의사로 활동했다. 하시모토는 그를 만나기 위해 간사이에서 에도까지의 먼 길을 다섯 번이나 왕복했다.

덴포 7년에 하시모토는 스물한 살이었다. 기근이 심각해지자 오사카 관아에서는 에도로 운반할 쌀을 먼저 확보하는 데 주력했고 부상들의 매점매석 행위로 쌀값이 폭등했다. 오사카 주변 농촌에는 면화나 생사를 위주로 한 특용작물을 재배하는 농민이나 수공업자들이 많았는데, 그들도 식량을 찾아 오사카로 몰려들어 굶주린 기민들이 폭발적으로 늘어났고 겨울이 되자 거리에는 굶어죽은 시체들이 즐비했다.

오시오 헤이하치로가 오사카 부교에게 백성들의 구제책을 건의하고 부호들에게도 의연금을 요구했지만 받아들여지지 않았다. 센신도 학숙을 드나들던 숙생들과 문하의 하급 관인들이며 부근에 살던 중농들은 오시오 선생을 중심으로 모여서 거사하기로 결정했다. 오시오 헤이하치로는 악랄한 관리들과 탐욕스러운 상인들에게 벌을 내리고 굶주린 백성들을 구제하기 위해 가산과 장서를 모두 팔아서 돈 한 주(朱)씩을 궁민 일만 명에게 나누어주었다.

사해(四海)가 곤궁해지면 천록(天祿)이 오래 끊기고, 소인에게 나라의 통치를 맡기면 재해를 낳는다.

이것은 오시오 헤이하치로가 거병을 호소하면서 뿌린 격문의 첫 구절이었다. 센신도 학숙의 주쿠토(塾頭)였던 하시모토 게이스케 청년은 근교 농촌으로 민란에 가담할 자들을 모으러 다녔고 격문도 여러 마을에 뿌렸다. 그해 2월 열아흐렛날, 오시오 헤이하치로는 자택과 학숙에 불을 지르고 반란을 일으켰다. 이미 모든 재산을 빈민 구제에 흩어버렸으므로 덩그러니 남은 빈집 한 채였다.

하시모토는 형제와 같은 오시오 선생의 장남과 함께 스승의 집에 불을 질렀다. 거사에 참가한 숙생과 하급 관인들은 수십 명에 불과했지만 스승의 결의에 찬 행동을 보고 모두들 죽음을 각오했다. 근교 시골 마을에서 몰려온 농민들과 시내의 가난한 초닌(町人)들은 삼백여 명 정도였지만 대포를 쏘면서 진군하자 천여 명 가까이 불어났다. 민병들은 오사카 센바(船場)의 호상들을 집집마다 때려부수며 공격했다.

오사카 부교쇼에서는 바쿠후 측의 경비대인 테이반(定番)의 도움을 받아 반격에 나섰다. 역시 포술과 단병접전의 조련을 받은 정규 병력이라 반란 민병은 반 넘게 살상당하고 사방으로 흩어졌다. 쌍방이 쏘아댄 포화로 거리 곳곳에서 화재가 일어났고 불길은 이튿날 낮과 밤까지 타올랐다. 불에 타버린 가옥이 삼천사백여 채나 되었다. 이날 밤 하시모토는 간신히 오사카 시내를 빠져나와 히메지 방면으로 달아났다. 그는 곳곳에서 민란의 패잔병들을 잡아내는 반도코로(番所)를 피하여 주고쿠 산중으로 들어가 스스로 법명을 지어 센신이라 칭하고 절의 암자에 은거했다. 오시오 헤이하치로는 아들과 함께 시내에 숨어 있다가 테이반 병사들의 수색이 가까워지자 숨어 있던 집을 불지르고 불길 속에서 나오지 않고 타죽었다. 뒤이어 히로시마, 니가타, 오사카 북부 등지에서 오시오의 문제(門弟)를 자처하는 지식인들과 백성들의 민란이 퍼져나갔고 그들은 오시오 헤이하치로의 행동이 정당하다는 격문과 벽보를 남겼다.

그해의 같은 기간에 미국 상선 모리슨 호가 통상을 요구하며 우라가(浦賀) 앞바다에 내항했다가 돌아가자 적극적인 해방책(海防策)과 소극적인 해방책을 가진 관인 지식인들 사이에 의견이 대립되었다. 그야말로 내우외환의 시작이었고 바쿠후와 조정의 이같은 위기를 지식인들은 기둥이 썩어가는 집에 비유했다. 수많은 젊은 무사들과 지식인들은 바쿠후의 낡은 통치를 개혁해야 한다는 데에는 대개 의견이 일치했지만 그 방법에 있어서는 생각이 달랐다.

중국에서의 아편전쟁 이후 서양 세력을 물리치기 위해서는 존왕양이(尊王攘夷)를 우선해야 한다는 자들은 바쿠후를 견제하기 위해서 조정과 왕의 권력을 강화시켜야 한다고 주장했다. 존왕양이파도 다시 둘로 갈라졌으니, 문호를 굳게 닫고 무조건 서양 세력을 막아내자는 측과 먼저 서양의 문물을 받아들여 부국강병을 꾀한 다음에 서양에 대항해야 한다는 측이었다.

그러나 오시오 헤이하치로 같은 개혁가나 특히 란가쿠를 공부한 지식인들 가운데 어떤 부류는 바쿠후의 낡은 통치를 혁파해야 한다는 뜻은 같았지만 서양의 문물을 받아들이고 배워서 아래로부터 민권을 쟁취해야 한다는 신념을 가지고 있었다. 쇼시카이(尚齒會)의 와타나베 가잔(渡辺崋山)이나 하시모토가 선배로 따랐던 다카노 조에이 같은 란가쿠 지식인들은 오시오 헤이하치로를 존경하고 그가 남긴 저작들을 돌려 읽었다.

와타나베 가잔은 바쿠후의 서양에 대한 정책을 비판한 책을 썼다가 체포되었고 오시오 헤이하치로와의 연계 사실이 밝혀져 고향에 연금당했다가 자살했다. 다카노 조에이 역시 비판적 저작으로 무기 징역형을 받고 복역하다가 옥에 불을 지르고 도망하여 삼파쿠(澤三伯)로 변성명하고는 전국 각지를 떠돌아다녔다. 이 기간에 그는 의학(醫學), 이화학(理化學), 병서(兵書)를 번역했고 란가쿠의 교수와 진료를 계속했다. 바쿠후의 정탐 감찰인 메츠케(目付)들이 다카노 조에이의 행적을 끈질기게 추적하더니 에도의 아오야마 근방에 있던 마지막 은신처가 포위당하자 그는 자살하고 말았다.

와타나베나 다카노 같은 지식인들이 권력자보다는 백성들, 그리고 부자보다는 빈민을 위한 지식과 학문을 하려고 했던 데에 비해서, 바쿠후 타도를 명분으로 내세웠던 다음 세대의 사족과 하급 무사 출신의 기회주의자들은 왕권과 사족 중심의 입장을 관철하게 되었다.

　또한 바쿠후 측을 비롯한 구질서의 옹호자들은 구로부네(黑船)의 도래를 내부의 근심을 딴 곳으로 돌리는 데 적절히 이용하고자 했다. 서양 오랑캐를 적으로 삼는 해방책(海防策)을 강화함으로써 안으로 백성들의 개혁에 대한 요구를 억누르는 데 활용했던 것이다.

　하시모토 게이스케는 존경하던 다카노 조에이 선배가 에도의 은신처에서 자살한 뒤에 규슈(九州) 지방으로 옮겼고 야마구치, 구마모토, 가고시마, 나가사키를 떠돌았다. 그는 나가사키를 가장 중요시했지만 육 개월 이상을 머물지 않았다. 그곳은 바쿠후의 직할령이었기 때문이다. 하시모토는 주로 도회지 부근의 절집에 거처를 정했으므로 그의 본명은 알려지지 않았고 그저 센신 스님이라는 법명으로 행세했다. 그러나 자세히 살피면 그의 법명은 스승 오시오 헤이하치로가 자신의 집에 열었던 학숙의 이름이기도 했다. 가고시마는 류큐 선상들이 많이 들어와 서양 소식을 접하기가 쉬웠고 그들과 곧 가까워졌다. 나가사키에는 오래 전부터 네덜란드의 통상 허가 구역이 있었고 당인들의 거주 지역까지 있는데다 당인들이 세운 절이 여럿이었다. 또한 근교 마을에는 오래 전부터 기리시탄임을 감추고 숨어사는 이들도 많았다.

　하시모토 게이스케는 당인들의 절집에 기거하면서 자연스럽게 도진야시키의 구라누시들과 교유하게 되었다. 하시모토가 린 대인과 친해진 것은 그가 일찍이 네덜란드인 의사 시볼트와 가까웠기 때문이다. 시볼트는 하시모토의 존경하는 선배 다카노 조에이에게 란가쿠와 양의학을 가르친 사람이었다. 린 대인은 아직도 데지마 시절의 시볼트를 또렷이 기억하고 있었다. 당시에는 당인들에게만 나가사키 시내에 거주지가 허락되어 있었고 네덜란드인은 데지마에서 마음대로 나올 수가 없었던 시절이었다. 그러나 시볼트는 의사여서 시내에 위급한 환자가 생기면 왕진은 나다닐 수가 있었다.

도진야시키의 당인들은 일 년에 몇 차례씩 데지마의 네덜란드인들을 초대하여 기녀들을 불러 함께 연회를 가지곤 했고 데지마로 초대받아 가기도 했던 것이다. 시볼트와 함께 데지마에서 일하던 외과의사 뷔르겔은 요리아이초 히키다야(引田屋)의 유녀 자매를 함께 사랑했는데, 린 대인이 이들을 소개했다. 언니 오츠네가 뷔르겔의 애인이었고 동생 소노기는 시볼트의 아내가 되었다. 시볼트는 그녀와의 사이에서 나중에 최초의 일본 여의사가 되어 메이지 천황을 받아냈다는 딸 오이나를 낳았다. 사이고 다카모리(西鄕隆盛)나 사카모토 료마(坂本龍馬)와 같은 근왕적인 개화주의자들이 나타난 것은 하시모토가 나가사키에 아주 눌러 있게 된 뒤의 일이다. 하시모토가 민란에 참여했다가 주고쿠 산중에서 은거하던 시절에 이미 오사카에는 란가쿠의 사설학교들이 설립되었고 삼천여 명에 이르는 젊은이들을 개화주의자로 만들어놓고 있었다.

도진야시키의 구라누시 린 대인은 숭복사와 홍복사에 몇 달씩 머물다 가던 하시모토 게이스케와 대화 몇 마디를 나누어보고는 나이 차이가 많은데도 그날부터 벗을 삼았다. 린 대인은 연하인 하시모토에게 센신 스님이라고 부르면서 공대했다.

청이 린 대인을 비롯한 당인 구라누시들의 도움을 받아 짓기 시작한 기아보호소가 완공되었다. 겐반(檢番)과 니시야쿠쇼(西役所)에서는 실정을 조사하여, 유모들에게 맡기거나 또는 영업집에서 스스로 어린 아기를 기르고 있는 유녀들의 의사를 물어 최소한의 양육비를 내고 아이를 맡기도록 권유했다. 야쿠쇼의 도신(同心)들은 저잣거리로 나가 구걸하는 아이들이나 꽃 파는 여자아이들을 단속하듯이 잡아왔는데 거의 절반 이상이 혼혈아들이었다. 이들은 연화옥의 기리처럼 가무로 노릇을 하다가 창가 거리에서 달아난 아이들이 대부분이었다.

열 살이 넘은 아이는 겐반의 도움으로 각 업소에 심부름 아이로 취직을 시키고 서너 살짜리부터 받았는데 기아보호소의 아이들은 육십여 명이나 되었다. 개중에는 한두 살짜리 갓난애도 있어서 어미가 있는 경우에는 유모를 정하여 기르게 하고 나가사키 회소와 도진야시키 등에서 모금을 하여 돕도록 했다. 네 살 이하의 어린아이들과 그 이상 되는 아이들을 나누어 보모들이 돌보게 했는데, 그네들은 미리 모집을 해두었다.

마루야마초와 요리아이초에 기식하는 유모들 중에 지원자를 받았고 요정의 야리테 아줌마들 가운데서도 사람을 뽑았다. 이렇게 일이 진행되자 회소나 구라누시 모임은 물론 각 영사관에서도 기금을 보탰고 유녀와 기녀들도 십시일반으로 수입 중에 얼마씩 떼어서 겐반에 냈다. 청이는 이런 일로 홍등가의 구미가시라(組頭)들 가운데서 대표적인 나가사키의 마마 상이 되어버렸다.

보모는 우선 여섯 명을 뽑고 겐반의 도움으로 요정의 기녀들 가운데 차례로 봉사할 여자들을 정하기로 했다. 그것은 렌카가 싱가포르에서 이미 저질러보고 경험을 했던 방법이었다. 직접 사생아를 낳아보거나 아기와 생이별을 겪어본 기녀와 유녀를 참여시켜야만 열성도 내고 보조금도 내게 마련이었다. 유녀들이란 대개들 낮시간에는 목욕 갔다 와서 카드 놀이나 잡담으로 시간을 보내다가 저녁때가 되면 화장과 머리 단장으로 다시 여러 시간을 허비하기 때문에 오후시간은 많았다. 모든 기녀와 유녀들이 성의를 가지고 찾아와 돕는 것은 아니었다. 처음에 며칠은 열심인 척하더니 날이 갈수록 요 핑계 조 핑계로 자기 당번을 빼먹는 여자들도 있었다.

한 달의 준비기간을 거쳐서 나가사키 회소의 초닌들과 도진야시키의 중국인 상인들이며 관아의 야쿠닌들과 마치부교까지 와서 기아보호소의 개소식을 가지기로 했다. 바로 지척이 숭복사라 보호소로 지은 건물에서는 그 많은 손님들을 접대하기도 곤란했고 변변히 대화를 나누는 모임도 가질 수가 없었다. 무엇보다도 수용해놓은 아기들이 고생일 터였다. 그래서 생각다 못해 린 대인에게 청하여 숭복사의 주지 스님에게 사찰 경내를 모임 장소로 쓰게 해달라고 부탁했고 절에서는 오히려 우리가 할 일이었다며 반색을 해주었다.

숭복사는 원래 수백 년 전에 푸젠 성에서 옮겨와 나가사키에 거류한 중국인들이 고향인 황벽산(黃檗山) 만복사(万福寺)에서 스님들을 모셔왔으므로 임제종 황벽파의 절이라 하여 일본에서 황벽종의 탄생지가 되었다. 뒤를 이어 흥복사, 복제사(福濟寺), 성복사(聖福寺) 이외에 몇몇 암자들이 생겨났다. 그들은 나가사키의 곳곳에서 공익 사업을 벌였는데, 특히 흥복사와 숭복사의 승려들이 합력하여 시내의 나카지마 강에다 메가네 다리(眼鏡橋)를 세워놓았다.

청이네 기아보호소에서 뒤를 돌아보면 좌우로 나무가 울창한 언덕인데 가파른 계단 위에 금빛 단청을 올린 기와지붕을 얹은 붉은 대문이 절의 제일문이었다. 문에 들어서면 너른 절마당은 남북으로 갈렸는데 바깥쪽에 관음과 지장을 모시고 한켠으로 관운장을 모신 관음전이 있고 마당 안쪽에 부처를 모신 대웅보전이 보였다. 절의 안쪽 짙은 숲그늘에 가려진 요사채의 흰 회벽이 보이고 그 끝에는 돌담이 뒤를 막고 있었다. 청이 섬돌을 딛고 돌아 들어가는데 누군가 저 맞은편 작은 방에서 헛기침을 했다. 방문은 열려 있었지만 그 위로 발이 걸쳐져 있으니 안이 들여다보이질 않았다.

"여긴 어쩐 일이시오?"

발 안에서 낯익은 음성이 들려왔다. 청이는 대답 없이 툇마루 앞에 서서 기웃거렸다. 발을 걷으면서 방에서 센신이 고개를 내밀었다.

"아, 여기가 선생님 거처였군요."

청이 인사를 하자 센신은 발을 걷어버리면서 말했다.

"누추하지만 좀 들어오시지요."

"글쎄요, 총무 스님을 만나러 왔는데……"

"그는 잠깐 출타중인 모양이오. 아마 멀리는 안 갔을 겝니다."

청이는 조리를 벗고 툇마루로 올라섰다.

"그럼 선생님이 끓여주는 차라도 한잔 얻어마실까요?"

방 안에는 작은 책상을 벽에 붙여놓았고 그 위에 책 몇 권이 보이는데 다담상과 다구가 놓여 있었다. 센신이 화로에 숯을 넣고 불을 붙였다. 주전자를 올려놓고 나서 그는 청에게 말했다.

"버려진 아이들을 돌보신다니 나가사키에선 없던 일이오. 어째서 그런 생각을 하셨소?"

"저도 같은 처지였거든요."

그네는 덧붙여 말했다.

"지상에는 아무것도 모르고 짓밟히는 가엾은 미물들이 많지요. 저는 열다섯 살에 조선에서 난징으로 팔려갔어요. 여러 나라를 거쳐서 류큐까지 갔다가 슈리 사족의 아내가 되었지만요. 전에 싱가포르에서도 살았어요. 거기서 양인 첩들이 버린 아이들을 모아 보호소를 해본 적이 있습니다."

"나도 짐작은 하고 있었지요. 바타비아와 싱가포르 루손 등지를 돌아다니며 수많은 막일꾼들과 여자들이 팔려가 있는 걸 봤어요. 이제 온 세상이 서양의 저자가 될 테지요."

센신은 차를 달여서 청에게 권했다. 그가 차를 마시다가 문득 말을 꺼냈다.

"나는 하시모토 게이스케가 본명이지만 친한 사람들만 알고 있습니다. 남들 있는 데서는 모두들 센신 스님이라고 불러주지요. 차차 아시게 되겠지만 게이스케는 오래 전부터 바쿠후 측에서 지명수배 중인 이름이니까……"

청이는 조심스럽게 물었다.

"무슨 죄를 지으셨나요?"

"마마 상처럼 가엾은 것들을 보살핀 죄입니다."

마당에서 인기척이 들리더니 총무 스님이 발 너머로 나타났다. 청이는 찻잔을 놓고 일어서기 전에 센신에게 말했다.

"아무 때에나 밤에 한번 오시지요. 제 방에서 조촐하게 술 한잔 대접해올리겠습니다."

센신이 합장을 하며 대답했다.

"요즘은 바쁘실 테니 보호소 개소가 끝나면 한번 찾아뵙지요."

개소식에는 겐반을 통하여 각 유곽의 구미가시라(組頭)들과 기아 보호소에서 봉사를 자원한 유녀들이며 나가사키 상인 회소와 도진 야시키의 구라누시들과 부교의 야쿠닌 그리고 니시야쿠쇼의 마치부교 등이 참석을 했다. 유녀들은 절의 행사에 나갈 때에도 봄 꽃놀이나 가을의 단풍놀이에 가는 것처럼 기분이 들떠서 요란하게 꾸미고 나서기 때문에 미리 니시야쿠쇼에서 겐반으로 공문이 내려왔다. 기녀와 유녀들이 식에 참석하더라도 마츠리(祝祭) 기분을 내어서는 안 된다는 경고였다. 음주가무를 금하고, 명절 옷이나 영업할 때에 입는 화려한 기모노를 입지 말고 시중 여자들처럼 무늬가 요란하지 않은 단색의 옷을 입을 것과, 봉사에 참가할 유녀에 한할 것과, 초닌(町人)으로서 미전(米錢)을 기부할 자는 미리 납부하고 유녀들과 현장에서 음주하지 말 것 등이 공문의 내용이었다. 데지마 시절부터 오랫동안 나가사키 부교와 협조해온 네덜란드 영사관에서도 상관장이 참석을 했다. 숭복사의 마당에 식장을 마련하여 관계자들이 돌아가며 인사를 하고 나서 아래로 내려가 새로 지은 보호소의 내부와 아이들을 둘러보고 숭복사의 마당에 차려놓은 연회 자리에서 국밥과 찹쌀떡을 나누어 먹는 정도로 식은 간소하게 끝났다.

여름의 막바지이던 8월 말에 나가사키 인근에는 부교의 명으로 외국인들의 시내 출입이 금지되었고 영사관 직원들은 일단 데지마로 들어가서 나오지 않는 일이 일어났다.

이것은 이른바 나마무기(生麥) 사건이 발생했기 때문이었다. 사츠마의 번주 시마즈 히사미츠의 행차 일행이 나마무기 근방을 지나고 있을 때에 영국인 네 사람이 말을 타고 그 앞을 가로질러서 갔다. 히사미츠 주군의 행차를 따르던 호종(護從) 사무라이가 격분하여 영국 외교관의 수행원 한 사람을 베어 죽이고 다른 두 사람에게 부상을 입힌 사건이었다. 영국측이 배상금 지불을 요구했고 바쿠후 측도 십만 파운드를 지불하는 데 합의했다. 그러나 사츠마 번측은 배상금 지불을 거절했으며 다음해 여름까지 일 년여 동안 긴장이 계속되었다. 드디어 영국 동양함대가 출동하여 가고시마를 포격하자 사츠마 번은 뒤늦게 굴복하여 이만오천 파운드의 배상금을 지불하고 범인이 드러날 경우에 처벌하기로 한다는 타협책으로 간신히 무마가 되었다. 나마무기 사건과 동시에 초슈 번에서는 인근 해안을 지나던 이국선에 먼저 포격을 가하여 영국 미국 프랑스 네덜란드의 연합 함대가 시모노세키 포대를 포격하는 사건이 발생했다.

따라서 바쿠후의 직할지였던 나가사키의 경기는 한꺼번에 얼어붙어 일시에 위축되었고 정국이 어떻게 될지 몰라서 민심도 뒤숭숭해졌다. 야쿠쇼와 부교쇼에는 총과 칼로 무장한 테이반(定番) 병이 경비를 섰으며 메츠케들이 풀려나와 사츠마와 초슈 번에서 온 사람들로 나가사키에 체류하고 있는 사람들을 감시했다. 이와 같은 여러 사건은 겉으로는 외세에 대한 존왕양이 세력들의 의분에 의한 것이라고 알려졌지만 실상은 차츰 통치력을 잃어가는 바쿠후를 타도하는 운동으로 변모해갔기 때문이었다. 그러나 이들 근왕파들도 서양의 막강한 무력을 경험하면서 스스로 개화 자강하여 바쿠후를 몰아내는 것과 동시에 부국강병을 이루어내야 한다는 쪽으로 방향이 바뀌게 된다.

그 무렵의 어느 날 늦은 밤에 연화옥의 영업도 모두 끝나고 대문 옆의 석등도 꺼진 뒤였다. 방금 자리에 누워 까무룩하게 얕은 잠에 빠져들었던 청이는 대문 두드리는 소리에 깨어났다. 바람이 거세게 불어와 월창가에 대나무 잎새가 스치는 소리가 들리는데 문짝이 바람에 흔들려 덜컹대는 소리와는 달랐다. 그것은 누군가 대문을 두드리는 소리였다. 그쳤다가는 다시 두드리는 소리가 들려왔다. 청이는 유카타 차림으로 일어나 아래채의 현관을 열고 밖으로 나섰다. 가는 비가 거센 태풍에 흩뿌려지고 있었다.

"누가…… 왔어요?"

청이 조심스럽게 중얼거리자 밖에서 역시 낮은 목소리가 들려왔다.

"나 센신입니다."

청이는 얼른 대문을 열었다. 대문이 열리자마자 그가 앞으로 넘어지듯이 쏟아져들어왔다. 센신의 옷은 온통 젖어 있었고 한쪽 팔을 손으로 감싸쥐고 있었다. 청이는 그가 어딘가 다쳤다는 것을 알 수 있었다. 그는 연신 뒤를 돌아보았다. 그네는 대문을 닫아 빗장을 지르고는 그를 부축하여 집 안으로 들였다. 촛불을 켜고 센신을 살피니 왼쪽 팔이 온통 피투성이였다. 그는 다다미 위에 주저앉으며 말했다.

"그래도 운이 좋았소."

청은 먼저 센신의 피에 젖은 옷자락을 찢고 팔뚝의 상처를 살펴보았다. 칼에 베인 상처였는데 별로 깊지는 않아 보였다. 그네는 옆방에서 자던 기리를 깨워 주방에 가서 소주를 가져오게 했다. 소주를 상처 위에 붓자 센신은 이를 악물고 미간을 찌푸리며 참아냈다. 날이 밝으면 린 대인을 통하여 중국인 의원에게 보이기로 하고 청이는 그의 상처를 깨끗한 무명 천으로 감싸주었다. 그네가 오시이레에서 유카타 한 벌을 내주어 센신은 돌아앉아서 젖은 옷을 갈아입었다. 청이 다시 기리에게 야리테 아줌마들을 깨우지 말고 술상을 보아오라고 일렀다.

"이게 다 무슨 일이에요?"

청이 침착하게 물었고 센신은 한숨을 길게 내쉬었다.

"누군가 나를 노리는 자가 있는 모양이오."

술상이 들어오고 따끈하게 데운 사케 석 잔을 연거푸 마시고서야 센신은 정신이 들었는지 더듬거리며 얘기를 꺼냈다.

그는 헨드릭 헬스라데와 영어전습소의 교원 몇 사람과 함께 신치

(新地) 당인 거리에서 저녁을 겸하여 술을 마셨다. 술자리에서의 화제는 공교롭게도 요즈음 바쿠후 측의 하급무사들 사이에 결사가 생겨나 난학자(蘭學者)들이나 존왕양이파를 가리지 않고 습격하는 사건들에 대한 이야기들이 오고갔다. 센신이 술집에서 나와 그들과 헤어진 것은 밤 열시쯤이었다. 신치에서 시안 다리를 건너 숙소인 숭복사로 올라오는 삼거리에 이르렀는데 비바람이 불고 늦은 밤이라 인적이 끊겨 있었다. 그가 길을 건너자 뒷전에서 누군가가 같이 길을 건너왔다. 그래서 센신은 뒤를 돌아보았다. 어쩐지 불안한 예감이 들어 걸음을 빨리하자 그를 따르던 자가 모습을 보이지 않았다. 자기가 잘못 넘겨짚은 줄 알고 센신은 다시 평소의 걸음걸이로 숭복사 아래편 주택가 골목으로 들어섰는데 검은 그림자가 정면에 나타났다. 센신은 상대방에게 누구냐고 물었지만 그는 대꾸도 없이 칼을 빼어 내려쳤다. 센신은 승려 차림이라 아무런 무기도 지니지 않았다. 그는 본능적으로 옆으로 몸을 굽혀 재빨리 피하고는 골목으로 들어서서 뛰었다. 어두웠지만 평소에 잘 알던 길이어서 그는 어느 만큼 뛰다가 아무 집으로나 들어갔고, 곧장 달려가 담을 넘고 대숲에 들어가 숨었다. 추격자가 숨을 헐떡이며 주변을 살피다가 사라졌다.

센신은 한참이나 숨어 있다가 다른 길로 접어들어 마루야마초를 돌아서 연화옥까지 달려왔던 것이다. 그는 여기까지 오면서 자신을 노리는 상대가 누구일까를 생각해보았다. 그날 저녁에 전습소 친구들과 얘기를 나누었던 대로 무조건 서양 세력을 배척하겠다는 바쿠후 측의 하급 무사일 수도 있었다. 보다 확실하게 그의 숙소인 숭복사에서 기다렸다가 습격하지 않은 것을 보면 자객은 이 지방 사람이 아닌 듯했다. 외부에서 파견된 결사의 일원일 수도 있었다. 또는 그가 옛날 오시오 헤이하치로의 제자로 민란에 참가한 이래로 지명수

배를 당해온 하시모토 게이스케라는 것을 아는 자일지도 몰랐다. 그럴 가능성도 있는 것이 그가 존경한 선배 난학자 다카노 조에이도 수년 동안을 삼파쿠란 변성명을 하고 떠돌아다녔지만 정탐 메츠케의 은밀하고 끈질긴 추적을 면치 못하고 포위되어 자살했던 것이다. 이제는 그가 나가사키를 떠날 시기가 온 것이다. 그날 밤 청이는 하시모토 게이스케의 과거에 대한 자세한 얘기를 들었고 그의 무주쿠(無宿)로서의 삶에 관해서도 알게 되었다.

"당분간 여기서 숨어 계셔야 되겠군요. 제가 선생님을 돌봐드리겠어요."

청이는 센신을 보면서 마치 남편 도요미오야 가즈토시가 옥중에서 도망쳐나온 것 같은 생각이 들었고 그를 꼭 지켜내리라고 다짐했다.

그날 청이는 기리의 방에 가서 잤고 이튿날 날이 밝자 식구들에게도 입단속을 시키고 린 대인을 불러오도록 일렀다. 린 대인은 전갈을 받자 중국인 의원을 데리고 곧장 달려왔다. 상처를 살펴본 의원은 상처를 꿰매면 더욱 빨리 낫기는 하겠지만 고약을 붙이고 정양해도 보름쯤 지나면 상처도 아물고 덧날 염려도 없게 되리라고 말했다. 의원이 돌아간 뒤에 린 대인이 말했다.

"이제 쇼후쿠지(崇福寺)에는 다시 돌아갈 생각을 마시오. 지금 번과 바쿠후의 사무라이들이 각기 파당을 지어 서로 잡아먹지 못해 으르렁거리는 판이라오."

"그래요. 당분간 저희 집에 계시면서 바깥이 잠잠해질 때까지 여행도 하셔서는 안 됩니다."

센신은 어느 결에 하시모토 게이스케로 돌아가 있었다.

"이젠 규슈를 떠나 간사이(關西)로 돌아갈 때가 된 것 같군. 바쿠후 타도파들과 백성들이 힘을 합쳐야 될 텐데……"

"차라리 우리 배로 밀항을 하여 잠시 상하이나 바타비아에 나가 있는 건 어떻겠소?"

린 대인의 말에 셴신은 고개를 흔들었다.

"지금은 그렇게 한가한 때가 아닙니다."

린 대인이 바깥소식을 알아보는 일과 적당한 때에 그를 나가사키 경내 바깥으로 내보내는 일을 맡기로 하고 돌아갔다.

그로부터 하시모토 게이스케는 처음 예정과는 달리 한 달이 넘도록 요정 연화옥의 별채에 머물러 있었다. 청이는 자식도 낳지 못한 채 이제 서른아홉이 되었지만 아직도 남들이 보면 이십대 중반쯤으로나 보였다. 다만 언제부터인가 눈가에 그늘이 생겨서 발랄한 생기는 사라져버린 대신에 사려 깊은 중년 여인의 표정이 엿보였다. 하시모토 게이스케는 갓 오십이 되었다. 옛말에 오십은 하늘의 뜻을 알게 되는 나이라고 하였건만 그만큼 새로운 일을 다시 시작하기는 늦은 나이였다. 하시모토 자신은 청년 시절에 그가 오시오 선생을 따라 이루려 했던 꿈을 마무리지을 때가 왔다고 느끼고 있었다. 청이는 처음에 셴신이라고 소개된 그를 만났을 때 어딘가 비명에 죽은 류큐 사족 도요미오야 가즈토시와 분위기가 닮아서 마음이 끌렸던 것이 사실이었다. 그러나 하시모토에게서는 도요미오야와는 달리 어딘가 나약한 비애감이 전혀 느껴지지 않았고 오히려 낙천적이고 강인해 보이기도 했다. 도요미오야가 망해버린 속국의 사족으로서 처음부터 자신의 처지에 한계를 느끼고 있었던 데 반해서 하시모토는 젊어서부터 세상 바로 세우기에 목숨을 걸었던 때문이었을까.

그의 상처가 아물고 이제는 식구들도 으레껏 별채에 마마 상 렌카의 손님이 머물고 있다는 것을 일상으로 받아들이고 있던 무렵이었다. 그가 청이의 방을 쓴 지도 벌써 이십여 일이 넘었다. 그날은 안채에 손님도 오지 않았고 기녀들도 일찌감치 화려한 기모노를 벗고 화장도 지웠다. 나가사키에는 그날도 비가 내렸는데 바람은 거세게 불지 않고 오다 말다 하는 가랑비가 처마 끝에서 물방울을 떨어뜨리며 추적추적 내렸다. 청이는 하시모토를 위하여 작은 술상을 보아다가 둘이서 서로 권커니 자커니 했고, 밤이 깊어가자 어지간히 취해버렸다. 하시모토가 청이의 잔에 술을 따라주며 말했다.

"새벽에 깨어난 잠자리가 더욱 차다는 하이쿠의 구절이 생각나오."

"비록 추워도 둘이서 자는 밤은 든든하여라, 하는 구절도 있지요."

청이는 그의 눈길을 피하여 고개를 숙이면서 다시 말했다.

"여인과 함께 자리에 든 지가 오래되셨지요?"

하시모토 게이스케는 술잔을 내려다보며 중얼거렸다.

"글쎄…… 젊은 시절에 오사카에서 한 두어 번…… 그리고 몇 년 전 고슈 가도의 여숙에서 술이 취하여……"

그는 청이를 새삼스럽게 정면으로 쏘아보다가 다시 얼굴을 돌리고는 어쩐지 쓸쓸하게 픽 웃었다.

"참으로 이상한 노릇이지. 여인과 잠자리를 같이하고 나면 날이 밝을 때까지 잠이 오질 않는 거요. 불길에 휩싸인 오사카 센바 거리가 보이고 불길 속에서 두 팔을 휘젓고 있는 오시오 선생님이 떠오르고…… 다카노 조에이 선배가 자신의 목을 찌르는 광경도 생각나고…… 그래서는 곁에 잠든 여자를 두고 도망치듯 혼자 빠져나가곤 했소."

청이는 이부자리를 들치고 요 위로 자리를 옮겨 앉으면서 하시모토의 손을 잡아 이끌었다.

"당신은 센신 스님이잖아요. 과거의 업장에 매일 필요가 없지요. 목숨 가진 모든 것들은 오늘을 살고 있는 거랍니다."

하시모토는 뻣뻣하게 굳어버린 통나무처럼 청이의 옆에 몸을 눕혔다. 청이 그의 옆으로 몸을 돌리자 하시모토는 움츠러들면서 등을 움직여 조금 비켜났다. 그러나 청이는 그의 유카타 자락 안으로 제 다리를 넣어 휘감았다. 그리고는 손을 그의 맨가슴으로 집어넣어 가슬가슬한 가슴의 털을 어루만졌다. 하시모토가 옆으로 돌아누우면서 팔을 내밀어 청이의 머리 뒤로 돌리고 다른 한 손으로는 그네의 젖가슴을 어루만졌다. 청이는 실로 몇 년 만에 사내와 함께 자리에 들어서인지 저절로 속이 떨리고 숨이 차올랐다. 청이 하시모토의 입술을 물었고 그는 거칠게 껴안으며 그네의 입술을 빨기 시작했다. 청은 낮은 신음 소리를 냈고 하시모토가 그네의 유카타를 어깨에서부터 벗겨내렸다. 청이도 하시모토의 유카타 자락을 젖혔다. 이제 두 사람은 알몸이 되었다. 하시모토가 서툴게 그네의 몸 위로 올라가자 청이는 그의 어깨를 두 팔로 휘감아 안으며 다리를 벌려 몸을 열어주었다. 청은 그의 나이에 걸맞게 부드러운 남근이 몸 속으로 들어오는 순간을 느꼈다. 그러나 하시모토는 동작을 하지 않고 그대로 가만히 엎드려 있을 뿐이었다. 청이 아래에서 꼼지락대며 움직였지만 하시모토는 몇 번 거세게 움직여보다가 제풀에 식으면서 옆으로 몸을 굴려 누워버렸다. 청이는 그의 팔 위에 머리를 얹고 잠시 기다렸다. 그의 가슴에서 퉁탕거리는 심장의 박동이 너무도 또렷하게 들려왔다.

"낯설어요?"

청이 말했지만 하시모토는 잠자코 누워서 천장만 올려다보았다. 처마에서 쉴새없이 떨어지는 낙숫물 소리가 고즈넉하게 들려왔다.

"어떻게 하는 건지 다 잊어버린 모양이오."

하시모토가 혼잣말처럼 중얼거렸다. 청이는 그가 자기 몸을 절실

292

하게 원하고 있다는 걸 잘 알고 있었다. 그네는 하시모토의 가랑이 사이로 손을 넣고 쓰다듬으면서 속삭였다.

"내가 당신을 살려낼게요."

청이는 자신이 하시모토의 몸 위로 올라갔다. 그리고 입술로 그의 목덜미에서부터 시작하여 가슴에서 아랫배에 이르기까지 천천히 부드럽게 애무했다. 하시모토 게이스케는 청이를 안고 몸을 뒤집었다. 그는 그네의 몸 속으로 들어갔고 마치 어둠 속에서 걸음을 내딛는 것처럼 조심스럽게 움직였다. 청이는 그가 서두르지 않도록 목덜미와 등에서부터 허리에 이르기까지 가만히 쓸어내렸다.

식구들 중에 쇼코는 마마 상에게 변화가 일어난 것을 눈치챘다. 청이 몸소 하시모토에게 내갈 된장국의 간을 보러 안채의 식당방에 갔을 때 늦게 일어난 쇼코 혼자서 죽을 먹고 있었다. 그네가 머리를 조금 숙여 인사를 해 보이고는 말했다.

"마마 상 여기서 아침 드시게요?"

청이는 대꾸 없이 부엌에 대고 말했다.

"미소시루 아직 안 끓였으면 그냥 놔둬요. 내가 끓일 테니……"

난롱 아저씨는 부엌 옆 찬방에서 궐련을 태우고 앉았고 부엌에 있던 고우라와 오바시 아줌마들은 서로 눈짓을 보내면서 킥 하고 웃음을 삼켰다. 그네들은 청이 부엌으로 내려가 된장을 뜨고 국물을 낸다 간을 본다 하는 것들을 음식이 드나드는 쪽문으로 내다보았다. 쇼코가 야리테 아줌마들과 눈이 마주치자 그들은 서로 웃음을 참지 못해 입을 막고는 돌아섰다. 쇼코가 드디어 한마디했다.

"마마 상, 고이비도(戀人)가 생겼다구 아줌마들이 시샘을 한대요."

청이는 의외로 빙긋 웃으며 쇼코에게 대꾸했다.

"너는 그래두 오이란(花魁)이니 마른 가지에 핀 매화를 알겠구나."

청이는 상을 보라고 이르고 마루를 지나 현관을 나갔다. 난룽이 담배를 부벼 끄고는 아줌마들이 정갈하게 차린 소반을 넘겨다보았다.

"우리 초자께서 눈자위가 밝아졌으니 좋은 일이 아니냐."

쇼코는 이층에 올라가 뭔가 꺼내가지고 내려왔다. 오바시는 그네가 갖고 온 네모난 붉은 갑으로 손을 내밀었다.

"뭐야, 지분이라면 나두 좀 줘봐요. 발라본 지 오래되었거든."

"손 저리 치워요. 이따가 마마 상에게 줄 거야."

오바시는 입술을 비죽거리며 투덜거렸다.

"흥, 구경이라두 하자니까 사람 괄시하기는 원."

고우라가 힐끗 보고는 알은체를 했다.

"그건 향갑인 모양인데…… 마마 상 잠자리에 피우라는 게로구면."

기녀들이 모두 일어나 아침을 먹고 목욕 가기 전에 잡담을 하며 게으름을 피우고 앉았는데 청이 소반을 기리에게 들려 안채로 건너왔다. 청이는 기녀들에게 눈인사를 하고는 오바시 아줌마에게 별채의 목욕물을 데우라고 일렀다. 그네가 현관으로 나가려는데 쇼코가 뒷전에 다가와서 은근히 속삭였다.

"마마 상, 이거 갖다 쓰셔요."

청은 쇼코가 내미는 붉은 향갑을 잠시 물끄러미 내려다보았다.

"사향이랍니다. 이건 좋은 사람이 오셨을 때에 피우는 향이에요. 머리맡에 피워놓으면 심신이 편안해지고 힘이 나지요."

청이는 웃으면서 향갑을 쇼코의 손에 도로 쥐어주었다.

"이건 탕 대인이 오면 네나 써라. 우린 차나 마시면 된다. 센신 님은 무주쿠이니 곧 떠나실 게야."

며칠 후에 린 대인이 바깥 소식을 알아가지고 찾아왔다.

"대륙에서는 태평천국의 난이 완전히 평정되었답니다. 바쿠후에서는 적대적인 초슈 번을 정벌하려 하고 초슈에서는 양총과 대포로 무장한 신식군대가 창설되어 맞선답니다. 바쿠후의 신센구미(新撰組)라는 사무라이들이 바쿠후 타도파건 개화 지식인이건 가리지 않고 습격을 한다는 뒤숭숭한 소문입니다."

하시모토가 말했다.

"바쿠후는 이제 만인의 적이 되겠군요."

"아직은 누가 센신 스님을 노렸는지 알 수가 없소. 바쿠후 측이나 아니면 단순한 존왕양이파인지도 모릅니다. 여기서 빠져나가려면 육로는 위험하니 배를 타고 가고시마로 가셔서 뱃길을 통하여 오사카로 가는 쪽을 택하시지요."

린 대인의 말에 하시모토는 고개를 끄덕였다. 린 대인이 배 편을 알아가지고 오겠다며 돌아갔고 하시모토는 연화옥의 별채에서 닷새를 더 묵었다. 마지막 날은 두 사람이 한 잠도 자지 않고 하이쿠도 읊조리고 술잔도 나누면서 밤을 새웠다. 새벽녘에 린 대인이 인력거를 불러 타고 찾아왔다. 청이는 하시모토의 길 양식과 입을 옷가지를 챙겨 커다란 바랑을 만들어두었다. 바랑을 한쪽 어깨에 짊어지고 별채의 현관을 나서는 하시모토의 등뒤로 청이는 조용히 따라나왔다. 하시모토가 대문 앞에서 돌아섰다.

"고마웠소. 언젠가는 꼭 고향에 돌아가시오."

"몸조심하세요."

청이는 대문을 연 채로 비스듬히 기대어 서 있었다. 린 대인이 먼저 인력거에 올랐고 뒤편의 인력거에 오르려던 하시모토가 돌아와 청이에게 말했다.

"살아 있게 되면 다시 오리다."

"어서 가셔요."

그가 오르자 인력거꾼은 잽싸게 걸음을 옮기기 시작했다. 어둠 속으로 인력거들의 자취가 사라진 뒤에도 멀리서까지 그들의 발자국 소리가 들려왔다가 희미해지고 드디어는 고요해졌다.

이듬해 사츠마와 초슈, 두 번이 동맹을 맺고 바쿠후의 정벌에 맞서 격퇴하고 내란으로 이어지게 되는데, 이 무렵부터 왕정복고가 이루어질 때까지 몇 해 동안 일반 백성들의 세상을 바로잡자는 요나오시 민란이 전국적으로 일어났다. 나가사키는 그뒤로 바쿠후 직할지에서 사이고 다카모리 등에 의하여 사츠마의 세력권이 되었다가 바쿠후 타도파들의 거점이 되었다. 그러나 바쿠후 타도파들도 백성들의 아래로부터의 저항은 용납하지 않았으니 공화주의는 일부 개화 지식인의 토론거리에 불과했다.

하시모토가 나가사키를 다시 찾은 것은 메이지 천황이 즉위하던 해였다. 하시모토 게이스케는 각처에서 옛 동지들과 함께 돗토리(頭取)를 내세워 수천여 마을을 봉기에 참가시켰다. 물론 일어나는 자가 있으면 잠자는 자가 있게 마련이었지만 평화적인 소(訴)에는 남녀노소가 모두 나섰다. 그러나 소가 좌절되고 나자 백성들은 요나오시 민란에 합세했다.

초슈 정벌로 시작된 내전을 통하여 사족과 호농층이 서양식으로 훈련시킨 군대는 농병이었고 이들은 사족들의 하수인으로 같은 농민들을 무자비하게 토벌했다. 바쿠후 측과 존왕양이파는 서로 적대하면서도 민란에 대해서는 국가를 해치는 제일의 위험 요소라고 보는 데 일치했다. 두번째의 봉기에서 패배한 뒤에 하시모토 게이스케는 근기(近畿) 지방에서 탈출했다.

오랫동안 하시모토 게이스케의 행방을 쫓던 메츠케(目付)들은 민란이 휩쓸고 지나간 뒤에 그의 정체와 용모를 정확히 파악하게 되었고, 특히 초슈와 사츠마 번의 관할 지역에 그가 은신할 것이라는 첩보를 가지고 있었다.

청이는 그날도 기아보호소의 마당에서 아이들과 모처럼 해바라기를 하고 있었다. 큰 아이들은 사방치기를 하면서 떠들썩하게 마당을 뛰어다녔고, 보모 아줌마들과 청이는 작은 아이들이 뒤뚱거리며 걸음마하는 모습을 보며 즐거워하고 있었다. 그때에 린 대인의 머리가 울타리 너머로 나타났다. 그는 잠깐 청이를 향하여 고개를 끄덕여 보이고는 사라졌다. 청은 얼른 마당을 돌아서 정문으로 나가 골목을 기웃거렸다. 린 대인은 숭복사로 통하는 비탈길을 천천히 내려가고 있었다. 청이 따라가며 말했다.

"오셨으면 들어오실 것이지 어딜 가세요?"

"걸으면서 얘기합시다. 센신 스님이 돌아왔어요."

"뭐라구요…… 언제요?"

"어젯밤에…… 내가 고후쿠지(興福寺)의 암자에 모셔다놨습니다."

흥복사는 나카지마 강을 따라서 한참이나 올라간 가장 후미진 곳에 있는 절이었고 암자는 여섯 곳이나 있었다.

"저희 집으로 모시겠어요."

청이의 말에 린 대인은 나직하지만 다급하게 말했다.

"지금은 그럴 때가 아니오. 센신 스님이 하시모토 게이스케라는 것을 온 세상이 다 알게 되었소. 그분은 요나오시 민란의 주동자요. 바쿠후 측이며 번의 사족들 모두가 민란의 주동자는 결코 용서하지 않습니다. 더구나 며칠 전에는 내 집과 쇼후쿠지에 메츠케 정탐들로 보이는 자들이 찾아왔었습니다."

청이는 아, 하면서 그 자리에서 걸음을 멈추었다. 그가 이토록 위험한 나가사키로 찾아든 이유를 알 것 같아서였다. 그네는 린 대인이 일부러 자기에게 찾아와 알려주는 속마음도 짐작할 수가 있었다.

"지금은 안 되겠지만 이따가 밤이 깊으면 내가 마마 상을 모시러 가겠소."

린 대인의 말에 청이는 되물었다.

"제가 찾아가면 그분에게 해가 되지 않겠어요?"

"마마 상을 못 만나면 그는 여길 떠나지 않을 게요. 내일이라도 당장 그를 설득해서 상하이나 홍콩으로 나가는 배를 태울 작정이오."

청이는 린 대인과 헤어져 집에 돌아온 뒤에 은자와 옷가지를 챙기고 난롱 아저씨에게 부탁하여 떡을 찌도록 해두었다. 저녁에 손님이 몇 자리 들어서 오히려 다행이었다. 식구들도 영업하느라 분주하여 청이 마마 상을 돌아볼 겨를이 없었던 것이다.

자정이 다 되어 린 대인이 찾아왔고 청이는 장만해둔 보퉁이를 옆에 끼고 일부러 중심가의 번화한 곳을 피해서 돌아갔다. 린 대인이 앞장서고 청이는 좀 떨어져서 뒤를 따라갔다. 남의 눈을 피하기 위해서는 인력거도 탈 수 없어서 걸어갔는데 도진야시키에서 홍복사까지는 제법 먼 거리였다. 홍복사 앞에 이르니 경내에는 벌써 석등까지도 불이 모두 꺼져서 캄캄했다. 대웅보전의 이층 지붕은 어둠 속에서 더욱 거대하게 보였다.

두 사람은 절의 뒷산인 헤이토잔(平頭山)으로 올라갔다. 숲 사이로 작은 오솔길이 나왔는데 제법 가파른 비탈길이었다. 그들이 암자 가까이 올라갔는데 비탈길은 구부러져서 바로 머리 위에 있었다. 막돌을 쌓아 만든 계단을 오르려다가 린 대인이 먼저 걸음을 멈추었고 청이도 뒷전에서 숨을 고르고 섰다. 그때에 그들은 위쪽 길모퉁이에서 누군가 내려오고 있는 듯한 발소리를 들었다. 린 대인이 청이의 팔을 잡아끌더니 계단 아래 풀숲으로 내려가 엎드렸다. 검은 그림자 둘이 모퉁이에 나타났고 그들은 거친 숨을 내뿜으며 오솔길을 돌아서 내려왔다. 그들이 쿵쿵거리며 뛰어내려가는 다리가 지척에 숨어 있던 청이와 린 대인의 머리 위로 지나갔다.

두 사람은 그들의 발소리가 아주 멀어져서 안 들리게 될 때까지 그냥 쭈그리고 앉아 있었다. 누가 먼저랄 것도 없이 그들은 벌떡 일어났고 청이가 먼저 앞장서서 위로 올라갔다. 모퉁이를 돌자마자 암자의 작은 마당이었다. 일자로 지은 작은 정전의 문은 활짝 열어젖혀져 있었고 그 옆에 있는 요사채의 방문도 모두 열려 있었다. 청이는 덜덜 떨며 두 손을 쥐고 마당에 주저앉았다. 뒤따라온 린 대인이 두리번거리더니 툇마루로 올라갔고 성냥을 꺼내어 불을 밝혔다. 왼쪽 방 문턱에 쓰러진 승복의 몸집이 나타났다가 사라졌다. 린 대인은 그를 건너뛰어 방에 들어가 불을 붙인 촛대를 들고 마루 가운데로 다시 나왔다. 청이는 가까스로 일어나 툇마루 쪽으로 다가갔다.

린 대인이 문턱에 쓰러진 승려의 몸을 젖히자 암주인 듯싶은 젊은 중의 얼굴이 나타났다. 등을 베였는지 주검을 움직이니 피가 방바닥과 다다미에 흘러 번지고 있었다. 린 대인이 다시 마루를 건너가 옆방으로 갔다. 청이는 툇마루로 올라 그 방으로 들어갔다. 거기 하시모토 게이스케가 눈을 뜬 채로 누워 있었다. 가슴을 찔렸는지 승복의 왼쪽 자락이 붉게 젖어 있었다. 린 대인이 하시모토의 뜬 눈을 쓸어내렸다. 청이는 그의 머리를 자기 무릎 위에 얹고 앉아서 조용히 울었다.

청이는 그뒤에도 오랫동안 하시모토의 시신을 두고 돌아나온 순간을 잊지 못했다. 흥복사에서는 야쿠쇼에 두 사람의 죽음을 신고하고 스님들끼리 단출하게 화장을 했다는 후문이 들려왔다.

하시모토가 죽어간 이듬해에 사츠마 초슈의 동맹군은 바쿠후를 타도하고 천황제 정부 수립을 선포했다. 정변은 마침 고베, 오사카, 교토, 나고야, 에도, 요코하마 등지에서 일어났던 백성들의 폭동으로 바쿠후의 행정력이 마비된 틈을 이용했기 때문에 쉽게 성공할 수 있었다. 쇼군 요시노부가 영지 몰수에 반발하여 거병하자 내란으로 번져갔다. 이후 일 년 반 동안 계속된 싸움에서 천황군은 백성들의 봉기를 이용하여 바쿠후 군을 무너뜨렸지만 공의(公議)가 다시 사족과 다이묘, 무사 계급의 것임을 선포함으로써 백성들을 배신했다.

나가사키에는 태풍과 비가 가끔씩 지나가기는 했지만 그후 늘 평온했다.

12. 미소

그날 겨울 들어 눈이 가장 많이 내렸다.

조선의 겨울은 대륙으로부터 북서풍이 매섭게 불어와 다른 계절은 없는 것처럼 길고도 지루했다. 기리는 남방이나 다름없는 나가사키에 살다가 와서 더욱 그랬는지 하루 종일 꼼짝도 않고 화로를 껴안고 살다시피 했다.

바닷바람은 언제나 편서풍이었는데 눈보라를 몰고 와서는 서쪽의 막막한 갯벌에서부터 인천항 부두까지 하얗게 덮어버렸다. 초저녁이 되자 집집마다 석유 남포에 불을 밝혔고 눈이 두텁게 쌓인 길에는 일찌감치 인적이 끊겨버렸다. 기리네 기쿠야(菊屋) 여관에는 장기 투숙하는 손님들만 빼고는 그날 따라 한양에서 출장 오는 손님도 없었다. 하지만 기리는 경인 기차의 막차가 들어올 때까지만 문을 열어두고 있었다.

기리는 나가사키 시절에 맨손의 행상으로 시작하여 작은 잡화점을 내었던 아라이와 혼인을 했다. 아라이는 어려서 쇼코의 요닌(用人) 노릇을 하다가 그네가 마마 상 렌카를 만나게 되었을 때에 행상으로 독립을 시켜주었다. 기리는 가무로 노릇을 하던 어릴 적부터 아라이를 오빠라고 부르며 따랐다. 메이지 초년에 유녀 개방령이 있고 나서 기리는 정식 기녀가 되어 마가키까지는 올라갈 수가 있었다. 기리가 어려서는 오바시 아줌마를 엄마로 알고 자라다가 요정 연화옥에 들어가 렌카를 마마 상으로 모시고 살면서 그이가 얼마나 생각과 정이 깊은 사람인가를 느끼게 되었다. 렌카 마마 상은 요정 연화옥을 십여 년 동안 더 운영했다. 그네는 예순 살이 되자 요정을 쇼코에게 넘겼다. 그맘때에는 처음 함께 시작했던 이들도 죽거나 전업을 하거나 떠나고 그랬는데, 마지막까지 곁에 남아 있던 쇼코가 요정의 새 주인이 되었다. 마마 상은 나가사키 회소와 현청에서도 모두들 존경을 했고 마루야마초의 겐반에서도 운영에 대한 의견을 물어오기까지 했다. 마마 상 렌카는 나중에 들어온 양인 교회측에 기아보호소를 넘기고는 신치에 작은 집을 사서 조용히 단조롭게 살았다. 그네는 기리가 스무 살이 넘게 되자 기적에서 빼어 아라이와 결혼을 시켰다. 기리는 혼혈이었지만 머리가 검고 눈이 좀 크달 뿐 이국적인 남방 처녀로 보였다. 철이 없던 기리는 다유까지는 올라가 보고 싶다면서 아직은 혼인하지 않겠다고 버티었다가 마마 상에게서 하루 종일 욕만 얻어먹었다.

아라이와 기리 부부가 조선으로 온 것은 인천이 일본에 의해 개항을 당한 지 두 해나 지나서였다. 그때 아라이는 애써서 장만했던 잡화점을 다 망해먹은 뒤였다. 친구의 꾐에 빠져 어묵공장을 인수했다가 빚더미에 올라앉았던 것이다. 실의에 빠져 있던 아라이가 어디서 들었는지 조선에 나가면 신천지에서 돈을 많이 벌 수 있다며 가재도

구를 몽땅 팔아 떠나자고 기리를 못살게 굴었다. 기리가 엄마와 다름없는 렌카를 찾아가서 남편의 성화로 조선에 간다니까 그네는 대뜸 눈물을 흘리기 시작했다. 기리는 렌카 엄마가 류큐에 시집을 갔던 조선 여자인 줄은 알고 있었지만 건성으로 듣고 흘려버렸는데, 그렇게 고향에 돌아가고 싶어하는 줄은 몰랐었다.

"기리야, 나도 여기 것들을 모두 정리할 테니 함께 떠나자꾸나."

마마 상이 하던 말을 기리가 알려주었더니 아라이도 그네를 엄마처럼 생각하고 있어서 퍽이나 든든하게 여겼다. 시모노세키에서 인천까지는 열흘에 한 번씩 운항하는 민간 연락선도 있었고 한 달에 두 번씩 물자를 실어 나르는 군함 편도 있었다. 개항 전에는 제물포라고 했다는데 도착해보니 일본인은 맨 처음에는 삼백여 명이다가 이미 오백여 명으로 늘어나 있었다. 몇 년 만에 인천은 일본인, 중국인, 서양인, 그리고 조선 각처에서 몰려든 장사치와 일꾼들로 나가사키에 버금가는 수만 명이 사는 도회지가 되어버렸다.

아라이와 기리 부부가 인천에 도착해보니 여기서 판잣집을 짓고 살기 시작한 일본인들은 거의 규슈 지방 사람들이었다. 그들은 낯익은 나가사키 사람들도 많이 만났는데 후쿠오카, 구마모토, 사가, 그리고 야마구치와 히로시마에서도 많은 일본인들이 왔다. 인천이 개항된 뒤로 일본인 지계와, 청인 지계, 양인 지계, 그리고 조선인 지계로 나뉘어서 서로 별 말썽 없이 부지런히 먹고들 살았다. 아라이네 식구는 가자마자 일본 지계에 큼직한 목조건물을 지어 여관을 열었다. 기리의 욕심 같아서는 나가사키의 기적에서 빠진 애들을 데려다가 요정을 내고 싶었지만 마마 상은 조용한 말년을 보내고 싶어했다. 나중에 인천이 번화해지면서 여관이며 호텔이 많이 생겼는데 그때에는 깨끗한 여관이 두어 집이나 될까 말까 했다. 어느 해인가 렌카 마마 상이 고향 황주의 복숭아골에 가보겠다고 하여 아라이가 조선 보부상협회 인천 지부에 가서 안내할 일꾼을 주선해왔다. 인천서 배를 타고 해주까지 가는 길은 잠깐이었는데, 그네는 달포나 지나서 얼굴이 햇볕에 검게 그을려서 돌아왔다. 마마 상은 부모님 묘소도 없어지고 고향 마을에는 아는 이들도 남아 있지 않더라고 하면서 작은 나무쪽 한 개를 가져왔다며 기리에게 보여주었다. 그것은 절의 지장전(地藏殿)에 올리는 죽은 사람의 위패였다. 심청(沈淸)이라고 씌어 있어서 기리는 그제사 렌카 엄마의 본성이 심가인 줄 알았다. 심청 할머니는 바깥출입도 별로 하지 않고 기쿠야 여관의 안채 내실에서 기리네 아이들과 소일하면서 지냈다.

아라이의 사업은 청일전쟁이 있던 해부터 영업이 잘되어 가산이 불 일어나듯 했다. 항구에는 군함과 화물선이 끊임없이 드나들었고 부두의 술집마다 군인들이 넘쳐났다. 청인 지계의 대상들은 그 무렵에 큰 상권을 모두 일본인에게 넘기고 떠났고 작은 장사치들만 남게 되었다.

심청 할머니가 일흔이 되었을 때, 그네가 간곡히 원하여 아라이는 조선 목수들을 불러다가 문학산 남쪽 골짜기에 암자 한 채를 짓고 연화암(蓮花庵)이란 현판을 달아주었다. 얌전한 조선 할머니 한 분이 자매처럼 돌봐주며 함께 살았다. 나중에 스님을 들인다더니 인근 강화에서 나이 지긋한 만각(晩覺) 스님이 오게 되어 법당을 지키고 있었다. 인근의 조선 마을 사람들은 모두들 심청 할머니를 연화보살이라고 불렀다.

조선은 이제 일본이 되어버렸고 인천은 나가사키나 요코하마와 똑같은 모양의 항구가 되었다. 작년에 러시아 군함 두 척이 일본 소함정의 포격에 맞아 불에 타서 가라앉는 모양을 구경하며 일본 지계의 남녀노소가 모두 언덕에 올라 만세를 불렀다. 일본은 중국의 여순에서도 러시아에 이기고, 동해 바다에서는 일본 연합 함대가 러시아의 발틱 함대를 모조리 침몰시켰다. 청관의 청국 영사관 순포청의 병졸도 힘을 잃고 얼빠진 듯이 쓸 데도 없는 넓적한 칼을 꼬리처럼 늘어뜨리고 서 있었다. 아라이는 그 무렵에 다시 몇 채의 집을 더 사서 여관도 넓히고 다른 곳에 요릿집까지 개장했다. 기리는 자기네가 이렇게 부자가 된 것은 엄마가 안 계셨다면 어림도 없는 일이라고 생각했다. 기리는 열흘이 멀다 하고 연화암에 올라갔고 남편 아라이도 아무리 사업이 바빠도 두어 달에 한 번씩은 맛있는 음식을 구해 가지고 찾아가 뵈었다.

기리는 그날 여관의 내실에서 화로를 끼고 앉아 졸고 있었다. 여관의 나카이를 보는 아줌마가 미닫이를 열더니 연화암에서 스님이 오셨다고 알렸다. 기리는 어쩐지 가슴이 철렁했다. 그렇지 않아도 엄마가 팔순이 된데다 요즘 들어 자주 잔병치레를 했기에 그이에게 무슨 일이 생겼다는 직감이 들어서였다. 현관에 나가보니 눈을 어깨에 하얗게 뒤집어쓴 만각 스님이 서 있었다.

"혹시 어머님께 무슨 일이라도……"

기리가 물었더니 스님은 말없이 고개만 숙여 보였다. 기리는 스님을 데리고 일본 지계에 있는 제중의원(濟衆醫院)으로 가서 의사의 왕진을 청했다. 이런 날씨에 다른 사람이 청했더라면 아마 의사는 이런 저런 핑계를 대며 꼼짝하지 않았을 것이다. 그래도 기리가 지계의 유지인 아라이 부인이라는 것을 아는 의사는 차마 거절하지 못했다.

연화암에 당도한 것은 밤 아홉시가 넘어서였다. 아직도 함박눈이 펑펑 내리고 있었다. 그들은 몇 번이나 눈에 미끄러지고 넘어지면서 암자로 오르는 오솔길을 올라갔다.

심청은 곤하게 잠든 사람처럼 눈을 살풋이 감고 있었는데 그들이 들어서자 찬바람이 느껴졌는지 눈을 뜨고 고개를 돌렸다. 그네는 절로 나와서는 조선식으로 머리를 빗어내려 뒤에 쪽을 지고 비녀를 꽂았는데, 헝클어지지 말라고 그랬는지 아줌마가 흰 머리끈을 동여주었다.

"기리 왔구나!"

청이 반가운 듯이 그렇게 한마디했다. 의사가 청진기를 짚어보고 맥박과 체온을 재보고 하더니 주사 한 대를 놓아주었다. 기리가 밖으로 나가는 의사를 따라나가 물었더니 그는 고개를 갸웃거리며 말했다.

"워낙 노환이라 딱히 병명을 말하기가 곤란합니다. 너무 쇠약해지셨어요."

양의를 모르는 사람들은 귀한 약이 든 주사를 맞으면 기적처럼 벌떡 일어나리라고 여기겠지만, 의사는 아마 그냥 돌아서기가 서운해서 한 대 놓아주었던 모양이다. 정신이 조금 돌아오는 강심제라는 약이라고 했다. 기리가 다시 방으로 돌아가니 청은 잠깐 정신이 맑아졌는지 차를 한잔 달라고 말했다. 기리가 손수 차를 달여 숟가락으로 떠넣어주자 그네는 달게 마셨다.

"예전 어느 강변 마을에 아름다운 여인 하나가 나타났더란다. 나는 부모형제가 없는 사람으로 재물도 영화도 원치 않으나 내가 가진 경전을 외우는 이에게 시집을 가련다구 그랬다지. 여러 사내들이 다투어 그네와 정분을 나누었으나 마지막에 마씨 댁 총각이 경전을 외워 장가를 들게 되었구나. 혼인을 하자마자 몸이 아프다며 방에 들어가 쉬던 여인이 죽더니 삽시간에 육신이 재처럼 흩어져 금색 뼛가루가 되고 말았다더라. 며칠 후에 한 선승이 지나다가 보고 그이는 관음의 화신이었다고 그러더란다. 정분의 허망함과 살림의 덧없음을 깨우치려고 잠깐 보이셨다는구나."

청이 한참씩 쉬었다가 다시 말하려고 애쓰는 게 안쓰러워서 기리가 그만 쉬시라고 하자, 다시 또 이렇게 말했다.

"참 길은 멀기두 하다. 남들 해치지 말구 살거라."

그네는 품속에서 뭔가 꺼내어 기리에게 내밀었다. 그건 오래 전에 그네가 고향 황주에 갔다가 절에서 찾아온 자신의 위패였다. 아직도 흐릿하게 심청지신위(沈淸之神位)라는 글씨가 보였다. 청은 간신히 속삭였다.

"나 가거든 화장하여 바다에 뿌려다우. 그것도 함께 태워버리고……"

심청은 눈을 감고는 한번 빙긋이 웃었다. 오물조물한 입이 조금 움직였을 뿐, 실컷 울고 난 사람의 웃음처럼 그건 아주 희미했다.

—대미(大尾)—

모성의 시간, 혹은 모더니티의 거울

류보선 | 문학평론가, 군산대 국문과 교수

1. 『심청전』 다시 쓰기의 연속성과 비연속성

황석영이 심청전을 새로 썼다. 바로 『심청』이다. 황석영을 아는 사람이라면 우선 고개를 갸우뚱할 일이다. 『심청』이라니. 황석영 하면 떠오르는 말들이 있다. 비극적 영웅주의, 민중적 전망주의, 민중적 상상력, 엄정한 리얼리스트 등등. 물론 최근에 들어서 황석영 소설의 위대함의 원천으로 이전의 권위주의적 담론 외에 또다른 미적 특질이 주목되기 시작하면서, 황석영 소설은 서로 양립하기 힘든 것들이 서로 길항하는 대단히 생동적인 장이라는 점이 새롭게 부각되고 있으며, 그만큼 황석영의 소설세계가 다양하고 다층적이라는 사실이 속속 밝혀지고 있는 것이 사실이다. 그러나 황석영 소설의 그 다층적인 성격에도 불구하고 황석영의 소설세계를 지목하는 말로 변함없이 사용되는 표현이 남성적 의지라는 것이다. 황석영 소설은 그가 도달하고자 하는 세계와 지금의 현실 사이의 낙차를 항상 남성적인 의지를 통해 극복하고자 했으며, 그 때문에 '여성성의 거부─남성적 힘에 대한 추구'(진형준, 「어느 리얼리스트의 상상체계」; 남진우, 「돌의 정원─황석영 소설과 알레고리적 상상력」)는 황석영 소설의 일관된 요소로 읽혀왔던 것이다. 그런 황석영이 "가난과 출세, 피지배자와 지배자의 양극을 공유하면서 선하게 중화시켜주는 완벽한 여성"(최래옥, 「심청전의 총체적 분석」)을 그린 여성영웅담 심청전을 다시 쓴 것이다. 우리가 황석영의 『심청』 앞에서 일단 머뭇거릴 수밖에 없는 까닭이다.

하지만 돌이켜 생각해보면 우리가 『심청』 앞에서 갖는 이 느낌, 그러니까 앞선 그의 작품과 전혀 다른 작품을 보는 듯한 이물감은 황석영의 거의 모든 소설에서 익히 경험했던 바이기도 하다. 등단작인 「입석 부근」에서부터 평판작들인 「탑」 「객지」 「삼포 가는 길」 「한씨 연대기」 「돼지꿈」 「섬섬옥수」 「장사의 꿈」, 『장길산』 『무기의 그늘』 『오래된 정원』 『손님』에 이르기까지 황석영의 소설은 어느 것 하나 기존의 규범성, 혹은 보편성을 충실하게 따른 경우가 없다. 황석영은 항상 이제까지 어느 누구도 불러주지 않았고 그래서 말을 할 수 없었던 존재들을 호명하고 그들의 말을 들어주고자 했으며, 하여, 황석영의 소설은 항상 낯설었고 이전과는 다른 어떤 소설이라는 느낌을 주었던 것이다. 그러므로 문학사의 정전들이나 동시대의 작품들과 분명한 차이를 확보하는 것은 물론 매번 작가 자신의 소설에 흐르는 일관성과 법칙성마저도 거스르는 이 영원한 생동성이야말로 황석영 소설의 핵심적인 원천이며, 때문에 우리가 『심청』 앞에서 느끼는 이질감은 오히려 자신의 모든 작품을 예외적인 것으로 만들고자 하는 황석영 소설 특유의 생명력이 여전히 살아 꿈틀거리고 있다는 증좌이며 동시에 황석영 소설이 오랜 모색 끝에 이전의 안정감 있는 세계를 파기하고 또다른 세계의 문을 열고 들어서는 중임을 알려주는 증거라 할 수 있다.

『심청』은 그것이 비록 자신이 확보해낸 보편성이라 하더라도 어떤 보편적인 규범성에 직접적으로 부응하는 바로 그 순간 이미 예술작품으로서의 자격을 상실한다는 것을 누구보다도 잘 아는 작가의 소설로 손색이 없다. 아니, 그 이상이다. 『심청』은 황석영이 이제까지 행한 '차이와 반복' 의 과정이 집대성되고 있을 뿐만 아니라 또한 그러한 양적 축적의 과정 끝에 또 한번의 도약이 이루어지고 있다. 즉 『심청』은 이전 황석영 소설의 장처를 계승하면서 그 안에서 의미 있는 차이를 만들어내고 있는 소설인 것이다. 그리고 『심청』이 지니는 획시기성은 단지 황석영 개인의 문학세계에 한정되지 않을 듯하다. 『심청』과 더불어 한국문학사 전반은 이제 새로운 단계로 진입하게 된 것이다.

『심청』은 제목이 암시하듯 우리의 잘 알려진 고전인 심청전을 다시 쓴 것이다. 황석영은 판소리계 소설 중에서도 유난히 신화적이고 초월적인 질서의 영향력이 강하게 남아 있는 심청전을 다시 쓰면서 그것을 치밀하게 현대적인 맥락 속에 위치시킨다. 물론 심청전을 다시 쓴 것은 황석영이 처음은 아니다. 멀게는 이해조부터 가깝게는 이청준까지 여러 사람이 심청전을 다시 쓴 바 있다. 하지만 기존의 심청전을 완전히 해체하여 현대적인 감각으로 재구성한 경우는 아마도 채만식과 최인훈일 것이다. 채만식은 심청전을 세 번이나 다시 썼을 정도로 심청전의 모티프에 큰 의미를 부여했는바, 채만식은 자신의 몸과 인격을 상품화해야 했던 심청의 삶에서 여성들의 상품화를 노골적으로 강요하는 모더니티의 악마성을 발견한다. 그런데 채만식이 다시 쓴 심청전, 그러니까 「심봉사」는 인간마저도 상품화하는 현실 속에서 다만 딸이 팔려나가는 것을 지켜볼 수밖에 없는 심봉사의 회한과 분노에 초점을 맞추고 있으며, 이것은 「레디메이드 인생」 「탁류」 등에서 자신을 상품화해야 했던 여성들을 바라보는 채만식의 우울한 시선과 정확하게 일치하는 것이기도 하다. 반면 최인훈이 다시 쓴 심청전인 「달아 달아 밝은 달아」는 심청의 용궁 체험을 청루에서의 매춘 체험으로 다시 설정한다. 그리고 심청의 삶을 '민족의 수난' 혹은 '여성의 수난'으로 치환하며, 그 심청의 수난사를 통해 심청을 그곳으로 몰고 간 전근대적 모럴의 허위의식 전반을 비판한다.

이처럼 심청은 무력하고 무책임할 뿐만 아니라 허위의식으로 가득 찬 남근주의적 사회의 희생양으로 다시 전유된 바 있거니와, 황석영의 『심청』은 이러한 심청의 이미지를 한편으로는 계승하면서도 다른 한편으로는 전혀 다른 맥락 속에 위치시킨다. 『심청』이 심청전에 가한 변화는 크게 세 가지이다. 하나는 심청전의 무시간성의 공간에 시간성을 부여한 것, 그것도 그 시기를 전근대와 근대의 이행기로 설정한 것. 다른 하나는 심청의 활동공간을 중국, 대만, 싱가포르, 일본 등 동아시아 지역으로 확대한 것. 그리고 마지막은 심청의 삶에 탈향과 귀향, 전락과 정화, 타락과 승화, 성장과 해탈의 인생역정 드라마를 부여하고 있다는 점이다. 종합하자면 황석영의 『심청』은 심청이라는 여성의 성장과 해탈을 통하여 서구적인 것, 근대적인 것, 자본주의적인 것과 충돌하며 극심한 혼란의 양상으로 전개된 동아시아 근대화 과정을 재현하고 그를 통해 한계에 직면한 모더니티의 어떤 가능성을 탐색하고자 한 소설이라 할 수 있다.

이렇듯 황석영의 『심청』은 단순한 심청전의 반복이 아니다. 또한 다시 쓰어진 이전의 심청전들과도 다르다. 『심청』은 작가 자신의 분명한 의도하에 전면적으로 재구성된 심청전이며, 이렇게 본다면 『심청』은 황석영이 오랫동안 준비해온 그래서 그야말로 황석영의 모든 적공이 고스란히 투사된 소설이다. 작가 황석영이 동아시아의 타의적인 근대화 과정과 그것이 가져온 비극성에 주목하기 시작한 것은 하루 이틀의 일이 아니다. 그것은 거의 등단 시기로 거슬러올라간다. 작가 황석영은 「탑」 「낙타누깔」 『무기의 그늘』 등 월남전을 다룬 소설에서부터 이미 서구적인 것과 비서구적인 것, 보편적 내러티브와 토속적 내러티브, 오리엔탈리즘과 옥시덴탈리즘, 중심부와 주변부, 근대와 전근대, 탈마법화의 논리와 마성적 세계 사이의 화해하기 힘든 갈등이 존재하며, 또한 그런 갈등이 변증법적으로 지양되는 것이 아니라 하나가 어느 하나를 폭력적으로 지배하는 것으로 귀결되면서 바로 동아시아의 비극이 시작된다는 사실을 주목한 바 있다. 하지만 우리를 포함한 동아시아는 이런 일방적인 지배에 저항해 의미 있는 역사지리지를 구축하는 대신에 오히려 서구 중심의 현란한 내러티브를 내면화하기에 바빴으며 그 결과 동아시아에서는 서로 이질적인 손님들에게 영혼을 내맡긴 채 자기 민족끼리 싸우는 처절한 비극이 자주 발생하니, 『손님』에서 말하고자 하는 바가 바로 이것이다. 이제 필요한 것은 서구적인 것의 일방적이고도 폭력적인 질주가 가져온 불행들을 지목해내고 그 안에서도 여전히 살아 숨쉬는 인간적인 가치를 찾아나서서 그것을 맥락화하는 것이니, 작가 황석영은 『오래된 정원』에서는 그 인간적 가치의 한 가능성으로 모성의 시간을 지목한 바 있다. 그러니까 『심청』은 초기작부터 하나하나 축적되었던 의미 있는 지표들이 드디어 하나로 모아져 이전의 황석영 소설은 물론 우리 문학사 전체에서도 볼 수 없었던 풍부하고도 무시무시한 현존들을 포착해낸 소설인 것이다.

 "위험이 있는 곳엔 구원의 힘도 함께 자란다"는 횔덜린의 말이 아니더라도 참담한 고통 속에서 생겨난 지표만이 인간 전체를 의미 있는 방향으로 이끌어간다. 이제 심청의 파란만장한 삶과 그 위험 속에서 자라나는 구원의 힘을 구체적으로 확인할 차례다.

2. 상품화된 인간과 모더니티의 역설

 『심청』은 심청의 수난의 역사이자 성장의 서사며 동시에 고도의 정신적 각성에 대한 기록이다. 이중 보다 핵심적인 서사는 바로 심청의 수난사이며, 『심청』은 심청이 겪는 수난의 과정을 무엇보다 치밀하게 묘사한다. 심청의 수난의 역사가 어느 날 갑자기 자신의 의지와 상관없이 시작된다는 점은 특기할 만하다. 심청은 어느 날 열다섯 살까지 살아오던 자신의 자족적이고 통일적인 세계로부터 이탈한다. 심청의 자아와 자족적인 통일성의 세계 사이의 균열 때문에 심청 스스로 길을 나선 것이 아니라 자신이 몸담고 있던 터전으로부터 강제적으로 추방당한다. 심봉사와 뺑덕어멈이 자신들의 고생을 덜기 위해 심청을 중국 선상들에게 팔아넘긴 것. 이렇게 심청은 자신의 의지와 상관없이 강제적으로 세상의 거센 파도에 휩쓸리게 된다. 그것도 심청 자신의 인격이나 자신만의 역사지리지를 지닌 채 세파에 들어서는 것이 아니다. 비록 형식적으로 이루어진 굿과 제사의 제물이지만 심청은 상징적으로나마 죽음을 경과하며 그리고 다시 태어난다. 소설 『심청』의 표현에 따르자면 환생한다. 하지만 어느 누구도 심청의 고유성이나 심청만의 역사, 기억 등을 인정해주지 않는다. 예전의 심청은 죽고 이제 이전과는 근본적으로 단절된 새로운 형식의 삶을 살아야 하는 것이다. 환생해서 심청이 처음 듣는 정언명령은 "명심해라. 네 이름은 지금부터 심청이가 아니니라"(상권, 10쪽)라는 것. 즉 자신의 이전의 삶 전체와 그를 통해 형성된 고유한 역사 지리지 모두를 버리고 살아가야 하는 상황에 직면한 것이다. 물론 심청이는 "내가 심청이 아니라면 그럼 나는 누구야"(상권, 11쪽)라고 묻는다. 하지만 심청 자신은 답하지 못한다. 새로 태어난 심청에게 이름을 붙여주는 것은 심청 자신이 아니라 새로운 세계의 아비들이기 때문이다. 그렇게 심청은 거듭 태어나며 또다른 곳으로 옮겨갈 때마다 그곳의 아비들에게 새로운 이름을 부여받는다. 심청이 살게 될 그곳은 심청의 자의식을 인정하지 않을뿐더러 또한 자의식을 유지할 경우 살아갈 수도 없는 어떤 곳이며, 이전의 나를 버리고 다시 태어나야 할 정도로 이전과는 완전히 단절된 시·공간인 것이다. 심청에게 모더니티 그것은 이처럼 심청의 삶을 근본적으로 뒤바꿔놓는 계기, 그러니까 이전의 심청은 죽고 새로운 심청이 태어나는 것과 같은 계기가 된다.

날이 새자 먼 바다의 수평선 너머로 부옇게 안개가 낀 듯하고 허공에 산봉우리들이 떠 있는 게 보였다. 크고 작은 돛배가 지나가는 것도 눈에 띄었는데 갑자기 빠른 속도로 엄청나게 큰 배가 선수 쪽을 가로질러 지나갔다. 그 배는 여러 조각으로 나뉜 돛을 달고 날개를 활짝 편 친 새처럼 보였고 높다란 뱃전에는 대포의 포구가 수십 개 뚫려 있었다. 선수에는 여신의 상체가 새겨져 있고 높다란 돛대 위에는 여러 색깔의 깃발이 펄럭였다. 그 배가 서양 나라의 상선이라고 누군가 말했지만 청이는 무슨 소리인지 머릿속에 담아두지는 않았다.(상권, 27쪽)

더이상 이전의 자기 모습으로는 살아갈 수 없는 심청의 앞에 놓인 세상은 이처럼 모더니티의 높은 파고이다. 심청은 '서양 나라의 상선'으로 표상되는 근대 풍경에 대해 우선 무감하다. 그것이 어떤 위력을 지니고 있는지, 혹은 그것이 자신의 삶을 어떻게 바꾸어놓을지 알 수 없기 때문이다.

　하지만 "높다란 뱃전에는 대포의 포구가 수십 개 뚫려 있"(상권, 27쪽)는 서양 상선은 심청의 삶 깊숙이 진입하여 그녀의 운명을 결정짓는 요인으로 작동하기 시작한다. 심청은 '청'이란 이름을 버리고 '렌화'라고 명명되어 '첸 대인'의 시첩으로 살아간다. '첸 대인'의 양생술을 돕는 '노인의 보약' 노릇을 했던 것이며 또한 그를 위해 '자기의 몸과 잠자리를 팔았'던 것. 하지만 '첸 대인'이 죽자 심청은 '첸 대인'의 막내 '구앙'을 따라 세상 속으로 나온다. 이 바깥 세상에서 심청은 모더니티의 거대한 파고를 만나게 되며, 이후 그녀의 운명은 이 모더니티라는 높은 파고에 의해 결정된다. 때로는 그 파고에 휩쓸려 광기와 공포의 경험을 하기도 하고, 또 때로는 그 파고를 가까스로 거슬러 자신의 목적지로 가는가 하면, 또다시 휩쓸려 깊은 나락으로 떨어지기도 한다. 『심청』에서 심청이 세상과 조우하는 시기는 아편전쟁 때이다. 말하자면 세계의 중심을 자처하던 아시아의 맹주가 산업혁명으로 급부상한 서구의 자본주의 국가와 충돌하던 시기인 것이다. 서구적인 것들이 욱일승천의 기세로 떠밀려오던 때이며, 월러스틴의 용어를 빌리자면 '하나의 전체로서의 세계체제'의 구축을 숙명으로 하는 전지구적 자본주의 시스템이 동아시아 쪽으로 운동방향을 돌린 시기인 것이다. 선진자본주의국가는 자본주의의 단 하나의 원리인 이윤 추구를 위해 나름의 고유한 시스템을 지니고 있는 주변부를 끊임없이 자본주의적 체계로 편입시키는바, 이 과정에서 서구적인 것과 동양적인 것, 근대적인 것과 전근대적인 것, 탈마법화의 세계와 마성적 세계의 갈등과 대립이 첨예하게 나타나는 것은 당연하다. 하지만 이 쟁투는 서구적인 것이 동양적인 것을 압도하는 것으로 끝난다. 자본주의가 최소한의 투자를 통하여 최대한의 이윤을 얻는 것이라면 무엇이든 행하기 때문이다. 영국은 최대한의 이윤을 위해 중국을 흔히 '신의 독약'이라 비유되는 아편을 투입하여 결국은 거대한 중국을 아편의 왕국으로 만들어버리며, 그 끝에 승리를 얻어내고 중국 전체를 자본주의적 시스템으로 재편하고자 한다.

이렇듯 갑작스럽고 강제적인 자본주의화로 인해 발생하는 비인간적인 메커니즘은 특히 그 사회의 여성들에게 아무런 매개도 없이 직접적으로 작동한다. 자본제적 생산관계는 잘 알려져 있듯 그곳의 모든 인간을 상품의 구매자이면서도 동시에 상품 자체인 존재로 전락시킨다. 그런데 강제적이고 기형적으로 자본주의 체제에 편입할 경우, 이러한 근대화의 모순은 여성, 혹은 여성의 상품화에 집중적으로 관철된다. 어느 날 갑자기 강제적으로 자본주의 시스템에 편입될 경우 그 사회 구성원들에게 요구되는 가장 큰 일은 공동체적인 감각이나 인륜성 따위를 벗어던지고 자신을 상품화하는 것이다. 그러나 자본주의적 시스템에 필요한 인간이 되기 위해서는 상품으로서 가치 혹은 자질을 갖추어야 한다. 그런데 인간 자신이 상품성을 구비하는 데는 오랜 시간이 걸린다. 상대적으로 비교적 오랜 훈련이나 전문성 없이도 자신을 상품화시킬 수 있는 것이 바로 여성이다. 그렇게 그들은 여공으로, 매춘부로 살아가게 되며 아직도 자본주의적 상품으로서의 가치를 지니지 못한 다른 가족 구성원들을 부양하게 된다. 그러므로 가족을 위해 자신의 몸과 인격을 상품화하는 여성은 주변부 모더니티의 가장 큰 희생양이자 그것이 만들어낸 가장 큰 위험이다.

심청 또한 자신의 몸과 인격을 상품화하기에 이르니 이렇게 심청의 운명은 모더니티의 거센 파고에 휩쓸린다. 심청은 불안정한 가운데서도 대단히 강렬한 용기와 결단으로 자신의 삶을 자율적으로 조절하고자 한다. 그래서 자발적으로 매춘에 나서기도 하고, 또 숨막히는 순결한 사랑을 꿈꾸기도 한다. 하지만 모더니티의 위력은 절대적이어서 한 개인의, 그것도 한 여성의 자율적인 조절 의지를 용납하지 않는다. 여성들에게 특히 잔혹한 모더니티의 파고를 거슬러올라 이제 개인적인 행복을 누리는가 하면 모더니티의 파고는 예외 없이 심청을 원래의 그 자리로, 또 때로는 원래보다 더 깊은 심연으로 끌어내린다. 심청은 부침을 거듭하며 험난한 인생을 살아간다. 그렇게 심청은 중국 난징에서 진장, 대만, 싱가포르, 일본의 류큐, 나가사키로 옮겨가며, 또한 '렌화' '로터스' '렌카' 등 여러 이름들을 거느리게 된다. 이 부침의 과정을 통해서 심청은 주변부 모더니티의 악마적 성격을 발견하며 그것을 지탱하는 이데올로기들의 허구성을 하나하나 확인해나간다.

"세계는 넓다. 그리고 우리는 그걸 우리 시장으로 만들 거야. 나도 당신을 새사람으로 만들 작정이다."

집 안 곳곳마다 램프에 불이 켜지고 요리사와 아마가 아래편 오두막으로 내려간 뒤에 마지막으로 시쓰가 노대로 나왔다. 제임스가 그에게 말했다.

"모기가 없겠지?"

"모두 잡았다. 모기장 쳤다."

제임스는 다시 청이의 손목을 잡고 거실을 지나 오른쪽의 문을 밀고 들어가 침실로 갔다. (⋯⋯) 제임스가 두리번거리더니 준비해둔 듯한 큼직한 스테인리스 병의 물을 대야에 부었다. 그러고는 불그스레한 액체가 들어 있는 작은 병을 기울여 소독약을 물 속에 떨구었다. 제임스가 말했다.

"이걸로 씻구 잔다."

(⋯⋯)

아, 이 사내는 병을 겁내고 있구나. 아직 나를 믿지 못하는 거야. 제임스가 다시 중얼거렸다.

"메이두, 메이두, 무섭다!"

청이는 자기가 다시 지룽의 사창가로 돌아온 느낌이 들었다. 그네는 쪼그려앉아서 가운 자락을 젖히고 아랫도리를 소독수로 씻어냈다. 제임스는 벌써 벌거벗고 모기장을 내려뜨린 침대 안으로 기어들어가 있었다. 소독약을 탄 물이 닿자 연약한 질 속이 따갑고 쓰라렸다.(하권, 21~22쪽)

아퉁이 오늘 장사를 기대하고 있는 것은 서양인 선원들이 상륙할 예정이기 때문이었다. 대륙에서는 난징 조약 이후에 개항장이 열리고 영국 군대가 지키는 조차지도 생겼지만, 타이완은 오래 전부터 포르투갈과 스페인과 네덜란드가 차례로 점령했던 적이 있어서 아직 개항이 허락되지 않고 있었다. 그러나 지룽과 단수이에서는 충돌을 피하기도 하고 상업적 이익이 있는 만큼 외항에서 거룻배를 이용한 무역은 허용하고 있었다. 짐을 싣고 내리는 동안에 선원들은 밤에만 상륙이 허락되었고 그것은 순검서 동지의 재량권에 속한 일이기도 했다.

서양인들은 뭍에 올라 창가에 오면 긴밤 화대로 열 배의 돈을 냈다.

(……)

"그럴 줄 알구 부엌에다 술과 안주를 준비해두었다. 지룽 사람들에
게는 창가에서 술을 파는 건 금지되어 있지만 양인들에게야 누가 뭐
랄 사람이 있나."

청이는 돌아서서 안으로 들어가려다가 아퉁에게 약을 올리는 투로
말했다.

"돈두 좋지만, 마마한테까지 장사를 시켜요?"

아퉁은 청이를 힐끗 바라보고는 간단히 대답했다.

"그게 이 바닥 법도야. 네 걱정이나 해라."(상권, 252~254쪽)

위에서 볼 수 있듯 심청이 그 지난한 고난의 역정을 통하여 확인
하는 것은, '하나의 전체로서의 세계체제'를 꿈꾸는 전지구적 자본
주의 시스템 자체에 숨겨져 있는 지독한 아이러니에 관한 것이다.
『심청』은 이윤의 극대화를 위해 한 나라 전체에 아편을 풀어넣는 것
은 물론 주변부 국가가 그토록 오랜 기간 동안 축적해온 기술이나
자연의 상태를 한순간에 수탈하면서도 그것에 대해서는 말하지 않
고 말라리아나 매독의 위험에 대해서는 역사적 발전과정을 들이대
는 이 지독한 역설이 바로 모더니티의 속성임을 설득력 있게 제시한
다. 그러나 『심청』은 주변부에서 근대를 경험한 동아시아의 살풍경
을 단지 모더니티의 악마성이나 그들 특유의 오만과 편견, 그러니까
그들의 오리엔탈리즘에서만 찾지는 않는다. 『심청』은 주변부 모더니
티의 지옥도와 같은 풍경의 한 원인으로 주변부의 지식인, 혹은 남
성들에게서 찾는다. 자본주의는 한편으로는 끊임없이 욕망의 모델
을 구축하면서 다른 한편으로는 이 모델을 자신이 착취하는 대중에

게 내면화시키는 방식으로 생존하는바, 주변부의 지식인, 혹은 남성들은 이 상상적 거울을 깨고 실재계를 보기는커녕 이 모더니티가 구축한 욕망의 모델을 아무런 반성 없이 그대로 내면화하고 그 모델을 그대로 더 낮은 계층이나 여성들에게 강요한다는 것이다. 전지구적 자본주의 시스템이 인간 사회 전반에 가져온 살풍경과 아이러니에 대한 가히 놀라운 성찰이라 할 만하다.

3. 근대성의 타자, 혹은 모성의 경험

『심청』은 이처럼 우선 동아시아를 종횡하는 심청의 처절한 수난사를 통해 주변부 특히 동아시아의 모더니티의 살풍경과 모더니티 전체의 아이러니와 광기를 밀도 있게 그려낸다. 하지만 이것이 다는 아니다. 『심청』에는 또하나의 중요한 원리가 작동하고 있다. 바로 심청의 정신적 성장과 고도의 정신적 각성과정이다. 주인공 심청은 광기의 모더니티가 만들어놓은 욕망 모델을 그대로 내면화하지 않는다. 심청이는 하나하나 지옥과 같은 경험을 할 때마다, 그러면서도 떳떳한 선진자본주의국가의 남성과 주변부의 남성들을 볼 때마다, 자본주의가 만들어놓은 욕망 모델이 사실은 인간 자체의 자존과 위엄을 근본적으로 부정하는 것임을 깨닫고 그것의 허구성을 끊임없이 자기화한다. 그리고 그러한 욕망 모델에서 벗어나 진정으로 인간적인 가치가 무엇인가를 모색하며, 아주 오랜 고통 끝에 그것을 찾아낸다. 미리 앞질러 말하자면 그것은 바로 모성의 경험이며, 모성의 경험에서 우러나오는 더 낮고, 더 소외되고, 그래서 아무도 호명해주고 말을 들어주지 않는 존재들에 대한 관심이다.

물론 이러한 정신적 성장과 각성이 한순간에 이루어지는 것은 아니다. 그것은 아주 차근차근, 한 계단 한 계단 이루어진다. 모더니티의 세계 속에 진입하는 순간 심청에게 들려온 정언명령은 앞서 이야기했듯 "명심해라. 네 이름은 지금부터 심청이 아니니라"라는 것이다. 모더니티의 시·공간은 심청에게 더이상 기억을 지니고 있지 말기를, 그리고 정체성을 지니지 않기를, 그저 그냥 불러주는 대로 살기를 강요한다. 하지만 심청은 거듭거듭 묻는다. "내가 심청이 아니라면 그럼 나는 누구야?" 하지만 이 질문이 심청을 마냥 행복하게 하는 것은 아니다. 그 기억 속에는 심청 자신이 "지금 세상에 남녀상열지사가 심히 어지러우매 그것 또한 보살인 너의 죄이니라. 너는 가서 여자로 현신하여 세간을 깨우치라"(상권, 14쪽)는 명을 받고 천상에서 내려온 남해관음이라는 소중한 것이 없는 것은 아니나 동시에 아버지로부터 버림받은 공포의 순간도 있는 것이다. 또한 모더니티 그것이 호명해주는 대로 사는 것은 타자가 만들어놓은 규범을 지키기만 하면 되는 것이니만큼 어떠한 내적 분열을 경험하지 않아도 되는 안정성 있는 삶이기도 한 것이다.

하지만 심청은 내내 타자가 불러주는 그 명명대로 살기를 거부한다. 대신 그 분열을, 그 분열 때문에 생기는 고통을 감내한다.

그때 심청은 어깨 높이의 가리개 너머로 사람의 얼굴을 얼핏 보고는 소스라쳤다.

넌 누구야?

넌 누구야, 라고 바로 면전의 얼굴이 되물었다. 청이가 가리개를 밀치고 벽에 다가서자 그네는 선명하고 빛나는 물체에 부딪칠 뻔했다. 청이는 양거울을 처음 보았다. 거울은 작은 상만한 크기였는데 그 속에 낯익은 얼굴이 떠올라 있었다. 물동이 속에서, 하늘거리는 냇물의 수면 위에서, 반질반질 닦은 놋뚜껑의 앞면 뒷면에서, 똑바로, 일그러지게, 길쭘하게, 넓적하게 보이던 바로 그 얼굴은 자기였다. 청이는 두 손으로 볼을 감싸안았다. 맞은편의 렌화도 볼을 감싸안는다.

아, 그래 내가 원래 청이었지……

심청은 멀뚱히 렌화를 바라보다 허리띠를 풀고 비단 홑옷을 벗어 발 아래 떨구었다. 그네는 태어나서 처음으로 자신의 벌거벗은 몸을 남의 것처럼 바라보았다. 거울 속의 렌화가 말했다.

너는 내가 아니야.(상권, 35~36쪽)

청이는 상품으로 전락한 상태로부터 벗어나서 원래의 자기 자리, 자연상태로 돌아가기를 열망한다. 하지만 이미 전지구적 자본주의 시스템 속에 자기 자신을 상품으로 내놓은 경우, 그것도 심청의 경우처럼 매매를 통해서 상품이 되는 경우, 그러한 존재가 그 순수한 자연상태로 돌아가는 것은 불가능하다. 이율배반에 빠지는 것이다. 자신의 목적을 달성하기 위해서는, 그러니까 뭔가 훼손되지 않았던 그 자연의 상태로 돌아가기 위해서는 자신에게 덧씌워진 빚을 대속해야 하는바, 그러기 위해서는 상품의 역할에 더욱 충실해야 하는 악무한적인 상황에 빠지게 되는 것이다. 그러나 심청이는 이 상황에 대해 매우 낙관적이다. "나는 힘이 좋아. 힘을 가지고 싶어요. (……) 힘 있는 것을 꾀어서 가지면 되잖아요. (……) 나는 유혹할 거예요. 그러다가 내 맘대로 그만두면 지들이 어쩔 거야"(상권, 98쪽)라는 말에서 볼 수 있듯 모더니티의 대행자들의 권위를 조절하면 얼마든지 모더니티의 질서 바깥으로 나갈 수 있을 것으로 판단한다.

그리고 아주 쉽게 이 악무한적인 연쇄의 고리로부터 탈출을 감행하기도 한다. 인격 대 인격의 만남이 불가능한 그곳에서 청은 동유를 만나고는 곧 미래를 약속한다. 그리고 짧은 기간 안에 자신의 상품적 가치를 최고로 높여 돈을 어느 정도 확보하고는 이곳과 다른 삶을 도모한다. 하여, 동유와 혼인을 하고 그곳으로부터 탈출하기에 이른다. 하지만 견고한 모더니티의 세계는 그 모험을 인정하지 않는다. 오히려 더 질기고 야만적인 연쇄에 걸려든다. 매매조직에 걸려든 것이다. 결국 둘은 헤어진다. 그리고 그야말로 극한 상황 속에 빠져든다. 복락루에서는 구앙이라는 모더니티의 대행자가 있어 청이에게 어느 정도의 자율적인 의지가 허용되었던 것인데, 이제 그것은 불가능하다.

자기 자신의 의지와도 상관없는 빚이 저주처럼 들씌어진 채 청이는 대만으로 끌려간다. 이제 청이에게 인간을 상품으로 묶어두는 모더니티 체제는 극도의 공포 그 자체이다. 수많은 인간 존재들과 오로지 돈을 매개로 해서만 만나야 할 뿐만 아니라 그것도 그 존재의 전 서사가 아니라 부분과만 접촉해야 하고, 더 나아가 결코 어떤 변화도 없이 반복되는 노동은 부조리 그 자체이다. 이러한 상황 속에서 청이가 택하는 것은 두 가지이다. 연극적 자아가 되는 것. 개인적 동일성을 더 많이 더 철저하게 도려내어 자신에게 주어진 직분을 다만 기계적으로 수행하는 것이다. "영업할 제는 잡극 노는 광대처럼 겉으로만 하는 거야"(상권, 110쪽)라는 키우의 충고에 청이가 뒤늦게 "이제부터 너를 반쯤 죽여놓을 거야. 나는 절대로 달아오르지 않을 테다. 그렇지만 겉으로는 얼이 나간 것처럼 꾸며야겠지"(상권, 219쪽)라고 동의하기 시작했다고나 할까. 다른 하나의 길은 이곳으로부터 벗어나기 위해 모든 수단과 방법을 동원하는 것. 즉 자신의 꿈과 지금 현실과의 낙차를 강인한 의지로 극복하는 것이다. "청이는 힘 있는 자가 아니면 절대로 정인을 삼지 않으리라 벌써부터 작정하고 있었다. 아니 오히려 자기 쪽에서 지룽 사창가 포주들의 엄격한 관리를 벗어나게 해줄 수 있는 상대를 찾아야만 한다고 생각했다."(상권, 241쪽)

하지만 청이를 이 극한 상황에서 구원해주는 힘은 단지 연극적 자아의 연기력 탓만도 아니고 하여간 벗어나야 한다는 강한 목적의식 때문도 아니다. 청이의 구원은 "기녀의 품격을 지키는 것이 생존에 도움이 되리라는 걸 알았다"(상권, 241쪽)는 각성이 덧붙여지면서 서서히 가시화되기 시작하더니, 여기에 모성의 경험을 적극적으로 수용하면서 완성된다. 청이는 링링이 낳다 죽은 유자오를 맡아 키우기 시작하면서 더욱 강인한 자아가 된다. 청이는 자기 자식이 아님에도 불구하고 청이 자신에게 젖을 먹여주었던 수많은 어머니들을 떠올리고는 그들의 충실한 후계자가 되기로 한다. 하여, 자기 자신만의 개인적인 구복을 꿈꾸는 것이 아니라 자기 주변의 공동운명체에게로 시선을 돌리기 시작하며 자기보다 더 낮은 곳에 있는 존재들의 고통을 자기화하는 단계로 나아간다. 이러한 청이의 이타성은 또다른 이타성을 불러 주변인들의 도움을 받기 시작하고 그러면서 청이는 인간에게 상품을 강요하는 모더니티의 악무한적인 연쇄를 끊어내고 자유로이 부동하는 존재가 된다.

청이는 이렇게 이타성을 실현하면서 얻게 된 자유의 상태에 만족하지 않고 더 큰 이타성으로 승화시킨다. 청이는 특히 모더니티가 안고 있는 모순을 가장 적극적으로 실천하는 존재인 백인들과 그 모더니티의 가장 커다란 희생자이면서 동시에 그 모더니티를 끊임없이 재생산하는 존재인 매춘부들 사이에서 태어난 혼혈아에 대한 지대한 관심과 애정을 표현한다. 또한 자유롭게 부동하는 상태에서 청이의 과거와 현재까지를 모두 자기의 서사 속에 편입시키려는 가즈토시를 만나 결혼에 이른다. 청이는 왕후가 되어서도 특히 사회로부터 소외받은 자들에 대한 관심을 잃지 않고 세제의 개편을 건의하는 것은 물론 노인들에 대한 배려도 잊지 않는다. 남편이 죽은 후 혼자되어서도 혼혈아들과 소외된 자들에 대한 관심을 지속적으로 실천에 옮기며, 나중에는 애정을 가지고 살피던 혼혈아인 기리 내외를 데리고 조선으로 돌아와서 그야말로 평화로운 임종을 맞는다. "심청은 눈을 감고는 한번 빙긋이 웃었다. 오물조물한 입이 조금 움직였을 뿐, 실컷 울고 난 사람의 웃음처럼 그건 아주 희미했다."(하권, 307쪽)

이처럼 『심청』은 인간 자신을 철저하게 상품화하는 모더니티에 심청의 '실컷 울고 난 사람의 사람의 희미한 웃음'을 맞세운다. 동아시아 전체를 살풍경으로 몰아넣은 자본주의 시스템과 그것이 만들어낸 욕망 모델을 무비판적으로 수용한 주변부 지식인들의 허위의식을 넘어설 수 있는 가치로 『심청』은 그 양자가 빚어낸 최고의 희생자들을 껴안는 모성의 경험을 제시하고 있는 셈이다. 『심청』에서 이 모성의 경험은 대단히 웅숭깊어 보인다. 그것은 이타성을 전제로 하기에 자기만을 배려하는 모더니티와 근본적으로 대립하고 있을 뿐만 아니라 또한 이 모성의 경험을 통해 동아시아의 근대화 과정에서 가장 소외된 존재들을, 그러니까 동아시아 근대화 과정의 허구성을 가장 적실하게 비판할 수 있는 존재들을 발굴해내는 원천으로 작용했기 때문이다. 심청전에서 심청을 길러낸 수많은 어머니들의 이타성이 이처럼 모더니티 전반을 가장 선명하게 비추는 거울로 다시 살아난 셈이니, 이것 하나만으로도 황석영의 『심청』은 한국문학사에 의미 있는 새로운 전통을 일궈낸 일종의 문학사적 사건이라 할 만하다.

4. 전통의 현대적 계승과 그 의미

황석영의 소설은 어느 것이나 하나의 개념을 순식간에 의미 없는 것으로 전락시키는 생동감으로 가득 차 있다. 하여, 황석영의 소설을 몇몇 개념어로 획정하는 일은 황석영의 소설을 질서화한다기보다는 언어의 감옥에 가두는 것과 마찬가지이다. 『심청』 또한 예외는 아니다. 아니, 오히려 이전의 작품보다 더 생동감이 넘쳐서 몇몇 단어만으로 온전하게 설명할 수 없을 정도로 다양하고 중층적이다. 특히 동아시아 근대사에 대한 폭넓은 이해와 해박한 지식, 인간의 정신과 육체에 대한 그 미묘한 성찰 등은 놀라울 정도이거니와, 이것은 『심청』을 풍부하게 한 중요한 원천들임에 틀림없다.

이런 여러가지 요인 중에서도 『심청』을 위대하게 만든 핵심적인 요인 중의 하나는 심청전의 풍부한 재해석과 심청전 내러티브의 적극적인 활용이다. 어떻게 보면 『심청』은, 심청전이라는 내러티브가 바탕에 깔려 있지 않았을 경우, 한 여인의 인생 역정으로 포괄하기엔 너무 많은 역사와 시기를 포괄하고 있는 것이 사실이다. 한 평범한 여성 화자나 실존 인물을 전면에 내세워 동아시아의 근대화 과정 전체를 횡단했을 경우 그것은 현저하게 개연성도 밀도도 떨어졌을 것이며 무리한 구성이 되었을 가능성이 높다. 하지만 『심청』은, 심청전이라는 다소 비현실적이고 환상적인 텍스트를 적극 활용함으로써 오히려 실재와 환상, 역사와 허구 등을 자유자재로 넘나들며 그 풍부한 내용들을 한 작품 속에 대단히 밀도 있게 포괄해낼 수 있었던 것으로 보인다.

『심청』은 이처럼 전통적인 내러티브의 적극적인 활용을 통해 이전에 볼 수 없었던 새로운 소설 문법을 만들어낸 경우에 해당하며 이는 충분히 주목할 필요가 있다. 특히 더욱 반가운 것은 이번 시도가 다분히 의식적이고 의도적이라는 사실이다. 지난 작품인 『손님』이 진오귀굿을 활용한 경우에 해당한다면, 이번의 『심청』은 심청전이라는 토착적 내러티브를 적극적으로 현대화하고 계승한 경우에 해당한다. 프랑코 모레티가 세계문학사를 서술하면서 세계문학사의 발전이 보편적 내러티브와 토착적 내러티브의 갈등과 길항 속에서 이루어졌음을 강조한 대목을 상기할 경우 이러한 작업이 얼마나 의미 있는 것인가를 쉽게 확인할 수 있다. 이제까지 우리의 소설은 지나치게 보편적인 내러티브들에만 집착하고 관심을 가져온 것이 사실이다. 이러한 마당에 『심청』이 보인 이러한 전통적 내러티브의 계승은 그 자체만으로도 충분히 의미 있다고 할 수 있으며, 향후 문학의 흐름에 좋은 길잡이 역할을 할 것으로 보인다.

작가 황석영의 소설에는 항상 기존의 문학사를 다시 뒤돌아보게 하는 어떤 힘이 있다. 아마도 그것은 자신의 소설까지를 포함한 기존의 소설 문법에 안주하지 않으려는 열정 때문이리라. 하여, 황석영의 소설에서는 항상 청춘의 욕동이 느껴지며 『심청』 또한 마찬가지이다. 환갑을 맞이한 나이에 쓴 소설에서도 청춘의 힘이 느껴지는 것은 황석영 자신에게도 미덕이지만 우리 독자들에게는 일종의 축복이다. 황석영의 다음 소설이 또 기다려지는 이유이기도 하다.

작가의 말

　몇 년 전 『손님』을 쓰고 있던 무렵이었다. 거의 마무리를 해가던 때여서 다음에는 무슨 작품을 쓸까 생각하고 있었는데, 나는 오래 전부터 계획했던 대로 철도원 삼대의 얘기를 쓰리라 작정하고 있었다. 그러나 마음 한구석으로는 그 작품의 시대적 배경이 일제 때부터 6·25 전쟁까지에 이르는 도시 노동자의 얘기라 이번에도 또다시 독자들에게 정색을 하고 써야 하는 게 부담이 되었다. 언젠가는 영등포 유년 시절의 추억을 곁들여 철도공작창 노동자들의 얘기를 쓰리라 작정하고 있었으면서도 뒤로 미루지 않으면 안 되는 일이 벌어지고야 말았다. 또 한편으로는 우리 근대화의 총체라고 할 강남 형성사에 관해서도 다른 작품을 구상하고 있었지만 이것 또한 훨씬 뒤로 밀려나게 되었다.

　충청도의 덕산에 집필실을 마련하고 서울에 볼 일이 있으면 일산에서 며칠 머물다가 내려가곤 하던 때였다. 마침 환절기였는데 오전에 서울로 나갈 일이 생겨서 택시를 타고 자유로를 달리고 있었다. 안개인지 황사인지 가시거리가 거의 몇 미터밖에 되지 않아 모든 차들이 엉금엉금 기어가고 있었다. 보통때 같았으면 삼십 분에 도달할 수 있는 거리를 한 시간이 넘게 서행하자니 지루했고 달리 할 일도 없으니 공상이나 할 수밖에 없었다. 무엇인가 저쪽 희붐한 안개 속에서 너울너울 움직이는 것이 보였다. 차창 밖으로 가까이 스쳐지나가는 것들은 오리였다. 오리 몇 마리는 아마도 행렬에서 떨어졌는지 강변도로 옆으로 바삐 날아가 안개 속에 파묻혀 버렸다.

저 오리들은 어디로 날아가지?

강을 건너 황해 바다로 날아갈 테지.

가만있어, 황해는 동아시아의 지중해라는 말을 들은 것 같은데.

서양 지중해에서는 무슨 일이 있었지?

그래, 사내들이 전쟁하러 다녔지.

나는 머릿속으로 주고받으며 호메로스의 서사시 『오디세이아』를 생각했다. 오디세우스의 이름은 떠도는 방랑자나 여로의 대명사가 되곤 한다.

그러면 동양 지중해에선 무슨 얘기가 있음직한가?

여자가 몸 팔러 돌아다닐 수 있겠지, 하다가 나는 소스라쳤다. 이를테면 매춘의 오디세이아인 것이다. 여기서 나는 판소리뿐만 아니라 무속 굿에 원형 전설로 나오는 '심청굿'에 대하여 생각하기 시작했다.

판소리 〈심청가〉에서 청이는 맹인 홀아비 아버지의 눈을 뜨게 해드리려고 공양미 삼백 석을 받고 중국 난징 상인들에게 팔려간다. 그리고는 항해의 안전을 위하여 인신공양물로 제물이 되어 인당수에 빠져 죽는다. 나는 여기서 당시 사회제도를 떠받치고 있던 충효에 대한 미담을 걷어내기로 했다. 그것은 봉건체제를 유지하기 위한 장치에 불과하며, 묘령의 소녀들을 이국 해변가에서 거액의 재물로 사간 장사치들이 어떻게 처분했을지는 예나 지금이나 이윤을 다투는 세상사로 미루어 짐작할 수가 있다.

집으로 돌아가 이것저것 자료들을 찾아보다가 심청의 원형 설화가 황해도 황주뿐만 아니라 예산 당진 지방에도 다른 이름으로 남아 있고 전라도 부안 무안이나 심지어는 섬진강 어구의 하동 광양 포구에도 흔적이 보인다는 걸 알아냈다. 그러니까 해안을 거쳐서 나라 밖으로 나가는 길목의 고장에는 바다 멀리 팔려간 소녀들의 뒷얘기가 남아 있는 셈이다. 그리고 대개는 그들의 이름이 구전과 더불어 절집의 위패로 남아 있었다. 소녀들은 다시는 고향에 돌아오지 못했다. 나는 이들이 칠십년대의 근대화 시기에 서울 공장으로 취직하러 올라가서 집에 소식을 전하지 못하고 도시 속으로 묻혀간 소녀들이나 같다고 생각했다. 아마도 기다리던 부모님들이나 동생들은 송금이 끊긴 훨씬 뒤에도 돌아오지 않는 딸과 누이의 이름을 절에 올렸을 것이다.

나는 근대의 동아시아 주변을 떠올렸다. 한국 중국 일본 세 나라에서 필리핀 인도네시아 베트남 인도로까지 관심은 확장되었고 19세기는 이들 지역에 의미심장한 변화가 일어난 중요한 때라고 보았다. 그리고 여러 자료를 접하면서 이른바 동양사가 서양의 편에서 동쪽을 바라본 편견에 의하여 기술되었다는 것과, 이러한 세계관은 서구가 제패한 세계시장 속에 이 지역을 편입하려는 집요한 의지의 표현이기도 했다는 점을 새삼 발견했다.

동아시아에서 근대의 표상은 자유무역과 저자의 확보로 표현된다. 근대적인 도시며 거리가 형성되었고 모든 나라의 노동상품은 새로운 형태로 변해갔는데, 임금 노동과 매춘이었다. 고장마다 전통적 형태의 매춘이 없었던 것은 아니지만 성을 직접 파는 시장으로서의 환락가나 매춘가가 생겨난 것은 서구에 의한 무역시장체제의 출현 이후부터였다.

　그렇다고 하여 나는 『심청』에서 이같은 흐름을 역사적 맥락으로 짚어가기보다는 한 여자의 몸과 마음이 변전하는 과정에 집중하기로 했다. 이는 마치 연꽃 한 송이가 봉오리에서 새벽 이슬을 맞고 개화를 시작하고 햇볕과 비바람에 시달리며 지나는 행인을 만나고 보내기도 하며 밤낮을 거쳐 계절을 보내는 과정과도 같이 썼다. 그러므로 아편전쟁이나 태평천국, 또는 인도와 베트남과 동인도회사, 오키나와의 멸망, 일본의 메이지 유신과 민란, 동학과 청일전쟁 노일전쟁과 조선의 식민지화 등의 과정을 멀리서 스쳐지나가는 작은 우레 소리처럼 다루었다. 내가 힘을 기울이고 섭렵했던 자료들 거의가 이 시대 백성들의 일상을 다룬 것들이었고, 매춘과 남녀상열지사야말로 시정 잡배들 삶의 자상한 기록인 셈이다.

　'심청'이 떠났던 자리로 돌아올 즈음에야 과거에 무엇이 잘못되었던가 하는 것들이 어렴풋한 어둠 속에서 차츰 명료해진다. 서구 열강이 눈 부릅뜨고 먹이를 찾아 동진하고 있었을 때에 동아시아의 봉건왕조들은 썩어서 붕괴 직전에 있었고, 이를 무너뜨리고 새로운 질서를 만들고자 한 위와 아래의 움직임은 어디서나 있었다. 그러나 아래로부터의 개혁의지는 하나같이 실패했고, 동아시아는 아직도 사회 실험의 와중에 있다.

　내가 마지막 장면에 후일담처럼 '심청'의 임종을 그리면서 이 멀고면 길을 희미한 웃음으로 끝낸 것은, 이 지역 사람들의 삶이 헛수고가 아니었음을 말하고 싶었을 것이다. 아니 헛일이었다면 또 어쩌랴, 다시 시작하는 수밖에……

문학동네 장편소설

심청 · 하

ⓒ 황석영 2003

초판인쇄 │ 2003년 11월 27일
초판발행 │ 2003년 12월 3일

지 은 이 │ 황석영
책임편집 │ 차창룡 조연주 이상술
펴 낸 이 │ 강병선
펴 낸 곳 │ (주)문학동네
출판등록 │ 1993년 10월 22일 제22-188호

주   소 │ 413-834 경기도 파주시 교하읍 문발리 출판문화정보산업단지 513-8
전자우편 │ editor@munhak.com
전화번호 │ 031) 955-8888
팩   스 │ 031) 955-8855

ISBN 89-8281-774-3 04810
         89-8281-772-7 (세트)

www.munhak.com